L'AMANT
DE
LADY CHATTERLEY

DAVID HERBERT LAWRENCE

L'AMANT DE LADY CHATTERLEY

Traduit de l'anglais par
Pierrette FLEUTIAUX et Laure VERNIÈRE

PRESSES POCKET

Titre original :

LADY CHATTERLEY'S LOVER

Cette édition reproduit le troisième manuscrit de *l'Amant de lady Chatterley* publié pour la première fois par Giuseppe Orioli, à Florence, en 1928.

ISBN : 2 - 266 - 01042 - 5

Chapitre premier

Cette époque, la nôtre, est essentiellement tragique; alors nous refusons de la prendre au tragique. Le cataclysme est venu, nous nous retrouvons parmi les ruines et nous commençons à reconstruire de petis logis, à concevoir de petites espérances. C'est une tâche assez rude : plus de route plane vers l'avenir. Alors nous contournons les obstacles ou nous les escaladons à grand-peine. Le ciel est tombé; il faut vivre malgré tout.

C'était plus ou moins le point de vue de Constance Chatterley. La guerre avait fait s'écrouler le toit sur sa tête – et elle s'était rendu compte qu'il fallait vivre et s'adapter.

Elle avait épousé Clifford Chatterley en 1917 lors d'une permission d'un mois passée en Angleterre. Ils avaient eu un mois de lune de miel. Puis il était retourné dans les Flandres – pour être rapatrié six mois plus tard vers l'Angleterre, plus ou moins en morceaux. Constance, sa femme, avait vingt-trois ans et lui vingt-neuf.

Son emprise sur la vie était prodigieuse. Il ne mourut pas et les morceaux recollés semblèrent revivre. Pendant deux ans, il resta aux mains du médecin. Puis on le déclara guéri et il fut rendu à la vie, avec la moitié inférieure du corps, à partir des hanches, paralysée pour toujours.

C'était en 1920. Clifford et Constance retournèrent à Wragby Hall, chez lui, dans le domaine familial. Son père étant mort, Clifford était désormais baronet, sir Clifford, et Constance était lady Chatterley. Ils s'installèrent pour commencer leur vie commune dans le domaine quelque peu délaissé des Chatterley, avec un revenu plutôt insuffisant. Clifford avait une sœur, mais elle était partie. A part elle, il n'avait pas de proches parents. Le frère aîné était mort à la guerre. Infirme pour le reste de ses jours, et sachant qu'il ne pourrait jamais avoir d'enfants, Clifford était retourné dans les Midlands enfumés pour maintenir le nom des Chatterley aussi longtemps qu'il le pourrait.

Il n'était pas vraiment abattu. Il pouvait se promener dans une petite voiture qu'il manœuvrait seul, et il en avait une autre avec un petit moteur, qu'il utilisait pour flâner dans le jardin et dans le beau parc mélancolique dont il était si fier, même s'il faisait semblant de n'y attacher aucune importance.

Il avait tant souffert que sa capacité de souffrir s'était comme épuisée. Il demeurait original, brillant, joyeux et même gaillard, avec son visage rouge de santé et ses yeux bleu clair, lumineux et pleins d'audace.

Ses épaules étaient larges et fortes et ses mains très vigoureuses. Il était vêtu avec recherche et portait de belles cravates qui venaient de Bond Street. Et pourtant, on sentait toujours sur son visage le regard méfiant, l'air un peu absent de l'infirme.

Il avait échappé de si peu à la mort que ce qui lui restait de vie lui était infiniment précieux. On lisait clairement dans l'éclat inquiet de son regard combien il était fier d'être encore vivant après ce grand choc. Mais il avait été si meurtri que quelque chose en lui était mort, certains sentiments avaient disparu. Il y avait comme une absence de sensibilité quelque part.

Constance, sa femme, était une belle fille à l'aspect campagnard, aux cheveux bruns et soyeux, au corps solide, aux mouvements lents et pleins d'une énergie peu commune. Avec ses grands yeux étonnés et sa voix très douce, elle semblait venir tout droit de son village. Ce n'était pas du tout le cas. Son père, le vieux sir Malcolm Reid, membre de l'Académie royale de peinture, avait eu son heure de célébrité. Sa mère avait fait partie de la Société Fabienne au temps de sa gloire presque préraphaélite. Entre artistes et socialistes cultivés, Constance et sa sœur, Hilda, avaient bénéficié de ce que l'on pourrait appeler une éducation bohème et artiste à la fois. On les avait menées à Paris, à Florence et à Rome pour respirer une atmosphère d'art et on les avait menées également dans l'autre direction, vers La Haye et

Berlin, pour assister à des congrès socialistes où les orateurs parlaient dans toutes les langues civilisées, ce qui ne gênait personne.

Aussi, les deux jeunes filles, depuis leur plus tendre enfance, n'étaient nullement intimidées ni par l'art ni par les spéculations politiques. C'était leur climat naturel. Elles étaient à la fois cosmopolites et provinciales, mais de ce provincialisme cosmopolite qui caractérise le monde de l'art quand il s'allie à des aspirations vers un pur idéal social.

On les avait envoyées à Dresde à l'âge de quinze ans pour s'imprégner entre autres choses de musique. Et elles s'y étaient beaucoup amusées. Elles vivaient librement parmi les étudiants, discutaient philosophie, sociologie et art avec les hommes, et elles valaient bien les hommes; elles valaient même mieux puisqu'elles étaient femmes. Elles allaient en forêt avec de robustes jeunes gens portant guitare. Elles chantaient des chants tyroliens et elles étaient libres. Libres! C'était le grand mot. Libres de parcourir le monde et les forêts matinales avec de vigoureux jeunes gens aux voix superbes, libres de faire ce qu'elles voulaient mais surtout de dire ce qu'elles voulaient. Parler, voilà ce qui comptait par-dessus tout : l'échange passionné de paroles. L'amour n'était rien d'autre qu'un accompagnement mineur.

A dix-huit ans, Hilda et Constance avaient eu, toutes les deux, leur expérience amoureuse. Les jeunes gens avec qui elles parlaient avec tant de passion, chantaient avec tant d'ardeur et campaient sous les arbres avec tant de liberté, désiraient, bien sûr, le rapport sexuel. Les jeunes filles hésitaient, mais l'on parlait tant de la chose et c'était, paraît-il, si important. Et les hommes étaient si humbles et si ardents. Pourquoi une jeune fille ne pourrait-elle être royale et faire le don de soi?

Aussi firent-elles le don d'elles-mêmes, chacune au jeune homme avec lequel elles avaient eu les discussions les plus subtiles et les plus intimes. Les conversations, les discussions, voilà ce qui comptait : les rapports charnels et amoureux n'étaient rien d'autre qu'un retour à l'instinct, et même une sorte de retombée. Après, on était moins amoureuse du garçon et on avait un peu tendance à le haïr comme s'il avait violé l'intimité et la liberté profonde de l'être. Car, bien sûr, pour une fille, toute la dignité et le sens même de la vie consistaient dans l'accomplissement d'une liberté parfaite, pure et noble.

Quel autre sens pouvait avoir la vie d'une jeune fille, sinon refuser les vieux rapports sordides du sexe et de l'esclavage?

Et, en dépit de tout le romantisme qui l'entourait, cette affaire de sexe était bien un des rapports d'esclavage des plus anciens et des plus sordides. Les poètes qui chantaient sa gloire étaient surtout des hommes. Les femmes avaient toujours su qu'il existait quelque chose de plus beau et de plus noble. Et maintenant, elles le savaient plus sûrement que jamais. La belle et pure liberté d'une femme était infiniment plus merveilleuse que tout amour physique. Ce qui était dommage, c'est que les hommes étaient tellement en retard sur les femmes à ce sujet. Ils s'acharnaient à vouloir l'acte sexuel comme des chiens.

Et il fallait que la femme cède. L'homme, comme un enfant, avait ses appétits. La femme devait lui céder quand il le voulait, ou bien, comme un enfant, il deviendrait méchant, ferait la tête et gâterait ce qui pouvait être si agréable. Mais la femme pouvait céder à l'homme sans pour cela lui abandonner son être profond et libre. Les poètes et tous ceux qui parlent du sexe ne semblaient pas en avoir tenu suffisamment compte. Une femme pouvait prendre un homme sans vraiment s'abandonner à lui. Car elle n'avait qu'à se retenir pendant l'acte sexuel, laisser l'homme jouir seul et se répandre, sans jouir elle-même : et alors, elle pouvait prolonger la chose et trouver l'orgasme et la jouissance en utilisant l'homme comme un instrument et rien de plus.

Les deux sœurs avaient eu déjà leur expérience amoureuse quand la guerre survint et elles furent rappelées chez elles en toute hâte. Ni l'une ni l'autre ne pouvait être amoureuse d'un garçon à moins d'être très proche de lui par la parole et profondément intéressée par ce qu'ils avaient à se dire. Quelle émotion étonnante, profonde et incroyable que de parler à un jeune homme vraiment intelligent, heure après heure, jour après jour, pendant des mois... Voilà ce qu'elles ne pouvaient imaginer avant cette expérience! La promesse paradisiaque : « Tu auras des hommes à qui parler » n'avait jamais été prononcée mais elle avait été tenue avant même d'avoir été formulée.

Et si l'intimité créée par ces discussions vitales et vivifiantes rendait l'acte sexuel inévitable, qu'à cela ne tienne! Cela marquait la fin d'un chapitre, palpitante par elle-même : une étrange vibration dans le corps, un spasme final pour s'affirmer soi-même, comme le dernier mot, palpitant certes, comme cette ligne de points que l'on trace parfois à la fin d'un paragraphe pour indiquer un changement de thème.

Quand les jeunes filles rentrèrent chez elles pour les vacances d'été de 1913 – Hilda avait vingt ans et Connie en avait dix-huit – leur père comprit qu'elles avaient eu leur histoire d'amour.

L'amour avait passé par là (1), comme on dit. Mais c'était un homme qui avait vécu et qui laissait la vie suivre son cours. Quant à la mère, malade des nerfs et à quelques mois de sa mort, elle voulait simplement que ses filles soient « libres » et qu'elles « se réalisent ». Elle-même n'avait jamais pu « se réaliser » : cette grâce lui avait été refusée. Dieu sait pourquoi, car c'était une femme qui avait une fortune personnelle et qui savait ce qu'elle voulait. Elle en rendait son époux responsable. Mais, en réalité, c'était une vieille impression d'autorité qui pesait dans son esprit et dans son âme, et dont elle ne pouvait se débarrasser. Cela n'avait rien à voir avec sir Malcolm qui abandonnait sa femme, hostile et agressive, à ses nerfs, pour aller de son côté.

Ainsi les jeunes filles étaient-elles libres et elles retournèrent à Dresde, à leur musique, à l'université et à leurs jeunes gens. Chacune aimait son chacun et les jeunes gens les aimaient avec toute la passion d'une attirance mentale. Toutes les choses merveilleuses que les jeunes gens pensaient, exprimaient, écrivaient, ils les pensaient, exprimaient, écrivaient pour les jeunes filles. L'ami de Connie était dans la musique, celui de Hilda dans la technique. Mais, en toute bonne foi, ils ne vivaient que pour leurs amies. Du moins en esprit et dans leurs jeux intellectuels. Par ailleurs, ils étaient légèrement mortifiés, même s'ils ne le savaient pas.

Chez eux aussi, on voyait clairement que l'amour était passé par là : ou plutôt, l'expérience physique de l'amour. Elle est curieuse cette transmutation subtile et singulière qui s'opère dans le corps des hommes et des femmes : la femme s'épanouit, s'arrondit subtilement, les angles s'adoucissent; son expression est soit inquiète, soit triomphante. L'homme est plus calme, plus secret; la forme même de ses épaules et de ses fesses devient moins agressive, plus hésitante.

(1) En français dans le texte. (N.d.T.)

Dans le plaisir, dans la jouissance sexuelle proprement dite, les sœurs succombèrent presque à l'étrange pouvoir du mâle. Mais elles se ressaisirent très vite, accueillirent la jouissance sexuelle comme une sensation et rien de plus – et elles restèrent libres. Les hommes, par contre, par gratitude pour l'expérience sexuelle qu'elles leur avaient permise, leur avaient donné leur âme. Par la suite, on aurait dit qu'ils avaient perdu un franc et retrouvé dix sous. Celui de Connie était un peu maussade et celui de Hilda, un peu goguenard. Mais les hommes sont comme ça ! Ingrats et jamais satisfaits. Si vous ne les voulez pas, ils vous détestent; si vous les voulez, ils vous détestent aussi, pour une autre raison – ou sans raison aucune, mais ils sont comme des enfants mécontents qui ne peuvent jamais être satisfaits de ce qu'ils obtiennent, quoi que fasse la femme.

En tout cas, la guerre éclata; Hilda et Connie furent rappelées d'urgence chez elles, là où elles avaient passé le mois de mai lors de l'enterrement de leur mère. Avant Noël 1914, leurs jeunes Allemands étaient morts : alors, les deux sœurs pleurèrent et vouèrent aux jeunes gens un amour passionné, mais dans le fond, elles les avaient déjà oubliés. Ils n'existaient plus.

Les deux sœurs vivaient chez leur père, ou plutôt chez leur mère, dans la maison de Kensington. Elles fréquentèrent un groupe de jeunes gens de Cambridge, le groupe qui luttait pour la « liberté », les pantalons de flanelle et les chemises de flanelle à col ouvert, pour une sorte d'anarchie de bon aloi et à fleur de peau; une voix douce et chuchotante ainsi qu'une façon d'être, précieuse et désincarnée étaient de mise. Hilda, cependant, épousa brusquement un homme de dix ans son aîné, un des membres les plus âgés de ce même groupe de Cambridge, un homme ayant pas mal d'argent, une charge héréditaire dans le gouvernement qui lui assurait un ample revenu. Il écrivait également des essais philosophiques. Elle vécut avec lui dans une petite maison de Westminster et fit désormais partie de cette société de gens du gouvernement qui ne sont pas encore en haut de l'échelle mais qui sont ou pourraient être le vrai pouvoir intellectuel de la nation, des gens qui savent de quoi ils parlent ou qui parlent comme s'ils le savaient.

Connie eut un petit emploi de guerre. Elle frayait avec les « intransigeants » de Cambridge en pantalons de flanelle, qui se moquaient avec légèreté de tout, jusqu'à nouvel ordre. Son ami était un certain Clifford Chatterley, un jeune homme de vingt-deux ans, qui était rentré précipitamment de Bonn où il étudiait les techniques de l'industrie minière. Il avait passé les deux années précédentes à Cambridge. Il était maintenant sous-lieutenant dans un régiment chic et il pouvait se moquer de tout encore mieux grâce à l'élégance de son uniforme.

Clifford Chatterley était d'une classe sociale supérieure à celle de Connie. Connie venait de l'intelligentsia aisée, mais lui était de l'aristocratie. Pas de la haute, mais il en était cependant. Son père était baronet et sa mère avait été fille de vicomte.

Mais Clifford, bien que mieux élevé que Connie et plus homme du monde, était à sa manière plus provincial et plus timide. Il se sentait à l'aise dans le « grand monde » étroit, celui de l'aristocratie terrienne, mais restait nerveux et intimidé par l'autre vaste monde, fait d'immenses hordes de petits-bourgeois, de prolétaires et d'étrangers. A vrai dire, il était un tout petit peu effrayé par cette humanité des classes moyennes et des basses classes et par les étrangers d'une autre classe que la sienne. D'une manière un peu paralysante, il se sentait désarmé, malgré toutes les armes que lui donnaient ses privilèges : phénomène curieux mais propre à notre temps.

C'est pourquoi la douce assurance, tout à fait singulière, d'une jeune fille comme Constance Reid le fascina. Elle était tellement plus maîtresse d'elle-même que lui, dans ce monde du dehors où régnait le chaos.

Pourtant c'était un rebelle lui aussi : en rébellion même contre sa propre classe. Ou peut-être le mot rebelle est-il trop fort, beaucoup trop fort. Non, il était simplement en proie à cette répugnance générale, banale, de la jeunesse envers les conventions et toute espèce d'autorité effective. Les pères étaient ridicules; le sien, dans son obstination, l'était au dernier degré. Les gouvernements étaient ridicules; le nôtre, avec sa politique timorée, l'était par-dessus tout. Et les armées étaient ridicules, les vieilles ganaches de généraux plus encore, et ce Kitchener à la trogne rouge l'était au suprême degré. Même la guerre était ridicule, bien qu'en fait elle tuât pas mal de gens.

En réalité tout était ridicule ou très ridicule : sans aucun doute, tout ce qui touchait à l'autorité, que ce soit dans l'armée, le gouvernement ou les universités, était ridicule au dernier degré. Et dans la mesure où les classes dirigeantes prétendaient gouverner, elles étaient ridicules elles aussi. Sir Geoffrey, le père de Clifford, était intensément ridicule, lui qui abattait ses arbres et arrachait ses hommes à la mine pour les jeter en pâture à la guerre; restant d'ailleurs bien à l'abri malgré son patriotisme, mais dépensant pour la patrie plus d'argent qu'il n'en avait.

Quand Mlle Chatterley, Emma, quitta les Midlands pour travailler dans un hôpital à Londres, elle se moqua gentiment de sir Geoffrey et de son patriotisme résolu. Herbert, le frère aîné, l'héritier, en riait ouvertement même si c'étaient ses arbres qui tombaient pour étayer les tranchées. Mais Clifford, un peu mal à l'aise, ne faisait qu'en sourire. Tout était ridicule, d'accord, mais quand cela vous touchait de si près qu'on en devenait soi-même ridicule?... Au moins les gens d'une classe différente, comme Connie, prenaient certaines choses au sérieux. Il y avait certaines choses auxquelles ils croyaient.

Par exemple, ils prenaient au sérieux les *Tommies* (1), la menace de la conscription et le rationnement de sucre et de bonbons pour les enfants. Sur tous ces points, bien entendu, les autorités étaient ridiculement coupables. Mais Clifford n'arrivait pas à prendre tout cela à cœur. Pour lui, les autorités étaient ridicules par principe, non pour des histoires de bonbons ou de *Tommies*. Et les autorités se sentaient ridicules et se conduisaient d'une manière assez ridicule, et pour un temps on aurait pu se croire au goûter offert par le chapelier fou à Alice. Et puis, à l'extérieur, les choses se mirent à empirer; et Lloyd George survint pour rétablir la situation à l'intérieur. Cette fois le ridicule même était dépassé – et les jeunes gens désinvoltes cessèrent de rire.

En 1916, Herbert Chatterley fut tué et Clifford devint l'héritier du titre. Cela aussi le terrifia. Son importance en tant que fils de sir Geoffrey et enfant de Wragby était si enracinée en lui qu'il ne parvint pas à y échapper. Et pourtant il savait bien qu'aux yeux du vaste monde en plein bouleversement, cela aussi était ridicule. Il était maintenant héritier et responsable de Wragby. N'était-ce pas terrible? Splendide aussi, et en même temps peut-être tout simplement absurde?

Sir Geoffrey était insensible à cette absurdité. Il était pâle, tendu, concentré, obstinément décidé à sauver son pays et sa propre position, avec ou sans Lloyd George. Il

(1) Simples soldats, troufion. (*N.d.T.*)

était tellement coupé de tout, tellement divorcé de l'Angleterre réelle, si parfaitement incompétent, qu'il pensait du bien même de Horatio Bottomley. Sir Geoffrey tenait pour l'Angleterre et Lloyd George, comme ses ancêtres avaient tenu pour l'Angleterre et saint Georges : il ne sut jamais qu'il y eût une différence. C'est pourquoi sir Geoffrey abattait les arbres et tenait pour Lloyd George et l'Angleterre, pour l'Angleterre et Lloyd George.

Et il voulait que Clifford se marie et produise un héritier. Clifford voyait en son père un anachronisme incurable. Mais en quoi était-il plus en avance lui-même, sinon par le sens douloureux qu'il avait du ridicule de toute chose et du suprême ridicule de sa propre situation? Car, bon gré, mal gré, il prit son titre et Wragby au plus grand sérieux.

La joyeuse excitation du début de la guerre était morte. Tuée par trop de morts et trop d'horreurs. On avait besoin d'appui et de réconfort. On avait besoin d'une ancre sur une terre ferme. Un homme avait besoin d'une épouse.

Les Chatterley, la sœur et les deux frères, avaient vécu étrangement isolés, enfermés ensemble dans Wragby, en dépit de toutes leurs relations. Le lien familial était resserré par le sentiment de leur isolement, de la faiblesse de leur position, de leur vulnérabilité, malgré ou à cause de ce titre et des terres. Ils étaient séparés du monde industriel des Midlands où ils avaient passé leur vie. Et ils étaient séparés de leur propre classe par le caractère morose, têtu et renfermé de sir Geoffrey, leur père, qu'ils tournaient en ridicule entre eux – mais il ne fallait pas que les autres en fassent autant.

Ils s'étaient promis tous les trois de toujours vivre ensemble. Mais maintenant, Herbert était mort et sir Geoffrey voulait que Clifford se marie. Sir Geoffrey n'en parlait presque jamais, mais Clifford avait du mal à résister à cette conviction sombre et silencieuse qu'ainsi devaient se passer les choses.

Mais c'est Emma qui dit non! Elle avait dix ans de plus que Clifford et elle ressentait le mariage de son frère comme un abandon, une trahison envers tout ce que les enfants de la famille s'étaient juré.

Clifford épousa Connie quand même, et il eut un mois de lune de miel avec elle. C'était la terrible année 1917 et leur intimité fut celle de deux naufragés sur un navire en perdition. Il était resté vierge jusqu'au mariage; et le côté sexuel ne signifiait pas grand-chose pour lui. Ils étaient très proches, lui et elle, à part cela. Et Connie n'était pas peu fière de cette intimité qui était au-delà du sexe, au-delà de la « satisfaction » de l'homme. Clifford, d'ailleurs, ne tenait pas tellement à sa « satisfaction », comme y tiennent tant d'autres hommes. Non, l'intimité était plus profonde, plus personnelle que cela. Et le sexe n'était rien d'autre qu'un accident, qu'un accessoire en tout cas; une de ces fonctions organiques curieusement désuètes dont l'évidente imperfection persistait, mais qui n'était pas vraiment essentielle. Connie voulait pourtant des enfants, ne fût-ce que pour affirmer sa place devant sa belle-sœur Emma.

Mais, au début de l'année 1918, Clifford fut ramené en morceaux et il n'y avait pas d'enfant. Sir Geoffrey mourut de chagrin.

Chapitre 2

Connie et Clifford rentrèrent à Wragby en automne 1920. Miss Chatterley, toujours écœurée par la trahison de son frère, était partie et vivait à Londres dans un petit appartement.

Wragby était une vieille demeure longue et basse, en pierres brunes, construite vers le milieu du XVIIIe siècle mais que des additions successives avaient transformée en une sorte de séjour rustique, sans aucun style. Elle s'élevait sur une colline au milieu d'un vieux parc planté de chênes, assez beau, mais, hélas, on pouvait voir à peu de distance la cheminée de Tevershall avec ses nuages de vapeur et de fumée et, dans le lointain humide et brumeux de la colline, le désordre grossier du village de Tevershall qui commençait presque aux grilles du parc et s'étendait dans sa laideur absolue et désespérante sur une longue et sinistre lieue : des maisons, de petites maisons en brique, minables et sales, couvertes de toits d'ardoise noire, tout en angles aigus – obstinément tristes et sans charme.

Connie était habituée à Kensington, aux collines d'Ecosse ou aux dunes du Sussex : c'était là son Angleterre. Avec le stoïcisme de la jeunesse, elle affronta la terrible laideur sans âme de ces Midlands de charbon et de fer et, d'un seul regard, elle la refusa pour ce qu'elle était : incroyable et intolérable. Des pièces lugubres de Wragby, elle pouvait entendre le craquement des cribles dans la mine, le halètement du treuil à vapeur, le cliquetis des tombereaux de manœuvre, le petit sifflet enroué des locomotives. La houillère de Tevershall brûlait depuis des années et cela aurait coûté une fortune que de l'éteindre. Elle devait donc brûler. Et quand le vent venait de là, ce qui arrivait souvent, la maison était envahie par la puanteur de la combustion sulfureuse des excréments de la terre. Mais, même pendant les jours calmes, l'air avait toujours une vague odeur de souterrain : de soufre, de fer, de charbon ou d'acide. Et même sur les roses de Noël persistait incroyablement une manne noire descendue de ce ciel maudit.

C'était le destin, comme tout le reste! C'était assez affreux, mais il n'y avait rien à faire et voilà tout. Et cela continuait. La nuit, sur le plafond bas des nuages, des taches rouges brûlaient et oscillaient, gonflaient et se tuméfiaient comme des brûlures douloureuses. C'étaient les hauts fourneaux. Au début, ils exerçaient sur Connie une sorte de fascination mêlée d'horreur; elle avait l'impression de vivre sous terre. Et puis, elle s'était habituée. Et le matin il pleuvait.

Clifford affirmait préférer Wragby à Londres. Le pays avait une sombre obstination bien à lui et ses habitants avaient du cœur au ventre. Connie se demandait ce qu'ils avaient d'autre. Pas d'yeux en tout cas, et pas d'esprit. Ces gens étaient aussi décharnés, aussi informes, aussi lugubres que le paysage, et aussi hostiles. Seulement il y avait dans la dureté et la rude confusion de leur dialecte, et dans le bruit des semelles à clous de leurs bottes qu'ils traînaient sur l'asphalte quand ils rentraient du travail par petits groupes, quelque chose de terrifiant et d'un peu mystérieux.

Il n'y avait eu personne pour souhaiter la bienvenue au jeune maître : ni festivités ni délégations et pas même une fleur. Rien qu'une course sombre en automobile, le long d'une route noire et humide qui s'enfonçait parmi des arbres sinistres : puis la pente du parc où paissaient des moutons gris et mouillés et enfin le terre-plein où s'étalait la façade brun foncé de la maison et où la gouvernante et son mari s'empressaient, comme des locataires menacés à la surface de la terre, prêts à balbutier un mot de bienvenue.

Il n'y avait aucune communication entre Wragby Hall et le village de Tevershall, absolument aucune. Ni saluts ni révérences. Les mineurs les regardaient fixement et c'était tout; les commerçants soulevaient leur casquette devant Connie comme pour une simple connaissance et saluaient gauchement Clifford : rien de plus. Gouffre infranchissable, espèce de rancune silencieuse des deux côtés. Au début, Connie avait souffert de cette rancune qui venait du village comme une pluie fine et continuelle. Et puis, elle s'y était faite, et c'était devenu comme un tonique qui la stimulait. Ce n'était pas tant qu'elle et Clifford fussent impopulaires, mais bien plutôt qu'ils appartenaient à une race complètement différente de celle des mineurs. Gouffre infranchissable, rupture indescriptible, comme il n'en existe sans doute pas au sud de la Trent. Mais, dans les Midlands et dans le Nord industriel, gouffre infranchissable, à travers lequel aucune communication ne pouvait s'établir. Si tu restes de ton côté, je resterai du mien – étrange refus de la grande pulsation de l'humanité!

Pourtant, dans l'abstrait, le village éprouvait une certaine sympathie pour Clifford et Connie. Mais dans la chair, c'était : « Laissez-moi en paix », des deux côtés.

Le recteur était un homme aimable d'environ soixante ans et, quant à lui, presque réduit à zéro par ce silencieux « laissez-moi en paix » qui venait du village. Les femmes des mineurs étaient presque toutes de rite méthodiste. Les mineurs, eux, n'étaient rien du tout. L'uniforme officiel que portait l'homme d'Eglise était bien peu de chose, mais il était suffisant pour qu'il ne soit plus un homme comme les autres. Non, il était Mr. Ashby, une sorte d'automate qui prêchait et qui priait.

Cette manière têtue et instinctive d'affirmer : « Nous vous valons bien, même si vous êtes lady Chatterley », surprenait et troublait beaucoup Constance, les premiers temps. Cette curieuse amabilité, fausse et soupçonneuse, avec laquelle les femmes des mineurs répondaient à ses avances; cette note étrangement agressive : « Mon Dieu, mais je suis quelqu'un puisque lady Chatterley m'adresse la parole! Mais qu'elle ne s'imagine pas que je ne la vaux point! » qu'elle sentait toujours vibrer dans les voix à demi serviles des ces femmes, lui étaient insupportables. Il n'y avait rien à faire. C'était une attitude pleine d'hostilité qui allait irrémédiablement à l'encontre de toutes les règles de la bienséance.

Clifford les laissait tranquilles et elle apprit à en faire autant : elle passait sans les regarder et on la dévisageait comme un mannequin de cire ambulant. Quand il avait affaire à eux, Clifford était assez hautain et dédaigneux; il était difficile de rester amical. Il avait un profond mépris pour quiconque n'était pas de sa classe. Il s'en tenait à ses positions et ne tentait jamais un effort de conciliation. Il n'était ni aimé ni détesté par les gens : il faisait partie intégrante de l'ordre des choses, comme la mine et comme le domaine de Wragby.

Mais Clifford était devenu vraiment très timide et emprunté depuis qu'il était invalide. Il détestait voir des gens, à part ses domestiques personnels, car il devait rester assis dans un fauteuil roulant ou dans sa petite voiture. De grands tailleurs l'habillaient toujours avec le même soin; il portait toujours les belles cravates de Bond Street comme auparavant, et la partie supérieure de sa personne frappait par une élégance toute semblable à celle d'autrefois. Il n'avait jamais été l'un de ces jeunes gens efféminés à la mode du jour : il avait même un aspect presque campagnard, avec son visage coloré et ses larges épaules. Mais sa voix très posée et hésitante et ses yeux à la fois audacieux et craintifs, assurés et incertains, révélaient sa nature profonde. Sa manière d'être était souvent agressive et hautaine, mais redevenait vite modeste et humble, presque tremblante.

Connie et lui étaient attachés l'un à l'autre mais de façon distante, à la manière moderne. Il avait trop souffert du choc qui l'avait mutilé pour ne pas avoir perdu sa légèreté et même son assurance. Il était une chose souffrante, et c'est pourquoi Connie tenait passionnément à lui.

Mais elle ne pouvait s'empêcher de sentir combien il communiquait peu avec autrui. Les mineurs, en un sens, étaient ses hommes à lui; mais il les voyait comme des objets plutôt que comme des hommes, comme s'ils faisaient partie des puits et non de la vie. Pour lui c'étaient des brutes, de grossiers phénomènes et non des êtres humains à son image.

En un sens il avait peur d'eux, il ne supportait pas leur regard, maintenant qu'il était infirme. Et leur vie, étrange et rustre, lui semblait aussi peu naturelle que celle des hérissons. Il s'y intéressait de loin, comme un observateur devant un microscope ou un télescope. Il n'avait de contact avec personne, excepté, d'une manière toute traditionnelle, avec Wragby et, grâce au puissant esprit de famille, avec Emma. Au-delà, rien ne le touchait vraiment. Connie sentait bien qu'elle ne le touchait pas elle non plus, enfin pas vraiment. Peut-être n'y avait-il rien à atteindre en fin de compte – sinon la négation totale de tout contact humain.

Et pourtant, il dépendait d'elle totalement, il avait besoin d'elle à chaque instant. Il était grand et fort, mais réduit à l'impuissance. Il pouvait aller et venir dans son fauteuil roulant et il avait une petite voiture à moteur qu'il pouvait manœuvrer lentement à travers le parc. Mais seul il était perdu. Il avait besoin que Connie soit là pour le convaincre de son existence réelle.

Cependant, il était ambitieux. Il s'était mis sérieusement à écrire des contes : des histoires originales et très personnelles sur des gens qu'il avait connus. Ces contes étaient spirituels, assez méchants et pourtant, pour une raison mystérieuse, ils étaient vides de sens. Son don d'observation était tout à fait singulier et même extraordinaire. Mais il n'y avait aucune chaleur, aucun contact réel. Tout se passait, semblait-il, dans le vide. De nos jours, le champ de la vie est avant tout une scène artificiellement éclairée, aussi ces contes avaient-ils une qualité curieusement fidèle à la vie moderne, c'est-à-dire à la psychologie moderne.

Clifford était d'une susceptibilité presque morbide quand il s'agissait de ses contes. Il voulait que tout le monde les trouve bons, excellents, parmi les meilleurs, le *nec plus ultra.* Ils paraissaient dans les revues les plus modernes et ils étaient appréciés et critiqués comme il est naturel, mais pour Clifford, la critique était une torture qui plantait des couteaux dans sa chair. C'est comme si tout son être était passé dans ses contes.

Connie l'aidait autant qu'elle le pouvait. Au début, elle était enthousiaste. Il discutait de tout avec elle, d'une voix monocorde, avec insistance et persistance, et elle devait lui répondre de tout son être. C'était comme si toute son âme, tout son corps et tout son sexe à elle s'éveillaient et passaient dans ses contes à lui. Tout cela la passionnait et l'absorbait.

La vie physique et matérielle était de peu d'importance. Elle devait surveiller la maison. Mais la gouvernante avait servi sir Geoffrey pendant des années et la créature desséchée, d'un âge mûr, superlativement correcte, qui n'était même plus une femme de chambre ou même une femme tout court et qui servait à table, était dans la maison depuis quarante ans. Même les chambrières n'étaient plus jeunes. C'était horrible! Il n'y avait rien d'autre à faire que de laisser aller les choses! Cette suite sans fin de pièces que personne n'utilisait, toute cette routine des Midlands, cette propreté mécanique et cet ordre mécanique! Clifford avait voulu engager une nouvelle cuisinière, une femme pleine d'expérience qui l'avait servi à Londres. A part cela, une anarchie mécanique semblait diriger la maison. Tout se passait assez bien, avec une stricte propreté et une stricte ponctualité; et même avec une stricte honnêteté. Et pourtant, pour Connie, c'était de l'anarchie méthodique. Il n'y avait ni chaleur ni sentiments pour faire de tout cela un ensemble organique. La maison respirait la même tristesse qu'une rue désaffectée.

Connie n'avait pas d'autre choix que de laisser aller les choses. Et c'est ce qu'elle fit. Miss Chatterley venait quelquefois; le visage mince et aristocratique, elle triomphait car rien n'avait changé. Elle ne pardonnerait jamais à Connie de l'avoir dépossédée de sa profonde union avec son frère. C'était elle, Emma, qui aurait dû l'aider à produire ses contes, ses livres; les contes Chatterley, quelque chose de nouveau dans le monde, créé par les Chatterley et par eux seuls. Il n'y avait pas de commune mesure. Jamais un tel lien entre la pensée et l'expression n'avait existé auparavant. C'était quelque chose de nouveau dans le monde : les livres Chatterley étaient absolument originaux.

Le père de Connie, quand il venait faire une visite éclair à Wragby, disait en privé à sa fille :

– A mon avis, ce qu'écrit Clifford est intelligent mais c'est complètement vide. Ça ne durera pas!...

Connie regardait le corpulent chevalier écossais qui, sa vie durant, avait bien su mener sa barque, et ses grands yeux bleus toujours étonnés devenaient vagues. Complètement vide! Que voulait-il dire par complètement vide? Puisque les critiques louaient son œuvre, que le nom de Clifford était presque célèbre et qu'il gagnait même de l'argent... Que voulait dire son père en affirmant que les écrits de Clifford étaient complètement vides? Que voulait-il qu'il y ait d'autre?

Car Connie avait adopté les valeurs de la jeunesse :

c'est le moment présent qui comptait. Les moments se suivaient sans dépendre nécessairement les uns des autres.

Ce fut au cours de son second hiver à Wragby que son père lui dit un jour :

– J'espère, Connie, que tu ne vas pas permettre aux circonstances de t'obliger à rester *demi-vierge* (1).

– *Demi-vierge*? répondit Connie. Pourquoi? Et pourquoi pas?

– A moins que cela ne te plaise! ajouta son père en toute hâte.

Il dit la même chose à Clifford dès que les deux hommes furent seuls :

– J'ai peur que la condition de demi-vierge ne convienne pas vraiment à Connie.

– Demi-vierge! répliqua Clifford, et il traduisit la phrase en anglais pour bien la comprendre.

Il réfléchit un moment, puis il devint tout rouge. Il était furieux et offensé.

– Et de quelle manière cela ne lui convient-il pas? demanda-t-il avec raideur.

– Elle maigrit... Elle devient anguleuse. Ce n'est pas son genre. Ce n'est pas le style de fille à être plate comme une sardine; c'est une bonne truite d'Ecosse.

– Sans les taches, naturellement, dit Clifford.

Plus tard, il voulut parler à Connie de cette histoire de demi-vierge... de son état de demi-vierge à elle. Il ne put s'y résoudre, cependant. Il était à la fois et trop intime avec elle et pas assez. Spirituellement, il ne faisait qu'un avec elle, mais, physiquement, ils n'existaient pas l'un pour l'autre et, ni l'un ni l'autre ne pouvait supporter de discuter franchement du *corpus delicti.* Ils étaient si intimes et pourtant absolument étrangers.

Connie devina cependant que son père avait parlé à Clifford et que ce dernier gardait quelque chose sur le cœur. Elle savait que peu lui importait qu'elle soit demi-vierge ou demi-mondaine, tant qu'il n'en serait pas absolument certain et qu'on ne l'obligerait pas à savoir. Ce que les yeux ne voient pas et ce que l'esprit ne sait pas n'existe pas.

Connie et Clifford vivaient depuis près de deux ans à Wragby cette vie imprécise, tout absorbée par Clifford et son travail. Leurs intérêts n'avaient jamais cessé de se

(1) En français dans le texte. (N.d.T.)

concentrer sur son travail à lui. Ils parlaient et luttaient, tout aux angoisses de la composition, et ils sentaient qu'il arrivait quelque chose, vraiment quelque chose, mais dans le vide, vraiment.

Et voilà ce que c'était jusque-là : une vie dans le vide. Tout le reste n'existait pas. Il y avait Wragby, qui n'existait pas, hanté par des domestiques... qui n'étaient guère plus que des fantômes. Connie allait se promener dans le parc et dans les bois du voisinage, elle aimait bien la solitude et le mystère, jouait du pied avec les feuilles mortes de l'automne ou cueillait les primevères du printemps. Mais tout cela n'était qu'un rêve, ou plutôt rien de plus qu'un simulacre de la réalité. Les feuilles de chêne lui semblaient des feuilles de chêne qui trembleraient dans un miroir, elle-même n'étant qu'un personnage de roman, lu par quelqu'un en train de cueillir des primevères qui n'auraient été que des ombres, des souvenirs ou des mots. Aucune substance en elle et autour d'elle, aucune proximité, aucun contact! Cette vie avec Clifford seulement, cet éternel dévidage d'écheveaux psychologiques raffinés, ces contes qui, selon sir Malcolm, étaient complètement vides et ne dureraient pas.

Et pourquoi chercher quelque chose derrière ces contes et pourquoi devraient-ils durer? A chaque jour suffit sa peine. A chaque moment suffit l'*apparence* de la réalité.

Clifford avait pas mal d'amis ou plutôt des connaissances qu'il invitait à Wragby. Il recevait toute sorte de gens, des critiques et des écrivains, des personnes qui pourraient l'aider en chantant les louanges de ses livres. Ils étaient d'ailleurs flattés d'être invités à Wragby, et chantaient des louanges. Connie comprenait tout cela parfaitement. Et pourquoi pas? C'était un de ces reflets fugitifs dans le miroir. Où était le mal?

Elle recevait tous ces gens... des hommes, d'habitude. Elle recevait aussi parfois les quelques relations aristocratiques de Clifford. Elle avait l'air d'une fille de la campagne, avec sa douceur et son teint coloré, ses taches de rousseur, ses grands yeux bleus, ses cheveux bruns et bouclés, sa voix douce et ses reins solides et féminins : on la trouvait un peu démodée, trop « femme », en un mot. Elle n'était pas plate « comme un hareng », elle n'avait rien d'un adolescent sans poitrine et à petites fesses. Elle était trop féminine pour être vraiment chic.

Ainsi, les hommes, surtout ceux qui n'étaient plus

jeunes, étaient absolument charmants avec elle. Mais, comme elle savait que le moindre flirt serait une torture pour le pauvre Clifford, elle ne les encourageait jamais. Elle restait paisible et lointaine, n'avait aucun contact avec eux et n'avait aucune intention d'en avoir. Clifford était extrêmement fier de lui-même.

La famille de Clifford la traitait tout à fait gentiment. Elle savait que cette gentillesse venait de ce qu'elle ne leur faisait pas peur et que ces gens-là ne vous respectent pas tant qu'on ne leur fait pas un peu peur. Mais encore une fois, il restait une distance. Elle acceptait leur gentillesse et leur dédain et leur faisait sentir qu'ils n'avaient pas besoin de s'inquiéter à son sujet. Elle n'avait aucun rapport réel avec eux.

Le temps passait. Quoi qu'il arrivât, rien n'arrivait, car elle était superbement détachée de tout. Elle et Clifford vivaient dans leurs idées et dans ses livres. Elle recevait... Il y avait toujours des gens à la maison. Le temps passait comme les heures de l'horloge, huit heures et demie remplaçaient sept heures et demie.

Chapitre 3

Connie sentait en elle une nervosité qui grandissait. A cause du détachement du réel où elle était, une nervosité s'emparait d'elle peu à peu comme une folie. Cela faisait tressauter ses membres quand elle ne le voulait pas, sa colonne vertébrale se redressait d'un coup alors qu'elle aurait voulu être détendue et à l'aise. Cette nervosité vibrait dans son corps, dans ses entrailles, quelque part si fort qu'elle sentait le besoin de se jeter à l'eau, de nager pour y échapper; une folle nervosité qui lui faisait battre le cœur violemment et sans raison. Elle maigrissait aussi de plus en plus.

Ce n'était que de la nervosité. Elle traversait parfois le parc en courant, abandonnait Clifford et s'étendait à plat ventre dans les fougères. Il fallait fuir la maison... fuir la maison et tout le monde. Le bois était son seul refuge, son sanctuaire.

Mais ce n'était pas vraiment un refuge, ni un sanctuaire, car elle n'avait aucune intimité avec le bois. Ce n'était qu'un lieu où elle pouvait échapper à tout. Elle ne communiquait jamais vraiment avec l'esprit même du bois... à supposer qu'il existât une chose aussi absurde.

Confusément, elle savait qu'elle était en train de craquer. Confusément, elle savait qu'elle avait perdu le contact, qu'elle avait perdu tout contact avec le monde substantiel et vital. Ne restaient que Clifford et ses livres qui n'existaient pas, qui n'avaient rien en eux! D'un vide à l'autre. Confusément, elle le savait bien. Mais c'était comme de se taper la tête contre une pierre.

Son père lui donna un nouvel avertissement :

– Pourquoi ne te trouves-tu pas un amoureux, Connie? Cela te ferait le plus grand bien.

Cet hiver-là, Michaelis vint leur rendre visite pendant quelques jours. C'était un jeune Irlandais qui avait déjà gagné une grosse fortune en Amérique grâce à ses pièces de théâtre. La société distinguée de Londres l'avait pour un temps adopté avec enthousiasme car ses pièces étaient conçues pour les gens distingués. Et puis, peu à peu, la société distinguée avait compris qu'un rat d'égout miteux de Dublin l'avait tournée en ridicule et ce fut le dégoût. Michaelis était devenu le dernier des goujats et des cuistres. On l'accusa d'être antianglais, et, pour la classe qui fit cette découverte, il n'est pas de crime plus sordide. On le raya des vivants et son cadavre fut jeté aux ordures.

Michaelis avait pourtant un appartement à Mayfair et donnait à Bond Street l'image d'un gentleman, car même les meilleurs tailleurs ne tournent pas le dos aux clients de mauvaise réputation quand ces clients paient.

Clifford invitait donc ce jeune homme de trente ans à un moment critique de sa carrière. Et pourtant, Clifford n'hésita pas. Michaelis avait sans doute plusieurs millions d'auditeurs; dans sa condition de paria social, il serait sûrement reconnaissant qu'on l'invite à Wragby alors que le beau monde le rejetait. Sa reconnaissance pourrait aider Clifford à se lancer en Amérique. Ô renommée! On l'obtient cette renommée avec de faussses louanges en faisant parler de soi comme il faut, surtout *là-bas*. Clifford était un écrivain d'avenir; son instinct de la publicité était remarquable, en vérité. En fin de compte, Michaelis le décrivit fort noblement dans une de ses pièces. Clifford devint une sorte de héros populaire jusqu'à ce qu'il eût compris qu'on s'était moqué de lui.

Connie s'étonnait un peu de ce besoin aveugle et impérieux de devenir célèbre : célèbre, du moins dans ce vaste monde amorphe qu'il ne connaissait pas lui-même et qui ne lui inspirait que malaise et frayeur; célèbre en tant qu'écrivain – en tant qu'écrivain moderne. Constance savait bien par l'exemple de son vieux père, le jovial et bluffeur sir Malcolm, que les artistes font leur propre réclame et doivent vendre tout seuls leurs marchandises. Mais son père suivait des voies déjà tracées, utilisées aussi par tous les peintres de l'Académie royale qui vendaient leurs tableaux. Clifford, lui, ouvrait de nouvelles et nombreuses voies pour sa publicité. Il recevait toute sorte de gens à Wragby, sans pour cela s'abaisser vraiment. Mais, déterminé à se construire une réputation le plus vite possible, il employait tous les matériaux à sa portée pour y parvenir.

Michaelis arriva donc le jour dit, dans une très belle voiture, avec chauffeur et valet de chambre. Il était « Bond Street » jusqu'au bout des ongles! Mais à sa vue, l'âme de hobereau qui demeurait en Clifford se hérissa. Il n'était pas exactement... pas exactement, en fait, il n'était pas du tout, mais pas du tout, ce qu'affichait son apparence. Pour Clifford, c'était définitif et suffisant. Il fut pourtant d'une grande politesse avec cet homme à cause de son surprenant succès. La déesse-chienne du succès, comme on l'appelle, qui rôdait, protectrice, et montrant les dents, aux talons d'un Michaelis humble à demi et à demi arrogant, intimidait complètement Clifford : lui aussi voulait se prostituer à la déesse-chienne. Au succès, également, si seulement il voulait bien de lui.

Michaelis, c'était évident, n'était pas anglais en dépit de tous les tailleurs, coiffeurs, chapeliers et bottiers du meilleur quartier de Londres. Non, non, il n'était pas anglais : il avait le visage pâle et plat et la façon d'être qu'il ne fallait pas; la rancune douloureuse qu'il ne fallait pas. On sentait en lui du ressentiment et de la rancœur : c'était clair aux yeux d'un vrai gentleman anglais qui n'aurait pas toléré de laisser voir de tels sentiments. Le pauvre Michaelis avait reçu beaucoup de coups et cela se voyait encore dans son regard, qui était celui de quelqu'un qui portait un peu la queue basse. Il avait fait son chemin uniquement grâce à son instinct et à sa grande effronterie qui l'avaient mené sur la scène, au tout premier plan de la scène. Ses pièces avaient conquis le public. Il avait cru alors que le temps des coups de pied était passé. Hélas, ce n'était pas fini et ne le serait jamais. Car, en un sens, il désirait les coups. Il voulait plus que tout être accepté dans un milieu qui n'était pas le sien... par le « grand monde » anglais. Mais comme on jouissait des coups qu'on lui donnait! Et comme il les haïssait, ces gens!

Et pourtant, il voyageait avec son valet de chambre et sa très belle voiture, ce bâtard de Dublin.

Il y avait en lui quelque chose qui plaisait à Connie. Il ne prenait pas de grands airs; il n'avait aucune illusion sur lui-même. Il parlait d'une manière raisonnable, brève et pratique de tout ce que Clifford voulait savoir. Il n'insistait pas et ne se laissait pas aller. Il savait qu'on l'avait invité à Wragby pour l'utiliser et, comme un vieil homme d'affaires retors et presque indifférent, ou même comme un grand homme d'affaires, il se laissait interroger et répondait en perdant le moins de temps possible avec les sentiments.

– L'argent! disait-il, l'argent est une sorte d'instinct. Chez l'homme, c'est un don de la nature que de gagner de l'argent. Ce n'est pas qu'on en fait. Ce n'est pas un truc. C'est une sorte d'accident permanent qui vous arrive; quand on commence à gagner de l'argent, on continue à en gagner; enfin, jusqu'à un certain point, j'imagine.

– Mais il faut commencer, dit Clifford.

– Oui, bien sûr! Il faut entrer dans le cercle. Rien à faire tant qu'on reste dehors. Il faut se battre pour entrer. Quand c'est fait, ça va tout seul.

– Mais auriez-vous pu gagner de l'argent autrement qu'avec le théâtre? demanda Clifford.

– Oh! probablement pas! Bon ou mauvais, je suis un écrivain et un écrivain de théâtre, voilà ce que je suis et ce que je dois être. Il n'y a pas de doute là-dessus.

– Et vous pensez que c'est un auteur de pièces à succès que vous devez être? demanda Constance.

– Voilà, exactement! dit-il en se tournant vers elle dans un élan soudain. Il n'y a rien là-dedans! Rien dans le succès. J'irai même jusqu'à dire qu'il n'y a rien dans le public. Rien non plus vraiment dans mes pièces qui en fasse des réussites. Ce n'est pas ça. Elles sont comme le temps qu'il fait... Elles doivent exister... pour le moment du moins.

Il tourna lentement ses yeux un peu saillants et noyés

dans un insondable désenchantement vers Connie et elle trembla légèrement. Il avait l'air si vieux... infiniment vieux, produit par des couches successives de désillusion, qui se seraient déposées en lui, génération après génération, comme des dépôts géologiques; et, en même temps, il était comme un enfant abandonné. Un proscrit, en un certain sens; mais avec le courage désespéré de son existence de rat.

– Au moins, c'est merveilleux ce que vous avez déjà fait, à votre âge, dit Clifford pensivement.

– J'ai trente ans... Oui, j'ai trente ans! dit Michaelis avec une soudaine dureté et un rire étrange; un rire creux, triomphant et amer à la fois.

– Et vous êtes seul? demanda Connie.

– Que voulez-vous dire? Si je vis seul? J'ai mon domestique. Il se dit grec et il est absolument incapable, mais je le garde. Et puis, je vais me marier. Oh! oui, il faut que je me marie!

– Vous parlez du mariage comme de se faire enlever les amygdales, dit en riant Connie. Serait-ce si pénible?

Il la regarda avec admiration.

– Eh bien, lady Chatterley, je le crois! Il me semble... Je vous prie de m'excuser... Il me semble que je ne pourrais pas épouser une Anglaise, ni même une Irlandaise...

– Essayez donc une Américaine, dit Clifford.

– Oh! une Américaine! – Il rit d'un rire creux. – J'ai demandé à mon domestique de me trouver une Turque... Quelque chose de plus oriental.

Connie était vraiment surprise de cet étrange et mélancolique spécimen d'une extraordinaire réussite; on disait que, d'Amérique seulement, il tirait un revenu de cinquante mille dollars. Parfois, il était beau; parfois, quand il regardait de côté, qu'il baissait les yeux et que la lumière tombait sur lui, il avait la beauté silencieuse et durable d'un masque africain sculpté dans l'ivoire, avec ses yeux saillants, ses sourcils fournis et curieusement arqués et sa bouche immobile et serrée; cette immobilité passagère mais révélatrice, cette immobilité hors du temps à laquelle aspire le Bouddha et que les Noirs expriment parfois sans la chercher jamais; quelque chose de si vieux et comme soumis à la race! Siècles de soumission à la destinée de la race, plutôt que résistance individuelle. Et puis, c'est une traversée rapide, comme celle des rats dans une sombre rivière.

Connie ressentit un étrange élan vers lui et puis, soudain, un élan de compassion l'emplit, mêlé d'une répulsion, qui devenait presque de l'amour. Le paria! l'étranger! Et on l'accusait d'être prétentieux! Et pourtant, comme Clifford semblait plus prétentieux et plus sûr de ses droits! Et tellement plus bête aussi!

Michaelis comprit tout de suite qu'il avait fait impression sur elle. Il tourna ses yeux saillants couleur noisette vers elle et c'était un regard de pur détachement. Il la jaugeait, elle, et aussi l'impression qu'il avait faite sur elle. Pour les Anglais, rien ne pourrait jamais l'empêcher d'être l'éternel exilé, pas même l'amour. Et pourtant, certaines femmes tombaient amoureuses de lui, et même des Anglaises. Il savait exactement à quoi s'en tenir avec Clifford. Ils étaient deux chiens de race différente qui auraient voulu se mordre, mais qui échangeaient des sourires, par nécessité. Mais, avec la femme, il ne savait pas aussi bien où il en était.

Le petit déjeuner était servi dans les chambres; on ne voyait pas Clifford avant le déjeuner et la salle à manger était un peu lugubre. Après le café, Michaelis, mal dans sa peau et un peu nerveux, se demanda ce qu'il pourrait bien faire. C'était une belle journée de novembre... belle pour Wragby. Il jeta un coup d'œil sur le parc mélancolique. Mon Dieu! Quel endroit!

Il fit demander par un domestique s'il pouvait être utile à lady Chatterley : il pensait aller en automobile jusqu'à Sheffield. On lui fit répondre de bien vouloir monter jusqu'au petit salon de lady Chatterley.

Connie avait un petit salon au deuxième étage, le dernier étage du corps central de la maison. Les appartements de Clifford étaient, bien sûr, au rez-de-chaussée. Michaelis fut flatté d'être invité dans le salon de lady Chatterley. Il suivit en aveugle le domestique... Il ne remarquait jamais rien, n'avait jamais aucun contact avec ce qui l'entourait. Une fois dans la pièce, il jeta un coup d'œil rapide aux belles reproductions allemandes de Renoir et de Cézanne.

– C'est très agréable ici, dit-il avec son étrange sourire, comme si sourire le faisait souffrir, et en montrant les dents. Vous avez bien raison de vous être installée tout en haut.

– Je le crois aussi, dit-elle.

Son petit salon était la seule pièce gaie et moderne de la maison, le seul endroit de Wragby où s'exprimait un peu sa personnalité. Clifford ne l'avait jamais vu, et elle y faisait monter très peu de gens.

Maintenant, Michaelis et elle étaient assis de chaque côté du feu et ils parlaient. Elle lui posa des questions sur lui, sur son père et sur sa mère, sur ses frères et sœurs... Les autres étaient toujours une source d'émerveillement pour elle, et, quand sa sympathie s'éveillait, elle était tout à fait dépourvue de préjugés de classe. Michaelis parlait en toute franchise de lui-même, avec une grande spontanéité et, sans aucune affectation, il révélait avec simplicité son âme de chien battu, imprégnée d'amertume et d'indifférence; puis il montrait, dans un éclair, l'orgueil et le sentiment de revanche qu'il tirait de son succès.

– Mais pourquoi êtes-vous un animal si solitaire? lui demanda Connie.

Il la regarda une fois encore de ses yeux pénétrants couleur noisette.

– Il y a des gens qui sont comme ça, répondit-il.

Puis, avec une nuance d'ironie familière, il ajouta :

– Mais, et vous alors? N'êtes-vous pas un animal solitaire, vous aussi?

Connie, un peu confuse, réfléchit quelques instants, et puis elle dit :

– En un sens, c'est vrai! Mais pas aussi profondément que vous!

– Mais suis-je vraiment tout à fait solitaire? demanda-t-il avec son étrange sourire un peu grimaçant, comme s'il avait mal aux dents.

Le sourire était un peu pincé et les yeux d'une mélancolie si parfaite et si inaltérable, ou peut-être étaient-ils stoïques, ou déçus, ou effrayés.

– Pourquoi? dit-elle, légèrement à bout de souffle, tout en le regardant. Vous l'êtes, n'est-ce pas?

Elle sentait un appel terrible qui venait de lui vers elle et qui lui faisait presque perdre l'équilibre.

– Oh, vous avez tout à fait raison! dit-il en détournant la tête.

Puis il regarda de côté, baissa la tête avec la curieuse immobilité d'une ancienne race qui n'existe presque plus de nos jours. Ce qui faisait perdre tout contrôle à Connie, c'était de le voir détaché d'elle.

Il leva vers elle son regard qui voyait tout, qui enregistrait tout. En même temps, l'enfant qui pleurait dans la nuit criait vers elle, du plus profond de son être, d'une manière qui la bouleversait dans ses entrailles mêmes.

– Vous êtes trop gentille de penser à moi, dit-il laconiquement.

– Mais pourquoi ne penserais-je pas à vous? s'exclama-t-elle, le souffle court.

Il eut son même petit rire tordu et sifflant.

– Oh! de cette façon là! Puis-je vous tenir la main un instant? demanda-t-il soudain, le regard fixé sur elle avec une force presque hypnotique, en lui lançant un appel qui vibra dans ses entrailles mêmes.

Elle le regardait, stupéfaite et transpercée; il s'approcha et s'agenouilla à ses côtés, prit ses deux pieds dans ses mains, enfouit son visage entre ses genoux et ne bougea plus. Elle était toute troublée et fascinée, le regard penché sur la peau douce de sa nuque avec une sorte d'effarement et elle sentait le visage de l'homme pressé contre ses cuisses. En dépit de sa brûlante épouvante, elle ne put s'empêcher de poser sa main, avec tendresse et compassion, sur la nuque fragile et il se mit à trembler, pris d'un grand frisson.

Et puis, il la regarda avec ce terrible appel dans ses yeux saillants et lumineux. Elle était absolument incapable d'y résister. De sa poitrine, un immense désir répondit au sien; elle devait tout lui donner, n'importe quoi.

C'était un amant étrange et très doux, très doux avec la femme, tremblant d'une manière incontrôlée, et à la fois détaché, conscient, conscient de chaque bruit extérieur.

Pour elle, cela ne voulait rien dire d'autre que de se donner à lui. Et puis, il s'arrêta de trembler et resta étendu, tout à fait tranquille à ses côtés. Alors, de ses doigts gourds et tendres, elle lui caressa la tête, qu'il avait posée sur sa poitrine.

Quand il se releva, il lui baisa les deux mains, puis ses deux pieds chaussés de pantoufles de daim et, en silence, il se dirigea vers l'autre bout de la chambre et lui tourna le dos. Pendant quelques minutes, ce fut le silence. Et puis, il retourna près d'elle, qui s'était assise de nouveau près de la cheminée.

– Et maintenant, j'imagine que vous allez me haïr! dit-il d'une voix calme et résignée.

Elle eut un regard rapide vers lui :

– Et pourquoi devrais-je vous haïr? demanda-t-elle.

– Elles sont comme ça d'habitude, dit-il; puis il se corrigea : Je veux dire... c'est ce que l'on attend d'une femme.

– C'est bien le dernier moment que je choisirais pour vous haïr, dit-elle avec rancune.

– Je sais! Je sais bien. C'est ainsi que cela devrait être! Vous êtes si bonne pour moi, cria-t-il piteusement.

Elle se demanda pourquoi il était malheureux.

– Ne voulez-vous pas vous rasseoir? lui dit-elle.

Il jeta un coup d'œil vers la porte.

– Sir Clifford! dit-il, ne serait-il pas... ne serait-il pas...?

Elle réfléchit un instant : « Peut-être », dit-elle, et puis, elle le regarda :

– Je ne veux pas que Clifford sache... qu'il s'en doute seulement. Cela le ferait tellement souffrir. Mais je ne crois pas que cela soit mal, n'est-ce pas?

– Mal! Grand Dieu, non! Vous êtes tout simplement trop bonne pour moi... J'arrive à peine à le supporter.

Il détourna la tête et elle comprit qu'il était sur le point de sangloter.

– Mais nous n'avons pas besoin de le dire à Clifford, n'est-ce pas? continua-t-elle. Cela lui ferait si mal. Et s'il ne l'apprend jamais, s'il n'a aucun soupçon, cela ne fait de mal à personne.

– De moi, dit-il presque brutalement, de moi, il ne saura rien du tout! vous verrez. Je vous le promets. Je ne me laisserai pas prendre!

Il eut un rire creux et cynique à cette idée. Elle le regarda avec surprise. Il lui dit :

– Puis-je vous baiser la main et m'en aller? Je vais courir à Sheffield, je crois, et déjeuner là-bas, si vous le permettez. Je serai de retour à l'heure du thé. Puis-je faire quelque chose pour vous? Puis-je être sûr que vous ne me haïssez pas, que vous ne me haïrez jamais?...

Il termina sur une note cynique et désespérée.

– Non, je ne vous hais pas, dit-elle. Je vous trouve gentil.

– Ah! dit-il avec violence, je préfère que vous me disiez cela, plutôt que de me dire que vous m'aimez! Cela veut dire tellement plus... A cet après-midi, alors. J'ai bien de quoi penser jusque-là.

Il lui baisa les mains humblement et partit.

– Je n'aime pas ce jeune homme, dit Clifford, au cours du déjeuner.

– Pourquoi? demanda Connie.

– C'est un vrai butor sous son vernis... et tout prêt à nous sauter dessus.

– Je trouve que les gens ont été cruels à son égard, dit Connie.

– Et cela vous surprend? Et vous pensez vraiment qu'il a passé le plus clair de son temps à faire de bonnes actions?

– Je lui trouve une certaine générosité.

– Envers qui?

– Je ne sais pas exactement.

– Bien sûr que vous ne le savez pas. J'ai bien peur que vous ne confondiez le manque de scrupule et la générosité.

Connie réfléchit. Vraiment? Peut-être bien. Et pourtant, le manque de scrupule de Michaelis exerçait une certaine fascination sur elle. Il allait de l'avant, alors que Clifford avançait à pas timides. A sa manière, il avait conquis le monde et c'est ce que Clifford souhaitait pour lui-même. Les voies et les moyens? Ceux de Michaelis étaient-ils plus méprisables que ceux de Clifford? La manière dont le pauvre paria s'était poussé dans le monde tout seul était-elle pire que celle de Clifford qui faisait sa propre réclame pour devenir célèbre? La déesse-chienne du succès était traquée par des milliers de chiens haletants et la langue pendante. Si on s'en tient au succès, celui qui le possédait le premier était le seul vrai chien parmi les chiens! Michaelis pouvait donc porter la queue haute.

La chose étrange est qu'il ne le fit pas. Il revint vers l'heure du thé avec un grand bouquet de violettes et de lis et la même expression de chien battu. Connie se demandait parfois si c'était une sorte de masque pour désarmer l'opposition, car cette expression lui semblait presque trop gelée. Etait-il vraiment chien triste à ce point?

Son expression éteinte de chien triste persista toute la soirée, bien que Clifford sentît derrière elle une profonde insolence. Connie, elle, ne sentait pas cette effronterie, sans doute parce qu'elle n'était pas dirigée contre les femmes; contre les hommes, seulement, contre leur prétention et contre leur arrogance. C'était la profonde et indestructible insolence de Michaelis qui rendait le pauvre garçon insupportable aux hommes. Sa seule présence, même s'il savait se cacher sous d'apparentes bonnes manières, était un affront pour tout homme convenable.

Connie était amoureuse de lui, mais elle réussit à

demeurer assise, toute à sa broderie, et à laisser parler les hommes sans se trahir. Quant à Michaelis, il était parfait; c'était le même jeune homme mélancolique, attentif et réservé du soir précédent. Il se tenait à des millions de lieues de ses hôtes, tout en leur donnant la réplique comme il convenait, sans jamais se rapprocher d'eux un instant. Connie pensait qu'il avait dû oublier la matinée. Il n'avait pas oublié. Mais il savait où il se trouvait... dans cet endroit qu'il connaissait bien, dehors, là où se trouvent les intrus, nés à l'écart. Avoir fait l'amour ne l'atteignait pas personnellement. Il savait que cela ne changerait pas le chien sans maître qu'il était, et à qui l'on reproche son collier doré, en un vrai chien de salon.

Et puis, au plus profond de lui-même, il était vraiment un intrus, un ennemi de la société et il acceptait dans son for intérieur cette évidence, tout « Bond Street » qu'il était extérieurement. Son isolement était pour lui une nécessité; tout comme son conformisme apparent et le fait de frayer avec du beau monde étaient aussi une nécessité.

Mais un amour de temps en temps qui soulage et qui console, c'était une bonne chose et il n'était pas ingrat. Au contraire, il éprouvait une reconnaissance brûlante, poignante pour toute marque de gentillesse naturelle et spontanée, jusqu'à en pleurer. Derrière son visage pâle, immobile et sans illusion, son âme d'enfant sanglotait de gratitude pour la femme et brûlait de retourner vers elle; mais, en même temps, son âme de paria savait bien qu'il pouvait se passer d'elle.

Il trouva l'occasion de lui dire, pendant qu'ils allumaient les bougies dans le hall :

– Puis-je venir?

– C'est moi qui viendrai, dit-elle.

– Très bien.

Il l'attendit longtemps, mais elle vint.

C'était un de ces amants tremblants et excités dont la jouissance venait vite et finissait vite. Il y avait dans son corps nu quelque chose de curieusement enfantin, de sans défense : il était nu comme les enfants sont nus. Toutes ses armes venaient de son esprit et de sa ruse et quand ses profonds instincts de ruse étaient assoupis, il semblait doublement nu et comme un enfant à la chair incomplète et tendre qui lutte désespérément.

Il éveillait chez la femme une espèce de compassion et d'ardeur sauvage, un désir violent et irrésistible. Il n'arrivait pas à satisfaire son désir physique à elle; sa jouissance venait trop rapidement et se terminait trop vite et puis, il se serrait contre sa poitrine et retrouvait ainsi un peu de son insolence tandis qu'elle restait étendue, hébétée, déçue, perdue.

Bientôt, pourtant, elle apprit à le retenir, à le garder là, en elle, après qu'il avait joui. Et là, il était généreux et curieusement puissant; il restait dur à l'intérieur d'elle, se donnant à elle pendant qu'elle était active... sauvagement, passionnément active jusqu'à ce qu'elle jouisse, elle aussi. Le plaisir frénétique qu'elle obtenait de lui et cette jouissance totale qu'il lui donnait, en restant dur bien que passif, le remplissait d'un curieux sentiment d'orgueil mêlé de satisfaction.

– Que c'est bon! murmura-t-elle en tremblant, et elle demeura tout à fait immobile, accrochée à lui. Et lui restait là, perdu dans son propre isolement, mais étrangement fier.

Cette fois-là, il ne resta que trois jours et il se montra avec Clifford exactement le même qu'au premier soir; avec Connie, également. On ne pouvait aucunement briser sa façade.

Il écrivit à Connie du même ton plaintif et mélancolique, avec esprit, parfois, avec une note de curieuse affection dépourvue de sexualité. Il semblait éprouver pour elle une sorte de tendresse désespérée, mais une distance essentielle demeurait toujours. Il était désespéré jusqu'au tréfonds de lui-même et il voulait rester désespéré. Ou plutôt, il détestait l'espoir. *Une immense espérance a traversé la terre* (1), avait-il lu quelque part, et tel fut son commentaire : « Oui, et elle a bien noyé tout ce qui valait la peine. »

Connie ne le comprit jamais vraiment; mais, à sa manière, elle l'aimait. Et, tout au long de leur liaison, elle ne cessa de ressentir en elle son désespoir à lui. Elle ne pouvait pas vraiment aimer dans le désespoir; quant à lui, désespéré comme il était, il ne pouvait jamais aimer du tout.

Ainsi ils continuèrent pendant un certain temps à s'écrire et à se rencontrer quelquefois à Londres. Elle désirait toujours la vive émotion physique et sexuelle qu'elle pouvait obtenir de lui grâce à sa propre activité, après qu'il en avait terminé avec son petit orgasme. De son

(1) En français dans le texte. (N.d.T.)

côté, il désirait toujours lui donner cette émotion; et cela suffisait pour qu'ils restent liés.

Cela suffisait aussi pour qu'elle y puise une assurance subtile, quelque chose d'aveugle et d'un peu arrogant. Cette confiance presque mécanique en sa propre puissance s'accompagnait d'une bonne humeur à toute épreuve.

A Wragby, son entrain était prodigieux; et cette bonne humeur, cette satisfaction toutes neuves lui servaient à stimuler Clifford. C'est à cette époque qu'il écrivit ses meilleurs contes; et il était presque heureux, dans son étrange aveuglement. En réalité, il récoltait les fruits de la satisfaction sexuelle qu'elle tirait de la virilité de Michaelis passivement érigée en elle. Mais, bien sûr, il ne le sut jamais. L'eût-il su, il n'aurait pas dit merci!

Et pourtant, quand ces jours de bonne humeur joyeuse et stimulante furent révolus et bien révolus et qu'elle se retrouva déprimée et irritable, ce que Clifford put regretter cet heureux temps! Peut-être même, s'il avait su, aurait-il souhaité les remettre ensemble, elle et Michaelis.

Chapitre 4

Connie avait toujours pressenti que sa liaison avec Mick, comme on l'appelait, n'aurait pas d'avenir. Les autres hommes, pourtant, ne semblaient pas l'intéresser. Elle était attachée à Clifford. Il voulait une grande partie de sa vie et elle la lui donnait. Elle aussi demandait une grande partie de la vie d'un homme et cela Clifford ne le lui donnait pas, ne pouvait pas le lui donner. Il y avait bien les spasmes de Michaelis, mais elle sentait bien que cela aurait une fin. Rien ne pouvait durer avec Mick. Sa nature la plus profonde le forçait à rompre pour retrouver sa liberté, sa solitute totale de chien perdu. C'était pour lui une impérieuse nécessité bien qu'il se dît à chaque fois : « C'est elle qui m'a laissé tomber. »

Le monde est, paraît-il, plein de possibilités, mais elles se réduisent à bien peu pour la plupart des individus. Il y a quantité de bons poissons dans la mer... Peut-être... Mais en général, c'est de la sardine ou du hareng que l'on trouve, et si l'on n'est pas soi-même sardine ou hareng, on n'a guère de chances de trouver du bon poisson dans la mer.

Clifford allait à grands pas vers la renommée. Il gagnait même de l'argent. On venait le voir. Connie avait presque toujours des invités à Wragby. Si ce n'était pas de la sardine, hélas, c'était du hareng, avec de temps à autre un poisson-chat ou une anguille.

Il y avait des habitués, des fidèles, des hommes qui avaient été à Cambridge avec Clifford. Il y avait Tommy Dukes, qui n'avait pas quitté l'armée et qui était général de brigade.

– L'armée, disait-il, me laisse peu de temps pour penser et me sauve de l'ennui d'avoir à affronter la bataille de la vie.

Il y avait Charles May, un Irlandais qui écrivait des études savantes sur les étoiles. Hammond écrivait lui aussi. Tous, ils avaient plus ou moins le même âge que Clifford : les jeunes intellectuels du moment en somme. Ils croyaient tous à la vie de l'esprit. Pour le reste, cela ne regardait que vous et n'avait que peu d'importance. Nul ne songe à vous demander à quelle heure vous allez aux cabinets. C'est une affaire personnelle.

Et c'est ainsi pour tout ce qui a rapport à la vie quotidienne... comment vous gagnez votre argent, si vous aimez votre femme ou si vous avez des liaisons. Tout cela n'a d'intérêt que pour la personne en question et, comme dans le cas des cabinets, ne regarde personne d'autre.

– Le vrai problème en ce qui concerne le sexe, dit Hammond, un garçon grand et mince, avec une femme et deux enfants, mais beaucoup plus lié à une secrétaire, c'est qu'il n'y en a pas. Rigoureusement aucun problème. On ne veut pas suivre un homme aux cabinets, et pourquoi voudrait-on le suivre au lit avec une femme? Et c'est là le vrai problème. Si l'on ne s'occupait ni d'une chose ni de l'autre, il n'y aurait pas de problème. Tout cela n'a aucun sens et ne rime à rien; c'est vraiment de la curiosité mal placée.

– Bien sûr, Hammond, bien sûr! Mais si quelqu'un commence à faire la cour à Julia, vous allez bouillir; et, s'il continue, vous allez déborder...

Julia était la femme de Hammond.

– Mais justement! De même que je le ferais s'il urinait dans un coin de mon salon. Chaque chose à sa place.

– Voulez-vous dire que cela vous serait égal si l'homme en question faisait l'amour avec Julia dans une discrète alcôve ?

Charles May parlait avec une certaine ironie car il avait esquissé avec Julia un petit flirt que Hammond avait interrompu assez brutalement.

– Bien sûr que cela ne me serait pas égal. Le sexe est une chose intime qui ne regarde que moi et Julia; et bien sûr que cela ne me serait pas égal si tout autre essayait de s'en mêler.

– Pour dire vrai, dit Tommy Dukes – qui était maigre et couvert de taches de rousseur et qui ressemblait beaucoup plus à un Irlandais que May, qui était pâle et assez gros – pour dire vrai, Hammond, vous avez un instinct de propriété fort développé ainsi qu'un grand besoin de vous affirmer et un grand désir de réussir. Depuis que j'ai définitivement choisi l'armée, j'ai quitté le monde et je vois maintenant combien le désir de s'affirmer et de réussir est incroyablement puissant chez les hommes. Il est vraiment monstrueusement développé. Toute notre individualité va dans cette direction. Et, bien sûr, les hommes comme vous pensent s'en tirer mieux avec l'appui d'une femme. C'est la raison pour laquelle vous êtes si jaloux. Voilà ce que veut dire le sexe pour vous... une petite dynamo vitale entre vous et Julia, pour produire du succès. Si vous commenciez à essuyer des échecs, vous vous mettriez à flirter, comme Charlie, qui, lui, ne réussit pas. Les gens mariés, comme vous et Julia, vous portez une étiquette, comme des malles de voyageurs. Julia c'est *Mrs. Arnold B. Hammond*... comme sur une malle, dans un train, qui appartient à quelqu'un. Et vous, c'est *Arnold B. Hammond, aux bons soins de Mrs. Arnold B. Hammond.* Oh ! vous avez tout à fait raison, mais tout à fait raison ! La vie de l'esprit a besoin d'une maison confortable et d'une cuisine bourgeoise. Vous avez tout à fait raison. Elle a aussi besoin de postérité. Mais tout cela dépend de l'instinct de réussite. C'est le pivot autour duquel tourne toute chose.

Hammond semblait assez vexé. Il était très fier de l'intégrité de son esprit et de ne pas être esclave de son époque. Et pourtant, il désirait le succès.

– C'est bien vrai que l'on ne peut pas vivre sans argent, dit May. Il faut en avoir une certaine quantité pour vivre et s'en tirer... et même pour être libre de penser, il faut avoir une certaine quantité d'argent ou alors l'estomac vous en empêche. Mais vous pourriez, il me semble, laisser de côté les étiquettes quand il s'agit de sexualité. On est libre de parler à n'importe qui; alors pourquoi n'aurait-on pas le droit de faire la cour à n'importe quelle femme qui nous plaît?

– Et voilà le Celte libidineux qui parle, dit Clifford.

– Libidineux! Eh bien, pourquoi pas? Je ne vois pas pourquoi je fais plus de mal à une femme en couchant avec elle qu'en dansant avec elle... ou même en lui parlant du temps qu'il fait. C'est un échange de sensations plutôt qu'un échange d'idées. Alors, pourquoi pas?

– Mais c'est de la promiscuité de lapins! dit Hammond.

– Et pourquoi pas? Que reprochez-vous aux lapins? Sont-ils pires qu'une humanité névrosée, révolutionnaire, pleine de rage et de haine?

– Mais, quoi qu'il en soit, nous ne sommes pas des lapins, dit Hammond.

– Précisément! Mon esprit existe : j'ai certains calculs à faire sur certains points d'astronomie, presque plus importants pour moi que la vie et la mort. Parfois l'indigestion m'arrête. La faim aussi m'arrêterait d'une manière désastreuse. De même, les besoins sexuels frustrés m'arrêtent. Que faire alors?

– J'aurais cru que les excès sexuels vous auraient arrêté plus sérieusement, dit Hammond avec ironie.

– Vous n'y êtes pas! Je ne mange pas trop et je ne baise pas trop. On a le choix quand il s'agit de trop manger. Mais vous voudriez me faire mourir de faim tout à fait!

– Pas du tout! Vous pourriez vous marier.

– Et qu'en savez-vous? Le mariage ne convient peut-être pas au mécanisme de mon esprit. Le mariage pourrait... peut-être... fausser mon processus mental. Je ne suis pas fait pour ça... Et faut-il que je sois enchaîné à ma niche comme un moine? Mais tout cela n'est pas sérieux, mon vieux. Je dois vivre et faire mes calculs. J'ai parfois besoin de femmes. Je me refuse à en faire une montagne et je n'accepte ni condamnation morale ni interdit d'aucune sorte. J'aurais honte de voir une femme déambuler avec mon étiquette sur le dos avec l'adresse et la gare, comme une malle pleine de vêtements.

Ces deux hommes ne s'étaient pas pardonné le flirt avec Julia.

– C'est une idée amusante, Charlie, dit Dukes, de

considérer le sexe comme une autre forme de conversation où l'on met en actes les mots plutôt que de les dire. Cela doit être tout à fait vrai. Nous pouvons sans doute échanger autant de sensations et d'émotions avec les femmes que d'idées sur la pluie et le beau temps et ainsi de suite. Le rapport sexuel n'est peut-être, dans certains cas, qu'une conversation physique normale entre un homme et une femme. On ne parle pas à une femme si l'on n'a pas d'idées en commun avec elle, c'est-à-dire qu'on ne lui parle pas si l'on n'est pas intéressé par elle. Et de même on ne couche pas avec une femme à moins de partager avec elle une certaine émotion et de la sympathie. Mais si l'on avait...

– Si l'émotion et la sympathie que vous éprouvez pour une femme sont celles qui conviennent, il vous faut coucher avec elle, dit May. La seule chose honnête à faire, c'est de coucher avec elle. De même, quand on a envie de parler à quelqu'un, la seule chose à faire c'est d'engager la conversation. On ne va pas se mordre la langue comme une bégueule. On dit ce que l'on a à dire. Et c'est la même chose dans l'autre cas.

– Non, dit Hammond, c'est faux. Vous, par exemple, May, vous épuisez la moitié de vos forces avec les femmes. Vous ne ferez jamais ce dont vous êtes capable, malgré la grande intelligence qui est en vous. Trop, c'est trop.

– Peut-être... Quant à vous, trop peu c'est trop peu, mon vieil Hammond, marié ou non. Vous gardez peut-être la pureté et l'intégrité de votre esprit, mais il commence à diablement se dessécher. Votre pur esprit est en train de devenir sec comme une trique à ce que je vois. Vous le démolissez à coups de paroles.

Tommy Dukes éclata de rire.

– Allez-y, grands esprits, dit-il. Regardez-moi... Je ne fais aucun travail intellectuel élevé et pur, je lance quelques idées et c'est tout. Et pourtant je ne me marie pas et je ne cours pas après les femmes. Je crois que Charlie a tout à fait raison : s'il a envie de courir après les femmes, c'est son droit de ne pas courir trop souvent, mais je ne lui interdirais pas de courir. Hammond, lui, a l'instinct de propriété et il est naturel que le droit chemin et la porte étroite soient ce qu'il lui faut. Vous verrez qu'il sera « homme de lettres anglais » avant peu, de la tête aux pieds. Et puis il y a moi. Je ne suis rien. Un bouffon et rien de plus. Et vous, Clifford? Pensez-vous que le sexe soit une dynamo qui peut aider l'homme à réussir dans le monde ?

Clifford parlait rarement dans ces moments-là. Il n'arrivait pas à s'exprimer. Ses idées manquaient de vigueur; il restait trop vague, trop émotif. Aussi rougissait-il maintenant et semblait-il mal à l'aise.

– Eh bien, dit-il, je suis moi-même *hors de combat*(1) et je ne crois pas avoir grand-chose à dire à ce sujet.

– Mais pas du tout, dit Dukes; le haut de votre personne n'est pas du tout *hors de combat*(1). La vie de l'esprit est chez vous saine et intacte. Allons, donnez-nous votre opinion.

– Eh bien, balbutia Clifford, je n'ai pas vraiment d'idée... J'imagine que se marier-et-en-finir correspond plus ou moins à ce que je pense. Bien que, évidemment, entre un homme et une femme qui s'aiment, ce soit une chose formidable.

– Formidable, en quel sens ? dit Tommy.

– Oh, cela rend l'intimité plus parfaite encore, dit Clifford, que cette conversation gênait comme une femme.

– Eh bien, Charlie et moi, nous pensons que le sexe est un moyen de communication tout comme la conversation. Qu'une femme commence une conversation sexuelle avec moi, et il est tout naturel que cela se termine au lit. Malheureusement aucune femme ne commence ce genre de conversation avec moi, donc je couche seul; et je ne me porte pas plus mal... je l'espère en tout cas, car comment savoir ? De toute façon, je n'ai pas de calculs stellaires en cours et pas d'œuvres immortelles à écrire. Je ne suis qu'un pauvre diable planqué dans l'armée...

Le silence tomba. Les quatre hommes fumaient. Et Connie était là, ajoutant un point de plus à son ouvrage... Oui, elle restait là, assise, sans rien dire. Elle devait se taire comme une souris pour ne pas gêner les spéculations hautement intellectuelles de ces messieurs. Mais il fallait qu'elle soit là; sans elle, cela ne marchait pas aussi bien. Leurs idées ne coulaient pas aussi librement. Clifford était plus irritable et plus nerveux, ses pieds devenaient froids plus vite en l'absence de Connie et la conversation languissait. C'est Tommy Dukes qui s'en tirait le mieux. La présence de Connie l'inspirait un peu. Elle n'aimait pas vraiment Hammond : sa manière de

(1) En français dans le texte. (N.d.T.)

raisonner lui paraissait très égoïste. Quant à Charlie May, même s'il y avait en lui quelque chose qui lui plaisait, elle le trouvait quelque peu déplaisant et grossier, malgré ses étoiles.

Connie ne comptait plus les soirées où elle était restée assise à écouter les discours de ces quatre hommes – ceux-là et un ou deux autres. Ils ne semblaient jamais aboutir nulle part; mais cela ne la troublait pas profondément. Elle aimait bien entendre ce qu'ils avaient à dire, surtout quand Tommy était là. C'était amusant. Au lieu de vous embrasser ou de vous toucher de leurs corps, ils vous révélaient leurs esprits. Oui, c'était très amusant. Mais qu'ils étaient froids, ces esprits!

C'était aussi un peu irritant. Elle avait plus de respect pour Michaelis, qu'ils écrasaient de leur mépris et traitaient de bâtard arriviste et de parvenu inculte de la pire espèce. Tout bâtard et parvenu qu'il fût, il savait où il allait. Il ne tournait pas autour du pot avec des millions de mots dans la parade de la vie de l'esprit.

Connie aimait bien la vie de l'esprit, elle en tirait même un grand plaisir. Mais elle trouvait qu'il ne fallait pas exagérer. Elle aimait beaucoup être là, dans la fumée de tabac de ces fameuses soirées de vieux copains, comme elle les appelait en privé quand elle était seule. Elle était infiniment amusée, et flattée aussi, que, même pour discuter, ils ne puissent se passer de sa présence silencieuse. Elle avait un immense respect pour la pensée... et ces hommes, au moins, essayaient de penser avec honnêteté. Mais il y avait un obstacle impossible à franchir. Ils parlaient tous de la même chose, mais de quoi, elle n'en avait pas la moindre idée. Mick lui-même n'arrivait pas à tirer cela au clair.

Mais, après tout, Mick essayait seulement de se débrouiller dans la vie et d'en imposer aux autres comme les autres essayaient de lui en imposer. Il était vraiment antisocial et c'est ce que Clifford et ses copains lui reprochaient. Clifford et ses copains n'étaient pas contre la société; ils désiraient plus ou moins sauver l'humanité ou tout au moins l'instruire.

Ce dimanche soir, une conversation éblouissante allait bon train mais on en revint à l'amour.

– « Béni soit le lien qui lie

Nos cœurs en une union... je-ne-sais-plus-quoi... » dit Tommy Dukes. J'aimerais bien savoir quel est ce lien. Le lien qui nous lie, nous, pour le moment, c'est la friction mentale que nous exerçons les uns sur les autres. A part ça, le lien entre nous est bien fragile. Dès que nous nous séparons, il se rompt, nous disons des choses horribles les uns sur les autres, comme tous les sales intellectuels du monde. Comme tout le monde en réalité, car tout le monde en fait autant. Ou alors, la rupture est silencieuse, on cache les choses horribles que l'on ressent les uns pour les autres en déversant d'hypocrites sucreries. C'est tout de même étrange que la vie intellectuelle ne semble pouvoir fleurir qu'avec ses racines plongeant dans une méchanceté ineffable et sans fond. Cela a toujours été ainsi. Voyez Socrate, dans Platon, et la bande qui l'entourait! La pure méchanceté de tout cela, la joie pure de déchirer quelqu'un... Protogoras ou un autre! Et Alcibiade et les autres petits disciples qui comme des chiens entraient dans la bagarre! Je dois dire qu'on en arrive à préférer Bouddha, assis tranquillement sous son arbre, ou Jésus racontant à ses disciples des petites histoires de catéchisme, paisiblement, et sans feux d'artifice mentaux. Non, il y a quelque chose de faux, de radicalement faux dans la vie mentale. Elle est enracinée dans la méchanceté et l'envie, dans l'envie et la méchanceté. On juge l'arbre à ses fruits.

– Je ne crois pas que nous soyons aussi méchants que ça, protesta Clifford.

– Mon cher Clifford, pensez donc un peu à la manière dont nous parlons les uns des autres, tous tant que nous sommes. Je suis encore pire que les autres, je l'admets. C'est que je préfère infiniment la méchanceté spontanée aux sucreries; ces mixtures-là sont du poison. Quand je commence à dire que Clifford est un type vraiment bien, etc. etc., c'est alors qu'il faut plaindre Clifford. Pour l'amour de Dieu, vous tous, dites des choses méchantes sur moi, alors je saurai que j'existe pour vous. Ne me dites pas des sucreries ou c'est la fin des fins.

– Oh! mais je crois, honnêtement, que nous nous aimons bien les uns les autres, dit Hammond.

– Sans aucun doute... Nous disons tant d'horreurs les uns sur les autres, les uns aux autres, par-derrière! Je suis le pire.

– Je crois que vous confondez la vie mentale et l'esprit critique. Je suis d'accord avec vous, c'est bien Socrate qui a magnifiquement donné son essor à l'esprit critique, mais il a fait bien plus que cela, dit Charlie May, d'un ton doctoral. Les « copains » étaient curieusement pompeux sous leur apparente modestie. Tout cela était tellement *ex cathedra*, tout en ayant la prétention d'être plein d'humilité.

Dukes refusa de discuter de Socrate.

– C'est tout à fait vrai que la critique et la connaissance ne sont pas la même chose, dit Hammond.

– Bien sûr que non, s'écria Berry, un jeune homme brun et timide, qui était venu voir Dukes et passait la nuit à Wragby.

Ils le regardèrent tous comme si l'âne avait parlé.

– Je ne parlais pas de connaissance, je parlais de vie mentale, dit Dukes en riant. La vraie connaissance émerge de tout l'ensemble de la conscience; elle vient du ventre et du pénis tout autant que du cerveau et de l'esprit. L'esprit ne peut qu'analyser et raisonner. Laissez l'esprit et la raison gouverner le reste, ils ne peuvent que tout étouffer sous la critique. Je dis bien que c'est *tout* ce qu'ils peuvent faire. C'est très important. Par Dieu, le monde a besoin de critique aujourd'hui, de critique à mort. Par conséquent, vive la vie mentale, gloire à notre méchanceté, qu'on en finisse avec cette vieille farce pourrie. Mais, que vous le vouliez ou non, c'est bien ainsi que cela se passe : tant qu'on *vit* sa vie, on participe, en un sens, organiquement à la vie universelle. Dès qu'on entre dans la vie mentale, on cueille la pomme. On a rompu le lien entre la pomme et l'arbre : le lien organique. Et si vous n'avez rien d'autre dans votre vie que la vie mentale, vous n'êtes rien d'autre qu'une pomme cueillie... Vous êtes tombé de l'arbre. Alors, il est nécessaire et logique d'être méchant, comme il est nécessaire et naturel que pourrisse une pomme cueillie.

Clifford ouvrait de grands yeux : tout cela n'avait aucun sens pour lui; Connie riait intérieurement.

– Eh bien, nous sommes donc tous des pommes cueillies, dit Hammond, d'un ton vif et un peu aigre.

– Alors faisons de nous du cidre, dit Charlie.

– Mais que pensez-vous du bolchevisme? demanda Berry, le jeune homme brun, comme si toute la discussion avait abouti à cela.

– Bravo! rugit Charlie, que pensez-vous du bolchevisme?

– Bah! foin du bolchevisme, dit Dukes.

– J'ai bien peur que le bolchevisme soit un vaste problème, dit Hammond en secouant la tête d'un air sérieux.

– Le bolchevisme, à mon avis, dit Charlie, n'est qu'une haine superlative de ce qu'ils appellent le bourgeois. Mais qu'est-ce qu'un bourgeois? Voilà qui n'est pas clair. C'est le capitalisme, entre autres choses. Les sentiments et les émotions sont si évidemment bourgeois eux aussi qu'il faudrait inventer un homme qui en serait dépourvu.

» Ainsi donc l'individu et surtout l'homme en tant que *personne* est bourgeois. Donc il faut le supprimer. Il faut se laisser submerger par cette grande chose qu'est le socialisme soviétique. L'organisme aussi est bourgeois, donc l'idéal doit être mécanique. Or la seule chose qui soit une unité non organique composée de plusieurs parties également essentielles, c'est la machine. Chaque homme est un rouage de la machine et la force qui fait marcher la machine c'est la haine, la haine du bourgeois. Voilà ce qu'est le bolchevisme pour moi.

– Absolument, dit Tommy. Mais c'est aussi, me semble-t-il, une description parfaite de tout l'idéal industriel. C'est, en résumé, l'idéal d'un propriétaire d'usine sauf qu'il nierait que la force motrice soit la haine. Mais c'est bien la haine pourtant : haine de la vie même. Il n'y a qu'à regarder ces Midlands où la haine est inscrite partout... Mais tout cela fait partie de la vie de l'esprit, c'est un développement logique.

– Je nie que le bolchevisme soit logique; il rejette la plus grande partie des prémisses, dit Hammond.

– Mon cher, il conserve les prémisses matérielles; le pur esprit fait de même... exclusivement.

– Au moins, le bolchevisme est allé au fond des choses, dit Charlie.

– Au fond des choses! Le fond n'a pas de fond, voilà tout! Les bolcheviques auront dans très peu de temps la meilleure armée du monde, dotée du meilleur équipement mécanique.

– Mais ça ne peut pas durer... cette histoire de haine. Il faut réagir..., dit Hammond.

– Et l'on attend depuis des années... et ce n'est pas fini. La haine est une chose qui grandit, comme tout le reste. C'est le dénouement inévitable quand on veut forcer les idées à s'inscrire dans la vie, violenter les instincts les plus profonds; oui, nous violentons nos sentiments les plus profonds au nom de certaines idées. Nous fonctionnons à coups de formules, comme une machine. L'esprit logique prétend faire la loi, et la loi devient de la haine pure. Nous sommes tous des bolcheviques, mais nous sommes des hypocrites, tout simplement. Les Russes sont bolcheviques sans hypocrisie.

– Mais il y a bien d'autres manières que la manière soviétique, dit Hammond. Les bolcheviques ne sont pas vraiment intelligents.

– Bien sûr que non. Mais parfois, c'est intelligent que d'être faible d'esprit, si l'on veut en arriver à ses fins. Personnellement, je trouve que le bolchevisme est stupide, mais je trouve que notre vie sociale en Occident est également imbécile. Et je trouve que notre vie mentale si renommée est, elle aussi, imbécile. Nous sommes tous froids comme des crétins, nous sommes tous des idiots sans passion. Nous sommes tous des bolcheviques, mais nous le sommes sous d'autres noms. Nous nous prenons pour des dieux... des hommes semblables à des dieux! C'est la même chose que le bolchevisme. Il faut être humain, avoir un cœur et un pénis si l'on veut éviter de devenir un dieu ou un bolchevique... Car c'est la même chose, l'un et l'autre sont trop beaux pour être vrais.

Une question inquiète de Berry rompit le silence désapprobateur :

– Alors, vous croyez à l'amour, Tommy, n'est-ce pas?

– Quel délicieux garçon! Non, mon chérubin, dit Tommy, neuf fois sur dix, non! L'amour est aujourd'hui une autre de ces performances idiotes. Des types à la taille ondoyante baisant des petites filles folles de jazz dont les fesses de petits garçons ressemblent à des boutons de col! C'est de ce genre d'amour que vous parlez? Ou du genre communauté-de-biens, succès-à-tout-prix du genre d'amour mon-mari-ma-femme? Non, mon bon ami, je n'y crois pas du tout!

– Mais vous croyez en quelque chose?

– Moi? Eh bien! intellectuellement, je crois en un bon cœur, en un pénis gaillard, en une intelligence vive et je crois au courage de dire « merde » devant une dame.

– Eh bien! tout cela, vous l'avez, dit Berry.

Tommy Dukes éclata de rire.

– Quel ange! Si seulement je l'avais! Non, mon cœur est engourdi comme une pomme de terre, mon pénis pend et ne relève jamais la tête, je préfère le trancher net que de dire « merde » devant ma mère ou ma tante... Et attention! ce sont de vraies dames; et je ne suis pas vraiment intelligent; je suis un intellectuel et voilà tout. Comme ce serait merveilleux d'être intelligent : alors on pourrait se sentir vivre dans toutes les parties de son être, les nommables et les innommables. Le pénis lève la tête et dit bonjour à toute personne vraiment intelligente. Renoir a dit qu'il peignait ses tableaux avec son pénis... et c'est vrai! Quels beaux tableaux! J'aimerais bien faire quelque chose avec le mien. Seigneur! Et l'on ne peut que parler! Une torture de plus ajoutée à l'Hadès! C'est Socrate qui a commencé tout cela.

– Il y a des femmes bien dans le monde, dit Connie, levant la tête et parlant enfin.

Les hommes lui en voulurent... Elle aurait dû faire semblant de ne rien entendre. Ils ne supportaient pas qu'elle ait pu suivre de si près une telle conversation.

– Mon Dieu!...

Si elles ne sont pas bien avec moi
Que m'importe qu'elles soient bien?

» Non, il n'y a pas d'espoir! Il m'est impossible de vibrer à l'unisson avec une femme. Il n'y a pas une seule femme que je désire vraiment quand je suis en face d'elle et je ne vais pas commencer à me forcer... Grand Dieu, non! Je resterai ce que je suis, un intellectuel. C'est la seule chose honnête que je puisse faire. *Parler* aux femmes me rend assez heureux; mais cela reste pur, désespérément pur, oui, désespérément pur. Qu'en dites-vous, Hildebrand, mon poussin?

– Tout est bien moins compliqué, si l'on reste pur, dit Berry.

– Oui, la vie est bien trop simple.

Chapitre 5

Par une matinée glacée, sous un pâle soleil de février, Clifford et Connie faisaient une promenade, à travers le parc, vers le bois. Ou plutôt, Clifford manœuvrait sa petite voiture à moteur et Connie marchait à côté de lui.

L'air dur était toujours sulfureux, mais ils y étaient habitués tous les deux. Le brouillard, que le gel et la fumée rendaient opalescent, envahissait le proche horizon, et, là-haut, s'étendait un petit morceau de ciel bleu; de sorte que l'on était comme enfermé, toujours enfermé. De sorte que la vie était un rêve ou une folie, comme enfermée, elle aussi.

Les moutons toussaient dans l'herbe rude et desséchée du parc, où le gel bleuté couvrait le pied des touffes. Un sentier traversait le parc vers la grille du bois, semblable à un ruban rose. Clifford l'avait récemment fait recouvrir d'un fin gravier tiré du puits de la mine. Quand la roche et les détritus du monde souterrain avaient brûlé et rejeté le soufre, cela tournait au rose vif, couleur de crevette par temps sec et, par temps humide, cela devenait plus foncé, couleur de crabe. Ce jour-là, le gravier avait une pâle couleur crevette, mêlée au blanc bleuâtre du givre. Cette couche tamisée rose vif ravissait chaque fois Connie. A quelque chose malheur est bon.

Clifford conduisait avec prudence sur la pente qui les éloignait de Wragby, et Connie gardait la main sur la voiture. Devant eux s'étendait le bois, les buissons de noisetiers d'abord, et puis, derrière, la densité pourpre des chênes. A la lisière du bois, les lapins dansaient et grignotaient. Soudain un vol noir de corneilles s'élevait et traînait sur le petit morceau de ciel.

Connie ouvrit la grille du bois, et Clifford s'engagea lentement sur la gande allée qui montait la côte entre les fourrés bien marqués des noisetiers. Le bois était un reste de la grande forêt où chassait Robin des Bois, et cette allée cavalière était un très, très vieux chemin qui traversait le pays. Mais maintenant, bien sûr, ce n'était qu'une allée à travers le bois privé. La route de Mansfield déviait vers le nord.

Dans le bois, tout était immobile, les feuilles mortes retenaient le gel sur leur envers. Un geai poussa un cri strident, plusieurs petits oiseaux voltigeaient. Mais il n'y avait pas de gibier, pas de faisans. On les avait tués pendant la guerre et le bois était resté sans protection jusqu'à ce que Clifford récupère son garde-chasse.

Clifford aimait le bois; il aimait les vieux chênes. Il les sentait comme siens à travers les générations. Il voulait les protéger. Il voulait que ce lieu soit inviolé, comme enfermé et coupé du monde.

La petite voiture gravissait la côte lentement, se balançait en cahotant sur les mottes gelées. Et soudain, sur la gauche, apparut une clairière où il n'y avait rien qu'un fouillis de fougères mortes, quelques jeunes arbres fuselés inclinés de-ci de-là, quelques gros troncs sciés montrant leur sommet et leurs racines tenaces, sans vie. On voyait des taches noires, là où les bûcherons avaient brûlé des broussailles et des déchets.

C'était un des endroits que sir Geoffrey avait fait déboiser pendant la guerre pour construire les tranchées. Toute la colline, qui s'élevait doucement sur la droite de l'allée, était dénudée et étrangement abandonnée. En haut de la colline, là où s'étaient dressés les chênes, la nudité était totale; et de là on pouvait voir, au-dessus des arbres, le chemin de fer des mines et les nouveaux chantiers de Stacks Gate. Dressée, Connie regardait cette brèche dans la pure retraite du bois. Cette ouverture faisait entrer le monde du dehors mais elle n'en parla pas à Clifford.

Cet endroit dénudé mettait toujours Clifford dans une étrange colère. Il avait fait la guerre et savait ce qu'elle voulait dire. Mais il n'avait jamais été vraiment en colère avant de voir cette colline nue. Il la faisait reboiser, mais elle excitait sa haine contre sir Geoffrey.

Clifford était assis, le visage figé, tandis que la petite voiture montait lentement. Quand ils furent arrivés en haut de la côte il s'arrêta; il ne voulait pas se hasarder sur la pente raide et cahoteuse. Il demeura assis, à regarder la perspective de l'allée cavalière toute verte au-dessous de lui, voie ouverte à travers les fougères et les chênes. L'allée disparaissait en tournant au fond de la colline; un joli tournant gracieux fait pour des chevaliers en selle et des dames sur leur palefroi.

– Pour moi, voilà le vrai cœur de l'Angleterre, dit Clifford, toujours assis dans le pâle soleil de février.

– Vraiment? dit Connie, s'asseyant elle aussi, dans sa robe de tricot bleu, sur un tronc au bord du chemin.

– Oui, je le crois, c'est bien le cœur de la vieille Angleterre et j'ai l'intention de le garder intact.

– Bien sûr, dit Connie.

Alors qu'elle prononçait ces mots elle entendit hurler les sirènes de onze heures venant de la mine de Stacks Gate. Clifford, lui, y était trop habitué pour les entendre.

– Je veux que ce bois soit parfait... intact. Je veux que personne n'y passe sans autorisation, dit Clifford.

Il y avait là quelque chose de pathétique. Le bois avait encore un peu du mystère et de la sauvagerie de la vieille Angleterre, mais les abattages de sir Geoffrey lui avaient donné un coup. Que les arbres étaient calmes avec leurs innombrables branchages emmêlés et découpés contre le ciel et leurs troncs gris et obstinés s'élevant des fougères brunies! Comme les oiseaux voltigeaient sans crainte dans ces arbres! Autrefois, il y avait eu des cerfs, et des archers et des moines trottinant sur leurs ânes. L'endroit se souvenait, se souvenait encore.

Clifford était assis dans le soleil pâle qui éclairait ses cheveux blonds et lisses et son visage plein, coloré et impénétrable.

– Je regrette de ne pas avoir de fils, dit-il, quand je viens ici plus qu'à n'importe quel moment.

– Mais le bois est plus vieux que votre famille, dit Connie avec douceur.

– C'est vrai! dit Clifford, mais nous l'avons conservé. Sans nous, il disparaîtrait... il aurait déjà disparu, comme le reste de la forêt. Il faut conserver un peu de la vieille Angleterre!

– Le faut-il? dit Connie. Doit-elle être conservée et conservée contre la nouvelle Angleterre? C'est triste, je le sais.

– Si un peu de la vieille Angleterre n'est pas conservé, il n'y aura plus d'Angleterre du tout, dit Clifford. Et pour nous qui avons ce genre de propriété et qui l'aimons, c'est un devoir de la conserver.

Suivit un triste silence.

– Oui, pour quelque temps, dit Connie.

– Pour quelque temps! C'est tout ce que nous pouvons faire. Nous ne pouvons que donner notre modeste part. Je sens que chaque homme de ma famille, depuis que nous possédons cet endroit, lui a donné sa modeste part. On peut s'insurger contre les conventions, mais il faut continuer la tradition.

De nouveau, il y eut un silence.

– Quelle tradition? demanda Connie.

– La tradition de l'Angleterre! De tout ceci!

– Oui, dit-elle lentement.

– C'est pourquoi avoir un fils est une aide; chacun n'est qu'un maillon de la chaîne, dit-il.

Connie ne raffolait pas des chaînes, mais elle ne dit rien. Elle pensait au caractère étrangement impersonnel de son désir d'avoir un fils.

– Je suis désolée que nous ne puissions pas avoir de fils, dit-elle.

Il la regarda fixement de ses yeux pâles et pénétrants.

– Peut-être serait-ce une bonne chose si vous aviez un enfant d'un autre homme, dit-il. Si nous l'élevions à Wragby, il serait à nous et à notre terre. Je ne crois pas très fermement à la paternité. Si c'est nous qui formions l'enfant, il serait le nôtre et continuerait la tâche. Ne pensez-vous pas que c'est une chose qui mérite réflexion?

Connie, enfin, leva le regard vers lui. L'enfant, son enfant à elle, n'était qu'une chose pour lui. Une chose!...

– Et l'autre homme, qu'en faites-vous? demanda-t-elle.

– Est-ce vraiment si important? Ces choses-là nous touchent-elles vraiment, au fond?... Vous aviez cet amant en Allemagne... Qu'en reste-t-il aujourd'hui? Rien ou presque. A mon avis, ces petits actes, ces petites liaisons qui jalonnent nos vies ne comptent pas tellement. Ils passent et où sont-ils? Où sont les neiges d'antan? C'est ce qui persiste la vie durant qui compte; ma propre vie m'importe dans sa longue continuité et dans son développement; qu'importent les liaisons occasionnelles et surtout les liaisons occasionnelles sexuelles! Si les gens ne les exagèrent pas d'une manière ridicule, elles passent comme l'accouplement des oiseaux. Et c'est bien ainsi. Qu'est-ce que cela peut faire? Ce qui compte, c'est l'union de toute une vie, c'est vivre ensemble jour après jour et non pas coucher ensemble une ou deux fois. Vous et moi, nous sommes mariés, quoi qu'il nous arrive. Nous sommes habitués l'un à l'autre. Et, selon moi, l'habitude est plus vitale que toute excitation passagère. Ce qui est long, lent et persistant... voilà ce qu'est notre vie... et non un quelconque spasme passager. Peu à peu, en vivant ensemble, deux personnes découvrent une sorte d'unisson et vibrent, intimement mêlées l'une à l'autre. Voilà le vrai secret du mariage et non pas le sexe; non pas, du moins, la simple fonction sexuelle. Vous et moi, nous sommes entrelacés dans un mariage. Cela étant un fait accompli, nous devrions pouvoir arranger cette histoire de sexe comme on arrange un rendez-vous chez le dentiste, puisque le destin nous a donné un échec et mat bien réel.

Connie restait assise à écouter dans une sorte d'étonnement et même de peur. Elle ne savait pas s'il avait raison ou non. Il y avait Michaelis et elle l'aimait, ou du moins elle se le disait à elle-même. Mais son amour n'était, en quelque sorte, qu'une excursion hors de son mariage avec Clifford, lequel était une longue et lente habitude d'intimité, formée par des années de souffrance et de patience. L'âme humaine a peut-être besoin d'excursions et l'on ne doit pas les lui refuser. Mais le sens même d'une excursion, c'est que l'on retourne chez soi.

– Et peu vous importerait avec quel homme j'aurais un enfant?

– Voyons, Connie, je me fierais à votre instinct naturel de convenance et de sélection. Vous seriez incapable de laisser un garçon pas comme il faut vous toucher.

Elle pensa à Michaelis! Il correspondait exactement à l'idée que se faisait Clifford d'un garçon pas comme il faut.

– Mais les hommes et les femmes ont des conceptions différentes sur ce qu'est un garçon pas comme il faut, dit-elle.

– Non, répliqua-t-il. Vous m'aimez et je ne crois pas que vous puissiez aimer un homme qui me soit absolument antipathique. Votre rythme ne vous le permettrait pas.

Elle ne dit rien. On ne pouvait répondre à cette logique : elle était si absolument fausse!

– Et devrais-je vous le dire? demanda-t-elle en lui jetant un coup d'œil presque furtif.

– Pas du tout, il vaut mieux que je ne sache pas... Mais vous êtes bien d'accord avec moi, n'est-ce pas?... Une aventure sexuelle en passant n'est rien comparée à une longue vie vécue ensemble. Ne pensez-vous pas qu'il est tout à fait possible de subordonner la sexualité aux nécessités d'une longue vie? D'en faire usage puisque nous y sommes contraints? Après tout, ces excitations passagères comptent-elles vraiment? Tout le problème de la vie n'est-il pas de construire, à travers les années, une personnalité intégrale? De vivre une vie intégrée? Une vie désintégrée n'a pas de sens. Si le manque de sexe risque de vous désintégrer, alors allez-y et ayez une aventure amoureuse. Si le manque d'enfant doit vous désintégrer, alors ayez un enfant, si vous le pouvez. Mais faites ces choses seulement pour avoir une vie intégrée qui soit une création longue et harmonieuse. Et vous et moi, nous pouvons réaliser cela ensemble... Qu'en pensez-vous? Si nous nous adaptons aux nécessités, et, en même temps, si nous pouvons harmoniser l'adaptation et l'intégrer dans notre vie équilibrée. N'êtes-vous pas d'accord?

Connie était un peu troublée par ces mots. Elle savait que, théoriquement, il avait raison. Mais quand elle pensait vraiment à sa « vie équilibrée » auprès de lui... elle hésitait. Etait-ce vraiment sa destinée de continuer à se mêler à sa vie à lui, pour le reste de sa propre vie? Et rien d'autre?

Mais n'était-ce que cela? Elle devait se contenter de tisser une longue vie de constance avec lui, d'un tissu tout uni mais brodé de temps en temps de la fleur occasionnelle de l'aventure. Mais comment pouvait-elle savoir ce qu'elle ressentirait l'année suivante? Comment pouvait-on jamais savoir? Comment pouvait-on dire oui? Pendant des années et des années? Ce petit oui donné dans un souffle! Pourquoi devrait-on être épinglé par ce mot-papillon? Sans doute devait-il voltiger et s'en aller pour être suivi d'autres oui et d'autres non! Comme passent les papillons.

– Je crois que vous avez raison, Clifford. Et, dans la mesure où je peux en juger, je suis d'accord avec vous. A moins que la vie ne jette une nouvelle lumière sur tout cela.

– Mais jusqu'à ce que la vie jette une nouvelle lumière sur tout cela, vous êtes bien d'accord, n'est-ce pas?

– Oh oui, je crois que je suis d'accord, vraiment.

Elle regardait un épagneul brun qui venait de surgir d'un sentier de traverse et qui, le museau levé, regardait vers eux en aboyant avec une grande douceur. Un homme avec un fusil marchait derrière le chien, à grandes enjambées rapides et souples, dans leur direction, comme s'il allait les attaquer. Au lieu de cela, il s'arrêta, salua et allait descendre la colline. Ce n'était que le nouveau garde-chasse, mais il avait effrayé Connie car il lui semblait surgir comme une rapide menace. C'est ainsi qu'elle l'avait vu, comme une poussée soudaine venant de nulle part, qui la menaçait.

Il était vêtu de velours côtelé vert et de guêtres vertes... Le type traditionnel : visage coloré, moustaches rousses, yeux lointains. Il descendait rapidement la colline.

– Mellors! appela Clifford.

L'homme se retourna légèrement et salua d'un petit geste rapide, un soldat!

– Pourriez-vous tourner la voiture et la faire démarrer? Ça serait plus facile, dit Clifford.

L'homme jeta immédiatement son fusil sur l'épaule et avança avec les mêmes mouvements rapides et doux à la fois, comme pour se rendre invisible. Il était assez grand, assez mince, et silencieux. Il ne regarda pas du tout Connie, il avait les yeux fixés sur la voiture.

– Connie, voici Mellors, le nouveau garde-chasse. Vous n'avez pas encore parlé à Madame, Mellors?

– Non, Monsieur, fut la réponse prompte et neutre.

L'homme souleva son chapeau sans bouger et montra ses cheveux épais et presque blonds. Il regarda Connie droit dans les yeux, d'un regard parfait, impavide et impersonnel, comme s'il voulait voir de quoi elle avait l'air. Il l'intimidait. Elle inclina la tête vers lui timidement; alors, il prit son chapeau dans la main gauche et lui fit un léger salut, comme un homme bien élevé; mais il ne dit rien du tout. Il resta un moment immobile, le chapeau à la main.

– Mais il y a un certain temps que vous êtes ici, n'est-ce pas? lui dit Connie.

– Huit mois, Madame... Pardon... Votre Ladyship, corrigea-t-il calmement.

– Et cela vous plaît-il?

Elle le regarda dans les yeux. Ses yeux se rétrécirent un peu avec une pointe d'ironie ou peut-être d'impudence.

– Oh! mais bien sûr, merci, Votre Ladyship! J'ai été élevé ici...

Il fit un autre petit salut, se retourna, remit son chapeau, se précipita et saisit la voiture. Sa voix, en prononçant les derniers mots, avait pris l'inflexion lourde et traînante du dialecte... peut être pour se moquer, car il n'y avait pas eu de trace de dialecte auparavant. Il aurait presque pu être un gentleman. En tout cas, c'était un homme étrange, rapide et distant, solitaire, mais sûr de lui.

Clifford mit en marche le petit moteur, l'homme tourna la voiture avec soin et la plaça en haut de la pente douce qui allait s'incurvant vers les sombres fourrés de noisetiers.

– Ce sera tout, sir Clifford? demanda l'homme.

– Non, il vaut mieux nous accompagner au cas où la voiture tomberait en panne. Le moteur n'est pas vraiment assez puissant pour remonter ces côtes.

L'homme chercha son chien du regard... un regard pensif. L'épagneul le regarda et remua la queue légèrement. Un petit sourire, moqueur ou taquin, éclaira un instant les yeux de l'homme, puis disparut et son visage resta sans expression. Ils descendirent la pente assez vite, l'homme laissant sa main sur l'accoudoir de la voiture pour la stabiliser. Il ressemblait plus à un soldat indépendant qu'à un domestique. Quelque chose en lui rappelait Tommy Dukes à Connie.

Quand ils arrivèrent au bosquet de noisetiers, Connie courut soudain en avant et ouvrit la grille du parc. Alors qu'elle restait pour la maintenir ouverte, les deux hommes la regardèrent en passant, Clifford avec une expression critique et l'autre homme avec une admiration curieuse et froide, avec la volonté objective de voir de quoi elle avait l'air. Et elle sentit dans ses yeux impersonnels quelque chose de souffrant et de détaché, et pourtant une certaine chaleur. Mais pourquoi était-il si réservé, si distant?

Clifford arrêta la voiture de l'autre côté de la grille, et l'homme vint la fermer rapidement et avec courtoisie.

– Pourquoi avez-vous couru pour aller l'ouvrir? demanda Clifford de sa voix calme et tranquille qui montrait qu'il était mécontent. Mellors l'aurait fait.

– Je pensais que vous passeriez sans vous arrêter, dit Connie.

– Et vous laisser nous courir après? dit Clifford

– Oh, mais j'aime bien courir de temps en temps!

Mellors revint à la voiture comme s'il n'avait rien entendu et pourtant Connie savait qu'il remarquait tout. Tout en poussant la voiture sur la pente raide du parc, il respirait assez vite, les lèvres entrouvertes. Il était assez délicat en vérité. Curieusement plein de vitalité, mais délicat et un peu éteint. Son instinct de femme le sentait.

Connie resta en arrière et laissa la voiture la distancer. La journée était devenue grisâtre; le petit bout de ciel bleu qui s'était appuyé sur le bord circulaire du brouillard s'était refermé; le couvercle était retombé, le froid était vif. Il allait neiger. Tout était gris, si gris! Le monde avait l'air épuisé.

La voiture attendait en haut du sentier rose. Clifford chercha Connie des yeux.

– Vous n'êtes pas fatiguée? demanda-t-il.

– Oh, non, dit-elle.

Mais elle l'était. Une étrange et vague aspiration, une insatisfaction avaient pris naissance en elle. Clifford ne s'en rendit pas compte; il ne remarquait pas ce genre de choses. L'étranger, lui, savait. Pour Connie, tout ce qui constituait son monde et sa vie semblait usé et son insatisfaction était plus vieille que les collines.

Ils arrivèrent à la maison en passant par-derrière, là où il n'y avait pas de marches. Clifford réussit à passer d'un bond dans le fauteuil bas à roulettes qu'il utilisait dans la maison : il était très fort et très agile des bras. Ensuite Connie souleva le poids mort de ses jambes après lui.

Le garde-chasse, en attendant qu'on le congédiât, regardait tout attentivement, et rien ne lui échappait. Il pâlit, pris d'une sorte de peur, quand il vit Connie soulever les jambes inertes de l'homme dans ses bras jusqu'à l'autre fauteuil pendant que Clifford pivotait sur lui-même. Il avait peur.

– Alors, merci pour votre aide, Mellors, dit négligemment Clifford tout en se dirigeant vers l'office.

– Vous n'avez plus besoin de rien, Monsieur? dit-il d'une voix neutre, comme une voix dans un rêve.

– De rien. Bonne matinée!

– Bonne matinée, Monsieur.

– Bonne matinée! C'était vraiment gentil de votre part d'avoir poussé la voiture jusqu'en haut de la colline... J'espère que ce n'était pas trop lourd pour vous, dit Connie en regardant le garde-chasse, qui était déjà de l'autre côté de la porte.

Ses yeux rencontrèrent les siens, un instant réveillés par elle. Il était conscient de sa présence.

– Oh, non! pas lourd! dit-il rapidement.

Et puis sa voix retourna au son rude du dialecte.

– Bonne matinée à Madame!

– Qui est votre garde-chasse? demanda Connie durant le déjeuner.

– Mellors! Vous l'avez vu, dit Clifford.

– Oui, mais d'où vient-il?

– De nulle part! C'était un garçon de Tevershall... fils de mineur, me semble-t-il.

– Etait-il mineur, lui aussi?

– Forgeron de mine, je crois. Forgeron en chef. Mais il a été garde-chasse ici pendant deux ans, avant la guerre... avant de s'engager. Mon père avait toujours eu une bonne opinion de lui; aussi, quand il est revenu, et est allé à la mine pour retrouver une place de forgeron, je l'ai repris comme garde-chasse ici. J'étais vraiment très content de l'avoir... C'est presque impossible de trouver un bon garde-chasse dans les parages... et il faut un homme qui connaisse bien les gens.

– Et il n'est pas marié?

– Il l'était. Mais sa femme est partie avec... avec plusieurs hommes, et puis, finalement, avec un mineur de Stacks Gate, et je crois qu'elle vit toujours là-bas.

– Cet homme est donc seul?

– Plus ou moins! Il a sa mère au village... et un enfant, je crois.

Clifford regarda Connie de ses pâles yeux bleus, légèrement saillants, qui s'emplissaient d'un certain vague. En surface, il semblait éveillé, mais derrière, c'était l'atmosphère des Midlands, brume et fumée. Et le brouillard semblait avancer au ras du sol. Aussi, quand il regarda fixement Connie, à sa manière toute particulière, en lui donnant des informations précises, elle sentit que, par-derrière, l'esprit de Clifford s'emplissait de brouillard, de néant. Et cela lui fit peur. Cela le rendait, semblait-il, impersonnel jusqu'à l'idiotie.

Et elle comprit vaguement l'une des grandes lois de l'âme humaine : quand l'âme sensible subit un choc violent, qui ne tue pas le corps, l'âme semble guérir lorsque le corps guérit. Mais ce n'est qu'une apparence. Ce n'est vraiment que le mécanisme d'une habitude reprise. Lentement, lentement, la blessure de l'âme se fait sentir, comme une meurtrissure qui n'accentue que lentement son terrible mal jusqu'à emplir la psyché tout entière. Et quand nous sommes certains d'être guéris et d'avoir oublié, c'est alors qu'il faut affronter de terribles séquelles, et les pires.

Il en allait ainsi pour Clifford. Naguère, il s'était senti « bien », naguère, il était de retour à Wragby, il écrivait des histoires, et, sûr de lui malgré tout, il semblait avoir oublié, avoir complètement recouvré son calme. Mais maintenant, au fur et à mesure que passaient les années, lentement, lentement, Connie sentait cette meurtrissure de peur et d'horreur qui remontait à la surface et se répandait en lui. Pendant un certain temps la blessure avait été si profonde qu'elle était comme engourdie, sans existence réelle. Mais à présent, elle commençait lentement à s'imposer en répandant la terreur, presque la paralysie. Intellectuellement, il était encore vif, mais la paralysie – la meurtrissure du trop grand choc – se répandait peu à peu dans son être sensible.

Connie sentait que la paralysie qui se répandait en lui

se répandait en elle. Une terreur intime, un vide, une indifférence à tout se répandaient peu à peu dans son âme. Quand Clifford était en forme, il pouvait encore parler brillamment et, en un sens, contrôler le futur : c'est ainsi que dans les bois il avait parlé de la possibilité d'avoir un enfant et de donner un héritier à Wragby. Mais le lendemain tous ces mots brillants semblaient des feuilles mortes qui se recroquevillaient et tombaient en poussière, dépourvues de sens, emportées au premier souffle du vent. Ce n'étaient pas des mots riches d'une véritable vie, jeunes et pleins d'énergie, partie intégrante de l'arbre. C'étaient les feuilles mortes d'une vie inutile.

Et c'était, lui semblait-il, partout pareil. A Tevershall, les mineurs parlaient de nouveau de grève et, là encore, Connie sentait que ce n'était pas une manifestation d'énergie, mais plutôt une blessure de la guerre, qui était restée en souffrance et qui remontait lentement à la surface, formant cette grande vague de douleur, de malaise, de stupeur et de mécontentement. La blessure était très, très profonde... C'était la blessure d'une guerre mauvaise et inhumaine. Cela prendrait beaucoup d'années pour que le sang vivant des générations arrive à dissoudre l'immense caillot de sang noir, de sang impur gisant tout au fond de leurs âmes et de leurs corps. Il faudrait une nouvelle espérance.

Pauvre Connie! Au cours des années, ce qui la touchait, c'était la peur du néant dans sa vie. La vie intellectuelle de Clifford et la sienne devenaient peu à peu un pur néant. Leur mariage, leur vie intégrée fondée sur l'habitude et cette intimité dont il avait parlé, devenaient certains jours absolument vides, du néant. Des mots, beaucoup de mots, et c'était tout. La seule réalité, c'était le néant, et par-dessus, l'hypocrisie des mots.

Il y avait le succès de Clifford : la déesse-chienne! Il est vrai qu'il était presque célèbre et ses livres lui rapportaient un millier de livres sterling par an; ses photos paraissaient partout. Il avait son buste dans une galerie et son portrait dans deux autres. On le prenait pour la plus moderne des voix modernes. Son mystérieux instinct d'infirme pour la publicité l'avait rendu, en quatre ou cinq ans, l'un des « jeunes intellectuels » les plus connus. Connie ne voyait pas bien ce que l'intellect avait à faire dans tout cela. Clifford avait ce réel talent d'humoriste dans l'analyse des gens et des mobiles, qui laisse finalement tout en pièces. Un peu comme de jeunes chiots, déchirant de leurs dents les coussins d'un divan; seulement ce n'était ni jeune ni enjoué, mais étrangement vieux et vaniteux, avec entêtement. C'était bizarre et ce n'était rien. Voilà l'impression qui venait et revenait au fond de la conscience de Connie : tout cela était du rien, un merveilleux étalage de néant. Mais avant tout un étalage. Un étalage, oui, un étalage!

Michaelis avait pris Clifford comme personnage central de sa pièce; il avait déjà ébauché l'intrigue et avait terminé le premier acte. Michaelis, en effet, était encore plus doué que Clifford pour faire étalage de néant. C'était le dernier brin de passion qui restât dans ces hommes, cette passion de faire étalage. Sexuellement, ils étaient sans passion et même morts. Et maintenant, ce n'était pas l'argent que recherchait Michaelis. Clifford n'avait jamais couru après l'argent, bien qu'il en gagnât quand il le pouvait, car l'argent était la marque et l'estampille du succès. Le succès, c'est cela qu'ils voulaient. Ils voulaient tous les deux faire un vrai étalage... l'étalage de leur être même, pour séduire un certain temps le grand public.

Comme c'est étrange... de se prostituer à la déesse-chienne. Pour Connie, qui était vraiment en dehors de tout cela et à qui le frisson du succès ne faisait plus rien, c'était, une fois de plus, du néant. Même se prostituer à la déesse-chienne, c'était du néant, bien que les hommes se prostituent à la déesse-chienne un nombre incalculable de fois. Du néant, cela aussi.

Michaelis écrivit à Clifford au sujet de sa pièce. Bien sûr, Connie était au courant depuis longtemps. Clifford fut de nouveau tout excité. Il serait, une fois de plus, à l'étalage, quelqu'un allait faire l'étalage en sa faveur. Il invita Michaelis à venir à Wragby avec le premier acte.

Michaelis vint; en tenue estivale, avec un costume clair et des gants de daim blanc, des orchidées mauves pour Connie, ravissant; le premier acte fut un grand succès. Même Connie était émue, dans la mesure où elle pouvait encore l'être. Michaelis, ému de son pouvoir d'émouvoir, fut vraiment merveilleux... et Connie le trouva vraiment beau. Elle le vit comme un descendant d'une vieille race immobile que rien ne peut plus décevoir, comme le terme extrême peut-être d'une impureté qui en devient pure. A l'autre pôle de sa prostitution suprême à la déesse-chienne, il semblait pur, pur comme un masque d'ivoire africain qui change, par le rêve, l'impureté en pureté grâce à ses courbes et à ses méplats d'ivoire.

Ce moment de pur ravissement en compagnie des deux Chatterley, durant lequel il parvint à transporter Connie et Clifford, fut un des instants culminants de la vie de Michaelis. Il avait réussi : il les avait transportés. Clifford lui même était provisoirement amoureux de lui, si l'on peut dire.

Aussi, le matin suivant, Mick était plus mal à son aise que jamais : nerveux, dévoré, les mains s'agitant dans les poches de son pantalon. Connie ne lui avait pas rendu visite la nuit précédente... et il n'avait pas su où la trouver. De la coquetterie! Au moment même de son triomphe. Durant la matinée, il monta chez elle, dans le petit salon. Elle savait qu'il viendrait. Et elle avait remarqué son inquiétude. Il lui demanda ce qu'elle pensait de sa pièce, si elle la trouvait bonne. Il avait besoin d'entendre des louanges : cela le touchait dans la dernière fibre de passion qui lui restât, bien au-delà de la jouissance sexuelle. Elle lui fit des louanges extasiées. Et pourtant, au plus profond de l'âme, elle savait bien, tout au long, que ce n'était rien.

– Ecoutez-moi! se décida-t-il à dire soudain. Pourquoi ne pas faire, vous et moi, ce qui semble tout indiqué? Pourquoi ne pas nous marier?

– Mais je suis mariée, dit-elle. Elle était stupéfaite, mais pourtant n'éprouvait rien.

– Si ce n'est que cela! Il vous accordera certainement le divorce... Pourquoi ne pas nous marier, vous et moi? Je veux me marier. Je sais que c'est ce qu'il me faut... me marier et mener une vie régulière. Je mène une vie absurde et je passe le temps à me détruire. Ecoutez-moi. Vous et moi, nous sommes faits l'un pour l'autre... comme la main et le gant. Pourquoi ne pas nous marier? Voyez-vous une seule raison pour ne pas le faire?

Connie le regardait, stupéfaite : et pourtant, elle n'éprouvait rien. Les hommes étaient bien tous les mêmes, ils oubliaient l'essentiel. Ils perdaient la tête et partaient comme des pétards et, de plus, ils s'attendaient à ce qu'on les suive au ciel, eux et leurs petits bâtons.

– Mais je suis déjà mariée, dit-elle. Je ne peux pas quitter Clifford, vous le savez bien.

– Pourquoi pas? Mais pourquoi pas? cria-t-il. Après six mois, il ne se rendra même pas compte de votre absence. Personne n'existe pour lui, excepté lui-même. Enfin, cet homme ne vous sert à rien du tout, pour autant que je puisse voir; il est complètement concentré sur lui-même.

Connie savait qu'il y avait du vrai dans ces paroles. Mais elle savait aussi que Mick n'était guère un modèle d'altruisme.

– Les hommes ne sont-ils pas tous concentrés sur eux-mêmes? demanda-t-elle.

– C'est vrai, plus ou moins, je l'admets. Un homme doit l'être, pour s'en tirer. Mais là n'est pas la question. La vraie question, c'est quelle sorte de vie un homme peut-il donner à une femme? Peut-il ou non lui donner une vie agréable et heureuse? S'il ne le peut pas, il n'a aucun droit sur la femme.

Il se tut et la regarda de ses grands yeux noisette, comme pour l'hypnotiser.

– Eh bien, je considère, ajouta-t-il, que je peux donner à une femme la vie la plus heureuse qu'elle puisse rêver. Je crois pouvoir me porter garant de moi-même.

– Et quelle genre de vie heureuse? demanda Connie, le regardant toujours avec une sorte de stupéfaction qui pouvait passer pour une vive émotion, mais, au fond, elle n'éprouvait rien du tout.

– Tous les bonheurs, pardieu, tous les bonheurs! Des vêtements, des bijoux, jusqu'à un certain point, toutes les boîtes de nuit de votre choix; vous pourriez connaître tous ceux que vous voulez connaître, vivre la grande vie... Voyager et être reconnue où que vous alliez... Pardieu, tous les bonheurs.

Il parlait avec une assurance presque triomphante et Connie le regardait comme éblouie, mais, en réalité, elle n'éprouvait rien du tout. Même la surface de sa conscience n'était qu'à peine touchée par les brillantes perspectives qu'il lui offrait. Même son être le plus extérieur répondait à peine, alors qu'à tout autre moment, il en aurait été ravi. Elle n'éprouvait aucun sentiment, elle ne pouvait pas « décoller ». Elle restait assise là à regarder, éblouie en apparence, mais ne ressentait rien en réalité : quelque part cependant, elle sentait l'odeur extraordinairement désagréable de la déesse-chienne.

Mick était comme assis sur des charbons ardents, penché en avant sur sa chaise, le regard fixé sur elle, d'une manière presque hystérique : désirait-il qu'elle dise oui par vanité, ou plutôt était-il terrifié à l'idée qu'elle puisse dire oui? Qui pouvait le dire?

– Il faudrait que je réfléchisse, dit-elle. Je ne pourrais pas répondre maintenant. Vous pensez peut-être que

Clifford ne compte pas, mais il compte. Songez combien il est diminué!...

– Pardieu! Si un homme doit jouer sur ses infirmités, alors je pourrais dire combien je suis seul, combien je l'ai toujours été et tout ce genre de sentimentalité à la noix! Grand Dieu, si un homme n'a que ses infirmités pour se défendre...

Il se détourna, les mains farfouillant dans les poches avec fureur.

Ce soir-là, il lui dit :

– Vous venez me retrouver dans ma chambre ce soir, n'est-ce pas? Je ne sais absolument pas où se trouve votre chambre.

– D'accord, dit-elle.

Cette nuit-là, ce fut un amant plus enflammé, avec son étrange nudité fragile de petit garçon. Connie n'arriva pas à trouver son plaisir avant qu'il ait trouvé le sien. Il éveilla en elle une sorte de désir ardent avec sa nudité et sa douceur de petit garçon. Quand il eut terminé, elle dut continuer dans le tumulte sauvage et haletant de ses reins alors qu'il restait héroïquement dressé et présent en elle, grâce à sa volonté de faire le don de soi, jusqu'à ce qu'elle jouisse aussi avec d'étranges petits cris.

Quand enfin il se retira d'elle, il lui dit d'une petite voix amère et presque sarcastique :

– Vous ne pourriez pas jouir, par hasard, en même temps que l'homme? Il faut que vous vous fassiez jouir toute seule! C'est vous qui devez mener la danse!

Ce petit discours, dans un moment pareil, fut l'un des plus grands chocs de sa vie. En effet, il était si évident que cette manière passive qu'il avait de se donner était son seul mode de communication physique.

– Que voulez-vous dire? dit-elle.

– Vous savez très bien ce que je veux dire. Vous continuez pendant des heures après que j'ai joui... et je dois rester là, les dents serrées, jusqu'à ce que vous arriviez à jouir par vos propres efforts.

Elle fut atterrée par cette brutalité inattendue, au moment même ou elle baignait dans une sorte de plaisir au-delà des mots, pleine encore d'une sorte d'amour pour lui. C'est qu'après tout, comme beaucoup d'hommes modernes, il avait fini avant presque d'avoir commencé. Et la femme était bien forcée d'être active.

– Mais vous voulez que je continue, que je sois satisfaite, moi aussi? dit-elle.

Il eut un rire sinistre.

– Vous en avez de bonnes! Je veux, dites-vous, rester là, les dents serrées, tandis que vous continuez contre moi!

– Mais pourquoi? Cela ne vous plaît pas? insista-t-elle.

Il évita la question.

– C'est ainsi que vous êtes, vous, les femmes, dit-il. Ou vous ne jouissez pas du tout, comme si vous étiez morte là-dedans... ou bien vous attendez que l'autre en ait terminé et alors vous commencez à jouir et il doit rester là. Je n'ai jamais eu de femme qui jouisse exactement en même temps que moi.

Connie n'entendit qu'à moitié cette nouvelle information masculine. Elle était tout simplement effarée par le ressentiment qu'il éprouvait envers elle... son incompréhensible brutalité. Elle se savait innocente.

– Mais vous voulez que j'y trouve mon plaisir, moi aussi, n'est-ce pas? répéta-t-elle.

– Oh! bien sûr! Je le veux bien. Mais je doute fort que de rester là dans une femme pour qu'elle trouve son plaisir soit un divertissement pour un homme...

Ce discours fut l'un des coups les plus cruciaux de la vie de Connie. Il tua quelque chose en elle. Elle n'avait pas été tellement amoureuse de Michaelis; avant qu'il ne commence, elle ne l'avait pas désiré; c'était tout comme si elle ne l'avait pas voulu vraiment. Mais une fois qu'il avait commencé, il lui semblait tout naturel qu'elle trouve son plaisir avec lui. Elle l'avait presque aimé à cause de cela. Cette nuit-là, elle l'aimait presque et voulait l'épouser.

Instinctivement, il devait le savoir, et c'est pourquoi il avait tout détruit d'un coup, comme un château de cartes. Tout le désir sexuel qu'elle éprouvait pour lui, ou pour tout autre homme, fut détruit cette nuit-là. Sa vie se sépara de la sienne aussi définitivement que s'il n'avait jamais existé.

Elle continua à vivre tristement, jour après jour. Il ne restait plus désormais que la discipline quotidienne que Clifford appellait la vie intégrée, cette longue vie commune de deux personnes qui sont habituées à vivre ensemble dans la même maison.

Le néant! Accepter le grand néant de la vie, voilà ce que semblait être le seul but de l'existence. Toutes les petites occupations importantes qui, additionnées, deviennent le grand total du néant!

Chapitre 6

– Pourquoi les hommes et les femmes ne s'aiment-ils pas vraiment de nos jours? demanda Connie à Tommy Dukes qui était plus ou moins son oracle.

– Mais ils s'aiment! Je ne crois pas qu'il y ait eu une époque, depuis l'invention de l'espèce humaine, où les hommes et les femmes se soient aimés autant qu'aujourd'hui. D'une affection authentique! Prenez mon exemple... Je préfère vraiment les femmes aux hommes; elles sont plus courageuses; on peut être plus franc avec elles.

Connie réfléchit.

– Oui, bien sûr, mais vous n'avez jamais rien à voir avec elles! dit-elle.

– Moi? Mais que suis-je en train de faire, sinon de parler avec une femme, en toute sincérité?

– Oui, parler...

– Mais que pourrais-je faire de plus si vous étiez un homme, sinon parler en toute sincérité avec vous?

– Rien, sans doute... mais, une femme...

– Une femme veut qu'on l'apprécie et qu'on lui parle et, en même temps, qu'on l'aime et qu'on la désire; à mon avis, les deux choses sont incompatibles.

– Mais cela ne devrait pas être!

– Je ne doute pas que l'eau ne devrait pas être mouillée comme elle l'est. Elle exagère avec son humidité. Mais voilà! J'aime bien les femmes, et j'aime bien leur parler et par conséquent, je ne les aime pas et je ne les désire pas. Et pour moi, les deux choses sont incompatibles. Elles n'arrivent jamais en même temps.

– Mais cela devrait pourtant!

– D'accord. Que les choses devraient être autrement qu'elles ne sont, cela ne me regarde pas.

Connie réfléchit encore.

– Ce n'est pas vrai, dit-elle. Les hommes peuvent aimer les femmes et leur parler. Je ne comprends pas comment ils peuvent les aimer sans leur parler, sans être affectueux et intimes. Comment est-ce possible?

– Eh bien, dit-il, je n'en sais rien. Pourquoi me faudrait-il généraliser? Je ne connais que mon propre cas. J'aime bien les femmes, mais je ne les désire pas. J'aime bien leur parler; mais si leur parler, d'un côté, me rend plus proche d'elles bien sûr, de l'autre, les embrasser devient inconcevable. Et voilà! Mais ne me prenez pas pour un exemple généralisable, je ne suis sans doute qu'un cas particulier : l'un de ceux qui aiment bien les femmes, mais n'aiment pas les femmes... je peux même les détester quand elles me forcent à faire semblant de les aimer et qu'elles embrouillent tout.

– Mais cela ne vous rend pas triste?

– Mais pourquoi? Pas du tout! Prenez Charlie May et tous ces hommes qui ont des liaisons... Non, je ne les envie pas le moins du monde! Si le destin m'envoie une femme que je désire, très bien. Puisque je ne connais aucune femme que je désire et que je n'en vois jamais... eh bien, j'en conclus que je suis froid et, vraiment, j'apprécie énormément certaines femmes.

– Est-ce que je vous plais?

– Beaucoup! Et vous voyez qu'il n'est pas question de s'embrasser entre nous, n'est-ce pas?

– Pas du tout! dit Connie. Mais ce serait peut-être souhaitable?

– Grand Dieu... et pourquoi, s'il vous plaît? J'aime bien Clifford, mais que diriez-vous si j'allais l'embrasser?

– Mais n'y a-t-il pas une différence?

– Mais quelle différence, du moins dans notre cas? Nous sommes tous des êtres humains intelligents et cette histoire de mâle et de femelle est dépassée. Tout à fait dépassée. Que diriez-vous si je commençais à faire le mâle *du continent* (1) et à jouer le jeu sexuel?

– Cela m'ennuierait fort.

– Alors! Je vous le dis, si je suis tant soit peu un homme, je n'ai jamais rencontré une femme de mon espèce. Et elle ne me manque pas; j'aime bien les femmes, et c'est tout. Qui va me forcer à les aimer ou à faire semblant de les aimer en jouant le jeu sexuel?

– Pas moi. Mais n'est-ce pas un tort?

– Pour vous peut-être, mais pas pour moi.

– Oui je sens qu'il y a quelque chose qui ne va pas entre les hommes et les femmes. La femme n'a plus de charme pour l'homme.

– Et l'homme, en a-t-il pour la femme?

Elle réfléchit sur cet autre aspect de la question.

– Pas beaucoup, dit-elle avec sincérité.

(1) Souligné par nous. (N.d.T.)

– Alors, abandonnons le sujet et soyons tout simplement honnêtes, comme des êtres humains corrects les uns avec les autres. Que soit maudite cette contrainte sexuelle! Je la refuse!

Connie savait bien qu'il avait raison. Elle se sentait tout à fait abandonnée, pourtant, et comme perdue. Comme un fétu sur un étang, lui semblait-il. Rien n'avait de sens, ni elle ni rien.

C'était sa jeunesse qui se révoltait. Ces hommes lui semblaient si vieux et si froids. Tout lui semblait vieux et froid. Et Michaelis était si décevant; il ne valait rien. Les hommes ne vous désiraient pas; ils ne désiraient pas vraiment une femme; pas même Michaelis.

Quant aux goujats qui faisaient semblant de les désirer en jouant le jeu du sexe, ils étaient pires que tout.

Ce n'était vraiment pas gai et il fallait s'en contenter. C'était tout à fait vrai, les hommes avaient peu de charme pour une femme. Si l'on arrivait à se tromper soi-même et leur en prêter, comme elle l'avait fait pour Michaelis, c'est le maximum de ce qu'on pouvait faire. En attendant, il fallait continuer à vivre, et cela n'avait aucun sens. Elle comprenait pourquoi les gens organisaient des cocktail-parties, dansaient le jazz et le charleston jusqu'à s'écrouler. Il fallait bien passer sa jeunesse d'une manière ou d'une autre, ou c'est elle qui vous dévorait. Mais quelle horrible chose que cette jeunesse! On se sentait aussi vieux que Mathusalem et pourtant, la chose pétillait quand même et ne vous laissait pas en paix. Quelle vie minable et sans avenir! Elle regrettait presque de ne pas être partie avec Mick pour faire de sa vie une longue cocktail-party, une longue nuit de jazz. C'était quand même mieux que de traîner sa vie jusqu'à la tombe.

Par un de ses mauvais jours, elle alla se promener seule dans le bois, pesamment, sans prêter attention à rien, sans même remarquer où elle se trouvait. Le bruit d'un coup de fusil assez proche la fit sursauter et l'irrita.

Puis, alors qu'elle avançait, elle entendit des voix et recula. Des gens! Elle ne voulait voir personne. Mais son oreille fine saisit un autre son et elle s'agita; un enfant sanglotait. Alors, elle tendit l'oreille; quelqu'un maltraitait un enfant. Elle descendit à grandes enjambées l'allée mouillée; sa mauvaise humeur était à son comble. Elle se sentait tout à fait prête pour faire une scène.

Après le tournant, elle vit deux silhouettes dans l'allée devant elle; le garde-chasse et une petite fille vêtue d'un manteau mauve et d'un bonnet de velours, qui pleurait.

– Mais tais-toi, donc, sale petite menteuse! cria l'homme d'une voix irritée.

Et l'enfant sanglotait plus fort.

Constance se rapprocha, les yeux flamboyants. L'homme se retourna et la regarda; il la salua froidement, mais il était pâle de colère.

– Que se passe-t-il? Pourquoi pleure-t-elle? demanda Constance, d'un ton tranchant, mais un peu essoufflée.

Un léger sourire un peu moqueur passa sur le visage de l'homme.

– Faut lui demander, répondit-il durement dans son patois grossier.

Connie eut comme l'impression qu'il la frappait au visage et elle changea de couleur. Puis elle rassembla ses forces et le regarda avec mépris de ses yeux bleu sombre allumés d'une flamme incertaine.

– C'est à *vous* que je le demande, dit-elle d'une voix haletante.

Il lui fit un étrange petit salut en soulevant son chapeau.

– Votre Ladyship a raison, dit-il.

Puis, retournant au patois :

– Mais je ne peux pas vous le dire, ajouta-t-il.

Et il ne fut plus qu'un soldat, impénétrable mais pâle de contrariété.

Connie se tourna vers l'enfant, une petite au visage coloré et aux cheveux noirs, de neuf ou dix ans.

– Qu'est-ce qui ne va pas, mon petit? Dis-moi pourquoi tu pleures! dit-elle avec la douceur de convention qu'il fallait.

Les sanglots se firent plus violents et forcés. Plus de douceur encore de la part de Connie.

– Allons, allons, il ne faut pas pleurer! Dis-moi ce que l'on t'a fait! lui demanda-t-elle avec une immense tendresse dans la voix. En même temps, elle fouilla dans sa veste en tricot et, par chance, y trouva une pièce de six pence.

– Allez! ne pleure pas! dit-elle en se penchant vers l'enfant. Regarde ce que j'ai pour toi!

Des sanglots, des reniflements, un poing ôté d'un visage bouffi par les larmes, un œil noir et rusé posé un instant sur la pièce de monnaie. Et puis, encore des sanglots, mais moins forts.

– Allons, dis-moi ce qui se passe, dis-moi! dit Connie en déposant la pièce dans la main potelée de l'enfant qui se referma sur elle.

– C'est... c'est le... minet!

Frissons et sanglots apaisés.

– Quel minet, ma petite?

Après un silence, le poing timide refermé sur les six pence désigna un buisson de ronces.

– Là!

Et là, en effet, Connie vit un spectacle sinistre, un grand chat noir qui gisait sur le sol, la fourrure tachée de sang.

– Oh! fit-elle avec répulsion.

– Un braconnier, Madame, dit l'homme d'un air sarcastique.

Elle le regarda avec colère.

– C'est normal que l'enfant ait pleuré, dit-elle, si vous avez tiré sur le chat en sa présence. C'est normal qu'elle ait pleuré!

Il regarda Connie dans les yeux, laconique, méprisant, sans cacher ses sentiments. Connie rougit à nouveau; elle sentait qu'elle avait fait une scène, que l'homme ne la respectait pas.

– Comment t'appelles-tu? dit-elle à l'enfant en jouant. Veux-tu bien me dire ton nom?

Des reniflements; et puis, d'une voix flûtée et affectée :

– Connie Mellors!

– Connie Mellors! Eh bien, c'est un joli nom! Et tu es sortie avec ton papa et il a tué le minet? Mais c'était un méchant minet!

L'enfant la regarda de ses yeux sombres et audacieux, la scruta et la mesura, elle et ses condoléances.

– Je voulais rester avec ma grand-mère, dit la petite fille.

– Vraiment? Mais où est ta grand-mère?

L'enfant leva un bras dans la direction de l'allée.

– Au cottage.

– Au cottage! Et voudrais-tu retourner auprès d'elle?

Frissons et frémissements soudains, en souvenir des sanglots.

– Oui!

– Viens, alors, veux-tu que je te ramène? Que je te ramène chez ta grand-mère? Ainsi, ton papa pourra faire ce qu'il doit faire.

Elle se tourna vers l'homme.

– C'est votre petite fille, n'est-ce pas?
Il salua et répondit affirmativement d'un léger signe de tête.
– Je puis la ramener au cottage, j'imagine?
– Si Madame le désire.
Il la regarda une fois encore dans les yeux de son regard calme, pénétrant et détaché. Un homme vraiment très seul et refermé sur lui-même.
– Veux-tu venir avec moi jusqu'au cottage chez ta grand-mère, mon petit?
L'enfant lui jeta un nouveau coup d'œil furtif et lui dit oui en minaudant. Connie ne l'aimait pas; une petite femelle gâtée et fausse. Pourtant, elle lui essuya le visage et lui prit la main. Le garde salua en silence.
– Bonne matinée! dit Connie.
Le cottage était à un mile environ et Connie aînée eut le temps d'en avoir plus qu'assez de la petite Connie junior quand elles arrivèrent enfin devant la petite maison pittoresque du garde-chasse. L'enfant était déjà pleine de ruse comme un singe et tellement sûre d'elle.
La porte du cottage était ouverte et l'on pouvait entendre du bruit à l'intérieur. Connie s'attardait, l'enfant lui lâcha la main et s'élança dans la maison.
– Grand-mère! Grand-mère!
– Mais comment, tu es déjà rentrée?
La grand-mère était en train de passer son fourneau à la mine de plomb. C'était samedi matin. Elle vint à la porte, dans son tablier de grosse toile, une brosse noire de plomb à la main et une tache noire sur le nez. C'était une femme petite et assez sèche.
– Mais pourquoi? dit-elle en s'essuyant le visage de son bras quand elle vit Connie debout devant l'entrée.
– Bonjour! dit Connie. Elle pleurait, alors je l'ai ramenée à la maison.
La grand-mère se tourna vers l'enfant :
– Mais où est ton papa?
La petite fille s'accrocha aux jupes de sa grand-mère en minaudant.
– Il était avec elle, dit Connie, mais il a tiré sur un chat maraudeur et l'enfant avait du chagrin.
– Mais il ne fallait pas vous déranger, lady Chatterley! C'est très gentil de votre part, mais vous n'auriez pas dû vous déranger. A-t-on jamais vu ça!
Et la femme se tourna vers l'enfant :
– Tu te rends compte, lady Chatterley qui s'est dé-

rangée pour toi! Madame n'aurait pas dû se déranger ainsi!

– Ça ne m'a pas du tout dérangée, tout juste une promenade, dit Connie en souriant.

– Mais Madame est trop bonne, il faut dire! Alors elle pleurait! Je savais qu'il arriverait quelque chose avant qu'ils ne soient loin. Elle a peur de lui, voilà ce que c'est. Il est comme un étranger pour elle, comme un vrai étranger et je ne crois pas qu'ils s'entendent très bien. Il a de drôles de manières.

Connie ne savait pas quoi dire.

– Regarde, grand-mère, minauda l'enfant.

La vieille femme vit la pièce de six pence dans la main de la petite fille.

– Et un sixpence en plus! Il ne fallait pas, Madame; Madame n'aurait pas dû. Lady Chatterley est trop bonne pour toi vraiment! Ma parole, tu en as de la chance ce matin!

Elle prononçait le nom comme les gens du pays : Chat'ley.

– Comme lady Chat'ley est bonne pour toi!

Connie ne pouvait s'empêcher de regarder le nez de la vieille femme qui essayait vaguement d'essuyer son visage du revers de son poignet mais qui ratait la tache.

Connie s'éloignait.

– Encore merci, lady Chat'ley, merci. – Et, s'adressant à l'enfant : – Dis merci à lady Chat'ley.

– Merci, minauda l'enfant.

– Très bien! dit en riant Connie et elle s'éloigna en disant : « Bonne matinée », grandement soulagée de les quitter.

Elle trouvait curieux que cet homme mince et fier eût pour mère cette petite femme dure!

Et la vieille femme, dès que Connie fut partie, se précipita vers le petit miroir de l'arrière-cuisine et regarda son visage. En se voyant, elle frappa du pied avec impatience.

– Bien sûr, il fallait qu'elle m'attrape avec mon vilain tablier et ma figure sale! Elle aura une bonne idée de moi!

Connie rentra lentement vers la maison. La maison! C'était un mot bien chaleureux pour le grand terrier triste qu'était Wragby. Mais c'était un mot qui avait fait son temps. Un mot qui n'avait plus grand sens. Connie avait l'impression que tous les grands mots avaient perdu tout leur sens pour sa génération : amour, joie, bonheur, maison, mère, père, mari, tous ces grands mots dynamiques étaient désormais à moitié morts et mouraient de jour en jour. La maison était un lieu où l'on habitait, l'amour n'était même plus une illusion, la joie, c'était un bon charleston, le bonheur, un terme hypocrite pour tromper les autres, un père, un individu qui jouissait de sa propre existence, un mari, un homme avec lequel on vivait et dont il fallait remonter le moral. Quant au sexe, le dernier des grands mots, ce n'était qu'un terme de cocktail pour cette excitation qui stimule de temps en temps et puis laisse plus abîmé que jamais. Déchiré! C'était comme si le tissu même dont on était fait était de l'étoffe bon marché qui se déchirait et se réduisait à néant.

Tout ce qui restait vraiment, c'était un stoïcisme têtu. On pouvait encore en tirer un certain plaisir. De l'expérience même du néant de la vie, phase après phase, *étape* après *étape* (1), on pouvait tirer une certaine, une sinistre satisfaction. « Alors, ce n'est que ça » : c'était toujours le dernier mot; maison, amour, mariage, Michaelis : « ce n'est que ça ». Et puis venait la mort et les derniers mots de la vie seraient : « ce n'est que ça. »

L'argent? Peut-être ne pouvait-on pas dire la même chose dans ce cas. On voulait toujours de l'argent. L'argent, le succès, la déesse-chienne, comme Tommy Dukes l'appelait, d'après Henry James, voilà une nécessité permanente. On ne pouvait pas dépenser son dernier sou et dire enfin : « Ce n'est que ça. » Non, non, même si on n'avait que dix minutes de plus à vivre. Il faudrait quelques sous de plus pour une chose ou une autre. Pour que le mécanisme continue à fonctionner, il fallait avoir de l'argent. Il fallait en avoir. De l'argent il *faut* en avoir. On n'a vraiment besoin de rien d'autre. Et voilà!

Puisque, bien sûr, ce n'est pas notre faute si nous sommes vivants. Mais une fois qu'on est vivant, l'argent est une nécessité et la seule nécessité absolue. On peut se passer de tout le reste, sans problème. Mais de l'argent, non. Et voilà! c'est tout.

Elle pensa à Michaelis, et à l'argent qu'elle aurait pu avoir avec lui; et même cela, elle ne le désirait pas. Elle préférait les sommes plus modestes qu'elle aidait Clifford à gagner avec ce qu'il écrivait. Cet argent, elle l'aidait

(1) En français dans le texte. (N.d.T.)

vraiment à le gagner. « Clifford et moi, nous gagnons ensemble douze cents livres par an grâce à la littérature », se disait-elle. Gagner de l'argent! Le gagner! A partir de rien; le tirer du vent! Le dernier exploit dont on puisse être humainement fier! Et tout le reste ne valait pas la peine qu'on en parle.

Elle revenait donc chez elle, vers Clifford, pour joindre ses forces aux siennes, de nouveau, pour tirer une autre histoire du néant : et une histoire voulait dire de l'argent. Clifford se souciait beaucoup, semblait-il, que ses histoires soient considérées comme de la littérature de premier ordre. Elle ne s'en souciait aucunement. « Rien là-dedans », disait son père. « Douze cents livres l'année dernière », était sa réponse simple et définitive.

Si l'on était jeune, il fallait serrer les dents, se mordre les lèvres et résister jusqu'à ce que l'argent commence à affluer venant de l'invisible; c'était une question de puissance. C'était une question de volonté; une émanation puissante et très subtile de volonté tirée de soi-même ramenait vers vous le mystérieux néant de l'argent; un mot sur un bout de papier. C'était une sorte de magie, c'était certainement le triomphe. La déesse-chienne! Eh bien, s'il fallait se prostituer, que ce soit à la déesse-chienne! On pouvait toujours la mépriser tout en se prostituant à elle. C'était un avantage.

Clifford, bien sûr, avait encore beaucoup de tabous et de fétiches enfantins. Il voulait qu'on le trouve « vraiment bon », ce qui était un conte à dormir debout. Ce qui était bon, c'est ce qui marchait. Cela ne valait pas la peine d'être vraiment bon et d'être laissé pour compte. Il semblait que les écrivains « vraiment bons » rataient tout simplement l'autobus. Après tout, on n'a qu'une vie à vivre et si l'on ratait l'autobus, on restait sur le trottoir, avec tous les autres ratés.

Connie envisageait de passer un hiver à Londres avec Clifford, l'hiver suivant. Ils avaient tous les deux attrapé l'autobus, ils n'avaient donc qu'à profiter de l'impériale et parader.

Le pis est que Clifford avait une tendance à devenir vague, absent et à tomber dans des crises de dépression et de vide. C'était la blessure de son âme qui apparaissait. Mais cela donnait envie à Connie de hurler. Grand Dieu, si le mécanisme même de la conscience ne marchait pas, que pouvait-on faire? Qu'à cela ne tienne, on faisait ce que l'on pouvait! Fallait-il toucher le fond tout à fait?

Parfois, elle pleurait amèrement, mais tout en pleurant, elle se disait : « Espèce d'idiote, mouiller des mouchoirs! Comme si cela servait à quelque chose! »

Depuis Michaelis, elle avait décidé qu'elle ne voulait rien. Cela semblait la solution la plus simple à un problème autrement insoluble. Elle ne voulait rien d'autre que ce qu'elle avait. Elle voulait seulement aller de l'avant avec ce qu'elle avait : Clifford, les histoires, Wragby, l'affaire lady Chatterley, l'argent et la gloire, comme c'était... Elle voulait mener à bien tout cela. L'amour, le sexe, tout ce genre de choses, ce n'étaient que des sucres d'orge et rien de plus. Qu'on les suce et qu'on les oublie. Si l'esprit ne s'y accroche pas, ce n'est rien. Le sexe tout spécialement... rien! Il faut se décider et le problème est résolu. Le sexe et un cocktail : ils ont la même durée, le même effet et le résultat est le même, plus ou moins.

Mais un enfant, un bébé! C'était encore l'une des émotions qu'elle éprouvait. Elle ne s'aventurerait qu'avec précaution dans cette expérience. Il fallait penser à l'homme et, curieusement, il n'y avait pas un homme au monde dont elle aurait voulu avoir des enfants. Des enfants de Mick! Quelle pensée repoussante! Autant avoir un enfant avec un lapin! Tommy Dukes?... Il était très gentil, mais il était impossible de l'associer à un bébé, à une autre génération. Il trouvait sa fin lui-même. Et parmi toutes les relations, assez étendues, de Clifford, il n'y avait pas un homme qui n'éveillât son mépris à la pensée d'avoir un enfant de lui. Il y en avait plusieurs qui auraient été tout à fait possibles comme amants, même Mick. Mais leur permettre de vous faire un enfant! Pouah! Humiliation et abomination.

Et voilà!

Et pourtant, l'idée de l'enfant était toujours présente dans l'esprit de Connie. Patience! Patience! Elle ferait passer au crible des générations d'hommes et elle verrait si elle ne pouvait pas en trouver un qui ferait l'affaire. « Promenez-vous par les rues de Jérusalem pour voir si vous trouvez un *homme*. » Il avait été impossible de trouver un homme dans la Jérusalem du prophète, bien qu'il y eût des milliers d'humains du sexe mâle. Mais un *homme*! *C'est une autre chose* (1)!

Elle avait comme une idée que cela devrait être un

(1) En français dans le texte. (N.d.T.)

étranger : pas un Anglais, encore moins un Irlandais. Un véritable étranger.

Mais patience! Patience! L'hiver prochain, elle emmènerait Clifford à Londres; l'hiver suivant, elle l'emmènerait à l'étranger, dans le sud de la France, en Italie. Patience! Elle n'était pas pressée pour l'enfant. C'était son affaire personnelle et le seul point sur lequel, à sa manière étrangement femelle, elle était sérieuse jusqu'au plus profond de son âme. Elle ne laisserait rien au hasard, pas elle! On peut prendre un amant presque à n'importe quel moment, mais un homme pour vous faire un enfant... Patience! Patience! C'est une tout autre affaire. « Promenez-vous dans les rues de Jérusalem... » Ce n'était pas une question d'amour; c'était une question d'*homme.* Et si c'était l'homme, qu'importerait la haine personnelle? Cette affaire concernait une autre partie de soi.

Il avait plu, comme d'habitude, et les sentiers étaient trop détrempés pour la voiture de Clifford, mais Connie, elle, sortait. Désormais, elle sortait seule tous les jours, surtout dans le bois, où elle était vraiment seule. Elle ne voyait personne là-bas.

Ce jour-là, cependant, Clifford voulait envoyer un message au garde, mais le petit messager avait la grippe; il y avait toujours, semblait-il, quelqu'un avec la grippe à Wragby et Connie proposa d'aller elle-même au cottage.

L'air était doux et mort, comme si le monde entier mourait lentement. Tout était gris, humide et silencieux; on n'entendait même pas le bruit des mines, car les puits ne fonctionnaient que quelques heures par jour, et, ce jour-là, ils étaient arrêtés. La fin de tout!

Dans le bois, tout était absolument inerte et immobile, et seules de grosses gouttes tombaient des branches nues, avec un petit bruit creux. Pour le reste, parmi les vieux arbres, c'était la profondeur de la grisaille profonde, une inertie désespérante, le silence, le néant.

Connie avançait lentement. Du vieux bois venait une antique mélancolie qui la soulageait mieux que la dure insensibilité du monde extérieur. Elle aimait l'*intériorité* dans ce reste de forêt, dans la réticence sans voix des vieux arbres. Ils semblaient être un pouvoir même du silence, tout en exprimant une présence vitale. Eux aussi attendaient : obstinément, stoïquement, ils attendaient en dégageant une puissance de silence. Peut-être n'attendaient-ils que la fin; d'être abattus, emportés, la fin de la forêt, pour eux, la fin de toute chose. Mais peut-être leur silence puissant et aristocratique, leur silence de grands arbres, signifiait autre chose.

Alors qu'elle sortait du bois, vers le nord, elle vit le cottage du garde, en pierres brunes, avec ses pignons et sa jolie cheminée; il semblait vide et inhabité tant il était silencieux et solitaire. Un filet de fumée s'élevait pourtant de la cheminée et le petit jardin entouré d'une palissade devant la maison était sarclé et très bien tenu. La porte était fermée.

Maintenant qu'elle était là, elle se sentait un peu intimidée par l'homme, par ses yeux curieusement pénétrants. Elle n'aimait pas l'idée de lui apporter des ordres, et elle avait envie de repartir. Elle frappa doucement et personne ne vint. Elle frappa de nouveau, mais toujours assez doucement. Il n'y eut pas de réponse. Elle jeta un coup d'œil par la fenêtre et elle vit la petite pièce sombre, avec son intimité presque sinistre, refusant d'être violée.

Elle restait là, debout, à écouter et il lui sembla entendre des bruits qui venaient de derrière le cottage. Elle n'avait pas réussi à se faire entendre mais son courage se réveilla et elle ne s'avoua pas vaincue.

Elle contourna donc la maison. Derrière le cottage, le terrain était en pente raide et l'arrière-cour se trouvait donc en contrebas et entourée d'un petit mur de pierre. Elle tourna encore puis s'arrêta. Dans la petite cour à deux pas devant elle, l'homme se lavait, ne se doutant pas du tout qu'on le regardait. Il était nu jusqu'aux hanches; sa culotte de velours glissait sur ses reins étroits. Son dos blanc et mince se penchait sur une cuvette d'eau savonneuse dans laquelle il se trempait la tête qu'il secouait d'un curieux petit mouvement rapide; il levait ses bras minces et blancs tout en rejetant l'eau savonneuse de ses oreilles, rapide, subtil comme une belette qui jouerait avec l'eau – et absolument seul. Connie fit marche arrière revint devant la maison et repartit en courant dans le bois. En dépit d'elle-même, elle avait éprouvé une grande émotion. Après tout, ce n'était qu'un homme qui se lavait; Dieu sait que c'était tout à fait banal!

Et pourtant, curieusement, cette expérience avait eu la qualité d'une vision : le centre même de son corps avait été frappé. Elle voyait l'étoffe grossière du pantalon glissant sur les reins purs, blancs et délicats, où saillaient un peu les os, et ce sentiment de solitude d'une créature purement seule la bouleversait. La nudité parfaite, blanche et solitaire d'une créature qui vit seule et seule même en dedans. Et au-delà, cette beauté de la pure créature. Non pas la matière de la beauté, ni même le corps de la beauté, mais un chatoiement, la flamme chaude et blanche d'une vie solitaire qui se révèle par des contours que l'on peut toucher : un corps!

Connie avait reçu le coup de cette vision dans ses entrailles et elle le savait; la vision était là, en elle. Mais son esprit était enclin à se moquer. Un homme qui se lave dans une cour! Sans doute avec un savon jaune sentant mauvais! Elle était asez agacée; pourquoi devait-elle tomber sur ces intimités vulgaires?

Alors, elle s'éloigna d'elle-même, mais peu après, elle s'assit sur un tronc. Elle était trop troublée pour penser. Mais, au cœur de son trouble, elle était décidée à remettre son message à cet homme. Elle ne reculerait pas. Elle devait lui donner le temps de s'habiller, mais pas le temps de s'en aller. Il se préparait sans doute à aller quelque part.

Alors, elle retourna lentement sur ses pas, l'oreille tendue. Comme elle s'approchait, le cottage semblait exactement pareil. Un chien aboya et elle frappa à la porte, le cœur battant malgré elle.

Elle entendit l'homme descendre légèrement les escaliers. Il ouvrit la porte vivement et la fit sursauter. Lui aussi paraissait mal à son aise mais, très vite, il se mit à rire.

– Lady Chatterley! dit-il. Voulez-vous entrer?

Ses manières étaient si parfaitement naturelles et si correctes qu'elle franchit le seuil et entra dans la petite pièce assez triste.

– Je suis venue simplement vous remettre un message de sir Clifford, dit-elle de sa voix douce et un peu haletante.

L'homme la regardait de ses yeux bleus et pénétrants qui lui firent détourner un peu la tête. Il la trouvait charmante, presque belle dans sa timidité et il prit la situation en main immédiatement.

– Voulez-vous vous asseoir? demanda-t-il, en supposant qu'elle refuserait.

La porte restait ouverte.

– Non merci! Sir Clifford aimerait savoir si vous pourriez...

Elle lui transmit le message en le regardant dans les

yeux de nouveau sans s'en rendre compte. Et ces yeux maintenant semblaient chauds et bons, surtout pour une femme, merveilleusement chauds, et bons, et naturels.

– Très bien, Madame. Je vais m'en occuper tout de suite.

En prenant l'ordre, il avait entièrement changé, comme couvert d'un vernis de dureté et d'éloignement. Connie hésitait, elle aurait dû partir. Mais ele promenait son regard sur le petit salon, propre, bien rangé mais assez triste, avec une sorte de consternation.

– Vous vivez ici tout à fait seul? demanda-t-elle.

– Tout à fait seul, Madame.

– Mais votre mère...?

– Elle vit au village dans son cottage à elle.

– Avec l'enfant? demanda Connie.

– Avec l'enfant!

Et son visage quelconque et un peu usé prit un air de dérision indéfinissable. Son visage était déconcertant et changeait tout le temps.

– Non, dit-il, en voyant que Connie ne savait plus que dire, ma mère vient faire le ménage le samedi; je m'occupe du reste.

Connie le regarda de nouveau. Ses yeux souriaient de nouveau, un peu moqueurs, mais chauds et bleus, et, d'une certaine manière, bons. Elle le regardait avec étonnement. Il portait un pantalon, une chemise de flanelle et une cravate grise; ses cheveux étaient lisses et humides et son visage était assez pâle et usé. Quand ces yeux cessaient de rire, on aurait dit qu'ils avaient beaucoup souffert, sans pourtant perdre leur chaleur. Mais une pâleur d'isolement le submergea, elle n'était pas vraiment là pour lui.

Elle voulait dire tant de choses et elle ne disait rien. Elle le regarda seulement et lui dit :

– J'espère que je ne vous dérange pas?

Le léger sourire moqueur lui rétrécit les yeux.

– Je me peignais, c'est tout. Je vous prie de m'excuser de ne pas avoir de veste, mais je ne savais pas qui frappait. Personne ne vient frapper ici et l'inattendu est inquiétant.

Il la précéda et descendit le sentier du jardin pour ouvrir la grille. En chemise et sans sa lourde veste de velours, elle remarqua de nouveau comme il était élancé, mince et un peu courbé. Et pourtant, quand elle passa devant lui, elle ressentit quelque chose de jeune et d'éveillé dans ses cheveux clairs et dans ses yeux vifs. Il devait avoir trente-sept ou trente-huit ans.

Elle continua son chemin vers le bois et elle savait qu'il la regardait. Il la troublait beaucoup, malgré elle.

Et lui, en rentrant chez lui, pensait : « Elle est charmante, elle est vraie ! Elle ne sait pas à quel point elle est charmante. »

Elle pensa beaucoup à lui; il avait si peu l'air d'un garde-chasse, si peu l'air d'un travailleur de toute façon, bien qu'il eût quelque chose de commun avec les gens du pays. Et, à la fois, quelque chose de tout à fait différent.

– Le garde-chasse, Mellors, est une drôle de personne, dit-elle à Clifford; il pourrait presque être un gentleman.

– Vraiment? dit Clifford, je n'avais pas remarqué.

– Mais n'a-t-il pas quelque chose de spécial? insista Connie.

– Je crois que c'est un assez gentil garçon, mais je ne sais pas grand-chose sur lui. Il a quitté l'armée seulement l'année dernière, il y a moins d'un an de cela. Il était en Inde, je crois. Il a peut-être pris certaines manières là-bas; peut-être était-il ordonnance d'un officier, ce qui aurait amélioré sa situation. C'est arrivé à certains soldats. Mais ce n'est pas bon pour eux. Ils doivent retrouver leur ancienne situation quand ils rentrent chez eux.

Connie regarda Clifford pensivement. Elle reconnaissait en lui l'intolérance toute particulière, qu'elle savait typique de sa classe, pour un homme du peuple qui pourrait vraiment s'élever socialement.

– Mais ne trouvez-vous pas qu'il y a quelque chose de spécial en lui? demanda-t-elle.

– Franchement, non! Je n'ai rien remarqué.

Il la regarda avec curiosité, mal à son aise et un peu soupçonneux. Et elle comprit qu'il ne lui disait pas toute la vérité. Il ne s'avouait pas la vérité à lui-même, voilà! Il ne supportait pas l'idée d'un être humain vraiment exceptionnel. On devait être plus ou moins à son niveau ou au-dessous.

Connie sentit une fois de plus l'étroitesse, la mesquinerie des hommes de sa génération. Ils étaient si mesquins, si terrifiés par la vie!

Chapitre 7

Quand Connie monta dans sa chambre, elle fit ce qu'elle n'avait pas fait depuis longtemps : elle enleva tous ses vêtements et se regarda nue dans l'immense miroir. Elle ne savait pas ce qu'elle cherchait, ni ce qu'elle voulait voir exactement, et pourtant, elle déplaça la lampe jusqu'à ce que la lumière tombe en plein sur elle.

Et elle pensa, comme elle l'avait si souvent pensé, combien le corps humain est chose fragile, facilement meurtrie et tout à fait pathétique; quelque chose d'à peine terminé, d'incomplet!

On l'avait trouvée assez bien faite, autrefois, mais, aujourd'hui, elle était démodée : un peu trop femelle, pas assez semblable à un adolescent. Elle n'était pas très grande, un peu écossaise et courte; elle avait pourtant une certaine grâce fluide et fuyante qui aurait pu être de la beauté. Sa peau était légèrement mate et dorée, ses membres avaient quelque chose de paisible, son corps aurait dû avoir une plénitude généreuse et fuyante; mais quelque chose manquait.

Au lieu de mûrir dans ses courbes fermes et fuyantes, son corps devenait plat et un peu rêche. Comme s'il n'avait pas eu assez de soleil et de chaleur; c'était un corps un peu grisâtre et privé de sève.

Déçu dans sa vraie féminité, il n'avait pas réussi à devenir un corps de garçon, sans substance et transparent; au contraire, il était devenu opaque.

Ses seins étaient assez menus et tombaient en forme de poire. Mais ils n'étaient pas mûrs, un peu acides, et pendaient là, sans signification. Son ventre avait perdu l'éclat frais et rond qu'il avait eu dans sa jeunesse à l'époque du jeune Allemand qui l'avait, physiquement, vraiment aimée, lui. Son ventre était jeune, alors, plein d'espoir et avec un air bien à lui. Maintenant, il était un peu mou, un peu plat, plus mince, mais d'une molle minceur. Ses cuisses, naguère alertes et si vivantes dans leur féminine rondeur, elles aussi devenaient plates, relâchées, sans signification.

Son corps perdait, lui aussi, toute signification, devenait lourd et opaque, gonflé d'une substance sans aucun sens, et elle se sentait infiniment déprimée et désespérée.

Quel espoir restait-il? Elle était vieille, vieille à vingt-sept ans, sans éclair et sans étincelle dans sa chair. Vieille par négligence et par reniement, oui, par reniement. Les femmes à la mode soignaient leurs corps comme de la délicate porcelaine et les gardaient éclatants grâce à des soins extérieurs. Il n'y avait rien à l'intérieur de la porcelaine; mais elle n'avait même pas cet éclat artificiel. La vie intellectuelle! Soudain, elle la détesta avec une violente fureur; quelle duperie!

Elle regarda son image de dos, ses épaules, sa taille, ses reins, dans l'autre miroir. Elle maigrissait mais, à elle, cela ne convenait pas. Le pli de sa taille, de dos, tel qu'elle le voyait en se tournant, était un peu fatigué, alors qu'il avait été si joyeux. Et l'assez longue chute de ses hanches et de ses fesses avait perdu son éclat et sa plénitude. Tout cela avait disparu! Seul le garçon allemand l'avait aimée, et il était mort depuis près de dix ans. Comme le temps passait! Mort depuis dix ans et elle n'en avait que vingt-sept. Le beau garçon à la sensualité fraîche et maladroite qu'elle avait alors tant méprisée! Où la trouverait-elle, maintenant? Les hommes l'avaient perdue. Ils avaient, comme Michaelis, leurs pathétiques petits spasmes de deux secondes; mais plus de saine et humaine sensualité, qui réchauffe le sang et rafraîchit tout l'être.

Elle trouvait toujours que la plus belle partie de son corps, c'était la longue chute des hanches à partir de la naissance du dos et la rondeur endormie et paisible de ses fesses. Comme des dunes de sable, disent les Arabes, douces et descendant en longues pentes. A cet endroit, il y avait encore un espoir de vie. Mais, là aussi, elle était plus mince, moins mûre, plus desséchée.

Mais le devant de son corps la désolait. Il commençait déjà à se relâcher; bien que mince, il était mou, presque flétri, vieilli avant d'avoir vraiment vécu. Elle pensa à l'enfant qu'elle aurait peut-être un jour. En était-elle seulement capable?

Elle enfila sa chemise de nuit, se mit au lit où elle sanglota amèrement. Et au fond de son amertume brûlait une froide indignation contre Clifford, ses écrits et sa conversation : contre tous les hommes de son espèce qui frustraient la femme, même de son propre corps.

Injuste, c'était injuste! Le sentiment d'une profonde injustice physique la brûlait jusqu'à l'âme.

Mais le matin, comme toujours, elle était debout à sept heures et descendait voir Clifford. Elle devait l'aider pour tout ce qui était intime car il n'avait pas de valet et refusait d'avoir une femme à son service. Le mari de la gouvernante, qui l'avait connu enfant, l'aidait et le soulevait quand il fallait; mais Connie lui donnait les soins intimes et elle le faisait volontiers. C'était une contrainte, mais elle avait tenu à faire tout ce qu'elle pouvait.

Aussi ne quittait-elle presque jamais Wragby, et jamais pour plus d'un ou deux jours; alors, Mrs. Betts, la gouvernante, s'occupait de Clifford. Pour lui, ce qui était inévitable à la longue, tout ce service allait de soi. Ce qui était naturel.

Et pourtant, au fond d'elle-même, un sentiment d'injustice, de frustration brûlait en Connie. Le sentiment physique de l'injustice est un sentiment dangereux, une fois qu'il est éveillé. Il lui faut un débouché, ou il dévore celui qui le nourrit. Pauvre Clifford, ce n'était pas sa faute. Son infortune était la plus terrible. Tout cela faisait partie de la catastrophe générale.

Et pourtant, en un sens n'était-ce pas sa faute? Ce manque de chaleur, ce manque de contact physique, simple et chaleureux, n'en était-il pas responsable? Il n'était vraiment jamais chaleureux, ni même gentil, prévenant seulement, attentif à sa manière bien élevée et froide! Mais il n'était jamais chaleureux comme un homme peut l'être avec une femme, ou même comme le père de Connie pouvait l'être avec elle, avec sa chaleur d'homme qui ne pense qu'à soi et a bien l'intention de ne penser qu'à soi, mais qui pouvait encore consoler une femme avec un peu de son éclat masculin.

Mais Clifford n'était pas ainsi. Toute sa race n'était pas ainsi. Au fond, ils étaient tous durs et détachés, et la chaleur, pour eux était tout simplement de mauvais goût. Il fallait s'en passer et garder ses distances; ce qui était pour le mieux, si vous étiez de la même classe et de la même race. Alors, on pouvait rester froid et être très estimable, garder ses distances et jouir de la satisfaction de les garder. Mais si vous étiez d'une autre race et d'une autre classe, cela n'allait plus; ce n'était nullement drôle de garder ses distances et de sentir que l'on appartient à la classe dirigeante. A quoi cela servait-il, alors que même les aristocrates les plus élégants n'avaient rien à conserver, alors que leur droit n'était qu'une farce, et nullement un droit? A quoi cela servait-il? Tout cela était absurde et glacé.

Un sentiment de rébellion couvait en Connie. A quoi

tout cela servait-il? A quoi servait son sacrifice, le sacrifice de sa vie à Clifford? Que servait-elle, après tout? Un froid esprit de vanité, qui n'avait aucune chaleur dans les contacts humains, et qui était tout aussi corrompu qu'un juif de basse extraction, dans son désir de se prostituer à la déesse-chienne, le Succès. Même la conviction froide et détachée de Clifford qu'il appartenait à la classe dirigeante ne l'empêchait pas de tirer la langue en haletant après la déesse-chienne. Après tout, Michaelis avait bien plus de dignité dans cette affaire et sa réussite était beaucoup plus éclatante. Vraiment, à le regarder de près, Clifford n'était qu'un bouffon et il est plus humiliant d'être un bouffon qu'un parvenu.

De plus, des deux hommes, elle était autrement plus utile à Michaelis qu'à Clifford. Le premier avait même plus besoin d'elle.

N'importe quelle bonne infirmière peut soigner des jambes paralysées! Et quant à l'effort héroïque, Michaelis était un rat héroïque et Clifford était plutôt comme un caniche qui ferait le beau.

Il y avait des invités à la maison, et parmi eux, la tante de Clifford, la tante Eva, lady Bennerley. C'était une femme de soixante ans, mince, au nez rouge; veuve, elle avait encore quelque chose de la *grande dame* (1). Elle appartenait à l'une des meilleures familles et elle avait le caractère qu'il fallait pour soutenir sa position. Connie l'aimait bien, car elle était parfaitement simple et franche, dans la mesure où elle voulait être franche, et superficiellement bonne. Au fond d'elle-même, elle était passée maîtresse dans l'art de garder ses distances et de forcer les autres à rester un peu en dessous d'elle. Elle n'était pas du tout snob : elle était trop sûre d'elle-même pour cela. Elle savait jouer à merveille le jeu social consistant à garder froidement ses distances et à forcer les autres à lui céder le pas.

Elle était pleine de bonté pour Connie et elle essayait de glisser dans son âme de femme la sonde aiguë de ses observations bien élevées.

– A mon avis, vous êtes absolument merveilleuse, disait-elle à Connie. Vous avez accompli des merveilles avec Clifford. Personnellement, je ne me suis jamais doutée de l'éclosion de son génie, et le voilà qui fait fureur.

Le succès de Clifford remplissait la tante Eva de

(1) En français dans le texte. (N.d.T.)

suffisance et de fierté. Une autre plume au panache de la famille! Elle se moquait pas mal de ses livres, mais pourquoi aurait-elle dû s'y intéresser?

– Oh! Je n'y suis pour rien, dit Connie.

– Mais si, j'en suis sûre, ça ne peut être personne d'autre. Et il me semble que vous n'en tirez pas assez d'avantages.

– Et comment?

– Voyez comme vous êtes enfermée ici. J'ai dit à Clifford : « Si cette enfant se révolte un de ces jours, vous n'aurez qu'à vous en prendre à vous! »

– Mais Clifford ne me refuse jamais rien, dit Connie.

– Ecoutez, ma chère petite – et lady Bennerley posa sa main fine sur le bras de Connie –, une femme doit vivre sa vie ou vivre dans le repentir de ne pas l'avoir vécue. Croyez-moi!

Et elle prit une autre gorgée de cognac, ce qui était peut-être sa forme de repentir à elle.

– Mais je la vis bien, ma vie, non?

– A mon avis, non! Clifford devrait vous conduire à Londres et vous laisser sortir. Le genre d'amis qu'il a lui conviennent bien, mais à vous, que vous apportent-ils? Si j'étais vous, cela ne me suffirait pas. Vous allez laisser échapper votre jeunesse et vous allez passer votre vieillesse, et votre âge mûr aussi, à vous en repentir.

La noble dame tomba dans un silence contemplatif, apaisée par le cognac.

Mais Connie n'avait aucune envie d'aller à Londres et d'être pilotée dans le monde élégant par lady Bennerley. Elle n'avait aucun don pour l'élégance et cela ne l'intéressait pas. Et elle sentait la froideur toute spéciale et desséchante sous tout cela; comme le sol du Labrador, couvert de petites fleurs gaies à la surface, mais qui est gelé un pied en dessous.

Tommy Dukes était à Wragby avec un autre homme, Harry Winterslow, ainsi que Jack Strangeways et sa femme, Olive. La conversation était beaucoup plus décousue que quand les vieux copains étaient là et l'on s'ennuyait un peu car il faisait mauvais temps et, pour s'amuser, il n'y avait que le billard et la danse au son du Pianola.

Olive lisait un livre sur le temps futur où les bébés seraient cultivés dans des éprouvettes et où les femmes seraient « immunisées ».

– Et ce serait une bien bonne chose! dit-elle. Alors la femme pourra vivre sa propre vie.

Strangeways voulait des enfants et elle n'en voulait pas.

– Cela vous plairait-il d'être immunisée? lui demanda Winterslow avec un vilain sourire.

– J'espère que je le suis; naturellement, dit-elle. Le futur, en tout cas, sera plus raisonnable et la femme ne sera plus diminuée par ses *fonctions*.

– Peut-être flottera-t-elle en fin de compte dans l'espace, dit Dukes.

– Je considère qu'une vraie civilisation devrait éliminer beaucoup de faiblesses physiques, dit Clifford. Il serait préférable, par exemple, que toute cette affaire d'amour disparaisse. C'est ce qu'il arriverait, je suppose, si l'on pouvait élever les bébés dans des éprouvettes.

– Mais non! cria Olive. Cela libérerait d'autant plus de temps pour l'amusement.

– J'imagine, dit lady Bennerley, d'un air contemplatif, que si cette affaire d'amour disparaissait, quelque chose d'autre prendrait sa place. La morphine peut-être. Un petit peu de morphine partout dans l'air. Cela serait merveilleusement rafraîchissant pour tout le monde.

– Le gouvernement lâchant de l'éther dans l'air le samedi, pour un joyeux week-end! dit Jack. Très bien, mais où serions-nous le mercredi?

– Tant que l'on peut oublier son corps, on est heureux, dit lady Bennerley. Et dès que l'on commence à devenir conscient de son corps, on se sent mal. Alors, si la civilisation vaut quelque chose, elle doit nous aider à oublier nos corps et alors le temps passe joyeusement sans même que l'on s'en rende compte.

– Que l'on nous aide à nous débarrasser de nos corps à tout jamais, dit Winterslow. Il est grand temps que l'homme commence à améliorer sa propre nature, surtout le côté physique de sa nature.

– Vous nous voyez flotter comme de la fumée de cigarette? dit Connie.

– Cela n'arrivera pas, dit Dukes. Notre vieux spectacle va s'écrouler; notre civilisation va s'effondrer. Elle tombe dans un puits sans fond, dans l'abîme. Et croyez-moi, le seul pont pour échapper à l'abîme sera le phallus!

– Et comment donc! Vous êtes vraiment impossible, général! cria Olive.

– Je crois que notre civilisation est en train de s'écrouler, dit tante Eva.

– Et qu'adviendra-t-il ensuite? demanda Clifford.

– Je n'en ai pas la moindre idée, mais quelque chose, j'imagine, dit la vieille dame.

– Connie parle de gens comme de traînées de fumée et Olive de femmes immunisées, de bébés dans des éprouvettes, et Dukes dit que le phallus est un pont vers le futur. Je me demande ce que cela sera vraiment? dit Clifford.

– Oh! laissez donc! Vivons dans le présent, dit Olive. Mais dépêchez-vous de mettre au point vos éprouvettes à bébé et laissez-nous tranquilles, nous pauvres femmes.

– Il y aura même peut-être de vrais hommes dans la période à venir, dit Tommy. Des hommes vrais, intelligents et sains et des femmes gentilles et saines! Ne serait-ce pas un changement, un énorme changement par rapport à ce que nous sommes? *Nous*, nous ne sommes pas des hommes et les femmes ne sont pas des femmes. Nous ne faisons que célébrer de faux rites, des expériences mécaniques et intellectuelles. Il viendra même peut-être une civilisation d'hommes et de femmes authentiques, à la place de notre troupe de petits malins, âge mental sept ans. Cela serait encore plus étonnant que des hommes de fumée ou des bébés-éprouvettes.

– Oh, quand on commence à parler de vraies femmes, j'abandonne la partie, dit Olive.

– Sûrement, rien ne vaut la peine d'être possédé en nous, sinon l'esprit, dit Winterslow.

– L'esprit-de-vin! dit Jack, en buvant son whisky-soda.

– Croyez-vous? Donnez-moi la résurrection du corps! dit Dukes. Mais elle viendra, en son temps, quand nous nous serons un peu débarrassés de la pierre cérébrale, de l'argent et du reste. Alors nous aurons une démocratie du contact plutôt qu'une démocratie du porte-monnaie.

Quelque chose résonnait au fond de Connie : « Donnez-moi la démocratie du contact, la résurrection du corps! » Elle ne savait pas du tout ce que cela voulait dire, mais ces paroles la réconfortaient, comme le font parfois les choses dépourvues de sens.

En tout cas, tout cela était terriblement bête et tout l'exaspérait, Clifford, tante Eva, Olive et Jack, Winterslow et même Dukes. Des mots, des mots, des mots! Quel enfer c'était, ce moulin à paroles continues!

Et quand les gens partaient, ce n'était pas mieux. Elle

continuait sa marche pénible, mais l'exaspération et l'irritation s'étaient emparées de la partie inférieure de son corps, elle ne pouvait pas fuir. Les jours semblaient passer en grinçant, d'une manière étrangement douloureuse et pourtant, rien n'arrivait. Seulement, elle maigrissait; même la gouvernante s'en aperçut et lui demanda si elle se sentait bien. Même Tommy Dukes lui dit à plusieurs reprises qu'elle n'allait pas bien, bien qu'elle affirmât que si. Seulement, elle commençait à avoir peur de ces affreuses pierres tombales blanches, cette blancheur répugnante toute particulière au marbre de Carrare, aussi détestable que des fausses dents, qui se détachaient sur la colline, au bas de l'église de Tevershall et qu'elle regardait, avec un désespoir douloureux, du haut du parc. Le hérissement des pierres tombales, comme de hideuses fausses dents sur la colline, la remplissait d'une sorte d'horreur macabre. Elle sentait que le temps n'était pas si loin où elle serait enterrée là, une unité de plus dans la troupe sinistre couchée sous les monuments funéraires, dans ces infects Midlands.

Elle avait besoin d'aide et elle le savait; aussi envoya-t-elle un petit *cri du cœur* (1) à sa sœur Hilda : « Je ne vais pas très bien ces jours-ci et je ne sais pas ce qui m'arrive. »

Hilda accourut d'Ecosse où elle avait élu domicile. Elle vint en mars, seule au volant de son alerte petite voiture à deux places. Elle monta l'allée à grands coups de klaxon puis tourna autour de la pelouse ovale où s'élançaient deux grands hêtres sauvages, devant la maison.

Connie était accourue sur les marches. Hilda arrêta sa voiture, en sortit et embrassa sa sœur

– Mais Connie! s'écria-t-elle. Qu'est-ce qu'il t'arrive?

– Rien! dit Connie, un peu honteuse; mais elle savait combien elle avait souffert par rapport à Hilda. Les deux sœurs avaient la même peau éclatante et presque dorée, les mêmes cheveux bruns et soyeux et la même vigueur naturelle et chaleureuse. Mais maintenant Connie était maigre, avec un teint terreux et un cou décharné et jaunâtre qui sortait de son chemisier.

– Mais tu es malade, ma petite! dit Hilda de cette voix douce et un peu haletante semblable chez les deux sœurs. Hilda avait presque, mais pas tout à fait, deux ans de plus que Connie.

(1) En français dans le texte. (N.d.T.)

– Non, pas malade. Je m'ennuie peut-être, dit Connie, avec un certain pathétique.

Le feu du combat brilla sur le visage de Hilda; c'était, en dépit de sa douceur et de son calme apparents, une femme du genre amazone antique, nullement faite pour s'adapter aux hommes.

– Quel endroit lamentable! dit-elle doucement en regardant la pauvre vieille baraque qu'était Wragby avec une vraie haine. Elle avait elle-même la douceur et la chaleur d'une poire mûre et c'était une amazone de bonne vieille race.

Elle alla voir tranquillement Clifford. Il la trouva très belle mais elle lui fit un peu peur. Les parents de sa femme n'avaient ni les mêmes manières ni le même sens de l'étiquette que lui. Il les considérait un peu comme des étrangers, mais quand ils réussissaient à entrer dans son monde, ils faisaient de lui ce qu'ils voulaient.

Il était assis sur sa chaise, carré, soigné, les cheveux blonds et luisants, le visage frais, les yeux bleus et pâles, un peu proéminents, l'expression indéchiffrable mais bien élevée. Hilda le trouva grognon et stupide. Il attendait, l'air sûr de lui, mais peu importait à Hilda de quoi il avait l'air; elle était en révolte et s'il avait été pape ou empereur, cela aurait été exactement la même chose.

– Connie a l'air terriblement mal, dit-elle de sa voix douce, en le regardant de ses beaux yeux gris et brillants. Elle avait, tout comme Connie, l'air si virginal, mais il reconnaissait bien le ton d'obstination écossaise par-derrière.

– Elle a un peu maigri, dit-il.

– Et vous n'avez rien fait?

– Pensez-vous que cela soit nécessaire? demanda-t-il, dans son anglais le plus suave et le plus guindé, car les deux choses vont souvent ensemble.

Hilda le regardait fixement sans répondre; la repartie n'était pas son fort, ni celui de Connie; aussi, regardait-elle fixement, ce qui le mettait beaucoup plus mal à l'aise que si elle avait parlé d'abondance.

– Je vais la conduire chez le docteur, dit enfin Hilda. Pourriez-vous en suggérer un bon dans les environs?

– Non, j'en ai peur.

– Alors, je la mènerai à Londres, où nous avons un docteur en qui nous avons confiance.

Clifford bouillait de rage, mais il ne dit rien.

– Il vaut mieux, je pense, que je passe la nuit ici, dit

Hilda en enlevant ses gants, et je la conduirai en ville demain.

Clifford était jaune de colère, et vers le soir, le blanc de ses yeux était aussi un peu jaune. Il avait mal au foie. Mais l'attitude de Hilda resta modeste et virginale.

– Il faut vous trouver une garde-malade ou quelqu'un qui s'occuperait de vous personnellement. Vous auriez vraiment besoin d'un valet de chambre, dit Hilda alors qu'ils s'asseyaient, avec un calme feint pour prendre le café après dîner. Elle parlait de sa manière douce et gentille en apparence, mais Clifford avait l'impression qu'elle lui donnait un coup de matraque sur la tête.

– Vous croyez? dit-il froidement.

– J'en suis sûre! Il le faut. Autrement, mon père et moi devrons emmener Connie pour quelques mois. Cela ne peut pas continuer ainsi.

– Qu'est-ce qui ne peut pas continuer ainsi?

– Mais vous n'avez pas regardé cette petite! demanda Hilda, en le regardant fixement dans les yeux.

Il ressemblait tout à fait à un gros homard bouilli pour l'instant; c'est ce qu'elle pensait en tout cas.

– Nous en parlerons, Connie et moi, dit-il.

– J'en ai déjà parlé avec elle, dit Hilda.

Clifford était resté longtemps entre les mains des infirmières; il les détestait car elles ne lui laissaient aucune intimité. Quant à un valet de chambre!... il ne pouvait pas supporter la présence d'un homme autour de lui. N'importe quelle femme, plutôt. Mais pourquoi pas Connie?

Les deux sœurs partirent en voiture le matin suivant. Connie avait un peu l'air d'un agneau pascal, assez menue à côté de Hilda, qui était au volant. Sir Malcolm était absent, mais la maison de Kensington était ouverte.

Le docteur examina Connie avec soin et lui posa des questions sur sa vie.

– Je vois des photographies de vous et de sir Clifford de temps en temps dans des journaux illustrés. Vous êtes presque des célébrités n'est-ce pas? Voilà ce que deviennent les petites filles sages, bien que vous ne soyez qu'une petite fille sage, même aujourd'hui, malgré les journaux illustrés. Non, non! il n'y a aucun mal organique, mais ça ne va pas! Ça ne va pas! Il faut dire à sir Clifford qu'il doit vous mener en ville, ou à l'étranger, et qu'il doit vous divertir. Il faut vous amuser, il le faut! Vous n'avez pas assez de vitalité; pas de réserves, pas de réserves. Les nerfs du cœur sont déjà dans un drôle d'état. Eh oui!

Ce n'est qu'une question de nerfs; je vous remettrais d'aplomb en un mois à Cannes ou à Biarritz. Mais il ne faut pas que cela continue ainsi, *il ne faut pas,* vous m'entendez, ou je ne réponds pas des conséquences. Vous dépensez votre vie sans la renouveler. Vous avez besoin d'être amusée, amusée correctement et sainement. Vous dépensez votre vitalité sans la refaire. Cela ne peut pas durer comme ça, vous savez. La dépression! Il faut éviter la dépression!

Hilda serra les mâchoires, et cela voulait dire quelque chose.

Michaelis apprit qu'elles étaient en ville et se précipita avec des roses.

– Mais que se passe-t-il? s'écria-t-il. Vous êtes l'ombre de vous-même. Mais enfin, je n'ai jamais vu un tel changement! Pourquoi ne m'avez-vous pas prévenu? Venez à Nice avec moi! Descendons en Sicile! Allons, venez avec moi en Sicile. C'est agréable là-bas en ce moment. Vous avez besoin de soleil! Vous avez besoin de vie! Mais vous vous consumez enfin! Partez avec moi! Allons en Afrique! Que sir Clifford aille se faire pendre! Laissez-le tomber et venez avec moi. Je vous épouse dès que vous serez divorcée. Allons, venez et essayez de vivre! Pour l'amour de Dieu! Ce Wragby tuerait n'importe qui. Quel sale endroit! Quel endroit infect! Cela tuerait n'importe qui! Venez avec moi vers le soleil! C'est du soleil qu'il vous faut, bien sûr, et un peu de vie normale.

Mais le cœur de Connie ne supportait pas l'idée d'abandonner Clifford sur-le-champ. Elle n'en était pas capable. Non... non! Elle ne pouvait pas. Elle devait rentrer à Wragby.

Michaelis était indigné. Hilda n'aimait pas Michaelis, mais elle le préférait *presque* à Clifford. Les sœurs retournèrent dans les Midlands.

Hilda parla à Clifford qui avait encore les yeux jaunes à leur retour. Lui aussi, à sa manière, était épuisé; mais il dut écouter tout ce que Hilda avait à dire, tout ce que le docteur avait dit, pas ce que Michaelis avait dit, bien sûr, et il restait assis, écoutant l'ultimatum sans y répondre.

– Voilà l'adresse d'un bon valet de chambre qui est resté auprès d'un infirme, un patient du docteur, jusqu'à sa mort, le mois dernier. C'est vraiment un très bon domestique et qui viendrait sans doute.

– Mais je ne suis *pas* un infirme et je n'aurai *pas* de valet de chambre, dit Clifford, pauvre diable.

– Et voilà les adresses de deux femmes. J'en ai vu une et elle serait très bien; une femme d'environ cinquante ans, calme, forte, bonne et, à sa manière, cultivée...

Clifford boudait et refusait de répondre.

– Très bien, Clifford. Si l'on n'arrange pas quelque chose d'ici demain, je télégraphierai à Père et nous emmènerons Connie.

– Mais Connie partira-t-elle? demanda Clifford.

– Elle ne veut pas, mais elle sait qu'elle doit le faire. Mère est morte d'un cancer, à la suite d'instabilité nerveuse. Nous ne voulons courir aucun risque.

Aussi, le jour suivant, Clifford proposa Mrs. Bolton, l'infirmière de la paroisse de Tevershall. Mrs. Betts, apparemment, avait pensé à elle. Mrs. Bolton était justement en train d'abandonner son travail à la paroisse pour devenir infirmière privée. Clifford avait une curieuse répugnance à se mettre entre les mains d'une étrangère, mais cette Mrs. Bolton l'avait soigné une fois, pendant une scarlatine et il la connaissait.

Les deux sœurs allèrent voir Mrs. Bolton immédiatement; elle habitait une maison moderne dans une rue tout à fait élégante pour Tevershall. Elles trouvèrent une assez belle femme d'une quarantaine d'années, habillée en infirmière, avec un col et un tablier blancs, en train de se faire du thé dans un petit salon encombré.

Mrs. Bolton était très attentive et très polie; elle semblait charmante, parlait un anglais correct, avec un accent assez pesant et, ayant soigné les mineurs malades pendant plusieurs années, elle avait une très bonne opinion d'elle-même et une belle assurance. En bref, à son niveau, elle faisait partie de la classe dirigeante du village et elle était fort respectée.

– Oui, lady Chatterley n'a pas l'air bien du tout! Elle, qui était en pleine forme autrefois, n'est-ce pas? Mais elle a dépéri au cours de l'hiver! Ah! c'est vraiment dur. Pauvre sir Clifford! Ah! cette guerre, elle en a fait des malheurs!

Et Mrs. Bolton viendrait à Wragby tout de suite, si le docteur Shardlow la laissait partir. Elle devait encore deux semaines de travail à la paroisse, en principe, mais ils pourraient trouver une remplaçante, vous savez.

Hilda courut chez le docteur Shardlow et le dimanche suivant, Mrs. Bolton arriva en fiacre à Wragby avec deux malles. Hilda eut plusieurs conversations avec elle; Mrs. Bolton était prête à parler à tout moment. Et comme elle semblait jeune! Comme la passion enflammait ses joues assez pâles! Elle avait quarante-sept ans.

Son époux, Ted Bolton, avait été tué dans la mine, vingt-deux années plus tôt, vingt-deux ans à la Noël, exactement à la Noël, en la laissant avec deux enfants, dont un bébé au berceau. Oh, le bébé était marié maintenant : Edith, mariée à un jeune homme employé à la pharmacie Boots de Sheffield. L'autre était maîtresse d'école à Chesterfield; elle rentrait à la maison en fin de semaine, quand elle n'était pas invitée ailleurs. Les jeunes s'amusent bien de nos jours, ce n'est pas comme quand elle était jeune, elle, Ivy Bolton.

Ted Bolton avait vingt-huit ans quand il avait été tué par une explosion dans la mine. Le porion à l'avant leur avait crié à tous de vite se jeter à terre; ils étaient quatre. Ils se sont tous couchés à temps sauf Ted, et ça l'a tué. Et puis, à l'enquête, du côté des patrons, on a dit que Ted avait eu peur, qu'il avait essayé de s'enfuir, qu'il n'avait pas obéi aux ordres, et que c'était donc de sa faute, au fond. Alors, l'indemnité n'avait été que de trois cents livres et on l'avait présentée plus comme un cadeau que comme une indemnité car c'était au fond de sa faute. Et ils ne voulurent pas lui donner l'argent d'un coup; elle voulait acheter une petite boutique. Mais ils ont dit qu'elle allait gaspiller l'argent, peut-être pour boire! Aussi devait-elle le toucher à raison de trente shillings chaque semaine. Eh oui, elle devait aller tous les lundis matin aux bureaux et rester là, pendant deux heures, à attendre son tour; oui, pendant près de quatre ans, elle y était allée tous les lundis. Et que pouvait-elle faire, avec deux petits enfants sur les bras? Mais la mère de Ted avait été très bonne pour elle. Quand le bébé avait commené à trotter, elle avait gardé les deux enfants pendant la journée et elle, Ivy Bolton, allait à Sheffield pour suivre ses cours d'ambulancière et, la quatrième année, elle prit même des cours d'infirmière et obtint son diplôme. Elle voulait être indépendante et garder ses enfants. Elle avait donc décidé d'être assistante à l'hôpital d'Uthwaite, un poste modeste, pour quelque temps. Mais quand la Compagnie, la Compagnie minière de Tevershall, sir Geoffrey en vérité, vit qu'elle pouvait se débrouiller toute seule, on fut très gentil pour elle, on lui proposa le poste d'infirmière de la paroisse; on l'avait soutenue, elle l'admettait volontiers. Et elle y était restée depuis lors, mais, maintenant, cela devenait un peu trop pesant pour elle; elle avait besoin de quelque chose d'un peu plus léger, car le travail d'infirmière paroissiale était vraiment épuisant.

– Oui, la Compagnie a toujours été très bonne pour *moi,* je l'ai toujours dit. Mais je n'oublierai jamais ce qu'ils ont dit de Ted, car jamais un homme plus assidu et plus courageux n'est descendu dans la mine, et, ce dont on l'accusait, c'était d'être un lâche. Mais voilà, il était mort et il ne pouvait pas leur répondre.

La femme montrait dans ses propos un curieux mélange de sentiments. Elle aimait bien les mineurs qu'elle avait soignés si longtemps mais elle se sentait très supérieure à eux. Il lui semblait faire partie de la classe dirigeante, mais, en même temps, un ressentiment contre la classe dirigeante couvait en elle. Les maîtres! Dans un conflit entre patrons et ouvriers, elle était toujours du côté des ouvriers. Mais quand il n'y avait pas de conflit, elle avait un désir ardent d'être supérieure, de faire partie de la classe dirigeante. Les hautes classes la fascinaient, attisaient sa passion tout anglaise pour ce qui est supérieur. Elle était enchantée de venir à Wragby; enchantée de parler à lady Chatterley, bien différente, ma foi, de ces vulgaires femmes de mineurs! Elle le disait sans honte. Et pourtant, on sentait pointer une rancune contre les Chatterley; la rancune contre les patrons.

« Mais oui, bien sûr, cela a dû épuiser lady Chatterley! Dieu merci, elle avait une sœur pour lui venir en aide. Les hommes ne pensent pas, qu'ils soient riches ou pauvres; ils trouvent tout naturel ce que les femmes font pour eux. J'ai souvent rembarré les mineurs à ce sujet. Mais c'est vraiment dur pour sir Clifford, vous savez, d'être infirme comme ça. Ils ont toujours été altiers et distants, les Chatterley, et c'était leur droit. Mais là-dessus, recevoir un tel coup! Et c'est vraiment dur pour lady Chatterley, encore plus dur pour elle, peut-être. Ce qu'elle manque! Je n'ai eu Ted que trois ans, mais, croyez-moi, tant que je l'ai eu, j'avais un mari que je ne pourrai jamais oublier. Le meilleur entre mille, et joyeux comme le jour. Qui l'eût cru, qu'il se ferait tuer? Jusqu'à ce jour, je n'y crois pas vraiment, je n'y croirai jamais et pourtant je l'ai lavé de mes propres mains. Mais pour moi, il n'a jamais été mort, jamais. Je ne l'ai jamais accepté. »

C'était une voix neuve à Wragby, tout à fait nouvelle pour Connie; elle éveilla chez elle un intérêt nouveau.

Pourtant, pendant la première semaine, Mrs. Bolton fut très calme à Wragby; son assurance et son attitude autoritaire l'avaient quittée, et elle était nerveuse. Avec Clifford, elle était timide, presque craintive et silencieuse. Il aimait cela et reprit très vite confiance en lui-même; il lui laissait faire des choses pour lui, sans même la remarquer.

– C'est une nullité utile! disait-il.

Connie ouvrit de grands yeux étonnés, mais ne le contredit pas. Comme les impressions sont différentes chez deux personnes différentes!

Et bientôt, il prit un air magnifique, assez grand seigneur, avec la garde-malade. Elle s'y attendait et il fit son jeu sans le savoir. Nous sommes si sensibles à ce que l'on attend de nous! Les mineurs avaient été comme des enfants quand ils lui parlaient, lui confiant où ils avaient mal pendant qu'elle les bandait ou les soignait. Ils lui avaient toujours donné l'impression qu'elle était importante, presque surhumaine dans son rôle d'infirmière. Clifford, lui, la faisait se sentir petite, semblable à une servante; et elle l'acceptait sans un mot et s'adaptait aux classes dirigeantes.

Elle venait le soigner silencieusement, les yeux baissés, avec son beau visage allongé. Et elle disait très humblement :

– Devrai-je faire ceci maintenant, sir Clifford? Devrai-je faire cela?

– Non, laissez cela pour le moment, je le ferai faire plus tard.

– Très bien, sir Clifford.

– Revenez dans une demi-heure.

– Très bien, sir Clifford.

– Et enlevez ces vieux papiers, voulez-vous?

– Très bien, sir Clifford.

Elle sortait doucement et revenait doucement une demi-heure plus tard. Elle était houspillée, mais cela lui était égal. Elle faisait l'expérience des classes supérieures. Elle n'avait pas de rancune contre Clifford, elle ne le détestait pas non plus; il faisait simplement partie d'un phénomène, le phénomène des gens de la haute, qui lui était inconnu jusque-là et qu'elle allait connaître. Elle se sentait plus à l'aise avec lady Chatterley et, après tout, c'était la maîtresse de maison qui comptait le plus.

La nuit, Mrs. Bolton aidait Clifford à se mettre au lit; elle dormait dans une chambre en face, de l'autre côté du couloir, et elle venait s'il la sonnait la nuit. Elle l'aidait aussi le matin et s'occupa bientôt de lui complètement, le rasant même à sa façon féminine, douce et hésitante. Elle était compétente et s'y prenait très bien et, bientôt, elle sut comment l'avoir en son pouvoir. Il n'était pas si différent des mineurs, après tout, quand on lui savonnait doucement la barbe. L'air distant et le manque de franchise ne la gênaient pas; c'était une nouvelle expérience.

Pourtant, au fond de lui, Clifford ne pardonna jamais à Connie d'avoir confié les soins qu'elle lui donnait à une étrangère, à une mercenaire. Cela tuait, se disait-il, la vraie fleur de l'intimité qui existait autrefois entre lui et Connie. Mais Connie ne s'en souciait guère : la belle fleur de l'intimité n'était pour elle qu'une orchidée, un bulbe parasite sur l'arbre de sa vie et qui donnait, à ses yeux, une fleur bien minable.

Maintenant qu'elle avait plus de temps à elle, elle pouvait doucement jouer du piano dans sa chambre là-haut et chanter :

Ne touchez pas l'ortie...
Car les liens d'amour sont malaisés à rompre.

Elle ne s'était rendu compte que très tard comme ils étaient malaisés à rompre, ces liens d'amour. Mais, grâce à Dieu, elle les avait rompus! Elle était si heureuse d'être seule, de ne plus avoir toujours à lui parler. Quand il était seul, il tapait, sans fin sur sa machine à écrire. Mais quand il ne « travaillait » pas et qu'elle était là, il parlait, parlait toujours : de petites analyses à n'en plus finir sur les gens et leurs motivations, les résultats, les caractères et les personnalités; et maintenant elle en avait assez. Pendant des années, cela lui avait plu, et puis elle en avait eu assez, et soudain, c'était vraiment trop. Elle était reconnaissante d'être seule.

C'était comme si des milliers et des milliers de petites racines et de filaments de conscience avaient poussé en lui et en elle et s'étaient mêlés et embrouillés jusqu'à satiété, et la plante se mourait. Maintenant, avec calme et subtilité, elle défaisait le nœud de leur conscience à tous deux, brisant les fils doucement, l'un après l'autre, avec patience mais avec l'impatience de se libérer. Mais les liens d'un tel amour sont plus difficiles à rompre que la plupart des autres liens; cependant, la venue de Mrs. Bolton avait été d'un grand secours.

Mais il réclamait encore les anciennes soirées d'intimité où il parlait avec Connie : conversation et lecture à haute voix. Maintenant, toutefois elle pouvait s'arranger avec Mrs. Bolton pour que celle-ci vienne les interrompre vers dix heures. A dix heures, Connie pouvait monter chez elle et être seule. Clifford était en bonnes mains avec Mrs. Bolton.

Mrs. Bolton mangeait avec Mrs. Betts dans la chambre de la gouvernante, ce qui arrangeait tout le monde. Et il était curieux de remarquer combien l'office semblait s'être rapprochée; jusqu'aux portes du bureau de Clifford, alors qu'auparavant elle semblait si éloignée. En effet, Mrs. Betts venait parfois s'asseoir dans la chambre de Mrs. Bolton, et Connie pouvait les entendre causer à voix basse et elle sentait la vibration différente et forte des gens de service qui envahissait presque le salon quand Clifford et elle étaient seuls. Et c'est ainsi que Wragby changea grâce à la seule venue de Mrs. Bolton.

Et Connie se sentait soulagée, entrée dans un autre monde où elle respirait différemment. Mais elle avait encore peur quand elle pensait à toutes ses racines à elle, peut-être des racines mortelles, qui étaient toujours emmêlées à celles de Clifford. Et pourtant, elle respirait plus librement et elle entrait dans une nouvelle phase de sa vie.

Chapitre 8

Mrs. Bolton entourait Connie d'affection également, car elle sentait qu'elle devait étendre sa protection de femme et d'infirmière à la jeune femme. Elle recommandait toujours à Madame de sortir, de se faire conduire à Uthwaite, d'être en plein air. Connie avait pris l'habitude, en effet, de rester assise près du feu, en faisant semblant de lire, ou de coudre mollement, sans presque jamais sortir.

Par un jour de vent, peu après le départ de Hilda, Mrs. Bolton lui dit :

– Pourquoi n'allez-vous pas vous promener dans le bois et voir les jonquilles derrière le cottage du garde? C'est le plus joli tableau qu'on puisse voir à la ronde. Et vous pourriez en mettre dans votre chambre; les jonquilles sauvages ont toujours un air si gai, n'est-ce pas?

Connie le prit bien. Des jonquilles sauvages! Après tout, pourquoi cuire dans son jus? Le printemps revenait... « Les saisons reviennent, mais pour moi ne revient pas le Jour, ou la douce approche du Soir ou du Matin » (1).

Et le garde, son corps mince et blanc, comme le pistil solitaire d'une fleur invisible! Elle l'avait oublié dans son indicible dépression. Mais quelque chose maintenant s'éveillait... « Pâle au-delà du porche et du portail (2) »... Ce qu'il fallait faire, c'était traverser les porches et les portails.

Elle était plus solide, elle pouvait marcher mieux et, dans le bois, le vent serait moins fatigant que dans le parc, où il se collait à elle. Elle voulait oublier, oublier le monde et tous ces affreux aux corps de charogne. « Il faut renaître! Je crois à la résurrection du corps! Si le grain de froment ne tombe dans la terre et ne meurt, il ne pourra germer. Quand le crocus sortira, moi aussi, j'émergerai et verrai le soleil! » Dans le vent de mars, des phrases sans fin lui passaient par l'esprit.

De petits éclats de soleil passaient, étrangement brillants, et allumaient les renoncules à la lisière du bois, sous les noisetiers, et leur jaune lumineux étincelait. Le bois était calme, très calme et pourtant tout vibrant des rayons du soleil. Les premières anémones étaient en fleur et tout le bois semblait pâle de la pâleur d'innombrables petites anémones, qui émaillaient le sol.

« Le monde a pâli sous ton souffle (3). » Mais c'était le souffle de Perséphone, cette fois; elle était sortie de l'Enfer, par un froid matin. Des rafales de vent froid passaient et, plus haut, on sentait la colère du vent emmêlé, accroché aux rameaux. Le vent, lui aussi, était pris au piège et tentait de se libérer, comme Absalon. Que les anémones avaient l'air d'avoir froid, haussant leurs blanches épaules nues sur leurs crinolines de verdure! Mais elles le supportaient. On pouvait voir aussi quelques petites primevères décolorées, les premières, le long du sentier, et des boutons d'or qui s'ouvraient.

Là-haut, cela grondait et cela bougeait mais seuls des courants froids descendaient. Connie était étrangement

(1) Milton, *Paradise Lost*, livre III.
(2) Swinburne, *Garden of Proserpine.*
(3) Swinburne, *Garden of Proserpine.*

excitée dans le bois, et ses joues prenaient de la couleur et le bleu de ses yeux scintillait. Elle marchait péniblement tout en cueillant quelques primevères et les premières violettes, qui avaient un parfum doux et froid, doux et froid. Et elle flânait sans savoir où elle était.

Et puis, elle arriva à la clairière, à l'extrémité du bois, et elle vit le cottage en pierres verdies, qui avait l'air presque rose, comme l'intérieur d'un champignon, avec ses pierres chauffées par un éclat de soleil. Et il y avait une étincelle de jasmin jaune devant la porte; la porte fermée. Mais aucun bruit; aucune fumée sortant de la cheminée; aucun aboiement de chien.

Elle se dirigea tranquillement derrière la maison où remontait le talus; elle avait une excuse : elle voulait voir les jonquilles.

Et elles étaient là, les fleurs aux courtes tiges, bruissantes, palpitantes, frissonnantes, si brillantes et si vivantes, mais, ne sachant où cacher leurs visages qu'elles détournaient du vent.

Elles secouaient leurs brillants petits chiffons ensoleillés dans des accès de détresse. Mais peut-être aimaient-elles vraiment cela; peut-être aimaient-elles vraiment être secouées.

Constance s'assit, le dos contre un jeune pin qui vibrait contre elle et d'où montait une vie étrange, élastique et puissante. Cette chose vivante, dressée, le sommet dans le soleil! Et elle regarda les jonquilles prendre la couleur de l'or dans un éclat de soleil qui réchauffait ses mains et ses genoux. Elle perçut même la légère odeur de goudron des fleurs. Et là, si tranquille et si seule, elle semblait retrouver le courant même de sa propre destinée. On l'avait attachée avec une corde, secouée et abîmée comme un navire sur ses amarres. Maintenant, elle était libre, à la dérive.

Le soleil fit place au froid; les jonquilles étaient dans l'ombre, silencieuses et penchées. Elles resteraient penchées tout le jour et toute la froide et longue nuit. Si fortes dans leur fragilité!

Elle se leva, un peu raidie, cueillit quelques jonquilles et s'en alla. Elle n'aimait pas briser la tige des fleurs mais elle en voulait juste une ou deux pour lui tenir compagnie. Il lui fallait revenir à Wragby et à ses murs et maintenant, elle détestait Wragby et surtout ses murs épais. Des murs! Toujours des murs! Et pourtant, on en avait besoin, avec ce vent.

A son retour, Clifford lui demanda :

– Où êtes-vous allée ?

– De l'autre côté du bois! Regardez, ces petites jonquilles ne sont-elles pas adorables? Quand on pense qu'elles sortent de la terre!

– Mais tout autant de l'air et du soleil, dit-il.

– Mais formées dans la terre, répliqua-t-elle, un peu surprise de sa prompte repartie.

L'après-midi suivant, elle retourna dans le bois. Elle suivit la grande allée qui tournait et montait à travers les mélèzes jusqu'à une source qu'on appelait John's Well. Il faisait froid sur ce versant et pas une fleur dans l'ombre obscure des mélèzes. Mais la petite source glaciale montait doucement de son petit lit de cailloux purs d'un blanc rougeâtre. Comme elle était glacée et claire! Et brillante! Le nouveau garde, sans aucun doute, avait mis des cailloux frais. Elle entendait le léger ruissellement de l'eau qui débordait et dévalait la pente. Même au-dessus de la masse bruissante des mélèzes, qui répandait son obscurité déchiquetée et sans feuilles, elle pouvait entendre le tintement des petites cloches d'eau.

Cet endroit était un peu sinistre, froid, humide. On était venu pourtant boire à cette fontaine depuis des siècles et des siècles. Mais plus maintenant. La petite clairière qui l'entourait était très verte, froide et triste.

Elle se leva et retourna lentement vers la maison. Tout en marchant, elle entendit un bruit léger à sa droite et elle s'arrêta pour écouter. Etait-ce un marteau ou un pic-vert? C'était sûrement un marteau.

Elle continua sa marche, l'oreille aux aguets; et puis elle remarqua une piste tracée entre de jeunes sapins, une piste qui ne semblait mener nulle part. Mais elle sentit qu'on l'avait utilisée. Elle s'y aventura entre les jeunes sapins qui furent bientôt remplacés par le bois de vieux chênes. Elle suivit la piste et le bruit de marteau se rapprocha dans le silence du bois plein de vent car les arbres sécrètent un silence, même dans leurs bruits de vent.

Elle vit une petite clairière secrète et une secrète petite cabane faite de poteaux rustiques. Et elle ne l'avait jamais vue auparavant! Elle comprit que c'était l'endroit où l'on élevait les faisans; le garde en bras de chemise, à genoux, frappait du marteau. Le chien s'avança vers elle avec des aboiements courts et perçants et le garde leva son visage tout à coup et la vit. Il eut un regard de surprise.

Il se redressa, salua et la regarda en silence tandis qu'elle avançait, les membres défaillants. Il lui en voulait de son intrusion; il chérissait sa solitude comme sa seule et dernière liberté dans la vie.

– Je me demandais ce qu'était ce bruit de marteau, dit-elle; elle se sentait faible et à bout de souffle et il lui faisait un peu peur, à la regarder ainsi droit dans les yeux.

– Je prépare les paniers pour les jeunes oiseaux, dit-il dans son dialecte grossier.

Elle ne savait que dire et elle se sentait faible.

– J'aimerais m'asseoir un peu, dit-elle.

– Venez vous asseoir dans la cabane, dit-il, et il la précéda dans la cabane, poussa de côté des bouts de bois et autres objets, et avança une chaise rustique faite avec des bâtons de noisetier.

– Voulez-vous que j'allume un peu de feu? demanda-t-il toujours dans son dialecte curieusement naïf.

– Oh, ne vous dérangez pas! répondit-elle.

Mais il regarda ses mains et vit qu'elles étaient presque bleues. Alors il porta rapidement des rameaux de mélèze dans la petite cheminée de briques qui était dans un coin de la pièce et, en un instant, la flamme jaune brûlait dans la cheminée. Il lui fit place près du foyer de briques.

– Asseyez-vous là et réchauffez-vous un peu, dit-il.

Elle lui obéit. Il avait le genre d'autorité protectrice qui la faisait obéir immédiatement. Elle s'assit donc et se réchauffa les mains à la flamme et elle ajouta des bûches dans le feu pendant qu'il frappait du marteau de nouveau. Elle n'avait pas vraiment envie d'être assise au coin du feu; elle aurait préféré regarder par la porte, mais on s'occupait d'elle et elle devait se soumettre.

La cabane était tout à fait confortable; toute boisée de sapin sans vernis; il y avait, à part sa chaise, une petite table rustique et un tabouret, un établi de charpentier et puis une grosse boîte, des outils, des planches neuves, des clous; et toute sorte de choses pendues à des crochets : une hache, une cognée, des pièges, des choses dans des sacs, sa veste. Il n'y avait pas de fenêtre et la lumière venait de la porte ouverte. C'était un fatras, mais aussi une sorte de petit sanctuaire.

Elle écoutait les coups de marteau de l'homme; ce n'était pas un bruit très joyeux. Il était accablé. C'était un empiètement sur sa retraite et c'était dangereux! Une femme! Il était arrivé à un point où tout ce qu'il demandait sur la terre, c'était d'être seul. Et pourtant il n'avait pas le pouvoir de préserver son intimité; il était employé et ces gens étaient ses patrons.

Mais surtout, il ne voulait plus jamais avoir de contact avec une femme. Il en avait peur car il gardait une grande blessure d'anciens contacts. Il avait l'impression que s'il ne pouvait pas être seul, absolument seul, il mourrait. Son refus du monde extérieur était complet; son dernier refuge, c'était ce bois; s'y cacher!

Connie s'était réchauffée auprès du feu; elle l'avait trop alimenté, alors elle eut trop chaud. Elle alla s'asseoir sur le tabouret au seuil de la porte et elle regarda l'homme au travail. Il avait l'air de ne pas la remarquer, mais il savait qu'elle était là. Et pourtant, il continuait à travailler, d'un air absorbé, et sa chienne brune, assise près de lui, toisait le monde avec méfiance.

Mince, calme et rapide, l'homme finissait le casier qu'il était en train de faire, le retourna, essaya la porte coulissante puis le mit de côté. Alors, il se leva pour aller chercher un vieux casier qu'il porta à l'établi où il travaillait. Il s'accroupit et essaya les barreaux; certains se cassèrent dans ses mains; il commença à retirer les clous. Et puis, il retourna le casier et médita, et il ne donna absolument aucun signe qu'il avait senti la présence de la femme.

Alors, Connie le regarda fixement. Et la même solitude qu'elle avait sentie chez l'homme nu, elle la retrouva maintenant chez l'homme habillé : solitaire, et absorbé, comme un animal qui travaille seul, mais sombre aussi, comme une âme qui se referme, loin de tout contact humain. Silencieusement, patiemment, il se refermait loin d'elle maintenant encore. C'était la tranquillité, la sorte de patience infinie chez cet homme impatient et passionné qui touchaient Connie jusqu'aux entrailles. Elle voyait cela dans sa tête penchée, dans les mains calmes et rapides, la courbe de ses reins minces et sensibles; quelque chose de patient et de retiré. Elle sentait que son expérience avait été beaucoup plus profonde et plus vaste que la sienne; plus profonde et plus vaste et peut-être plus mortelle. Et cela la soulageait du poids d'elle-même; elle se sentait presque irresponsable.

Alors, elle s'assit devant la porte de la cabane, comme dans un rêve, complètement inconsciente du temps et des circonstances. Elle était si absente que lorsqu'il lui jeta un coup d'œil rapide, il vit sur son visage un regard absolument calme et comme en attente. Pour lui, c'était un regard d'attente. Et une très petite langue de feu s'alluma soudain dans ses reins, à la racine de son dos et il gémit en esprit. Il craignait avec une répulsion presque mortelle tout nouveau contact humain. Il souhaitait plus que tout qu'elle s'en aille, qu'elle le laisse seul avec lui-même. Il craignait sa volonté, sa volonté de femelle et son insistance de femme moderne. Et il craignait plus que tout sa froide impudence de femme du monde, qui n'en fait qu'à sa tête. Car il n'était après tout qu'un employé. Il détestait sa présence dans cet endroit.

Connie revint à elle, mal à l'aise soudain. Elle se leva. L'après-midi faisait place au soir et pourtant, elle ne pouvait pas s'en aller. Elle se dirigea vers l'homme qui se tenait au garde-à-vous, son visage usé, raidi et vide, et ses yeux qui l'observaient.

– C'est si agréable ici, si reposant, dit-elle. Je n'étais jamais venue ici auparavant.

– Ah non?

– Je crois que je viendrai m'asseoir ici, de temps en temps.

– Ah oui?

– Fermez-vous la cabane à clef quand vous n'y êtes pas?

– Oui, Madame.

– Pensez-vous que je pourrai avoir une clef, moi aussi pour pouvoir venir m'asseoir ici de temps en temps? Y a-t-il deux clefs?

– Non, pas que je sache.

Il employait de nouveau le dialecte. Connie hésita; il faisait opposition. Mais était-ce sa cabane, après tout?

– Ne pourrait-on pas trouver une autre clef, demanda-t-elle de sa voix douce qui cachait mal l'intonation d'une femme décidée à obtenir ce qu'elle voulait.

– Une autre! dit-il, en lui lançant un regard plein d'une colère mêlée d'ironie.

– Oui, un double, dit-elle en rougissant.

– Sir Clifford saura peut-être, dit-il froidement.

– Oui! Il en a peut-être une autre. Autrement, on pourrait en faire faire une avec celle que vous avez. J'imagine que cela prendrait un jour ou deux. Vous pourriez vous passer de votre clef pendant ce temps-là.

– Je ne peux pas vous dire, Madame! Je ne connais personne qui fasse des clefs dans les environs.

Connie, soudain, rougit de colère.

– Très bien! dit-elle. Je m'en occuperai.

– Parfait, Madame.

Leurs yeux se rencontrèrent. Son regard à lui était mauvais, froid et plein de haine, de mépris et d'indifférence pour ce qui pouvait arriver. Son regard à elle était brillant de rage. Mais son cœur défaillait, elle voyait qu'il la détestait profondément, quand elle s'insurgeait contre lui. Elle le voyait avec une sorte de désespoir.

– Bonne journée!

– Bonne journée, Madame!

Il la salua et tourna les talons brusquement. Elle avait réveillé les chiens qui dormaient, la vieille colère vorace en lui, sa colère contre la femelle opiniâtre. Et il ne pouvait rien faire, rien. Il le savait bien!

Et elle était en colère contre le mâle opiniâtre. Et, de plus, un domestique! Elle rentra chez elle d'un air renfrogné.

Elle trouva Mrs. Bolton sous le grand hêtre de la butte, qui la cherchait.

– Je me demandais où vous étiez allée, madame, dit la femme gaiement.

– Suis-je en retard? demanda Connie.

– Oh... simplement sir Clifford vous attendait pour le thé.

– Et pourquoi ne l'avez-vous pas préparé, *vous?*

– Oh, je ne pense pas que ce soit mon rôle. Je ne crois pas que sir Clifford aimerait cela, madame.

– Je ne vois pas pourquoi, dit Connie.

Elle entra dans le bureau de Clifford où la vieille bouilloire de cuivre frémissait sur le plateau.

– Suis-je en retard, Clifford? dit-elle.

Elle déposa les quelques fleurs qu'elle avait cueillies et prit la boîte à thé, debout devant le plateau, son chapeau sur la tête et son écharpe au cou.

– Je suis désolée! Mais pourquoi n'avez-vous pas demandé à Mrs. Bolton de préparer le thé?

– Je n'y ai pas pensé, dit-il avec ironie. Je ne la vois vraiment pas présider la table.

– Oh! il n'y a rien de sacro-saint dans une théière d'argent, dit Connie.

Il la regarda avec curiosité.

– Qu'avez-vous fait tout l'après-midi? dit-il.

– J'ai marché et je me suis assise dans un endroit

protégé. Saviez-vous qu'il y a encore des baies sur le grand houx?

Elle retira son écharpe mais garda son chapeau et s'assit pour faire le thé. Le toast serait sûrement ramolli. Elle couvrit la théière et se leva pour trouver un petit vase pour ses violettes. Les pauvres fleurs pendaient, flasques sur leur tige.

– Elles vont revivre! dit-elle en mettant le vase devant lui pour qu'il puisse sentir leur parfum.

– « Plus douces que les paupières de Junon (1) », cita-t-il.

– Je ne vois aucun rapport avec les vraies violettes, dit-elle. Les Elisabethains sont vraiment boursouflés.

Elle lui versa son thé.

– Pensez-vous qu'il y aurait une seconde clef pour cette petite cabane près de la source John's Well où l'on élève les faisans? demanda-t-elle.

– Peut-être, pourquoi?

– J'ai découvert cette cabane aujourd'hui – et je ne l'avais jamais vue auparavant. Je trouve que c'est un endroit délicieux. Je pourrais aller m'y asseoir parfois, n'est-ce pas?

– Mellors y était-il?

– Oui! Je l'ai trouvé à cause des bruits de marteau. Il n'avait pas l'air d'apprécier du tout mon intrusion. En vérité, il a été presque grossier quand je lui ai demandé s'il y avait une seconde clef.

– Qu'a-t-il dit?

– Oh! rien; c'était seulement son attitude; et il a dit qu'il n'avait aucune idée pour les clefs.

– Il y en a peut-être une dans le bureau de mon père. Betts les connaît toutes et elles sont toutes là. Je lui demanderai de chercher.

– Oh! oui, s'il vous plaît, dit-elle.

– Alors Mellors a été presque grossier?

– Oh! ce n'est rien vraiment! Mais je ne pense pas qu'il apprécie beaucoup ma liberté d'aller et venir sur son domaine.

– J'imagine, en effet.

– Et pourtant, je ne vois vraiment pas pourquoi. Ce n'est pas sa maison après tout! Ce n'est pas son domaine privé. Je ne vois pas pourquoi je ne pourrais pas m'asseoir là-bas, si cela me plaît.

(1) Shakespeare, *Winter's Tale.*

– Absolument! dit Clifford. Il se croit un peu trop, cet homme.

– Vous le pensez vraiment?

– Oh! c'est certain! Il se prend pour quelque chose d'exceptionnel. Vous savez qu'il avait une femme avec laquelle il ne s'entendait pas, alors il s'est enrôlé dans l'armée en 1915 et on l'a envoyé en Inde, je crois. En tout cas, il a été maréchal-ferrant dans la cavalerie en Egypte pendant un certain temps; il a toujours eu affaire aux chevaux; il les connaît bien. Et puis, un colonel de l'armée des Indes s'est pris d'affection pour lui et on l'a fait lieutenant. Oui, il est devenu officier. Je crois qu'il est retourné en Inde avec son colonel, jusqu'à la frontière nord-ouest. Il est tombé malade; il a une pension. Il n'a quitté l'armée que l'année dernière, je pense, et, naturellement, ce n'est pas facile pour un homme comme lui de retomber dans son ancienne position. C'est normal qu'il patauge. Mais, en ce qui me concerne, il fait bien son travail. Seulement, je ne veux pas entendre parler de son côté « lieutenant Mellors ».

– Comment a-t-on pu le faire officier alors qu'il parle patois?

– Il ne le parle pas, sauf quand ça l'arrange. Il peut parler parfaitement l'anglais, pour un homme comme lui. Je présume que, puisqu'il est rentré dans le rang, il trouve préférable de parler comme les autres.

– Pourquoi ne m'avez-vous pas parlé de lui auparavant?

– Oh, je n'ai aucune patience pour ces histoires romanesques. Elles sont la destruction de l'ordre. C'est vraiment dommage que ce genre de choses arrive.

Connie avait tendance à être d'accord avec lui. A quoi servaient ces mécontents qui ne trouvaient leur place nulle part?

Le temps était si beau que Clifford décida, lui aussi, d'aller dans le bois. Le vent était froid mais pas vraiment gênant et le soleil, chaud et plein, était comme la vie même.

– C'est étonnant, dit Connie, comme on se sent différent quand il y a une belle et fraîche journée. D'habitude, on a l'impression que l'air est à moitié mort. Les gens tuent même l'air.

– Croyez-vous que ce sont les gens qui en soient responsables? demanda-t-il.

– Je le crois. La pression d'un tel ennui, le mécontentement et la colère qui sortent des gens arrivent à tuer la vitalité de l'air. J'en suis sûre.

– Peut-être la condition atmosphérique amoindrit-elle aussi la vitalité des gens? dit-il.

– Non, c'est l'homme qui empoisonne l'univers, affirma-t-elle.

– Il souille son propre nid, remarqua Clifford.

La petite voiture continuait son chemin. Dans les taillis de noisetiers pendaient des chatons d'un or pâle, et dans les endroits ensoleillés, les anémones étaient grandes ouvertes, comme éclatant d'une joie de vivre, comme autrefois quand les gens pouvaient éclater de joie avec elles. Elles avaient un léger parfum de fleurs de pommier. Connie en cueillit quelques-unes pour Clifford.

Il les prit et les regarda avec curiosité.

– « O toi, épouse encore inviolée du calme (1) », cita-t-il. Il semble que cela sied tellement mieux aux fleurs qu'aux vases grecs.

– Violé est un mot si horrible! dit-elle. Seuls les gens violent les choses.

– Oh! je n'en sais rien... Les escargots et autres, dit-il.

– Même les escargots ne font que les manger et les abeilles ne violent pas.

Elle lui en voulait de tout changer en mots. Les violettes étaient des paupières de Junon, et les anémones étaient des épouses inviolées. Comme elle détestait les mots qui s'inséraient toujours entre elle et la vie : c'étaient eux qui violaient, les mots et les phrases toutes faites qui aspiraient la sève des choses vivantes.

Cette promenade avec Clifford n'était pas vraiment une réussite. Entre lui et Connie, il y avait une tension que chacun faisait semblant de ne pas remarquer, mais elle était là. Soudain, avec toute la force de son instinct de femelle, elle le rejetait. Elle voulait se débarrasser de lui, et surtout de sa certitude, de ses mots, de son obsession de lui-même, cette obsession incessante et ingrate de lui-même, et de ses mots à lui.

Le temps redevint pluvieux. Mais, un ou deux jours après, elle sortit sous la pluie et elle alla dans le bois. Et une fois là, elle se dirigea vers la cabane. Il pleuvait, mais il ne faisait pas très froid et le bois était silencieux et retiré, inaccessible dans ce crépuscule de pluie.

(1) Keats, *Ode to a Grecian Urn.*

Elle arriva dans la clairière. Il n'y avait personne! La cabane était fermée à clef. Mais elle s'assit sur la bûche du seuil, sous le porche rustique, et se blottit dans sa propre chaleur. Elle était assise et regardait la pluie tomber; elle écoutait tous les bruits étouffés qu'elle faisait et les étranges soupirs du vent dans les hautes branches, où, semblait-il, il n'y avait pas de vent. De vieux chênes dressaient leurs troncs gris et puissants, noircis par la pluie, ronds et pleins de vitalité, lançant de tous côtés leurs membres, négligemment. Le sol, presque vierge de sous-bois, était jonché d'anémones; il y avait un ou deux buissons, sureau ou boule-de-neige, et une broussaille violacée de ronces : les vieilles fougères roussâtres disparaissaient presque sous les collerettes vertes des anémones. Peut-être était-ce l'un de ces lieux inviolés. Inviolé! Le monde lui-même était violé.

Certaines choses ne peuvent pas être violées. On ne peut pas violer une boîte de sardines. Et tant de femmes sont ainsi; et d'hommes. Mais la terre...!

La pluie diminuait. Elle ne faisait presque plus d'obscurité parmi les chênes. Connie voulait s'en aller; et pourtant, elle restait assise. Elle commençait à avoir froid et pourtant l'inertie envahissante de sa profonde rancune la maintenait là, comme paralysée.

Violée! Comme on pouvait être violée, sans jamais avoir été touchée! Viol par des mots morts devenus obscènes et par des idées mortes devenues des obsessions.

Une chienne brune et trempée arriva en courant, sans aboyer et relevant la queue comme une plume mouillée. L'homme suivait, dans sa veste de toile cirée noire mouillée, comme un chauffeur, le visage un peu rougi. Elle sentit qu'il voulait s'éloigner d'un pas rapide quand il la vit. Elle se leva dans l'espace étroit qui restait sec sous le porche. Il la salua sans parler, tout en se rapprochant. Elle se prépara à partir.

– J'allais partir, dit-elle.

– Vous attendiez pour entrer? demanda-t-il, regardant la cabane et non pas elle.

– Non, je me suis seulement assise quelques minutes à l'abri, dit-elle avec une calme dignité.

Il la regarda. Elle semblait glacée.

– Alors, sir Clifford n'a pas trouvé une autre clef? demanda-t-il.

– Non, mais cela ne fait rien. J'étais tout à fait à l'abri sous ce porche. Bonne journée!

Elle ne supportait pas l'excès de son patois.

Il la regarda avec attention, alors qu'elle s'en allait déjà.

Alors, il releva sa veste, plongea sa main dans la poche de sa culotte de cheval et en sortit la clef de la cabane.

– Il vaut mieux que vous preniez cette clef, et je trouverai un autre endroit pour les oiseaux.

Elle le regarda.

– Que voulez-vous dire? demanda-t-elle.

– Je veux dire que je vais trouver un autre endroit pour élever les faisans. Si vous voulez être ici, vous ne voudriez pas que je vous dérange tout le temps.

Elle l'observa en essayant de comprendre ce qu'il voulait dire dans son dialecte brumeux.

– Pourquoi ne parlez-vous pas l'anglais de tout le monde? dit-elle froidement.

– Moi! Je croyais que c'était l'anglais de tout le monde.

Elle garda un silence plein de colère quelques instants.

– Alors si vous voulez la clef, prenez-la. Ou peut-être vaut-il mieux que je vous la donne demain et que je déménage tout ça d'abord. Ça ira comme ça?

Elle était de plus en plus en colère.

– Je ne voulais pas votre clef, dit-elle. Je ne veux pas que vous débarrassiez quoi que ce soit. Je ne veux pas le moins du monde vous jeter dehors. Je voulais simplement pouvoir m'asseoir ici, de temps en temps, comme aujourd'hui. Mais je peux très bien m'asseoir sous le porche, aussi n'en parlons plus.

Il la regarda de nouveau de ses yeux bleus perçants.

– Voyons, commença-t-il, dans son dialecte grossier et lent, Madame est bienvenue comme la Noël dans la cabane; elle a droit à la clef et à tout ce qu'il y a dedans. Seulement, à cette saison de l'année, il faut s'occuper des oiseaux et il faut que je bricole pas mal ici pour m'en occuper. Pendant l'hiver, je ne viens presque jamais ici, mais, au printemps, sir Clifford veut qu'on élève des faisans... Et Madame ne voudrait pas que je tourne toujours autour d'elle tout le temps.

Elle l'écoutait avec une vague sorte d'étonnement.

– Pourquoi cela me dérangerait-il que vous soyez là? demanda-t-elle.

Il la regarda avec curiosité.

– Cela me gênerait, moi! dit-il d'une manière brève, mais décisive.

Elle rougit.

– Très bien! dit-elle enfin. Je ne vous dérangerai pas. Mais je crois que cela ne m'aurait pas gênée du tout de m'asseoir et de vous regarder vous occuper des oiseaux. Ça m'aurait plu. Mais puisque vous pensez que cela vous gênerait, je ne vous dérangerai pas, n'ayez aucune crainte. Vous êtes le garde de sir Clifford et non le mien.

La phrase semblait étrange, elle ne savait pas pourquoi. Mais elle la laissa passer.

– Mais non, Madame. C'est la cabane de Madame. C'est toujours comme Madame voudra. Vous pouvez me donner mes huit jours. C'est seulement...

– Seulement quoi? demanda-t-elle, surprise.

Il repoussa son chapeau en arrière, d'une manière comique.

– C'est seulement que vous pourriez préférer cet endroit pour vous toute seule quand vous venez, et que je ne vous tourne pas tout le temps autour?

– Mais pourquoi? dit-elle irritée. N'êtes-vous pas un être humain civilisé? Pensez-vous que je devrais avoir peur de vous? Pourquoi devrais-je vous remarquer, que vous y soyez ou non? Pourquoi est-ce si important?

Il la regarda, le visage éclairé d'un rire malicieux.

– Aucune importance, Madame; absolument aucune, dit-il.

– Alors, pourquoi? demanda-t-elle.

– Madame veut donc une autre clef?

– Non merci, je n'en veux pas.

– J'en ferai faire une de toute façon. Il vaut mieux en avoir deux.

– Et moi, je vous trouve insolent, dit Connie, rouge et haletante.

– Non, non! dit-il rapidement. Ne dites pas cela. Non, non. Je ne voulais rien dire. Je pensais seulement que si vous vouliez venir ici, il faudrait que je débarrasse et cela veut dire beaucoup de travail, trouver un autre endroit et tout. Mais si Madame ne s'occupe pas de moi, c'est la cabane de sir Clifford et tout sera comme le veut Madame; c'est comme il plaît à Madame, pourvu que Madame ne s'occupe pas de moi pendant que je fais les petits travaux que je dois faire.

Connie s'en alla, complètement stupéfaite. Elle ne savait plus si elle avait été insultée et mortellement offensée ou non. Peut-être l'homme n'avait voulu dire que ce qu'il avait dit; peut-être croyait-il vraiment qu'elle s'attendait à ce qu'il la laisse seule. Comme si elle y avait jamais pensé! Comme si lui et sa présence stupide pouvaient être importants.

Elle rentra chez elle en plein désarroi, ne sachant plus ce qu'elle pensait ni ce qu'elle éprouvait.

Chapitre 9

Connie se surprenait elle-même de l'aversion qu'elle ressentait pour Clifford. De plus, elle sentait qu'elle l'avait toujours vraiment détesté. Ce n'était pas de la haine, car il n'y avait pas de passion. Mais une répugnance physique profonde. Il lui semblait presque qu'elle l'avait épousé parce qu'elle le détestait, d'une secrète manière physique. Mais bien sûr, en réalité, elle l'avait épousé parce qu'il l'attirait et la stimulait mentalement. Il lui était apparu, en quelque sorte, comme son maître, comme un être supérieur.

Mais maintenant, la stimulation mentale s'était usée et n'existait plus et elle ne ressentait plus que l'aversion physique. Celle-ci s'élevait des profondeurs d'elle-même et elle se rendait compte qu'elle dévorait sa vie.

Elle se sentait faible et entièrement abandonnée. Elle espérait qu'une aide viendrait du dehors. Mais il n'y avait aucune aide dans le monde entier. La société était horrible car elle était insensée. La société civilisée est insensée. L'argent et ce que l'on appelle l'amour sont les deux grandes obsessions, et l'argent est de beaucoup la plus grande. L'individu s'affirme dans sa démence isolée de deux manières : l'argent et l'amour. Voyez Michaelis! Sa vie et son activité n'étaient que démence. Son amour était une sorte de démence.

Et c'était la même chose chez Clifford. Et toutes ces conversations! Toute cette écriture! Tout ce remue-ménage pour y arriver! C'était tout simplement de la démence. Et cela devenait de pire en pire, vraiment maniaque.

Connie était effondrée et elle avait peur. Au moins, Clifford exerçait désormais sa tyrannie sur Mrs. Bolton. Il ne s'en rendait pas compte. Comme pour beaucoup de fous, on pouvait mesurer sa folie d'après le nombre de choses dont il n'avait pas conscience; les grandes pistes désertiques de sa conscience.

Mrs. Bolton était admirable de bien des manières. Mais elle avait cette étrange autorité, cette affirmation constante de sa volonté, qui était l'un des signes de la folie de la femme moderne. Elle se *croyait* pleine de soumission et qu'elle ne vivait que pour les autres. Clifford la fascinait car il frustrait le plus souvent sa volonté, avec son très subtil instinct. Il avait une volonté de s'affirmer, plus raffinée, plus subtile que la sienne. C'était son charme pour elle.

Cela avait été peut-être aussi son charme pour Connie.

– Quelle belle journée! disait Mrs. Bolton de sa voix caressante et persuasive. Je pense qu'une promenade dans votre petite voiture vous plairait, avec ce beau soleil.

– Ah oui? Voulez-vous me donner ce livre... le jaune, celui-là. Et je crois qu'il faudrait enlever ces jacinthes.

– Pourquoi? Elles sont si belles! – Elle traînait sur le è et prononçait bay-le! – Et leur parfum est simplement magnifique.

– C'est le parfum qui me gêne, disait-il. C'est un peu funéraire.

– Croyez-vous! s'exclamait-elle, surprise, un peu offensée, mais impressionnée. Et elle sortait les jacinthes de la chambre, impressionnée par une si grande délicatesse.

– Voulez-vous que je vous rase ce matin ou préférez-vous le faire vous-même?

Et toujours la même voix, caressante, servile et pourtant assurée.

– Je ne sais pas. Cela ne vous gêne pas d'attendre un peu? Je sonnerai quand je serai prêt.

– Très bien, sir Clifford! répondait-elle, si douce et si soumise en se retirant tranquillement.

Mais chaque rebuffade créait une nouvelle poussée de volonté chez elle.

Quand il la sonnait, après un certain temps, elle apparaissait immédiatement. Et il lui disait alors :

– Je crois que je préfère que vous me rasiez ce matin.

Elle avait un petit coup au cœur, et elle répliquait avec une douceur encore plus grande :

– Très bien, sir Clifford!

Elle était très adroite et elle avait un toucher, un peu lent, qui s'attardait. Au début, l'infinie douceur de ses doigts sur son visage l'irritait. Mais, maintenant, il éprouvait une croissante volupté à ce contact. Il se laissait raser presque tous les jours : elle avait le visage tout près du sien et les yeux très attentifs à ce qu'elle faisait. Et ses doigts peu à peu en vinrent à reconnaître parfaitement les joues et les lèvres de Clifford, sa mâchoire, son menton et son cou. Il était bien nourri et bienveillant; son visage et son cou étaient fort beaux et c'était un gentleman.

Elle aussi était belle, avec son visage pâle, un peu allongé et fort calme, et ses yeux brillants qui ne laissaient rien voir. Peu à peu, avec une douceur infinie, presque avec amour, elle le prenait à la gorge et il lui cédait.

Désormais, elle faisait presque tout pour lui et il se sentait plus à l'aise avec elle qu'avec Connie, moins honteux d'accepter ses petits services. Elle aimait s'occuper de lui. Elle aimait prendre son corps en charge, entièrement, jusque dans les soins les plus serviles. Elle dit un jour à Connie :

– Tous les hommes sont des bébés quand on les connaît à fond. J'ai eu entre les mains les durs, les plus durs qui soient descendus dans une mine de Tevershall. Mais qu'ils aient mal quelque part et qu'il faille s'occuper d'eux et ce sont des bébés, de gros bébés et rien de plus. Oh! la différence n'est pas grande entre les hommes!

Au début, Mrs. Bolton croyait qu'il y avait quelque chose de vraiment différent chez un gentleman, un *vrai* gentleman, comme sir Clifford. Ainsi, au début, Clifford avait pris un bon départ avec elle. Mais, peu à peu, quand elle l'eut connu à fond, comme elle disait, elle se rendit compte qu'il était comme les autres, un grand bébé avec un corps d'homme : mais un bébé doué d'un étrange caractère, de belles manières, et qui avait en main le pouvoir et des connaissances singulières, dont elle n'avait jamais eu idée et grâce auxquelles il pouvait encore l'intimider.

Connie avait la tentation de dire parfois à Clifford :

– Pour l'amour de Dieu, ne tombez pas aussi terriblement dans les mains de cette femme!

Mais elle comprit qu'elle ne l'aimait pas assez, en fin de compte, pour le lui dire.

Ils gardaient encore l'habitude de passer la soirée ensemble jusqu'à dix heures. Ils parlaient alors, lisaient ensemble ou reprenaient son manuscrit. Mais il n'y avait plus d'enthousiasme. Ses manuscrits l'ennuyaient. Par devoir, elle les lui tapait encore à la machine, mais, en temps voulu, Mrs. Bolton ferait aussi cela.

En effet, Connie avait suggéré à Mrs. Bolton d'apprendre à utiliser la machine à écrire. Et Mrs. Bolton, toujours prête, avait tout de suite commencé à s'exercer avec assiduité. Aussi, Clifford maintenant lui dictait parfois une lettre et elle la transcrivait assez lentement mais correctement. Il était très patient et il lui épelait les mots difficiles ou, à l'occasion, les phrases en français. Elle avait tant d'enthousiasme que c'était presque un plaisir que de l'instruire.

Désormais, Connie pouvait parfois prétexter une migraine pour monter chez elle après le dîner.

– Mrs. Bolton pourrait peut-être faire une partie de piquet avec vous, disait-elle à Clifford.

– Oh, je m'en tirerai très bien. Montez donc dans votre chambre vous reposer, ma chérie.

Mais dès qu'elle était sortie, il sonnait Mrs. Bolton et lui demandait de jouer avec lui au piquet, au bésigue ou même aux échecs. Il lui avait appris tous ces jeux. Et Connie, étrangement, ne supportait pas de voir Mrs. Bolton, rougissante et tremblante comme une petite fille, effleurer sa reine ou son cavalier de ses doigts incertains et puis les retirer aussitôt. Et Clifford, de sourire un peu, avec un air supérieur à demi moqueur, et de lui dire :

– Il faut dire : *j'adoube* (1)!

Elle le regardait alors de son regard brillant et émerveillé et puis murmurait, timide et obéissante :

– *J'adoube!*

Oui, il faisait son éducation. Et il aimait cela, il en tirait un sentiment de puissance. Et elle était folle de joie. Elle prenait peu à peu possession de tout ce que savait la noblesse, de tout ce qui les rendait supérieurs, l'argent excepté. Cela l'excitait. Et, en même temps, elle lui donnait le désir de l'avoir auprès de lui. Son émerveillement authentique était pour lui une flatterie profonde et subtile.

Pour Connie, Clifford semblait prendre sa vraie couleur : un peu vulgaire, un peu commun, un peu gras

(1) En français dans le texte (N.d.T).

et sans inspiration. Les ruses et l'humble autorité d'Ivy Bolton n'étaient aussi que trop transparentes. Mais Connie s'émerveillait du plaisir authentique que cette femme tirait de Clifford. Dire qu'elle était amoureuse de lui n'aurait pas été juste. Elle était ravie d'avoir un contact avec un homme des classes supérieures, ce gentleman titré, cet auteur, qui pouvait écrire des livres et des poèmes et dont la photographie paraissait dans les journaux illustrés. Elle était possédée d'une passion bizarre. Et qu'il fasse son « éducation » éveillait en elle une stimulation passionnée et bien plus profonde que ne l'aurait fait une liaison amoureuse. En vérité, le fait même qu'il ne pouvait y avoir de liaison amoureuse lui permettait de nourrir en toute liberté et jusqu'à la moelle cette autre passion, la passion toute particulière de *savoir,* de savoir comme lui savait.

Qu'elle fût amoureuse de lui d'une certaine manière, on ne pouvait pas s'y tromper : quel que soit le poids que l'on donne au mot amour. Elle avait l'air si belle et si jeune et ses yeux gris étaient parfois merveilleux. A la fois, il y avait en elle une satisfaction douce et secrète, du triomphe même, une satisfaction intime... Oh! cette intime satisfaction! Combien Connie la détestait!

Rien d'étonnant à ce que Clifford soit pris par cette femme! Elle avait pour lui une adoration sans borne, à sa manière obstinée, et elle était absolument à son service pour qu'il l'utilise comme il l'entendait. Rien d'étonnant à ce qu'il fût flatté!

Connie les entendait causer longuement tous les deux. Ou plutôt c'était surtout Mrs. Bolton qui parlait. Elle avait libéré pour lui les flots de cancans du village de Tevershall. C'était plus que du cancan. C'était Mrs. Gaskell, George Eliot et Miss Mitford toutes ensemble et bien d'autres choses encore que ces femmes avaient omises. Une fois lancée, Mrs. Bolton surpassait tous les livres quand il s'agissait de la vie des gens. Elle les connaissait tous si intimement et elle était d'une verve toute particulière et pleine de flamme quand elle parlait de leurs affaires; c'était merveilleux de l'écouter, même si c'était un peu humiliant. Au début, elle n'avait pas osé « parler Tevershall », comme elle disait, à Clifford. Mais quand c'était déclenché, cela ne s'arrêtait plus. Clifford cherchait du « matériel », et il en trouvait beaucoup. Connie se rendait compte que son prétendu génie, c'était justement cela : un réel talent pour les potins personnels, un talent intelligent et apparemment détaché. Mrs. Bolton, bien sûr, s'échauffait beaucoup quand elle « parlait Tevershall ». Elle était même transportée. Et c'était merveilleux, ce qui arrivait et ce qu'elle découvrait. Elle aurait pu en faire des douzaines de volumes.

L'écouter fascinait Connie. Mais après coup, elle avait toujours un peu honte. Elle n'aurait pas dû l'écouter avec cette étrange et dévorante curiosité. Après tout, on pouvait écouter les affaires les plus intimes des autres, mais seulement dans un esprit de respect pour cette chose qui lutte et qui souffre qu'est l'âme humaine, dans un esprit de sympathie délicate. Car même la satire est une forme de sympathie. C'est la manière dont notre sympathie va et vient qui détermine vraiment nos vies. Et c'est là que réside l'importance du roman, quand il est bien utilisé. Il peut informer et conduire en de nouveaux lieux le flot de notre réelle sympathie, et il peut détourner notre sympathie des choses qui sont devenues mortes. Par conséquent, le roman, bien utilisé, peut révéler les endroits les plus secrets de la vie : car c'est dans les lieux secrets *passionnels* de la vie, par-dessus tout, que la marée de la sensibilité lucide a besoin de monter et de descendre pour nettoyer et rafraîchir. Mais le roman, comme le commérage, peut aussi stimuler de fausses sympathies et de fausses répulsions, mécaniques et mortelles pour l'âme. Le roman peut glorifier les sentiments les plus corrompus tant qu'ils sont « purs » selon la convention. Alors le roman, comme le commérage, devient vicieux en fin de compte, et comme le commérage, d'autant plus vicieux qu'il est en apparence du côté des anges. Le commérage de Mrs. Bolton était toujours du côté des anges. « Et c'était un si *Méchant* homme et c'était une si *bonne* femme. »

En réalité, et Connie pouvait le deviner même d'après les cancans de Mrs. Bolton, la femme était du genre mielleux et l'homme lui, était honnêteté irritable. Mais cette honnêteté furieuse rendait l'homme un « méchant homme » et l'apparence mielleuse de la femme faisait d'elle une « brave femme », dans le canal vicieux et conventionnel de la sympathie de Mrs. Bolton.

C'est pourquoi le commérage était humiliant. Et c'est également pourquoi la plupart des romans, et surtout les romans populaires, sont humiliants. Le public ne répond aujourd'hui qu'à ce qui se prête à ses vices.

Pourtant, grâce aux bavardages de Mrs. Bolton, on

obtenait une nouvelle vision du village de Tevershall. Terrible confusion d'une vie sordide et désordonnée, et non pas plate monotonie, comme elle semblait l'être vue du dehors. Clifford, bien sûr, connaissait de vue la plupart des personnes dont elle parlait; Connie en connaissait seulement une ou deux. Mais on aurait dit une jungle d'Afrique centrale plutôt qu'un village anglais.

« Vous avez su, j'imagine, que Miss Allsopp s'est mariée la semaine dernière! Qui l'eût cru! Miss Allsopp, la fille du vieux James Allsopp, le cordonnier. Vous savez qu'ils ont construit une maison, là-haut, à Pye Croft. Le vieux est mort d'une chute l'année dernière; il avait quatre-vingt-trois ans, et alerte comme un jeune homme. Alors, il a glissé sur la colline de Bestwood, sur une pente, comme le faisaient les garçons l'hiver dernier, et il s'est cassé la cuisse et ça l'a achevé, le pauvre homme, et c'est bien dommage. Eh bien, il a laissé tout son argent à Tattie : il n'a pas laissé un sou aux garçons. Et Tattie, je le sais, a cinq ans de plus... oui, elle a eu cinquante-trois ans l'automne dernier. Et vous savez, par ma foi, comme ils étaient religieux, ces gens-là! Pendant trente ans, elle s'est occupée de l'école du dimanche jusqu'à la mort de son père. Et puis elle a commencé à sortir avec un gars de Kinbrook, je ne sais pas si vous le connaissez, un homme plus très jeune avec le nez rouge et jouant au dandy, Willcock, et il travaille à la scierie de Harisson. Il a au moins soixante-cinq ans, mais on aurait cru que c'était un jeune couple de tourtereaux à les voir bras dessus, bras dessous, à s'embrasser à la grille : eh! oui, et elle, assise sur ses genoux à la fenêtre qui donnait sur la route de Pye Croft d'où tout le monde pouvait les voir. Et il a des fils de plus de quarante ans : il n'y a que deux ans qu'il a perdu sa femme. Si le vieux James Allsopp n'est pas sorti de sa tombe, c'est qu'on ne peut pas en sortir : car c'est qu'il l'avait tenue ferme! Maintenant, ils sont mariés et ils sont allés vivre à Kinbrook et l'on dit qu'elle se promène en robe de chambre du matin au soir, un vrai spectacle. Et je trouve que c'est vraiment horrible comment les vieux se conduisent! Vraiment, ils sont bien pires que les jeunes et plus dégoûtants à voir. A mon avis, c'est la faute du cinéma. Mais vous ne pouvez pas les empêcher d'y aller. Comme j'ai toujours dit : Allez voir un bon film documentaire, mais, pour l'amour de Dieu, évitez les mélodrames et les films d'amour. Au moins, empêchez les enfants d'y aller! Mais voilà! Les adultes sont pires que les enfants : et les vieux battent le record. Parlons-en de la moralité! Personne ne s'en soucie. Les gens font ce qu'ils veulent et ils ne s'en trouvent pas plus mal, je dois dire. Mais ils sont bien obligés de freiner un peu, ces temps-ci, maintenant que les mines marchent si mal et qu'ils n'ont plus d'argent. Et c'est affreux ce qu'ils grognent, surtout les femmes. Les hommes sont si braves et si patients! Ils n'y peuvent rien, les pauvres diables! Mais les femmes, oh, elles n'arrêtent pas! Elles continuent la parade, elles donnent des contributions pour le cadeau de mariage de la princesse Mary, et quand elles voient toutes les belles choses qu'on a données, elles délirent littéralement : « Pour qui se prend-elle? Elle ne vaut pas mieux que les autres! Et pourquoi Swann & Edgar ne me donne-t-il pas *un* manteau de fourrure plutôt que de lui en donner six? J'aurais dû garder mes dix shillings! Que va-t-elle me donner *à moi?* je me le demande. Et je ne peux même pas m'offrir un manteau de printemps, mon père travaille si fort pourtant et elle, qui en a des fourgons entiers. Il serait temps que les pauvres gens aient de l'argent à dépenser, les riches en ont eu assez longtemps. Je veux un nouveau manteau de printemps, je le veux et où vais-je le trouver? »

» Je leur dis : « Remerciez le ciel d'être bien nourries et bien habillées, sans toutes ces franfreluches que vous désirez! » Et elles me tombent dessus : « Et pourquoi la princesse Mary ne remercie-t-elle pas le ciel de se balader en vieux haillons, hein? Les gens comme elle reçoivent des fourgons entiers et moi, je ne peux même pas me permettre un manteau de printemps. C'est une honte. Une princesse! Quelle histoire pour une princesse! C'est l'argent qui compte et parce qu'elle en a beaucoup, on lui en donne encore plus! Personne ne m'en donne à moi et j'y ai droit aussi bien qu'une autre. Qu'on ne me parle pas d'éducation. C'est l'argent qui compte. Je veux un nouveau manteau de printemps, j'en veux un, et je ne l'aurai pas parce qu'il n'y a pas d'argent... » C'est tout ce qui les intéresse : la toilette. Il leur semble tout naturel de donner sept ou huit guinées pour un manteau d'hiver – des filles de mineurs, remarquez bien – et deux guinées pour un chapeau d'enfant pour l'été. Et puis, elles vont à la chapelle méthodiste avec leur chapeau de deux guinées, des filles qui auraient été fières d'en porter un de trois shillings et demi de mon temps. J'ai entendu dire que pour l'anniversaire de la chapelle méthodiste cette année, on va construire une grande tribune pour les enfants de l'école du dimanche, qui ira presque jusqu'au plafond et j'ai entendu Miss Thompson, qui s'occupe de la première classe des filles, dire qu'il y aura plus de mille livres de vêtements sur cette plate-forme! Et les temps sont ce qu'ils sont! Mais on ne peut pas les arrêter. Elles sont folles de toilette. Et les garçons, c'est pareil. Les gamins dépensent tous leurs sous pour eux-mêmes, vêtements, cigarettes, boissons au *Bien-être des mineurs,* balades à Sheffield deux ou trois fois la semaine. Eh! oui, c'est un autre monde. Et ils n'ont peur de rien, et ils ne respectent rien, ces jeunes. Les plus âgés sont si patients et si braves qu'ils laissent les femmes faire tout ce qu'elles veulent. Et voilà comment ça finit. Les femmes sont de vrais démons. Mais les gamins ne sont pas comme leurs pères. Ils ne font aucun sacrifice, c'est sûr, ils ne pensent qu'à eux-mêmes. Si vous leur dites de mettre un peu de côté pour créer un foyer, ils répondent : « On a tout le temps, je veux m'amuser tant que je le peux. Le reste peut attendre! » Oh! ce sont des brutes et des égoïstes, si vous voulez. Tout retombe sur les vieux et rien ne va plus nulle part. »

Clifford commença à voir son village sous un jour différent. Il en avait toujours eu un peu peur, mais il avait toujours cru à sa permanence. Mais maintenant...?

– Y a-t-il beaucoup de socialisme, de bolchevisme dans le village? demanda-t-il.

– Oh! dit Mrs. Bolton, on entend quelques grandes gueules. Mais ce sont surtout les femmes qui ont des dettes. Les hommes ne remarquent rien. Je ne crois pas que les hommes de Tevershall deviennent rouges. Ils sont trop braves pour cela. Mais les jeunes parlent à tort et à travers de temps en temps. Mais dans le fond, ils s'en fichent. Ils veulent seulement avoir un peu d'argent dans leurs poches pour aller au *Bien-être des mineurs* ou traîner à Sheffield. C'est tout ce qui les intéresse. Quand ils n'ont pas d'argent, alors ils écoutent les laïus des rouges. Mais personne n'y croit, vraiment.

– Alors, vous pensez qu'il n'y a aucun danger?

– Oh! non! Tant que les affaires vont bien, il n'y en aura pas. Mais si les choses allaient mal pendant longtemps, alors les jeunes pourraient tourner à l'aigre. C'est une bande d'égoïstes et d'enfants gâtés, je vous le dis. Mais je ne vois vraiment pas comment ils pourraient faire quoi que ce soit. Ils ne prennent rien au sérieux, sauf quand il s'agit de faire les malins sur leurs motos et danser au Palais de la danse de Sheffield. On ne peut pas les *rendre* sérieux. Les plus sérieux mettent leurs smokings et vont au Pally pour faire les beaux devant les filles, et dansent le charleston et toutes ces nouvelles danses. Parfois, j'en suis sûre, l'autobus est plein de jeunes gens en smoking, des fils de mineurs qui vont au Pally : sans compter ceux qui y vont avec leurs petites amies en voiture ou à moto. Ils ne prennent rien au sérieux – sauf les courses de Doncaster et le Derby : car ils jouent tous et à toutes les courses. Et le football! Mais même le football n'est plus, et de loin, ce qu'il était. Ils disent que c'est trop dur. Non, ils préfèrent courir en moto jusqu'à Sheffield ou Nottingham les samedis après-midi.

– Mais que font-ils quand ils arrivent là-bas?

– Oh! ils traînent... ils prennent le thé dans des endroits élégants comme le Mikado et puis, ils vont au Pally, ou au cinéma, ou à l'Empire avec une petite. Les filles sont aussi libres que les garçons. Elles ne font que ce qui leur plaît.

– Et que font-elles quand elles n'ont pas l'argent pour faire tout cela?

– Il semble qu'elles le trouvent d'une manière ou d'une autre. Et alors, elles commencent à parler mal. Mais je ne vois vraiment pas où l'on pourrait trouver du bolchevisme quand tout ce que ces garçons veulent, c'est de l'argent pour s'amuser, et les filles, avec leurs jolies robes, c'est la même chose : et ils se fichent bien de tout le reste. Ils n'ont pas assez de cervelle pour être socialistes. Ils ne sont pas assez sérieux pour prendre quoi que ce soit au sérieux et ils ne le seront jamais.

En l'entendant, Connie se disait que les basses classes étaient tout à fait semblables aux autres classes. C'était du pareil au même, Tevershall ou Mayfair, ou Kensington. Il n'y avait qu'une seule classe de nos jours : celle de l'argent; la seule différence, c'était vraiment combien on en avait et combien on en voulait.

Sous l'influence de Mrs. Bolton, Clifford commença à prendre un nouvel intérêt aux mines. Il commença à se sentir solidaire. Un sentiment nouveau de sa propre importance naissait en lui. Après tout, c'était lui le vrai patron de Tevershall, les mines, c'était vraiment lui. C'était un nouveau sentiment de puissance qu'il avait jusque-là refusé avec terreur.

Il n'y avait plus beaucoup de mines à Tevershall. Il n'y

en avait plus que deux : celle de Tevershall même et celle de New London. Tevershall avait été autrefois une mine célèbre et avait rapporté beaucoup d'argent. Mais ses jours de gloire étaient passés. New London n'avait jamais été très riche, et en temps ordinaire, fonctionnait normalement, sans plus. Mais désormais, les temps étaient durs et c'étaient les mines comme celle de New London qu'on abandonnait.

– Beaucoup de travailleurs de Tevershall sont partis pour Stacks Gate et pour Whiteover, disait Mrs. Bolton. Vous n'avez pas vu les nouvelles usines à Stacks Gate, sir Clifford? Elles ont ouvert après la guerre. Oh! il faut y aller un de ces jours, c'est vraiment tout neuf : de grandes usines de produits chimiques au sommet du puits, on ne dirait pas du tout une mine. On dit qu'ils gagnent plus d'argent des sous-produits chimiques que du charbon... je ne sais plus ce que c'est. Et les nouvelles maisons pour les travailleurs, de vrais palais! Bien sûr, cela a attiré de la racaille venant de tout le pays. Mais beaucoup d'hommes de Tevershall vont là-bas et ils se débrouillent beaucoup mieux que les nôtres. Ils disent que c'en est fait de Tevershall, que c'est fini : ce n'est qu'une question de quelques années et il faudra fermer boutique. Et New London sera la première à partir. Ma parole, ça ne sera pas drôle quand il n'y aura plus de mine à Tevershall. C'est déjà dur quand il y a une grève, mais, par ma foi, si ça ferme pour de vrai, ça sera comme la fin du monde. Quand j'étais enfant, c'était encore la meilleure mine du pays et c'était une chance que de pouvoir y travailler. Oh, on en a fait de l'argent à Tevershall. Et maintenant, les hommes disent que c'est un bateau qui coule, qu'il est temps, pour tous, de laisser tomber. C'est terrible, n'est-ce pas? Mais bien sûr, il y en a beaucoup qui ne partiront pas, à moins d'y être forcés. Ils n'aiment pas ces nouvelles mines si profondes et toutes ces machines qu'il faut pour les faire marcher. Il y en a qui ont vraiment peur de ces hommes de fer, comme ils les appellent, ces machines pour piquer la houille, alors qu'avant, c'était toujours les hommes qui faisaient cela. Ils disent qu'on y perd aussi. Mais ce que l'on y perd, le salaire y gagne et de beaucoup. Il semble que, bientôt, on n'aura plus besoin des hommes sur cette terre, il n'y aura plus que des machines. Mais il paraît que c'est ce que l'on disait déjà quand il a fallu abandonner les vieux métiers à bras. Il y en a un ou deux dont je me souviens.

Mais, ma parole, plus il y a de machines et plus il y a d'hommes, on dirait! On dit qu'on ne peut pas tirer les mêmes produits chimiques du charbon de Tevershall que de celui de Stacks Gate, et ça, c'est bizarre puisqu'il n'y a pas plus de quatre kilomètres entre les deux. Mais c'est ce qu'ils disent. Mais tout le monde dit que c'est vraiment dommage qu'on ne puisse pas trouver quelque chose pour améliorer la vie des hommes et employer les filles. Toutes les filles traînent à Sheffield tous les jours! Ma parole, ça serait un beau sujet de discussion si les mines de Tevershall reprenaient vie alors que tout le monde dit que c'est fini, et que c'est un bateau qui coule et que les hommes devraient s'en aller comme des rats abandonnent un bateau qui coule. Mais les gens parlent trop. Bien sûr, il y a eu un boom pendant la guerre. Et sir Geoffrey a fait un fidéicommis et s'est assuré de l'argent pour toujours, je ne sais comment. C'est ce qu'on dit! Mais on dit que même les patrons et les propriétaires n'en tirent pas grand-chose aujourd'hui. C'est difficile à croire, n'est-ce pas? Moi, j'ai toujours pensé que les mines continueraient à fonctionner pour toujours. Qui aurait deviné tout cela, quand j'étais enfant! Mais celle de New England a fermé et celle de Colwick Wood aussi : oui, c'est un étrange spectacle quand on traverse le bois de voir Colwick déserté parmi les arbres et les ronces qui poussent tout en haut du puits et les rails tout rouillés. Une mine morte, c'est la mort elle-même. Que ferions-nous si Tevershall fermait? Il ne faut même pas y penser. Il y a toujours eu foule, sauf pendant les grèves et même alors, les ventilateurs continuaient à tourner sauf quand on montait les poneys. C'est bien un drôle de monde, on ne sait pas où l'on va d'une année à l'autre, on n'en sait vraiment rien.

C'étaient les bavardages de Mrs. Bolton qui donnèrent à Clifford un désir tout nouveau de lutter. Son revenu, comme elle le lui avait fait remarquer, était assuré, par le fidéicommis fait par son père... même s'il n'était pas considérable. Les puits ne l'intéressaient pas vraiment. C'était l'autre monde qu'il voulait posséder, le monde des lettres et de la célébrité, le monde de la popularité et non le monde du travail.

Il comprenait maintenant ce qui distinguait le monde populaire du monde du travail : la populace du plaisir et la populace du travail. Lui, en tant qu'individu, s'était mis, avec ses contes, au service de la populace du plaisir. Et il y avait réussi. Mais, derrière la populace du plaisir grouillait la populace du travail, sinistre et assez terrible. Elle aussi devait avoir des pourvoyeurs. Et c'était une affaire bien plus sinistre de pourvoir à la populace du travail qu'à la populace du plaisir. Pendant qu'il fabriquait ses contes et faisait son chemin dans le monde, Tevershall allait à la ruine.

Il comprenait maintenant que la déesse-chienne du succès avait deux appétits principaux : l'un pour la flatterie, l'adulation, les caresses et les agaceries, et les écrivains et les artistes lui en donnaient; mais l'autre, un appétit plus sinistre pour la viande et pour les os. Et c'étaient les hommes qui faisaient de l'argent dans l'industrie qui pourvoyaient de viande et d'os la déesse-chienne.

Oui, il y avait deux grands groupes de chiens courant après la déesse-chienne : le groupe des flatteurs, ceux qui lui offraient des divertissements, des histoires, des films, des comédies et l'autre, bien moins voyant, d'une espèce beaucoup plus sauvage... ceux qui lui donnaient de la viande, de la vraie substance d'argent. Les chiens voyants et bien soignés du divertissement se disputaient et grognaient pour gagner les faveurs de la déesse-chienne. Mais cela n'était rien comparé au silencieux combat mortel qui se livrait parmi les indispensables, les donneurs d'os.

Mais sous l'influence de Mrs. Bolton, Clifford avait la tentation d'entrer dans cet autre combat, de posséder la déesse-chienne par les moyens brutaux de la production industrielle. Il était, en quelque sorte, monté sur ses ergots. En un sens, Mrs. Bolton avait fait de lui un homme, comme Connie n'avait jamais pu le faire. Connie le tenait à l'écart et le rendait sensible et trop conscient de lui-même et de ses propres états d'âme. Mrs. Bolton lui donnait uniquement conscience des choses extérieures. Au-dedans, il commença à devenir mou comme une bouillie. Mais, au-dehors, il commença à devenir efficace.

Il se força même à retourner aux mines; et quand il fut là, il descendit dans un baquet et dans un baquet on le traîna là où l'on travaillait. Ce qu'il avait appris avant la guerre, et qu'il croyait avoir complètement oublié, lui revenait maintenant. Infirme, dans son baquet, il était là, sous terre, avec le directeur du fond qui lui montrait le filon à la lumière d'une lampe puissante. Il ne disait pas grand-chose, mais son esprit commençait à fonctionner.

Il se mit à relire des ouvrages techniques sur l'industrie des mines de charbon, il étudia des rapports gouvernementaux, et il lut avec attention les dernières informations sur les mines et la chimie du charbon et du schiste, écrites en allemand. Bien sûr, les découvertes les plus valables étaient gardées secrètes autant que possible. Mais quand on entreprenait une sorte de recherche dans le domaine de l'industrie charbonnière, une étude des méthodes et des moyens, une étude des sous-produits et des possibilités chimiques du charbon, l'ingéniosité et l'intelligence presque sans ruse de l'esprit technique moderne étaient effarantes, comme si le diable lui-même avait prêté ses talents démoniaques aux techniciens de l'industrie. Cette science technique de l'industrie était bien plus intéressante que l'art, que la littérature, matières subjectives et un peu sottes, en vérité. Dans ce domaine-là, les hommes étaient comme des dieux, ou comme des démons, transformant leur inspiration en découvertes et luttant pour les mener à bien. Dans cette activité-là, les hommes étaient au-delà de tout âge mental calculable. Mais Clifford savait bien que, quand il s'agissait de la vie humaine, de la vie du cœur, ces hommes inspirés n'étaient que des petits garçons, d'un âge mental qui ne dépassait pas treize ans. Le décalage était monstrueux et effarant.

Mais tant pis. Que l'homme perde son cœur et son humanité et tombe dans l'idiotie générale, peu importait à Clifford. Que tout cela aille au diable. Ce qui l'intéressait, c'étaient les techniques de l'industrie minière et de sauver Tevershall de l'effondrement.

Il descendait dans le puits, jour après jour, il étudiait, il mettait à l'épreuve le directeur général, le directeur de surface et celui du fond, et les ingénieurs, d'une manière qu'ils n'auraient jamais imaginée. Le Pouvoir! Il sentait couler en lui un nouveau sentiment de puissance : le pouvoir sur tous ces hommes, sur des centaines et des centaines de mineurs. Tout cela était nouveau pour lui et il prenait les choses en main.

Et, en vérité, il semblait renaître. La vie maintenant l'envahissait! Il s'était senti mourir, peu à peu, avec Connie, dans la vie privée et isolée de l'artiste et de l'être conscient. Désormais, que tout cela disparaisse. Que tout cela dorme. Il sentait la vie qui affluait en lui, venant du charbon et venant du puits. L'air vicié même de la mine lui convenait mieux que l'oxygène. Il lui donnait un sentiment de puissance, de vrai pouvoir. Il faisait quelque chose : et il allait faire quelque chose. Il allait gagner, gagner : non pas comme il avait vaincu avec ses contes, grâce à la publicité et toute une dépense d'énergie et de méchanceté; ce serait la victoire d'un homme.

D'abord, il avait cru que l'électricité serait la solution, et qu'il fallait convertir le charbon en énergie électrique. Puis il eut une nouvelle idée. Les Allemands avaient inventé une nouvelle locomotive automatique et qui n'avait pas besoin de chauffeur. Il fallait l'alimenter avec un nouveau combustible qui brûlait très lentement, en dégageant une grande chaleur dans certaines conditions.

L'idée d'un nouveau combustible concentré qui brûlerait très lentement en dégageant une extrême chaleur attira d'abord Clifford. Pour qu'un tel combustible puisse brûler, un stimulant extérieur était indispensable et une provision d'air n'était pas suffisante. Il commença à faire des expériences avec l'aide d'un jeune homme remarquable qui avait fait de brillantes études de chimie.

Et il avait l'impression de triompher. Il avait enfin réussi à sortir de lui-même. Il avait réalisé le désir secret de toute sa vie : sortir de lui-même. L'art n'y était pas arrivé. L'art avait fait empirer les choses. Mais maintenant, il y avait réussi.

Il ne se rendait pas compte à quel point Mrs. Bolton l'avait poussé. Il ne savait pas à quel point il dépendait d'elle. Mais en tout cas, il était évident qu'avec elle, sa voix prenait un rythme d'intimité facile, presque un peu vulgaire.

Avec Connie, il avait une certaine raideur. Il savait qu'il lui devait tout, tout, et il lui témoignait le plus grand respect et toute la considération qu'il lui devait tant qu'elle lui témoignait, elle, un respect même apparent. Mais il était évident qu'il avait d'elle une terreur secrète. Le nouvel Achille, en lui, avait un talon, et par ce talon, la femme, une femme comme Connie, sa femme, pouvait le blesser fatalement. Il avait d'elle une peur à demi servile et il était avec elle d'une gentillesse extrême. Mais sa voix était un peu tendue quand il lui parlait et il se taisait souvent en sa présence.

C'est quand il était seul avec Mrs. Bolton qu'il se sentait vraiment seigneur et maître et sa voix se mêlait à la sienne avec la même facilité et la même volubilité qu'elle. Et c'est elle qui le rasait, lui passait l'éponge sur tout le corps, comme s'il était un enfant, vraiment comme s'il était un enfant.

Chapitre 10

Connie était très souvent seule à présent. Il venait peu de gens à Wragby. Clifford ne voulait plus les voir. Même ses vieux copains. Il était bizarre. Il préférait la radio qu'il avait fait installer à grands frais et qui marchait finalement assez bien. Il pouvait parfois obtenir Madrid ou Francfort même dans ces Midlands perdus.

Et il restait assis, seul, pendant des heures, à écouter beugler le haut-parleur. Ce qui surprenait grandement Connie. Mais il restait là, le regard vide et hypnotisé, comme une personne qui perdait l'esprit, à écouter ou à faire semblant d'écouter cette chose innommable.

Ecoutait-il vraiment? Ou était-ce une sorte de soporifique qu'il prenait pendant que quelque chose d'autre se passait en lui, par en dessous? Connie n'en savait rien. Elle se réfugiait dans sa chambre, ou dehors, dans le bois. Une sorte de terreur l'emplissait parfois, une terreur de l'insanité naissante de toute l'espèce civilisée.

Mais Clifford, maintenant, se laissait entraîner dans cette autre bizarrerie qu'est l'activité industrielle et devenait presque une sorte d'animal, avec, au-dehors, une coquille dure et efficace et, au-dedans, une pulpe molle; il devenait l'un de ces étonnants crabes ou homard du monde moderne de l'industrie et de la finance, ces crustacés invertébrés, avec leur carapace d'acier comme des machines, et des intérieurs de pulpe molle. Connie, elle, se sentait absolument perdue.

Elle n'était même pas libre, car Clifford avait besoin de sa présence. Il avait, semblait-il, une terreur folle qu'elle le quitte. L'étrange partie pulpeuse de lui-même, la partie sensible, humaine et personnelle, dépendait d'elle avec terreur, comme un enfant, presque comme un idiot. Elle devait être là, là, à Wragby, une lady Chatterley, sa femme. Autrement, il serait perdu, comme un idiot dans la lande.

Connie se rendait compte, avec une sorte d'horreur, de cette incroyable dépendance. Elle l'entendait parler avec ses directeurs, avec les membres de son conseil d'administration, avec de jeunes savants, et elle était effarée par sa vision judicieuse des choses, par sa puissance, le pouvoir matériel sans faille qu'il avait sur ce que l'on appelle des hommes d'action. Il était devenu lui-même un homme d'action, et un homme d'action incroyablement astucieux, puissant, un maître enfin. Connie considérait que l'influence de Mrs. Bolton sur lui, à une époque critique de sa vie, en était responsable.

Mais cet homme astucieux et pratique devenait presque un idiot quand on le laissait seul avec sa vie affective. Il vénérait Connie. Elle était sa femme, un être supérieur, et il la vénérait avec une étrange et vile idolâtrie, comme un sauvage – une idolâtrie fondée sur une immense terreur et même sur la haine de la puissance de l'idole, l'idole redoutée. Tout ce qu'il demandait à Connie, c'était de jurer, de jurer qu'elle ne l'abandonnerait jamais, qu'elle ne le laisserait pas.

– Clifford, lui dit-elle (mais c'était après avoir obtenu la clef de la cabane), cela vous plairait-il vraiment si j'avais un jour un enfant?

Il la regarda et ses yeux pâles et proéminents eurent un rapide éclair d'appréhension.

– Cela me serait égal, si cela ne faisait aucune différence entre nous, dit-il.

– Quelle différence? demanda-t-elle.

– Entre vous et moi; à l'amour qui nous lie. Si cela devait changer, alors, je suis contre. Après tout, je pourrais un jour avoir un enfant moi-même!

Elle le regarda avec stupeur.

– Je veux dire, ça peut me revenir un de ces jours.

Elle le fixait toujours avec stupeur et il se sentait mal à l'aise.

– Alors cela ne vous plairait pas si j'avais un enfant? dit-elle.

– Je vous répète, répliqua-t-il en hâte, comme un chien acculé, que je ne demande pas mieux, dans la mesure où cela n'entame pas l'amour que vous me portez. Si cela devait l'entamer, je suis mortellement contre.

Connie ne pouvait que se taire, glacée par la peur et le mépris. De tels propos n'étaient que des bredouillements d'idiot. Il ne savait même plus de quoi il parlait.

– Oh! cela ne changerait en rien mes sentiments pour vous, dit-elle, un peu sarcastique.

– Voilà, dit-il. Le problème est là! Dans ce cas, cela m'est parfaitement égal. Je veux dire, ce serait tout à fait délicieux de voir un enfant courir dans la maison et de savoir qu'on lui construit un avenir. J'aurais ainsi une raison de lutter et je saurais que c'est votre enfant, n'est-ce pas, ma chère? Et ce serait tout à fait comme si c'était le mien. Car, dans ces matières, c'est vous qui comptez. Vous le savez bien, n'est-ce pas, ma chérie? Je n'y suis pour rien, moi, je ne suis qu'un zéro. C'est vous le grand être en matière de vie! Vous êtes d'accord, n'est-ce pas? Je veux dire, c'est ce que je pense. Oui, sans vous, je ne suis absolument rien. Je vis pour vous et pour votre avenir. Seul, je ne suis rien.

Connie écoutait tout cela avec une consternation et une répugnance de plus en plus profondes. C'était une de ces affreuses demi-vérités qui empoisonnent l'existence humaine. Quel homme dans son bon sens pourrait dire de telles choses à une femme! Mais les hommes sont insensés. Quel homme avec une parcelle d'honneur oserait accabler une femme du terrible fardeau de la responsabilité de la vie et l'abandonner dans le vide?

De plus, une demi-heure plus tard, Connie entendait Clifford parler à Mrs. Bolton d'une voix chaude et spontanée, se découvrant à cette femme avec une sorte de passion sans passion, comme si elle était à la fois sa maîtresse et sa nourrice. Et Mrs. Bolton l'habillait avec soin pour la soirée, car des hommes d'affaires importants étaient invités à la maison.

Connie, à ces moments-là, avait l'impression qu'elle pourrait mourir. Elle sentait qu'elle était écrasée à mort par d'inquiétants mensonges et par la surprenante cruauté de l'idiotie. L'étrange efficacité de Clifford dans les affaires la stupéfiait en un sens et la vénération qu'il disait lui porter l'affolait. Il n'y avait rien entre eux. Elle ne le touchait même plus et il ne la touchait jamais. Il ne lui prenait jamais la main avec tendresse. Non, et parce qu'ils étaient si parfaitement séparés, il la torturait avec ses déclarations d'amour idolâtre. C'était la cruauté d'une impuissance totale. Elle sentait qu'elle allait perdre la raison, ou mourir.

Elle s'enfuyait le plus possible dans le bois. Un après-midi, alors qu'elle était assise à broyer du noir et à regarder l'eau froide bouillonner dans John's Well, le garde s'approcha d'elle.

– Je vous ai fait faire une clef, Madame! dit-il en la saluant, et il lui offrit la clef.

– Merci beaucoup! dit-elle avec étonnement.

– La cabane n'est pas très en ordre, si cela ne vous gêne pas trop, dit-il. J'ai débarrassé tout ce que j'ai pu.

– Mais, il ne fallait pas vous déranger! dit-elle.

– Oh! cela ne m'a pas dérangé. J'installerai les coqs dans une semaine environ. Mais ils n'auront pas peur de vous. Je devrai m'en occuper matin et soir, mais je vous gênerai le moins possible.

– Mais vous ne me dérangez pas du tout, insista-t-elle. Je préfère ne jamais aller dans la cabane si moi, je vous gêne.

Il la regarda de ses yeux bleus et pénétrants. Il avait l'air gentil, mais distant. Lui, au moins, avait l'air sain et entier, même s'il était maigre et malade. Il toussait.

– Vous avez un rhume, dit-elle.

– Ce n'est rien... un refroidissement! Ma dernière pneumonie m'a laissé une toux, mais ce n'est rien.

Il gardait une certaine distance et ne voulait pas se rapprocher.

Elle allait assez souvent à la cabane, le matin ou l'après-midi, mais il n'était jamais là. Il l'évitait sans doute exprès. Il voulait préserver son intimité.

Il avait arrangé la cabane, mis la petite table et la chaise près de la cheminée et il avait laissé une petite pile de bois et de rondins; il avait rangé les outils et les pièges le plus loin possible pour qu'on l'oublie. Dehors, près de la clairière, il avait construit un petit toit bas avec des branches et de la paille, un refuge pour les oiseaux et au-dessous, il y avait les cinq cages à poules. Et, un jour, en arrivant, elle trouva deux poules brunes, alertes et féroces dans les cages, assises sur des œufs de faisans, tout ébouriffées et fières de la chaleur de leur sang de femelles. Le cœur de Connie en fut presque brisé. Elle était, elle, si abandonnée, si inutile, si peu femelle, une chose pleine de terreurs et rien de plus.

Et puis, les cinq cages furent occupées par les poules, trois brunes, une grise et une noire. Toutes pareilles, elles se nichaient sur les œufs avec ce poids doux du désir femelle, de la nature femelle, en ébouriffant leurs plumes. Et elles regardaient de leurs yeux brillants Connie, qui s'était accroupie devant elles, et elles poussaient des petits cris de peur et de colère, la colère toute femelle à l'idée d'être approchées.

Connie trouva du grain dans le casier à maïs, dans la cabane. Elle en offrit aux poules dans la main. Elles n'en voulaient pas. Une seule becqueta le grain mais la piqua cruellement et elle prit peur. Pourtant elle mourait d'envie de leur donner quelque chose, à ces mères couveuses qui ne voulaient ni manger ni boire. Elle leur apporta de l'eau dans une petite boîte et fut ravie quand l'une des poules accepta de boire.

Elle venait désormais tous les jours voir les poules, qui étaient les seules choses au monde qui lui réchauffaient le cœur. Les protestations de Clifford la glaçaient de la tête aux pieds. La voix de Mrs. Bolton la glaçait ainsi que celles des hommes d'affaires qui venaient. De temps en temps, une lettre de Michaelis lui apportait le même frisson glacé. Elle sentait qu'elle allait sûrement mourir, si cela durait beaucoup plus longtemps.

Et c'était pourtant le printemps, les campanules fleurissaient dans le bois et les bourgeons de noisetiers s'ouvraient comme une averse de pluie verte. Comme c'était terrible que ce fût le printemps et que tout fût sans cœur et froid. Seules les poules, merveilleusement ébouriffées sur leurs œufs, étaient chaudes, avec leurs corps chauds de femelles couveuses! Connie avait l'impression qu'elle était toujours sur le point de s'évanouir.

Et puis, un jour, un beau jour ensoleillé où de grandes touffes de primevères jaillissaient sous les noisetiers, où les violettes parsemaient les sentiers, elle vint dans l'après-midi vers les cages et il y avait un tout petit poussin effronté qui tournait en rond, à petits pas, devant une cage; et la mère gloussait de terreur. Le mince petit poussin était brun grisâtre avec des taches foncées. Et c'était le petit bout de créature le plus vivant qu'on eût pu voir à ce moment-là dans le monde entier. Connie s'accroupit pour l'admirer dans une sorte d'extase. La vie, la vie! Une nouvelle vie, pure, éclatante et sans peur! De la vie nouvelle! Si petit et sans la moindre peur! Même quand il se sauva en titubant dans la cage et disparut sous les plumes de la poule à l'appel de ses cris alarmés, il n'avait pas vraiment peur; pour lui, c'était comme un jeu, le jeu de la vie. Un instant, une tête minuscule pointa à travers les plumes d'un brun doré de la poule, et regarda le Cosmos.

Connie était fascinée. Et en même temps elle n'avait

jamais ressenti aussi intensément son agonie de femme délaissée. Cela devenait intolérable.

Elle n'avait plus qu'un seul désir désormais, retourner dans la clairière, dans le bois. Tout le reste n'était qu'un rêve douloureux. Mais, parfois, elle était retenue à Wragby toute la journée par ses devoirs de maîtresse de maison. Et alors, elle sentait qu'elle aussi devenait vide, simplement vide et insensée.

Un soir, malgré les invités, elle s'enfuit après le thé. Il était tard, et elle traversa le parc en courant, comme si elle avait eu peur qu'on la rappelât. Le soleil rose se couchait quand elle entra dans le bois mais elle avançait vite parmi les fleurs. La lumière durerait encore longtemps.

Elle arriva à la clairière, toute rouge et à demi inconsciente. Le garde était là, en bras de chemise et fermait les cages pour la nuit afin que les petits occupants soient à l'abri. Mais trois petits poussins trottaient encore sur leurs pattes minuscules, petites choses brunâtres et alertes, sous l'abri de paille, et refusaient de répondre à la mère inquiète.

– Il fallait que je vienne voir les poussins ! dit-elle, haletante en jetant un coup d'œil timide au garde, mais sans presque le voir. Y en a-t-il d'autres ?

– Trente-six, jusqu'ici ! dit-il. Ce n'est pas mal !

Lui aussi éprouvait un curieux plaisir à regarder ces jeunes choses sortir.

Connie s'accroupit devant la dernière cage. Les trois poussins étaient rentrés. Mais leurs têtes effrontées pointaient encore à travers les plumes jaunes, et puis il ne resta plus aucune petite tête aux yeux brillants qui sortait du grand corps maternel.

– J'aimerais bien les toucher, dit-elle, en passant ses doigts délicatement à travers les barreaux de la cage. Mais la mère poule piqua férocement sa main et Connie recula, étonnée et effrayée.

– Comme elle m'a piquée ! Elle me déteste ! dit-elle d'une voix étonnée. Mais je ne voulais pas leur faire de mal !

L'homme, debout près d'elle, se mit à rire, puis s'accroupit à ses côtés, les genoux écartés et passa sa main, lentement, et avec une calme assurance, dans la cage. La vieille poule le piqua, mais pas aussi sauvagement. Et lentement, doucement, de ses doigts sûrs et légers, il fouilla dans les plumes de la vieille poule, en sortit un poussin qui jetait un coup d'œil et le tint dans sa main fermée.

– Voilà! dit-il en lui tendant la main.

Elle prit la petite chose grise dans ses mains à elle et il était là, dressé sur ses impossibles pattes en allumettes; son atome de vie tremblante sur ses pattes sans poids palpitait dans les mains de Connie. Mais il releva sa jolie petite tête bien formée avec audace, regarda avec attention autour de lui et piailla doucement.

– Qu'il est adorable! Qu'il est mignon! dit-elle doucement.

Le garde, accroupi à côté d'elle, regardait avec amusement l'audacieux petit oiseau dans ses mains. Soudain, il vit une larme tomber sur le poignet de Constance.

Alors il se leva, s'éloigna vers l'autre cage. Car soudain, il retrouvait la vieille flamme qui le transperçait et envahissait ses reins, celle même qu'il avait crue éteinte pour toujours. Il lutta contre elle, tournant le dos à la femme. Mais la flamme rampait, rampait vers le bas et encerclait ses genoux.

Il se retourna pour la regarder. Elle était agenouillée, les mains tendues en avant, à l'aveuglette, pour que le poussin se réfugie auprès de la mère poule. Et il y avait quelque chose de si muet, de si abandonné en elle, que la compassion pour elle brûla dans son ventre.

Sans le savoir, il revint vite vers elle et s'accroupit près d'elle de nouveau pour reprendre le poussin, car elle avait peur de la poule, et il le remit dans la cage. Très loin dans ses reins, le feu se ralluma plus fort encore.

Il la regarda avec appréhension. Elle avait détourné son visage et elle pleurait aveuglément avec toute l'angoisse de l'abandon de sa génération. Son cœur fondit soudain comme une goutte de feu et il tendit sa main et posa les doigts sur ses genoux.

– Il ne faut pas pleurer, dit-il doucement.

Alors, elle couvrit son visage de ses mains et elle avait vraiment l'impression que son cœur était brisé et que plus rien n'avait d'importance.

Il lui posa la main sur l'épaule, et doucement, légèrement, il commença à glisser la main le long de son dos, aveuglément, et d'une caresse aveugle, il trouva la courbe de ses reins. Et là, doucement, doucement, sa main caressa la courbe de sa hanche, d'une caresse aveugle et instinctive.

Elle avait trouvé son mouchoir et tentait de s'essuyer le visage, aveuglément.

– Voulez-vous venir dans la cabane? dit-il de sa voix calme et neutre.

Il prit doucement le haut de son bras, la fit lever et la conduisit à pas lents vers la cabane, ne lâchant pas prise avant qu'elle soit à l'intérieur. Puis, il mit de côté la chaise et la table, tira du coffre à outils une couverture militaire et l'étendit lentement. Elle regarda son visage, mais resta immobile.

Son visage était pâle et sans expression comme celui d'un homme se soumettant au destin.

– Etendez-vous là, dit-il doucement, et il ferma la porte de sorte qu'il fit noir, très noir.

Avec une étrange obéissance, elle s'étendit sur la couverture.

Alors elle sentit la main douce, errante et follement avide, qui touchait son corps et cherchait son visage. La main caressa son visage, doucement, infiniment apaisante et pleine d'assurance, et enfin, ce fut un très doux baiser sur sa joue.

Elle restait étendue, tout à fait tranquille, perdue dans une sorte de rêve. Puis, elle frémit quand elle sentit sa main qui errait doucement sous ses vêtements avec une curieuse maladresse frustrée. Et pourtant, la main savait aussi la déshabiller où il fallait. Il fit glisser le mince fourreau de soie, lentement, soigneusement, jusqu'à ses pieds. Puis, avec un frisson de plaisir exquis, il toucha le corps doux et chaud et effleura un instant son nombril d'un baiser. Et il dut la pénétrer tout de suite, entrer dans la paix sur la terre qu'était son corps doux et tranquille. Ce fut pour lui un moment de paix absolue, l'entrée dans le corps de la femme.

Elle ne bougeait pas, perdue dans une sorte de sommeil, toujours dans une sorte de sommeil. C'était son activité, son orgasme à lui, rien qu'à lui. Elle ne pouvait plus rien pour elle-même. Même ses bras qui la serraient, même l'intense mouvement de son corps d'homme et la montée de sa semence en elle étaient une sorte de sommeil dont elle ne put commencer à s'éveiller que quand il eut terminé, haletant doucement contre sa poitrine.

Alors, elle se demanda, se demanda vaguement, pourquoi? Pourquoi cela était-il nécessaire? Pourquoi cela avait-il supprimé un grand nuage en elle, et lui avait donné la paix? Etait-ce vrai? Etait-ce vrai?

Son cerveau tourmenté de femme moderne ne trouvait pas encore le repos. Etait-ce vrai? Et elle savait bien que si elle se donnait à cet homme, ce serait vrai. Mais si elle se gardait pour elle-même, alors, ce n'était rien. Elle se sentait vieille; vieille de millions d'années. Et enfin, elle ne pouvait plus supporter le poids d'elle-même. Il fallait qu'on la prenne, qu'on la prenne.

L'homme étendu restait mystérieusement immobile. Que ressentait-il? A quoi pensait-il? Elle ne savait pas. Elle devait seulement attendre, car elle n'osait pas briser sa mystérieuse immobilité. Il était étendu là, les bras autour d'elle, son corps sur le sien, son corps humide touchant le sien, si proche. Et complètement inconnu. Et pourtant, une certaine paix. Son immobilité même était paisible.

Elle comprit cela quand il s'éveilla et se retira d'elle. C'était comme un abandon. Il lui couvrit les genoux avec sa robe dans l'obscurité et il resta debout quelques instants, réajustant ses propres vêtements. Puis, il ouvrit doucement la porte et sortit.

Elle vit une petite lune très brillante qui étincelait au-dessus du couchant, au-dessus des chênes. Elle se leva et se rhabilla rapidement. Elle était nette. Alors elle se dirigea vers la porte de la cabane.

Tout le bas du bois était dans l'ombre, presque dans l'obscurité. Et pourtant, là-haut, le ciel était comme du cristal. Mais il ne donnait presque aucune lumière. Il sortit de l'ombre pour venir vers elle, le visage levé comme une tache pâle.

– Allons-y, dit-il.

– Où?

– Je vous accompagnerai jusqu'à la grille.

Il arrangeait les choses à sa façon. Il ferma à clef la porte de la cabane, et la rejoignit.

– Vous ne regrettez rien, n'est-ce pas? lui demanda-t-il, en marchant à côté d'elle.

– Oh! non! non! Et vous? dit-elle.

– Pas ça! Non! dit-il.

Puis, il ajouta, un peu plus tard :

– Mais il y a tout le reste.

– Quel reste? dit-elle.

– Sir Clifford. Les autres. Toutes les complications.

– Pourquoi des complications? dit-elle, déçue.

– C'est toujours comme ça. Pour moi, comme pour vous. Il y a toujours des complications.

Il marchait d'un pas ferme dans l'obscurité.

– Et vous, est-ce que vous regrettez? dit-elle.

– Dans un sens! répondit-il, en regardant le ciel. Je croyais en avoir terminé avec tout cela. Et voilà que j'ai recommencé.

– Recommencé quoi?

– La vie.

– La vie!

Elle répéta le mot avec un étrange frisson.

– C'est la vie, dit-il. On ne peut pas y échapper. Et si l'on y échappe, autant mourir. Et si je dois m'ouvrir à nouveau, eh bien, c'est fait.

Elle n'était pas tout à fait d'accord, et pourtant...

– C'est l'amour et voilà tout, dit-elle joyeusement.

– Quelle que soit la chose qu'on appelle ainsi, répondit-il.

Ils continuaient à marcher en silence dans le bois obscur jusqu'à ce qu'ils arrivent presque à la grille.

– Mais vous ne me détestez pas, n'est-ce pas? dit-elle d'un air songeur.

– Non, non, répondit-il. – Et soudain, il la serra contre lui de nouveau, avec l'antique passion qui lie les êtres. – Non, pour moi, c'était bon, c'était bon. Et c'était bon, pour vous?

– Oui, pour moi aussi, répondit-elle, pas tout à fait sincère car elle n'avait pas ressenti grand-chose.

Il l'embrassa doucement, doucement, avec une grande chaleur.

– Si seulement il n'y avait pas tellement de gens dans le monde, dit-il d'un ton lugubre.

Elle se mit à rire. Ils étaient devant la grille du parc. Il l'ouvrit pour elle.

– Je n'irai pas plus loin, dit-il.

– Non!

Et elle lui tendit la main, comme pour une poignée de main. Mais il la prit dans les deux siennes.

– Voulez-vous que je revienne? demanda-t-elle d'un air songeur.

– Oui! Oui!

Elle le quitta et traversa le parc.

Il resta debout à la regarder disparaître dans l'obscurité, contre la pâleur de l'horizon. Il la regardait partir, presque avec amertume. Elle l'avait lié à nouveau, alors qu'il voulait être seul. Elle lui avait pris cette amère intimité d'un homme qui ne voulait rien d'autre qu'être enfin seul.

Il repartit dans l'obscurité du bois. Tout était calme, la lune s'était couchée. Mais il était conscient des bruits de la nuit, des machines de Stacks Gate, de la circulation sur la grand-route. Il gravit lentement la colline dénudée. Et du sommet, il pouvait voir le pays, les brillantes rangées de lumières à Stacks Gate, les lumières plus petites de la mine de Tevershall, les lumières jaunes de Tevershall et les lumières partout, ici et là, dans le pays noir, avec la rougeur lointaine des fourneaux, légère et rosée, car la nuit était claire, de ce rose que dégage le métal chauffé à blanc. Les lumières électriques, dures et mauvaises, de Stacks Gate! Cet éclat diabolique indéfinissable qu'elles avaient! Et tout le malaise, la peur toujours renouvelée de la nuit industrielle dans les Midlands. Il pouvait entendre les treuils à vapeur de Stacks Gate qui déversaient les mineurs de l'équipe de sept heures. Le puits travaillait avec trois équipes.

Il redescendit dans l'obscurité et la solitude du bois. Mais il savait que la solitude du bois était illusoire. Les bruits industriels brisaient la solitude, les lumières dures, bien qu'invisibles, la tournaient en dérision. L'homme n'avait plus le droit de vivre dans la solitude et la retraite. Le monde ne veut plus d'ermites. Et maintenant, il avait pris la femme, et il s'était infligé un nouveau cycle de douleur et de damnation. Car il savait par expérience ce que cela voulait dire.

Ce n'était pas la faute de la femme, ni même celle de l'amour, ni la faute du sexe. La faute venait de là-bas, c'était la faute de ces méchantes lumières électriques et des grincements diaboliques des machines. Là-bas, dans ce monde mécanique gourmand, gourmand, et l'avidité mécanisée, étincelante de lumières, crachant son métal chaud, avec ses véhicules grondants, était le grand mal, prêt à détruire tout ce qui ne se conformait pas. Bientôt, il détruirait le bois, les campanules ne fleuriraient plus. Toutes les choses vulnérables devraient périr sous le flot du fer.

Il pensa avec une tendresse infinie à la femme. Pauvre chose abandonnée, elle était plus charmante qu'elle ne s'en doutait et oh! tellement plus charmante que cette bande vulgaire qui l'entourait! Pauvre petite, elle aussi avait cette vulnérabilité des jacinthes sauvages, elle n'était pas tout caoutchouc et platine comme les filles modernes. Et ils la briseront! C'est sûr qu'ils la briseront, comme ils le font de toute vie naturellement tendre.

Tendre! Quelque part, elle était tendre, tendre de cette tendresse des jacinthes naissantes, chose qui n'existe plus chez les femmes en Celluloïd d'aujourd'hui. Mais il la protégerait avec son cœur, pour un temps. Pour très peu de temps, jusqu'à ce que l'insensible monde de fer et l'avidité monstrueuse des machines les détruisent, elle aussi bien que lui.

Il rentra chez lui, avec son fusil et son chien, vers son cottage sombre où il alluma la lampe, fit le feu et mangea son souper de pain et de fromage, de petits oignons et de bière. Il était seul, dans un silence qu'il aimait. Sa chambre était propre, ordonnée, mais assez nue. Cependant le feu brillait, le foyer était blanc, la lampe à pétrole suspendue au-dessus de la table recouverte d'une toile cirée blanche donnait une douce lumière. Il essaya de lire un livre sur l'Inde mais, cette nuit-là, il ne pouvait pas lire. Il s'assit auprès du feu, en bras de chemise, sans fumer, mais avec, à portée de la main, une chope de bière. Et il pensa à Connie.

Pour dire la vérité, il regrettait ce qui s'était passé, peut-être surtout pour elle. Il y voyait un présage. Non comme un mal ou un péché; sa conscience ne le troublait pas dans ce genre de choses. Il savait que la conscience n'est que la peur de la société et la peur de soi-même. Il n'avait pas peur de lui-même. Mais il avait, consciemment, fort peur de la société qu'il considérait, par instinct, comme une bête malveillante et à moitié folle.

La femme! Si elle pouvait être là, avec lui et qu'il n'y ait personne d'autre au monde! Le désir se réveilla en lui de nouveau, son pénis commença à vibrer comme un oiseau vivant. En même temps, il était accablé par la peur de s'exposer avec elle à cette Chose dehors qui étincelait méchamment dans ces lumières électriques.

Elle, pauvre petite chose, elle n'était qu'une jeune créature femelle pour lui; mais une jeune créature femelle qu'il avait pénétrée et qu'il désirait de nouveau.

Il s'étira avec un curieux bâillement de désir, car il avait été seul, sans homme et sans femme, depuis quatre ans; il se leva et reprit sa veste et son fusil, baissa la lampe et sortit dans la nuit étoilée, avec son chien. Poussé par le désir et la Chose malveillante du dehors, il fit sa tournée dans le bois, lentement, doucement.Il aimait l'obscurité et s'enveloppait en elle. Cela convenait à la roideur de son désir, qui, en dépit de tout, était une richesse; le frémissement sans repos de son pénis, le feu palpitant dans ses reins! Si seulement il pouvait trouver d'autres hommes pour lutter contre cette Chose électrique qui brillait là-bas, pour conserver la tendresse de la vie, la tendresse des femmes et les richesses naturelles du désir. Si seulement il pouvait trouver d'autres hommes pour lutter côte à côte, ensemble! Mais les hommes étaient tous là-bas, dehors, célébrant la Chose, triomphants ou écrasés par le flot de l'avidité mécanique ou du mécanisme avide.

Constance, de son côté, avait traversé le parc très vite et était rentrée chez elle, presque sans penser. Pour le moment, sa pensée n'allait pas plus loin : elle serait à l'heure pour le dîner.

Elle fut agacée de trouver les portes fermées et elle dut sonner. Mrs. Bolton vint lui ouvrir.

– Ah! vous voilà, Madame! Je commençais à me demander si vous étiez perdue! dit-elle d'un ton un peu espiègle. Sir Clifford ne vous a pourtant pas réclamée; Mr. Linley est avec lui pour discuter de quelque chose. Il restera sans doute pour dîner, n'est-ce pas, Madame?

– Sans doute, dit Connie.

– Voulez-vous que je retarde le dîner d'un quart d'heure? Cela vous donnerait le temps de vous préparer tranquillement.

– Cela vaut sans doute mieux.

Mr. Linley était le directeur général des mines, un homme d'un certain âge qui venait du Nord et qui, au goût de Clifford, n'avait pas assez d'énergie; ni pour les conditions d'après-guerre ni pour les mineurs d'après-guerre avec leur credo rusé et brutal. Mais Connie, elle, aimait bien Mr. Linley, bien qu'elle fût ravie que lui soient épargnées les flagorneries de sa femme. Linley resta dîner et Connie se montra la maîtresse de maison qu'aimaient tant les hommes, si modeste et pourtant si attentive et si présente, avec ses grands yeux bleus et sa douceur reposante qui cachaient assez bien ce qu'elle pensait vraiment. Connie jouait ce rôle depuis si longtemps que c'était devenu une seconde nature; mais pourtant, décidément seconde. Cependant c'était étrange comme elle perdait conscience de tout, quand elle jouait ce rôle.

Elle attendit patiemment de pouvoir monter chez elle afin de retrouver ses pensées à elle. Elle attendait toujours, c'était son fort, semblait-il.

Une fois dans sa chambre, elle flottait encore dans le vague et la confusion. Elle ne savait que penser. Quel genre d'homme était-il vraiment? Est-ce qu'elle lui plaisait vraiment? Pas beaucoup, à son avis. Pourtant, il était gentil. Il y avait chez lui une sorte de gentillesse chaleureuse et naïve, singulière et soudaine, qui lui donnait presque envie de lui ouvrir ses entrailles. Mais elle avait l'impression qu'il pourrait avoir cette gentillesse avec n'importe quelle femme. Et pourtant, il apportait un curieux sentiment d'apaisement et de réconfort. Et c'était un homme passionné, entier et passionné. Mais peut-être n'était-il pas assez personnel? Il aurait pu être le même avec n'importe quelle femme, tel qu'il avait été avec elle. Ce n'était vraiment pas une relation personnelle. Pour lui, elle n'était rien d'autre qu'une femelle.

Mais peut-être était-ce mieux ainsi. Et après tout, il était bon avec la femelle qui était en elle, comme aucun homme ne l'avait jamais été. Les hommes étaient très bons avec la *personne* qu'elle était, mais assez cruels avec la femelle... ils la méprisaient ou l'ignoraient tout à fait. Les hommes étaient terriblement gentils avec Constance Reid ou avec lady Chatterley; mais ils n'avaient aucune bonté pour ses entrailles. Peu lui importait à lui Constance ou lady Chatterley; il caressait tout simplement ses reins et ses seins.

Elle retourna au bois le jour suivant. C'était un après-midi gris et calme; la mercuriale, vert foncé, s'étendait sous les buissons de noisetiers et tous les arbres faisaient un effort silencieux pour ouvrir leurs bourgeons. Aujourd'hui, elle pouvait presque sentir dans son propre corps l'immense poussée de la sève dans les arbres massifs, qui montait, montait, jusqu'au bout des bourgeons et qui éclatait là-haut en petites feuilles de chêne, en petites flammes couleur de bronze, comme du sang. C'était comme une marée qui gonflait, montait et se répandait dans le ciel.

Elle arriva à la clairière, mais il n'était pas là. Elle ne s'attendait qu'à moitié à le voir. Les petits faisans couraient légèrement, légers comme des insectes, loin des cages où les poules jaunes caquetaient avec inquiétude. Connie s'assit, les regarda et attendit. Elle attendait seulement. Même les poussins, elle les regardait à peine. Elle attendait.

Le temps passa avec une lenteur de rêve et il ne vint pas. Elle ne s'attendait qu'à moitié à le voir. Il ne venait jamais l'après-midi. Elle devait rentrer pour le thé. Mais elle dut se forcer à partir.

Au retour, une pluie fine se mit à tomber.

– Est-ce qu'il pleut à nouveau ? dit Clifford, en la voyant secouer son chapeau.

– Quelques gouttes, seulement.

Elle versa le thé en silence, comme absorbée dans une sorte d'obstination. Elle voulait voir le garde aujourd'hui, pour être sûre qu'il était vraiment réel. Si c'était vraiment réel.

– Après, vous plairait-il que je vous fasse la lecture ? dit Clifford.

Elle le regarda. Avait-il deviné quelque chose ?

– Le printemps me rend bizarre... Je pensais me reposer un peu, dit-elle.

– Comme vous voulez. Mais vous ne vous sentez pas vraiment mal, n'est-ce pas ?

– Oh ! non ! Un peu fatiguée, seulement... c'est le printemps. Vous plairait-il que Mrs. Bolton vienne faire un jeu avec vous ?

– Mais non ! Je crois que je vais écouter la radio.

Elle crut sentir une curieuse satisfaction dans sa voix. Elle monta dans sa chambre. De là, elle entendit le haut-parleur qui commença à beugler d'une voix de velours, mielleuse et idiote; elle imitait des cris de rue avec une affectation douceâtre et crémeuse. Connie enfila son vieil imperméable violet et se faufila hors de la maison par une porte de côté.

La fine pluie était comme un voile sur le monde, mystérieux, silencieux, mais pas froid. Elle s'échauffa beaucoup en se pressant à travers le parc. Il lui fallut ouvrir son léger imperméable.

Le bois était silencieux, calme et secret dans la pluie du soir, plein du mystère des œufs, des bourgeons entrouverts et des fleurs à peine épanouies. Dans tout ce vague, les arbres brillaient, nus et sombres, comme s'ils s'étaient déshabillés, et les choses vertes semblaient faire chanter leur verdure.

Il n'y avait toujours personne à la clairière. Presque tous les poussins étaient allés se réfugier sous les ailes des mères poules – un ou deux seulement, derniers aventuriers, picoraient, de-ci de-là, au sec, sous le toit de paille de l'abri. Et ils n'étaient pas très sûrs d'eux.

Eh bien ! Il n'était pas encore venu. Il faisait exprès de ne pas venir. Ou peut-être y avait-il quelque chose qui n'allait pas. Peut-être devait-elle aller au cottage, pour voir ce qui se passait.

Mais elle était née pour attendre. Elle ouvrit la cabane avec sa clef. Tout était en ordre, le grain dans la huche, les couvertures pliées sur l'étagère, la paille rangée dans un coin; un nouveau paquet de paille, aussi. La lampe tempête pendait à un clou. On avait remis la table et la chaise, là où elle s'était étendue.

Elle s'assit sur un tabouret à l'entrée de la porte. Comme tout était calme! La pluie fine tombait doucement, comme voilée, mais le vent ne faisait aucun bruit. Tout était silence. Les arbres se dressaient comme des êtres puissants, indistincts, crépusculaires, silencieux et vivants. Comme tout était vivant! Une fois de plus, la nuit était proche, elle devait s'en aller. Il l'évitait.

Mais, soudain, il entra à grands pas dans la clairière, dans son ciré noir, comme celui d'un chauffeur, brillant et mouillé. Il jeta un coup d'œil vers la cabane, lui fit un petit salut et puis se dirigea ves les cages. Là, il s'accroupit en silence, regardant tout avec attention, puis enferma avec soin les poules et les poussins à l'abri pour la nuit.

Enfin, il se dirigea vers elle à pas lents. Elle était toujours assise sur son tabouret. Il resta debout devant elle sous le porche.

– Alors vous êtes venue, dit-il, usant des intonations du patois.

– Oui, dit-elle, le visage tendu vers lui. Vous êtes en retard!

– Oui, répliqua-t-il en détournant le regard vers le bois.

Elle se leva lentement et elle poussa le tabouret de côté.

– Voulez-vous entrer? demanda-t-elle.

Il la regarda d'un air entendu.

– Ne croyez-vous pas qu'on va se douter de quelque chose si vous venez ici toutes les nuits? dit-il.

– Pourquoi? – Elle le regarda, un peu perdue. – J'avais dit que je viendrais. Personne ne sait.

– On le saura vite, en tout cas. Et qu'arrivera-t-il alors?

Elle ne trouva pas de réponse.

– Pourquoi devrait-on savoir? dit-elle.

– Ça se sait toujours, dit-il, fataliste.

Les lèvres de Connie tremblèrent un peu.

– Mais je n'y peux rien, dit-elle d'une voix troublée.

– Si, dit-il, vous y pouvez quelque chose, si vous ne venez pas – si vous ne voulez pas venir, ajouta-t-il d'une voix plus basse.

– Mais je veux venir, murmura-t-elle.

Il regarda de nouveau vers le bois et resta silencieux.

– Mais si ça se sait? demanda-t-il enfin. Pensez-y! Songez comme vous vous sentirez humiliée, un des domestiques de votre mari!

Elle regarda son visage détourné.

– Est-ce que, balbutia-t-elle, est-ce que c'est parce que vous ne me voulez pas?

– Réfléchissez! dit-il. Pensez à ce qui arrivera quand on le saura... Sir Clifford et puis tout le monde qui parlera...

– Eh bien, je peux m'en aller.

– Où donc?

– N'importe où! J'ai de l'argent à moi. Ma mère m'a laissé vingt mille livres, et je sais que Clifford ne peut pas y toucher. Je peux m'en aller.

– Mais si vous n'aviez pas envie de partir?

– Mais si, mais si! Peu m'importe ce qui peut m'arriver.

– Oui, vous croyez ça! Mais cela vous importera! A vous et aux autres. N'oubliez pas que vous êtes lady Chatterley et que je suis garde-chasse. Ce n'est pas comme si j'étais un gentleman. Oui, cela ne vous sera pas égal, cela ne vous sera pas égal.

– Cela m'est égal. Peu m'importe d'être une lady! Je déteste ce titre en réalité. J'ai l'impression que les gens se moquent chaque fois qu'ils le prononcent. Et ils se moquent, oui, ils se moquent! Même vous, vous vous moquez de moi.

– Moi!

Pour la première fois, il la regarda droit dans les yeux.

– Je ne me moque pas de vous, dit-il.

Alors qu'il la regardait dans les yeux, elle vit ses yeux à lui devenir plus sombres et ses pupilles se dilater.

– Cela vous est égal de prendre ce risque? demanda-t-il d'une voix sourde. Mais il faut vous en soucier, il le faut, avant qu'il ne soit trop tard!

Il y avait une intonation curieuse dans sa voix, une prière qui était un avertissement.

– Mais je n'ai rien à perdre, dit-elle avec irritation. Si

vous saviez ce que c'est, vous comprendriez que je sois contente de le perdre. Mais avez-vous peur pour vous?

– Oui! dit-il brièvement. J'ai peur, oui, j'ai peur. J'ai peur des choses.

– Quelles choses? demanda-t-elle.

Il eut un curieux mouvement de la tête pour indiquer le monde du dehors.

– Les choses! Tout le monde! Tous, tant qu'ils sont.

Puis, il se pencha vers elle et il embrassa soudain son visage malheureux.

– Non, ça m'est égal, dit-il. Profitons-en et tant pis pour le reste. Mais si un jour vous alliez regretter de l'avoir fait...!

– Ne me rejetez pas, supplia-t-elle.

Il posa ses doigts sur sa joue et, soudain, l'embrassa de nouveau.

– Faites-moi entrer alors, dit-il doucement et enlevez votre imperméable.

Il accrocha son fusil, enleva sa veste de cuir mouillée, et prit les couvertures.

– J'ai apporté une autre couverture, dit-il. Ainsi, nous pourrons nous couvrir, si vous voulez.

– Je ne peux pas rester longtemps, dit-elle. Le dîner est à sept heures et demie.

Il lui jeta un coup d'œil rapide, puis regarda sa montre.

– Très bien, dit-il.

Il ferma la porte et alluma une toute petite lumière dans la lampe tempête suspendue.

– Un jour, nous aurons du temps, dit-il.

Il arrangea les couvertures avec soin, dont l'une qu'il plia pour sa tête. Puis, il s'assit un moment sur le tabouret et l'attira vers lui; d'un bras, il la serra contre lui, et de son autre main libre, il chercha son corps. Elle l'entendit qui reprenait souffle quand il le trouva. Elle était nue sous son jupon léger.

– Ah! ce que c'est que de te toucher! dit-il tandis que son doigt caressait la chair délicate, chaude et secrète de sa taille et de ses hanches. Il baissa son visage et frotta sa joue contre son ventre et contre ses cuisses, encore et encore. Et une fois de plus, elle s'émerveilla un peu du ravissement que c'était pour lui. Elle ne comprenait pas la beauté qu'il trouvait en elle en touchant son corps vivant et secret, l'extase presque de la beauté. Car seule la passion en est capable. Et quand la passion est morte ou absente, alors le coup magnifique que donne la beauté est incompréhensible et même un peu méprisable; la beauté chaude et vivante du toucher, tellement plus profonde que la beauté de la vue. Elle sentait sa joue glisser sur ses cuisses, son ventre et ses fesses et la caresse de sa moustache et de sa chevelure douce et épaisse; et ses genoux commencèrent à trembler. Tout au fond d'elle, elle sentait s'élever une nouvelle vibration, émerger une nouvelle nudité. Et elle avait un peu peur. Elle souhaitait presque qu'il ne la caressât pas ainsi. Il la possédait en quelque sorte. Et pourtant, elle attendait, elle attendait.

Et quand il vint en elle, avec une intensité de soulagement et d'assouvissement qui lui donnait, à lui, une vraie paix, elle, elle attendait toujours. Elle se sentait un peu abandonnée. Et elle savait que c'était en partie sa faute à elle. Elle désirait garder cette distance. Elle y était peut-être désormais condamnée. Elle était immobile et sentait son mouvement en elle, son attention soutenue et très profonde, et ce tremblement soudain quand il répandit sa semence, puis cette dernière poussée, qui se calmait lentement. Cette poussée des fesses était, sans aucun doute, un peu ridicule. Si l'on est femme, et si l'on participe à toute cette histoire, cette poussée des fesses de l'homme est suprêmement ridicule. En vérité, l'homme est intensément ridicule dans cette posture et dans cet acte!

Mais elle était là, immobile, et ne se dérobait pas. Même quand il eut fini, elle n'essaya pas de se reprendre pour réveiller en elle sa propre jouissance, comme elle l'avait fait avec Michaelis; elle était là, immobile, ses yeux se remplirent de larmes et elle se mit à pleurer.

Il restait immobile, lui aussi. Mais il la tenait contre lui et essayait de couvrir ses jambes nues des siennes, pour les réchauffer. Il était couché sur elle, lui donnant une chaleur très proche qui ne laissait pas de place au doute.

– As-tu froid? demanda-t-il d'une petite voix douce, comme si elle était très très proche, alors qu'elle se sentait abandonnée et lointaine.

– Non! Mais je dois partir, dit-elle avec douceur.

Il soupira, la serra plus fort, puis relâcha son étreinte afin de se reposer. Il n'avait pas deviné ses larmes. Il croyait qu'elle était là, avec lui.

– Je dois partir, répéta-t-elle.

Il se souleva, s'agenouilla près d'elle un instant,

embrassa l'intérieur de ses cuisses puis il rabaissa ses jupes, boutonna ses propres vêtements, sans y penser, sans même se retourner, à la lumière très faible de la lanterne.

– Il faudra que tu viennes au cottage un jour, dit-il, le visage penché vers elle avec un regard chaud, sûr et plein d'aisance.

Mais elle restait là, inerte et pensait en le regardant : « Etranger! Etranger! » et elle lui en voulait un peu.

Il remit sa veste et chercha son chapeau, qui était tombé, puis passa son fusil à l'épaule.

– Viens donc! dit-il, en la regardant de ses yeux chauds et paisibles.

Elle se releva lentement. Elle ne voulait pas partir. Elle n'avait pas envie non plus de rester. Il l'aida à mettre son léger imperméable et à se réajuster.

Puis, il ouvrit la porte. Il faisait vraiment sombre dehors. La chienne fidèle était sous le porche, toute au plaisir de le revoir. La pluie fine tombait toujours dans l'obscurité. Il faisait vraiment sombre.

– Prends la lanterne, dit-il. Il n'y aura personne.

Il marchait devant elle sur l'étroit sentier; la lanterne se balançait près du sol; on voyait l'herbe mouillée, les racines des arbres, noires et brillantes comme des serpents, les fleurs blêmes. Tout le reste était dans le brouillard pluvieux et gris et dans l'obscurité la plus complète.

– Il faudra que tu viennes au cottage un jour, dit-il, n'est-ce pas? Autant être pendu pour un mouton que pour un agneau.

Ce désir étrange et persistant qu'il avait d'elle la surprenait alors qu'il n'y avait rien entre eux, alors qu'il ne lui parlait jamais vraiment et, malgré elle, elle ne supportait pas son patois. Il ne semblait pas s'adresser à elle mais à une femme du peuple. Elle reconnut les feuilles de digitales de l'allée et sut, plus ou moins, où ils se trouvaient.

– Il est sept heures et quart, dit-il, vous y serez à temps.

Sa voix avait changé, comme s'il avait senti son éloignement. Quand ils arrivèrent au dernier tournant de l'allée, vers le bois de noisetiers et la grille, il éteignit la lumière.

– A partir d'ici, nous pourrons voir, dit-il, en la prenant doucement par le bras.

Mais c'était difficile car la terre sous leurs pieds était un mystère, mais il trouvait son chemin à tâtons car il était habitué. A la grille, il lui donna sa lampe de poche.

– Il fait un peu plus clair dans le parc, dit-il; mais prenez-la pour ne pas sortir du sentier.

C'était vrai, il y avait comme une lueur fantomale et grise dans l'espace ouvert du parc. Il la serra soudain contre lui et glissa la main sous sa robe à nouveau, tâtant son corps chaud de sa main froide et humide.

– Je pourrais mourir pour toucher une femme comme toi, dit-il, d'une voix rauque. Si tu pouvais rester une minute encore.

Elle sentit de nouveau la force soudaine de son désir pour elle.

– Non, il faut que je me dépêche, dit-elle, un peu éperdue.

– Oui, répliqua-t-il, changeant de ton et la laissant aller.

Elle s'éloigna, puis revint tout de suite vers lui :

– Embrasse-moi, lui dit-elle.

Invisible, il se pencha vers elle et lui donna un baiser sur l'œil gauche. Elle lui tendit la bouche et il l'embrassa doucement, mais se retira immédiatement. Il détestait les baisers sur la bouche.

– Je viendrai demain, dit-elle en s'éloignant; si je peux, ajouta-t-elle.

– Bien! Pas si tard, répliqua-t-il dans l'obscurité.

Déjà, elle ne le voyait plus du tout.

– Bonne nuit, dit-elle.

– Bonne nuit, Madame, lui répondit la voix.

Elle s'arrêta et regarda derrière elle dans l'obscurité humide. Elle ne voyait plus que sa silhouette.

– Pourquoi dites-vous cela? dit-elle.

– Non, répondit-il. Allons, bonne nuit et courez!

Elle plongea dans la nuit sombre et tangible. Elle trouva la porte de côté ouverte et se glissa chez elle sans se faire remarquer. Elle venait de fermer la porte quand sonna le gong, mais il fallait qu'elle prenne un bain quand même... elle devait prendre un bain. « Mais je ne serai plus jamais en retard, se dit-elle; c'est trop ennuyeux. »

Le lendemain, elle n'alla pas au bois. Elle préféra aller avec Clifford à Uthwaite. De temps en temps, il pouvait sortir en automobile, car il avait trouvé un jeune homme robuste qui lui servait de chauffeur et pouvait l'aider à sortir de la voiture en cas de besoin. Il voulait surtout voir son parrain, Leslie Winter, qui vivait à Shipley Hall, non loin de Uthwaite. Winter était un riche gentleman, maintenant assez âgé, l'un des propriétaires miniers les plus fortunés parmi ceux qui avaient eu leur heure de gloire à l'époque du roi Edouard. Le roi Edouard avait séjourné plus d'une fois à Shipley Hall, pour la chasse. C'était une belle demeure de stuc, installée avec élégance, car Winter était célibataire et tirait vanité de son style de vie; mais l'endroit était assiégé par les mines. Leslie Winter avait de l'affection pour Clifford mais n'avait pas un grand respect pour sa personne, à cause des photographies dans les journaux illustrés et à cause de sa littérature. Le vieil homme était un dandy de l'école du roi Edward qui pensait que la vie était la vie et que les scribouilleurs, c'était autre chose. Envers Connie, le châtelain était toujours fort galant. Il la trouvait séduisante, modeste et virginale et trop bien pour Clifford... et c'était bien dommage, pensait-il, qu'elle n'eût aucune chance de donner un héritier à Wragby. Lui-même n'avait pas d'héritier.

Connie se demanda ce qu'il dirait s'il savait que le garde-chasse de Clifford était son amant et lui disait : « Tu dois venir au cottage un de ces jours. » Il la détesterait et la mépriserait car il en était venu à haïr cette poussée en avant des classes ouvrières. Il lui importerait moins si c'était un homme de sa propre classe, car Connie avait reçu de la nature une apparence réservée, une soumission virginale et, peut-être était-ce vraiment sa nature profonde. Winter l'appela sa « chère enfant » et lui fit présent, un peu malgré elle, d'une fort jolie miniature représentant une dame du XVIIIe siècle.

Mais Connie était préoccupée par sa liaison avec le garde-chasse. Après tout, Mr. Winter, qui était vraiment un gentleman et un homme du monde, la traitait comme une personne et comme un individu capable de discernement il ne la mettait pas dans le même sac que tout son entourage féminin avec ses « tu » et ses « toi ».

Elle n'alla pas au bois, ni ce jour-là, ni le suivant, ni le surlendemain. Elle n'y alla pas, tant qu'elle sentit, ou crut sentir, que l'homme l'attendait, la désirait. Mais le quatrième jour, elle se sentit terriblement nerveuse et mal à l'aise. Elle se refusait encore à aller au bois et à ouvrir ses cuisses une fois de plus à l'homme. Elle pensait à tout ce qu'elle pourrait faire... Se faire conduire à Sheffield, faire ses visites, mais l'idée même lui répugnait. Finalement, elle décida d'aller se promener, non dans la direction du bois, mais dans la direction opposée; elle irait à Marehay, par la petite grille de fer forgé, de l'autre côté de la barrière du parc. C'était un jour gris et doux de printemps, presque chaud. Elle marchait sans rien voir, absorbée par des pensées dont elle n'avait pas conscience. Elle n'avait vraiment conscience de rien autour d'elle jusqu'à ce qu'elle fût saisie par l'aboiement bruyant du chien de la ferme de Marehay. La ferme de Marehay! Ses prés allaient jusqu'à la grille du parc de Wragby et ils étaient donc voisins, mais Connie ne leur avait pas rendu visite depuis un certain temps.

– Bell! dit-elle au grand bull-terrier blanc. Bell! M'as-tu oubliée? Tu ne me connais plus?

Elle avait peur des chiens, et Bell recula en grognant et elle voulait traverser la cour de la ferme pour continuer sur le chemin de la garenne.

Mrs. Flint apparut. C'était une femme de l'âge de Constance; elle avait été institutrice, mais Connie la soupçonnait d'être une petite personne assez fausse.

– Mais c'est lady Chatterley! Tiens! – Et les yeux de Mrs. Flint s'allumèrent de nouveau et elle rougit comme une jeune fille. – Bell, Bell, enfin! Aboyer devant lady Chatterley! Bell! Tais-toi!

Elle se précipita et frappa la chienne avec un torchon blanc qu'elle tenait à la main et puis elle se dirigea vers Connie.

– Elle me connaissait autrefois, dit Connie, en lui serrant la main.

Les Flint étaient locataires des Chatterley.

– Bien sûr qu'elle connaît Madame! Elle fait la maligne et c'est tout, dit Mrs. Flint, le regard brillant et plein d'une sorte de confusion, mais il y a si longtemps qu'elle ne vous a pas vue. J'espère que vous allez mieux.

– Oui, merci, je vais bien.

– On ne vous a guère vue cet hiver. Voulez-vous entrer pour voir le bébé?

– Eh bien... – Connie hésita. – Une minute seulement.

Mrs. Flint se précipita pour mettre de l'ordre, et Connie entra lentement derrière elle, puis hésita dans la cuisine assez sombre où la bouilloire bouillait près du feu. Mrs. Flint réapparut.

– Je vous prie de m'excuser, dit-elle. Voulez-vous entrer?

Elles entrèrent dans le salon, où le bébé était assis sur le tapis devant le foyer et où la table était sommairement préparée pour le thé. Une jeune servante recula dans le couloir, timide et maladroite.

Le bébé était une petite créature délurée d'un an environ, avec des cheveux roux comme son père et des yeux pâles effrontés. C'était une fille, et nullement intimidée. Elle était assise au milieu de coussins et entourée de poupées de chiffon et d'une abondance de jouets, comme cela se fait aujourd'hui.

– Dieu! comme elle est mignonne! dit Connie, et comme elle a grandi! Quelle grande fille! Quelle grande fille!

Elle lui avait donné un châle à sa naissance et des canards de Celluloïd pour Noël.

– Regarde, Joséphine! Regarde qui est venu te voir! Qui c'est, Joséphine? Lady Chatterley... tu connais lady Chatterley, n'est-ce pas?

La drôle de petite bambine effrontée regardait Connie sans peur. Les titres de noblesse ne l'impressionnaient pas.

– Viens! Tu viens me voir? dit Connie au bébé.

Le bébé s'en moquait royalement, aussi Connie la prit dans ses bras et la mit sur ses genoux. Comme c'était chaud et délicieux de tenir un enfant sur les genoux, et ces petits bras et ces petites jambes qui trépignaient avec inconscience.

– J'allais prendre une tasse de thé toute simple. Luke est parti pour le marché et je peux prendre mon thé quand je veux. Vous plairait-il d'en prendre une tasse, lady Chatterley? J'imagine que ce n'est pas ce à quoi vous êtes habituée, mais si vous voulez...

Connie voulait bien, bien qu'elle ne désirât pas qu'on lui rappelle à quoi elle était habituée. Il y eut un grand étalage sur la table, et les plus belles tasses et la meilleure théière.

– Si seulement vous ne vous donniez pas toute cette peine, dit Connie.

Mais si Mrs. Flint ne se donnait pas toute cette peine, où serait donc le plaisir! Alors Connie joua avec l'enfant et s'amusa de son intrépidité de petite femelle et elle tira un profond plaisir de volupté de cette chaude et douce jeunesse. Cette vie jeune! Et sans aucune peur! Sans peur, parce que sans défense. Tous les autres étaient confits de peur!

Elle prit une tasse de thé un peu trop fort, de très

bonnes tartines beurrées et d'excellentes conserves de prunes. Mrs. Flint rougissait, brillait d'excitation et se rengorgeait, comme si Connie était quelque galant chevalier. Et elles firent ensemble un brin de causette bien féminin et toutes deux y prirent plaisir.

– Hélas, c'est un mauvais petit thé, dit Mrs. Flint.

– C'est bien plus agréable qu'à la maison, dit Connie avec sincérité.

– Oh! dit Mrs. Flint, qui ne la croyait pas, bien sûr.

Mais, finalement, Connie se leva.

– Il faut que je parte, dit-elle. Mon mari ne sait pas où je suis. Il va imaginer toute sorte de choses.

– Il ne pensera jamais que vous êtes ici, dit en riant d'excitation Mrs. Flint. Il va envoyer le crieur public.

– Adieu, Joséphine, dit Connie, en embrassant le bébé et en ébouriffant ses boucles rousses.

Mrs. Flint insista pour ouvrir la porte principale qui était verrouillée. Connie se retrouva dans le petit jardin qui s'étendait devant la ferme, entouré d'une haie de troènes. Il y avait deux rangées d'oreilles-d'ours, le long du sentier, brillantes et veloutées.

– Quelles jolies oreilles-d'ours, dit Connie.

– Les téméraires, comme Luke les appelle, dit en riant Mrs. Flint. Il faut en prendre.

Et elle se mit à cueillir avec ardeur les fleurs veloutées.

– Assez! Assez! dit Connie.

Elles arrivèrent jusqu'à la grille du petit jardin.

– Dans quelle direction alliez-vous? demanda Mrs. Flint.

– Vers la garenne.

– Voyons! Oh oui! Les vaches sont dans l'enclos, elles ne sont pas encore levées. Mais la barrière est fermée. Il faudra que vous grimpiez par-dessus.

– Je sais grimper, dit Connie.

– Je pourrais peut-être venir avec vous jusqu'au bout de l'enclos.

Elles traversèrent le pauvre pâturage dévoré par les lapins. Les oiseaux sifflaient triomphalement dans le soir sauvage du bois. Un homme appelait les dernières vaches qui traînaient lentement le long du pâturage pelé.

– Ils sont en retard pour traire, ce soir, dit sévèrement Mrs. Flint. Ils savent bien que Luke ne rentrera pas avant la nuit.

Elles arrivèrent à la clôture et, derrière, les jeunes

sapins s'élevaient, hérissés et touffus. Il y avait une petite grille, mais elle était verrouillée. A l'intérieur, dans l'herbe, il y avait une bouteille vide.

– C'est la bouteille de lait du garde, expliqua Mrs. Flint. Nous l'apportons jusqu'ici pour lui et puis il vient la chercher lui-même.

– Quand? demanda Connie.

– Oh! quand il passe par là. Souvent le matin. Eh bien, au revoir, lady Chatterley! Il faut revenir. Cela a été un plaisir de vous avoir.

Connie escalada la barrière et se retrouva sur le sentier étroit bordé de jeunes sapins hérissés et touffus. Mrs. Flint rentra en courant à travers le pâturage, en capeline, puisqu'elle était maîtresse d'école. Connie n'aimait pas cette nouvelle partie du bois, touffue, macabre et suffocante. Elle se pressait, la tête baissée, et pensait au bébé des Flint. C'était une mignonne petite créature, mais elle aurait les jambes un peu arquées de son père. On le voyait déjà, mais peut-être que cela passerait. Quelle chaleur et quelle satisfaction cela donne, d'avoir un bébé et comme Mrs. Flint en avait fait parade! Elle avait en tout cas quelque chose que Connie n'avait pas, et, apparemment, ne pouvait pas avoir. Oui, Mrs. Flint avait affiché sa maternité. Et Connie avait été, un peu, un tout petit peu, jalouse. Elle ne pouvait s'en empêcher.

Elle sortit de sa rêverie et poussa un petit cri de frayeur. Un homme était là.

C'était le garde. Il était debout sur le sentier, comme l'ânesse de Balaam, lui barrant le chemin.

– Comment cela se fait-il? dit-il avec surprise.

– Comment êtes-vous venu? dit-elle, haletante.

– Et vous? Etes-vous allée à la cabane?

– Non! Non! Je suis allée à Marehay.

Il la regarda d'un œil curieux et scrutateur et elle baissa la tête, avec un léger sentiment de culpabilité.

– Et alliez-vous à la cabane maintenant? demanda-t-il d'une voix un peu sévère.

– Non! Il ne faut pas. Je suis restée à Marehay. Personne ne sait où je suis. Je suis en retard. Il faut que je me dépêche.

– Vous me laissez tomber pour ainsi dire? dit-il avec un léger sourire ironique.

– Non! Non. Ce n'est pas ça. Seulement...

– Tiens, et quoi d'autre? dit-il.

Et il marcha vers elle et l'entoura de ses bras. Elle

sentit le devant de son corps terriblement proche d'elle, et vivant.

– Oh! non, pas maintenant, pas maintenant, cria-t-elle en essayant de le repousser.

– Pourquoi pas? Il n'est que six heures. Vous avez une demi-heure. Non, non, je vous veux.

Il la serra plus fort et elle sentit l'urgence de son désir. Son vieil instinct était de combattre pour sa liberté. Mais quelque chose, en elle, était étrange, inerte et pesant. Son corps contre elle était dans une impatience qu'elle n'avait plus le cœur de combattre. Il regarda aux alentours.

– Venez... Venez ici! Par ici, dit-il en regardant avec insistance les sapins touffus, qui étaient jeunes et n'avaient atteint que la moitié de leur taille.

Il la regarda de nouveau. Elle vit ses yeux, brillants de tension, farouches et sans amour. Mais sa volonté l'avait quittée. Un étrange poids envahissait ses membres. Elle s'abandonnait, elle abandonnait.

Il la guida à travers le rideau d'arbres piquants, qui était difficile à traverser, vers un endroit où il y avait un petit espace et un tas de branchages morts. Il en jeta un ou deux par terre, étendit son manteau et sa veste par-dessus et elle dut s'allonger là, sous les branches de l'arbre, comme un animal, tandis qu'il attendait, debout en chemise et en culotte, en la regardant de ses yeux hantés. Mais il était toujours prévoyant et la fit allonger commodément. Pourtant, il déchira la ceinture de ses dessous, car elle ne l'aidait pas et restait là, inerte.

Il avait, lui aussi, dénudé le devant de son corps et elle sentit sa chair nue contre elle quand il vint en elle. Il y resta un moment tremblant et le sexe dur. Alors qu'il commençait à bouger, dans son orgasme soudain et irrésistible, s'éveillèrent en elle d'étranges frissons inconnus qui la traversèrent de leurs ondes. Ondulant, ondulant, ondulant, comme les battements mouvants de douces flammes, douces comme des plumes, atteignant des points brillants, exquis, exquis qui la faisaient fondre et la laissaient toute fondue à l'intérieur. C'était comme des sons de cloches qui montaient, montaient en ondulant jusqu'au point culminant. Elle restait là, inconsciente des petits cris qu'elle poussait vers la fin. Mais cela finit trop vite, trop vite, et elle ne pouvait plus conclure son plaisir par elle-même. Cette fois, c'était différent, différent. Elle ne pouvait rien faire. Elle ne pouvait plus se durcir et s'agripper à lui pour obtenir sa propre satisfaction. Elle ne pouvait qu'attendre, attendre et gémir dans son âme tandis qu'il se retirait, se retirait, se contractait, approchant le moment terrible où il serait sorti d'elle, parti, à jamais. Alors que son corps était ouvert et doux, et criait doucement, comme une anémone de mer prise dans la marée, criant pour qu'il revienne encore et la fasse jouir, elle. Elle s'accrochait à lui, perdue dans la passion, et il ne se retira pas tout à fait d'elle, et elle sentit le doux bourgeon qui remuait en elle; d'étranges rythmes jaillissaient dans son corps en un mouvement régulier qui grandissait, gonflait, gonflait jusqu'à emplir toute sa conscience éclatée; et puis l'indicible mouvement reprit et ce n'était pas vraiment un mouvement, mais de purs et profonds tourbillons de sensations qui tournoyaient de plus en plus profondément dans sa chair et sa conscience jusqu'à ce qu'elle ne fût plus qu'un parfait fluide concentrique de sensations; et elle restait là, poussant des cris inarticulés dont elle n'avait pas conscience. Sa voix issue de la nuit la plus obscure, la vie! L'homme l'entendit sous lui avec une sorte de terreur sacrée, alors que ses forces vives se répandaient en elle. Et comme la voix se calmait, il se calma lui aussi et resta absolument immobile, sans connaissance, tandis qu'elle desserrait lentement son étreinte. Puis elle demeura couchée, inerte. Et ils restaient là, sans plus rien savoir, ni même l'un de l'autre, perdus, tous les deux. Jusqu'à ce qu'enfin il s'éveille et prenne conscience de sa nudité sans défense et elle sentit que son corps relâchait son étreinte. Il se détachait d'elle; mais dans son cœur, elle savait qu'elle ne pourrait supporter qu'il la laisse découverte. Il devrait désormais la couvrir pour toujours.

Mais il se retira finalement, l'embrassa et la recouvrit, et commença à se recouvrir aussi. Elle restait étendue à regarder les branches de l'arbre, incapable de bouger encore. Il se leva et boutonna sa culotte, en regardant autour de lui. Tout était baigné dans un profond silence, à part la chienne stupéfaite, le nez entre les pattes. Il se rassit sur les broussailles et prit la main de Connie en silence.

Elle se retourna et le regarda.

– Nous avons joui ensemble cette fois-ci, dit-il.

Elle ne répondit pas.

– C'est bien quand c'est comme ça. La plupart des gens vivent toute leur vie sans jamais connaître ça, dit-il, parlant comme dans un rêve.

Elle regarda son visage songeur.
– Vraiment? dit-elle. Etes-vous content?
Il la regarda dans les yeux.
– Content, dit-il, oui, mais peu importe.
Il ne voulait pas qu'elle parle. Il se pencha vers elle et l'embrassa et elle sentit qu'il devrait désormais l'embrasser pour toujours. Enfin, elle s'assit.
– Mais, les gens ne jouissent-ils pas souvent ensemble? demanda-t-elle avec une naïve curiosité.
– Il y a beaucoup de gens à qui cela n'est jamais arrivé. Ça se voit à leur regard froid et brutal. Il parlait sans y penser, comme regrettant d'avoir commencé.
– Avez-vous déjà joui comme ça avec d'autres femmes?
Il la regarda avec amusement.
– Je ne sais pas, dit-il, je ne sais pas.
Et elle comprit qu'il ne lui dirait jamais rien que ce qu'il voudrait bien lui dire. Elle regarda son visage et la passion qu'elle avait pour lui lui remua les entrailles. Elle avait résisté autant qu'elle le pouvait car ainsi, elle consommait sa propre perte.
Il remit son gilet et sa veste et ouvrit de nouveau un chemin jusqu'au sentier.
Les derniers rayons de soleil éclairaient le bois.
– Je ne vous accompagnerai pas, dit-il; c'est préférable.
Elle le regarda d'un air pensif avant de s'en aller. La chienne attendait impatiemment que l'homme se décide à partir; celui-ci paraissait n'avoir plus rien à dire. Plus rien.
Connie rentra chez elle à pas lents, prenant conscience de la profondeur de cette autre chose en elle. Un autre moi était vivant en elle, brûlait, fondu et doux, dans son ventre et dans ses entrailles et, avec cet autre moi, elle l'adorait. Elle l'adorait jusqu'à sentir ses genoux trembler, en marchant. Dans son ventre et dans ses entrailles, elle se sentait fluide et vivante, maintenant, et vulnérable, et sans recours devant cette adoration qu'elle avait de lui, comme la plus naïve des femmes. « On dirait un enfant, se disait-elle à elle-même. On dirait un enfant en moi. » Et c'était bien cela, comme si son ventre, qui avait toujours été fermé, s'était ouvert pour s'emplir d'une vie nouvelle, d'un fardeau, presque, mais un fardeau délicieux.
« Si j'avais un enfant! se disait-elle; si je l'avais lui, en moi, comme un enfant! »... et ses membres fondaient à cette

pensée, et elle comprit l'immense différence qu'il y avait entre avoir un enfant pour soi, et avoir un enfant d'un homme qui émeut vos entrailles. Cela semblait ordinaire, en un sens; mais, ceci, avoir un enfant d'un homme qu'on adore dans ses entrailles et dans son ventre, lui donnait le sentiment d'être bien différente du vieux moi, comme si elle sombrait vers le centre le plus profond de la féminité et dans le sommeil de la création.

Ce n'était pas la passion qui lui était nouvelle, mais l'adoration pleine de désir. Elle savait qu'elle en avait toujours eu peur, car cette adoration la laissait sans défense; elle la craignait encore car, si elle adorait trop cet homme, elle se perdrait elle-même, elle s'effacerait, et elle ne voulait pas s'effacer, elle deviendrait une esclave, comme une sauvage. Elle avait peur de son adoration et pourtant, elle ne la combattrait pas tout de suite. Elle savait bien qu'elle pouvait la combattre. Il y avait une obstination du diable chez elle, qui aurait pu combattre la grandissante adoration pleine et douce de son ventre et l'écraser. Elle pouvait le faire, même maintenant, ou, du moins, elle le croyait; elle pourrait alors contrôler sa passion grâce à sa volonté, à elle.

Ah! oui, être passionnée comme une bacchante, une bacchante fuyant à travers les bois à la recherche de Iacchos, le brillant phallus qui n'avait aucune personnalité indépendante en lui-même, mais qui était le simple dieu-serviteur de la femme! Que l'homme, l'individu, ne s'en mêle point, car il n'est qu'un serviteur du temple, le porteur et le gardien du brillant phallus, qui était sa chose à elle.

Ainsi, dans le flux de ce nouvel éveil, la vieille et dure passion brûla en elle pour un temps, et l'homme se réduisit à un objet méprisable, un simple porteur de phallus, qu'il fallait mettre en pièces quand il avait accompli son office. Elle sentait la force des bacchantes dans ses membres et dans son corps, la femme rayonnante et rapide, abattant le mâle; mais pendant qu'elle sentait cela, son cœur était lourd. Elle n'en voulait pas; tout cela était connu, stérile et infécond; l'adoration était son trésor. Elle était si insondable, si douce et si inconnue. Non, non, elle renoncerait à sa dure et brillante puissance de femelle.

Elle était lasse de cette puissance, durcie par elle. Elle allait plonger dans le nouveau bain de vie, dans les profondeurs de son ventre et de ses entrailles qui chantaient le chant muet et l'adoration. Il était encore trop tôt pour commencer à avoir peur de l'homme.

– Je suis allée jusqu'à Marehay et j'ai pris le thé avec Mrs. Flint, dit-elle à Clifford. Je voulais voir le bébé. Il est si adorable avec ses cheveux roux, fins comme des toiles d'araignées. Quel amour! Mr. Flint était parti au marché et nous avons pris le thé ensemble, avec le bébé. Vous vous demandiez où j'étais?

– Eh bien! je me le demandais, mais je me doutais bien que vous vous étiez arrêtée quelque part pour prendre le thé, dit Clifford d'un air jaloux.

Avec une sorte de seconde vue, il sentait quelque chose de nouveau en elle, quelque chose qui lui était tout à fait incompréhensible; mais il l'attribua au bébé. Il pensait que ce qui faisait mal à Connie, c'était tout simplement de ne pas avoir d'enfant, de ne pas en mettre un au monde automatiquement pour ainsi dire.

– Je vous ai vue traverser le parc jusqu'à la grille de fer, Madame, dit Mrs. Bolton, et je pensais que peut-être vous aviez rendu visite au presbytère.

– J'ai failli le faire, et puis j'ai choisi d'aller du côté de Marehay.

Les yeux des deux femmes se rencontrèrent : ceux de Mrs. Bolton, gris, brillants et inquisiteurs, ceux de Connie, bleus, voilés et d'une étrange beauté. Mrs. Bolton était presque sûre qu'elle avait un amant; et pourtant, comment était-ce possible et qui cela pouvait-il être? Où y avait-il un homme?

– Oh! cela vous fait tellement de bien de sortir et de voir un peu de monde de temps en temps, dit Mrs. Bolton. Justement je disais à sir Clifford que cela ferait grand bien à Madame de sortir et de voir du monde plus souvent.

– Oui, je suis contente d'y être allée. Ce bébé est si drôle, si mignon et si effronté, Clifford, dit Connie. Il a des cheveux comme des toiles d'araignées, d'un orange éclatant, et des yeux d'un bleu de porcelaine, les plus bizarres et les plus effrontés du monde. Naturellement c'est une fille; un garçon ne serait pas si hardi : un vrai petit sir Francis Drake.

– Vous avez bien raison, Madame, un vrai petit Flint. Ça a toujours été une famille de rouquins intrépides, dit Mrs. Bolton.

– Aimeriez-vous la voir, Clifford? Je les ai invités pour le thé afin que vous puissiez voir le bébé.

– Qui donc? demanda-t-il en regardant Connie d'un air très gêné.

– Mrs. Flint et le bébé, lundi prochain.

– Vous pouvez leur offrir le thé dans votre chambre, dit-il.

– Mais pourquoi? Vous ne voulez pas voir le bébé? cria-t-elle.

– Oh! je le verrai, mais je n'ai pas envie de perdre mon temps à prendre le thé avec eux.

– Oh! s'exclama Connie en le regardant de ses grands yeux voilés.

Elle ne le voyait pas vraiment, il était quelqu'un d'autre.

– Vous pouvez prendre un bon petit thé dans votre chambre, Madame; et Mrs. Flint se sentira plus à l'aise que si sir Clifford était là, dit Mrs. Bolton.

Elle était sûre que Connie avait un amant, et quelque chose exultait dans son âme. Mais qui était-ce? Qui était-ce donc? Peut-être Mrs. Flint lui fournirait-elle un indice.

Connie ne voulut pas prendre de bain ce soir-là. Le souvenir de sa chair contre la sienne, et même, son humidité d'homme sur son corps lui étaient précieux et en un sens sacrés.

Clifford se sentait très mal à l'aise. Il ne voulut pas la laisser partir après dîner alors qu'elle aurait tant voulu rester seule. Elle le regarda, mais resta curieusement soumise.

– Voulez-vous jouer, ou que je vous fasse la lecture, ou autre chose encore? demanda-t-il d'un air gêné.

– Faites-moi la lecture, dit Connie.

– Que vous lirai-je? Vers, prose, ou du théâtre.

– Lisez-moi Racine, dit-elle.

Ç'avait été naguère l'un de ses tours de force que de lire Racine dans le vrai grand style français, mais il était maintenant rouillé et un peu emprunté; il préférait vraiment la radio. Cependant Connie cousait; elle cousait une petite robe de soie rose coupée dans l'une de ses robes à elle, pour le bébé de Mrs. Flint. Elle l'avait coupée entre son retour et le dîner et elle était assise là, perdue dans un doux et tranquille enchantement.

Elle cousait, tandis que continuait le ronron de la lecture.

Elle pouvait sentir en elle les murmures de la passion semblables aux derniers échos de cloches profondes.

Clifford lui dit quelque chose à propos de Racine. Elle n'en comprit le sens qu'après que les mots eurent disparu.

– Oui, oui, dit-elle en levant les yeux sur lui. C'est vraiment splendide!

Une fois encore, il eut peur de l'éclat bleu et profond de ses yeux et de sa douce immobilité. Elle n'avait jamais été si parfaitement douce et tranquille. Elle lui inspirait une fascination désespérée comme si quelque parfum émanait d'elle qui l'enivrait. Aussi continua-t-il désespérément sa lecture et le son rauque du français était pour elle comme le vent dans les cheminées. De Racine, elle n'entendit pas une syllabe.

Elle était perdue dans son doux et tranquille enchantement comme une forêt bruissant dans le vague gémissement heureux du printemps et se changeant en bourgeons. Elle sentait dans le même monde qu'elle l'homme, l'homme sans nom, marchant d'un pied léger dans la beauté du mystère phallique. Et en elle, dans toutes ses veines, elle le sentait, lui et son enfant. Son enfant était dans toutes ses veines, comme un crépuscule.

« Car elle n'avait plus ni mains, ni yeux, ni pieds, ni le trésor doré de la chevelure... »

Elle était comme une forêt, comme le sombre entrelacs du bois de chênes et le bruissement silencieux de ses milliers de bourgeons éclatés. En même temps, les oiseaux du désir dormaient dans le vaste et complexe dédale de son corps.

Mais la voix de Clifford continuait à claquer et à gargouiller avec des sons inaccoutumés. Que c'était extraordinaire! Qu'il était extraordinaire, penché sur le livre, bizarre, rapace et civilisé, avec ses larges épaules et ses jambes mortes! Quelle étrange créature il faisait, avec sa volonté d'oiseau, aiguë, froide et inflexible... et sans chaleur, sans chaleur aucune! Une de ces créatures de l'avenir, sans âme, mais douée d'une volonté vive et rapide, d'une volonté froide. Elle avait peur de lui et frissonna un peu. Mais la flamme douce et chaude de la vie fut plus forte que lui et elle sut lui cacher la réalité des choses.

La lecture prit fin. Elle sursauta. Elle releva la tête et fut encore plus saisie de voir Clifford qui la regardait avec des yeux pâles et inquiétants, comme emplis de haine.

– Mille mercis! Vous lisez merveilleusement Racine, dit-elle doucement.

– Presque aussi merveilleusement que vous vous l'écoutez, dit-il cruellement. Que faites-vous? demanda-t-il.

– Je fais une robe d'enfant, pour le bébé de Mrs. Flint.

Il se détourna. Un enfant! Un enfant! C'était là toute son obsession.

– Après tout, dit-il d'une voix déclamatoire, on trouve tout ce que l'on veut chez Racine. Les émotions qui sont exprimées avec clarté et avec style sont plus importantes que les émotions désordonnées.

Elle le regarda de ses grands yeux vagues et voilés.

– Oui, je suis sûre que vous avez raison, dit-elle.

– Le monde moderne n'a fait que vulgariser l'émotion en la libérant. C'est du contrôle classique dont nous avons besoin.

– Oui, dit-elle lentement. (Elle pensait à lui, en train d'écouter, avec un visage vide, les sottises sentimentales de la radio.) On fait semblant d'éprouver des émotions et, en réalité, on ne sent rien. J'imagine que c'est cela, être romantique.

– Exactement, dit-il.

Pour dire vrai, il était fatigué. Cette soirée l'avait fatigué. Il aurait préféré rester avec ses livres techniques, ou en compagnie de son directeur des mines, ou à écouter la radio.

Mrs. Bolton entra avec deux verres de lait au malt : l'un, pour Clifford pour qu'il s'endorme et l'autre, pour Connie, pour qu'elle engraisse. C'était une habitude qu'elle avait introduite à Wragby.

Connie était contente de pouvoir s'en aller après avoir bu son verre, et soulagée de ne pas devoir aider Clifford à se mettre au lit. Elle prit le verre de Clifford, le mit sur le plateau, qu'elle voulait laisser devant la porte.

– Bonne nuit, Clifford! Dormez bien! Racine vous atteint comme un rêve. Bonne nuit!

Elle était près de la porte. Elle s'en allait sans lui donner le baiser du soir. Il la regarda de ses yeux froids et perçants. Tiens, tiens! Elle ne lui donnait même pas le baiser du soir, alors qu'il avait passé la soirée à lui faire la lecture. Quelles profondeurs d'insensibilité chez elle! Même si ce baiser n'était qu'une formalité, la vie dépendait de formalités de ce genre. C'était une bolcheviste dans le fond. Ses instincts étaient bolcheviques! Il regarda froidement et rageusement la porte par laquelle elle était sortie. Colère!

Et la peur de la nuit l'envahit de nouveau. C'était un paquet de nerfs, et quand il n'était pas remonté par le travail et plein d'énergie, ou quand il n'écoutait pas la radio perdu dans le vague le plus total, alors il était hanté par l'angoisse, le sentiment dangereux d'un vide qui le menaçait. Il avait peur. Et Connie, si elle le voulait, pouvait le protéger de la peur. Mais elle ne le voulait pas, c'était évident, elle ne le voulait pas. Elle était insensible, froide et insensible à tout ce qu'il avait fait pour elle. Il lui avait sacrifié sa vie et elle n'avait aucune pitié pour lui, elle ne voulait en faire qu'à sa guise : « Madame aime sa volonté. »

Et maintenant, elle était obsédée par l'idée d'un bébé. Et que ce bébé soit à elle, tout à elle, et pas le sien à lui.

Clifford était plein de santé, malgré tout. Il avait bonne mine, le visage coloré, les épaules larges et solides et la poitrine vaste; il avait engraissé. Mais il avait pourtant peur de la mort. Il se sentait menacé par un terrible vide, quelque part, d'une certaine façon, un vide, et dans ce vide, son énergie s'écroulerait. Sans énergie, il se sentait parfois mort, vraiment mort.

Aussi, ses yeux pâles et assez proéminents avaient un regard bizarre, furtif, et pourtant un peu cruel, si froid; et en même temps, c'était un regard presque impudent. Ce regard impudent était un bien étrange regard qui semblait triompher de la vie en dépit de la vie. « Qui peut connaître les mystères de la volonté, car elle peut l'emporter même sur les anges... »

Mais sa plus grande peur, c'étaient les nuits où il ne pouvait pas dormir. Alors, c'était vraiment horrible, ce néant qui le pénétrait de toute part. Alors, exister, sans avoir une parcelle de vie, devenait terrifiant : être sans vie, dans la nuit, et exister.

Mais maintenant, il pouvait sonner Mrs. Bolton. Et elle venait toujours. C'était un grand réconfort. Elle venait en robe de chambre, une natte de cheveux dans le dos, curieusement virginale et effacée, même si la tresse brune était mêlée de gris. Et elle lui préparait du café ou de la camomille, ou bien elle jouait aux échecs ou au piquet avec lui. Elle avait cette étrange faculté féminine de pouvoir jouer aux échecs assez bien, même presque endormie, assez bien pour qu'il valût la peine de la battre. Alors, dans la silencieuse intimité de la nuit, ils restaient assis, ou bien elle s'asseyait et il restait étendu sur le lit, éclairés tous les deux par la lueur solitaire de la lampe de travail. Elle, presque perdue dans le sommeil et lui, perdu dans une sorte de peur, ils jouaient, jouaient ensemble; et puis, ils prenaient ensemble une tasse de café et un biscuit, parlant à peine dans le silence de la nuit, mais se rassurant l'un l'autre.

Et cette nuit-là, elle se demandait qui était l'amant de lady Chatterley. Et elle pensait à son Ted, mort depuis si longtemps et pourtant jamais vraiment mort pour elle. Et quand elle pensait à lui, la très vieille rancune contre le monde se réveillait, mais surtout contre les patrons... C'est eux qui l'avaient tué. Ils ne l'avaient pas vraiment tué. Mais, pour elle, sentimentalement, ils l'avaient tué. Et quelque part, au fond d'elle-même, à cause de cela, c'était une nihiliste et une vraie anarchiste.

Dans un demi-sommeil, la pensée de son Ted et la pensée de l'amant inconnu de lady Chatterley se mêlaient, et puis, elle sentit qu'elle partageait avec l'autre femme une grande rancune contre sir Clifford et tout ce qu'il représentait. En même temps, elle jouait au piquet avec lui et ils jouaient avec des sixpence. Et c'était une source de satisfaction que de jouer au piquet avec un baronet, et même de perdre des sixpence avec lui.

Quand ils jouaient aux cartes, ils jouaient toujours pour de l'argent. Cela lui permettait de s'oublier lui-même. Et, d'habitude, il gagnait. Et ce soir, il gagnait aussi. Il ne s'endormirait donc pas avant l'aube. Par bonheur, l'aube survint vers quatre heures et demie du matin.

Pendant ce temps, Connie était au lit et dormait profondément. Mais le garde, lui non plus, ne pouvait trouver le repos. Il avait fermé les cages et avait fait sa tournée du bois, et puis il était rentré chez lui pour souper. Mais il n'alla pas se coucher. Il resta assis près du feu et se mit à songer.

Il pensait à son enfance à Tevershall et aux cinq ou six années de sa vie conjugale. Il pensait à sa femme, et toujours avec amertume. Il l'avait trouvée si brutale. Mais il ne l'avait pas revue depuis 1945, le printemps où il s'était engagé. Et pourtant, elle était là, à moins de trois miles de lui, et elle était plus brutale que jamais. Il espérait ne jamais la revoir de sa vie.

Il pensait à sa vie de soldat à l'étranger. L'Inde, l'Egypte et puis l'Inde de nouveau : cette vie aveugle et insouciante avec les chevaux; le colonel qui l'avait aimé et qu'il avait aimé; les années où il avait été officier, lieutenant, avec une bonne chance de devenir capitaine. Puis la mort de son colonel des suites d'une pneumonie et sa propre mort qu'il avait frôlée de près; sa santé détériorée; sa profonde inquiétude, sa démission de l'armée et son retour en Angleterre, pour redevenir ouvrier.

Il temporisait avec la vie. Il avait pensé trouver un abri, au moins pour un temps, dans le bois. Il n'y avait pas encore de chasse et il devait élever les faisans. Il ne voulait pas se servir d'un fusil. Il serait seul, séparé du monde, c'est tout ce qu'il voulait. Il avait besoin d'une sorte de référence. Et c'était son lieu de naissance. Et puis sa mère vivait là, même s'il n'était pas très attaché à elle. Et il pouvait continuer à vivre, existant au jour le jour, sans liens et sans espoir. Il ne savait pas quoi faire de sa peau.

Non, il ne savait pas. Depuis qu'il avait été officier pendant quelques années et s'était mêlé aux autres officiers et fonctionnaires avec leurs femmes et leurs familles, il avait perdu toute ambition d'arriver. Il y avait, dans les moyennes et hautes classes, telles qu'il les avait connues, une dureté, une étrange raideur, un manque de vie, qui le glaçaient et lui faisaient sentir sa différence.

Il avait donc retrouvé sa propre classe. Et il retrouva, ce qu'il avait oublié pendant ses années d'absence, une médiocrité et une vulgarité dans les manières tout à fait détestables. Enfin, il admettait maintenant combien la manière était importante. Il admettait enfin comme il était important de faire semblant de mépriser le demi-penny et les petites choses de la vie. Mais chez les gens du peuple, on ne faisait pas semblant. Un penny de plus ou de moins sur le prix du lard était pire qu'un changement dans l'Évangile. Il n'arrivait pas à le supporter.

Et puis, il y avait le problème du salaire. Ayant vécu dans la classe possédante, il savait combien il était futile de croire à une éventuelle solution du problème du salaire. Il n'y avait pas d'autre solution que la mort. La seule chose à faire, c'était de ne pas s'en soucier, de ne pas se soucier des salaires.

Et pourtant, quand on est pauvre et misérable, on est forcé de s'en soucier. De toute façon, cela devenait la seule chose qui les intéresse. Le souci de l'argent était comme un grand cancer qui attaquait les individus de toutes les classes. Il ne voulait pas se soucier de l'argent.

Que faire, alors? Que pouvait offrir la vie sinon le souci de l'argent? Rien.

Et pourtant, il pouvait vivre seul, avec la triste satisfaction d'être seul, d'élever des faisans qui finiraient par être tués par de gros hommes, après le petit déjeuner. Tout cela était futile, futile au dernier degré.

Mais pourquoi se préoccuper, pourquoi s'inquiéter? Et il ne s'était ni préoccupé ni inquiété jusque-là, jusqu'à ce que cette femme soit entrée dans sa vie. Il avait près de dix ans de plus qu'elle. Et il avait mille ans de plus qu'elle en expérience, depuis toujours. Le rapport qui les liait ne cessait de se resserrer et il sentait venir le jour où ils ne pourraient plus le rompre et il leur faudrait vivre ensemble. « Car les liens de l'amour sont difficiles à dénouer! »

Et que se passerait-il alors? Quoi donc? Faudrait-il qu'il recommence, à partir de rien? Devrait-il enlever cette femme? Devrait-il avoir cette horrible bagarre avec son mari infirme? Avoir aussi une sorte d'horrible bagarre avec sa propre femme si brutale, qui le détestait? Quelle misère! Que de misères! Et il n'était plus jeune, ni même optimiste. Il n'était pas non plus du genre insouciant. La moindre amertume et la moindre laideur lui feraient mal; à lui et la femme!

Mais, même s'ils réussissaient à se débarrasser de sir Clifford et de sa propre femme, même s'ils y arrivaient, qu'allaient-ils faire? Qu'allait-il faire, lui? Qu'allait-il faire de sa vie? Car il devait faire quelque chose. Il ne pouvait pas être un simple parasite, vivant de son argent à elle et de sa très modique pension à lui.

Il n'y avait pas de solution. La seule qui lui venait à l'esprit était de partir pour l'Amérique, pour changer d'air. Il n'avait aucune confiance dans le dollar, mais peut-être, peut-être y avait-il autre chose.

Il ne pouvait ni se reposer ni même aller se coucher. Après être resté assis engourdi dans ses pensées amères jusqu'à minuit, il se leva soudain et décrocha sa veste et son fusil.

– Allez, viens fillette, fit-il à la chienne, nous serons mieux dehors.

C'était une nuit étoilée, mais sans lune. Il fit une ronde lente, scrupuleuse, à pas légers et furtifs. La seule chose à laquelle il devait s'opposer, c'étaient les pièges à lapins que posaient les mineurs, surtout les mineurs de Stacks Gate, du côté de Marehay. Mais c'était la saison des amours et même les mineurs la respectaient un peu. Toutefois, la ronde à pas furtifs à la recherche des braconniers lui calma les nerfs et détourna son esprit de ses pensées.

Mais quand il en eut terminé avec le tour lent et prudent de son domaine – une marche de cinq miles environ –, il était fatigué. Il monta en haut de la colline et regarda autour de lui. On n'entendait rien à part le bruit léger et confus qui venait des mines de Stacks Gate, qui n'arrêtaient jamais le travail : et il y avait très peu de lumières, à part les brillantes rangées électriques des usines. Le monde s'étendait dans l'obscurité, assoupi dans la fumée. Il était deux heures et demie du matin. Mais, même dans son sommeil, c'était un monde cruel et tourmenté, agité par le bruit d'un train ou d'un gros camion sur la route et brillant d'un éclair rose qui venait des hauts fourneaux. C'était un monde de fer et de charbon, la cruauté du fer et la fumée du charbon et l'avidité incessante et sans fin qui contrôlait tout. Rien que de l'avidité, une avidité qui grondait dans son sommeil.

Il faisait froid et il toussait. Un courant d'air froid soufflait sur la colline. Il pensait à la femme. Maintenant, il aurait donné tout ce qu'il avait ou pourrait jamais avoir pour la tenir toute chaude dans ses bras, tous les deux enveloppés dans une couverture, et dormir avec elle. Toutes ses espérances d'éternité et tout le gain du passé, il les aurait donnés pour l'avoir près de lui, enveloppée et chaude, avec lui dans une couverture, et dormir, seulement dormir. Il lui semblait que de dormir avec la femme dans ses bras fût la seule nécessité.

Il alla à la cabane, s'enveloppa dans la couverture et s'étendit par terre pour dormir. Mais il ne pouvait pas, il avait froid. Et de plus, il sentait cruellement combien sa propre nature était incomplète. Il ressentait cruellement l'imperfection de sa solitude profonde. Il la voulait, il voulait la toucher, la tenir serrée contre lui en un moment de plénitude et de sommeil.

Il se releva et sortit; il marcha vers les grilles du parc cette fois-ci; puis, lentement, le long du chemin, se dirigea vers la maison. Il était près de quatre heures; il faisait encore clair et froid, mais aucun signe de l'aube. Il était habitué à l'obscurité et il voyait bien.

Lentement, lentement, la grande maison l'attirait vers elle, comme un aimant. Il voulait être près de Constance. Ce n'était pas du désir, non, ce n'était pas cela. C'était le sentiment cruel de son imparfaite solitude, qui avait besoin d'une femme silencieuse blottie dans ses bras. Peut-être la trouverait-il. Peut-être pourrait-il même l'appeler à lui, ou trouver une manière d'arriver jusqu'à elle. Car le besoin était impérieux.

Lentement, silencieusement, il gravit la pente qui montait vers Wragby. Puis il contourna les grands arbres et arriva au sommet de la colline jusqu'à l'allée qui faisait une grande courbe autour d'un losange de gazon devant l'entrée. Il pouvait déjà voir les deux hêtres magnifiques qui s'élevaient dans ce grand losange plat devant la maison, se détachant, sombres, dans l'air sombre.

Voilà la maison, basse, longue et obscure, avec une seule lumière allumée en bas, dans la chambre de sir Clifford. Mais dans quelle pièce était-elle, cette femme qui tenait l'autre bout de ce fil fragile qui l'attirait si impitoyablement? Cela, il ne le savait pas.

Il se rapprocha un peu, le fusil à la main, resta debout sans bouger dans l'allée, le regard fixé sur la maison. Peut-être pourrait-il la trouver, même maintenant, la rejoindre d'une manière ou d'une autre. La maison n'était pas imprenable : il était aussi habile qu'un cambrioleur. Pourquoi ne pas aller la rejoindre?

Il restait là, immobile, il attendit jusqu'à ce que l'aube blêmît, légèrement, imperceptiblement, derrière lui. Il vit la lumière s'éteindre dans la maison. Mais il ne vit pas Mrs. Bolton s'approcher de la fenêtre et tirer le vieux rideau de soie bleu foncé; debout dans la pièce obscure, elle cherchait dans la demi-obscurité du jour naissant l'aube tant désirée; elle attendait, attendait que Clifford soit bien sûr que le jour fût là. Car, quand il était sûr que c'était le jour, il s'endormait presque tout de suite.

Elle restait là, aveuglée par le sommeil, à la fenêtre, et elle attendait. Soudain, elle dut retenir un cri. Car il y avait un homme là-bas, dans l'allée, une sombre silhouette dans le crépuscule. Elle se réveilla à demi, se mit aux aguets, mais sans faire de bruit pour ne pas déranger sir Clifford.

La lumière du jour commença à bruisser dans le monde, et la silhouette sombre semblait devenir plus petite et plus précise. Elle reconnut le fusil, les guêtres, la veste trop ample... Ce devait être Olivier Mellors, le garde.

Oui, car elle voyait sa chienne qui tournait autour de lui comme une ombre et qui l'attendait!

Et que voulait cet homme? Voulait-il réveiller la maison? Pourquoi était-il planté là, pétrifié, le visage tendu, comme un chien malade d'amour devant la maison où vit la chienne?

Ciel! En un éclair, Mrs. Bolton comprit la vérité. L'amant de lady Chatterley, c'était lui! Lui! Lui!

Quelle histoire! Dire que, elle, Ivy Bolton, avait été jadis un peu amoureuse de lui. C'était à l'époque où elle faisait ses études et il l'avait beaucoup aidée en anatomie et autres matières qu'elle avait à apprendre. C'était un garçon intelligent; il avait obtenu une bourse pour le collège communal de Sheffield, et avait appris le français et bien d'autres choses; et puis, en fin de compte, il était devenu maréchal-ferrant parce qu'il aimait, disait-il, les chevaux; mais en réalité parce qu'il avait peur de sortir et d'affronter le monde; seulement il ne l'aurait jamais avoué.

Mais c'était un gentil garçon, très gentil; il l'avait beaucoup aidée et il savait si bien vous expliquer les choses. Il était tout aussi intelligent que sir Clifford et toujours du côté des femmes. Plus avec les femmes qu'avec les hommes, disait-on.

Et puis, il était allé épouser cette Bertha Coutts, comme par dépit. Il y a des gens qui se marient par dépit parce qu'ils sont déçus par quelque chose. Rien de surprenant que ce fût un échec. Il était parti pendant des années, pendant toute la guerre : lieutenant et tout ça, un vrai gentleman, oui, un vrai gentleman! Et puis, revenir à Tevershall et devenir garde-chasse! Vraiment, il y a des gens qui ne savent pas saisir leur chance! Et il parlait le patois grossier du Derby comme le plus vulgaire des hommes alors qu'elle, Ivy Bolton, savait qu'il parlait comme un gentleman, en réalité.

Eh bien! Ainsi Madame était tombée amoureuse de lui! Bien... Madame n'était pas la première, car il avait du charme. Qui l'aurait dit? Un garçon né et élevé à Tevershall et elle, lady Chatterley de Wragby Hall! Ma parole, quel soufflet pour les grands et puissants Chatterley!

Mais lui, le garde, avec le jour qui se levait, avait compris que cela ne servait à rien. Cela ne sert à rien d'essayer de se débarrasser de sa solitude. Il faut s'y tenir sa vie durant. C'est seulement par instants, par instants que le vide se remplit. Par instants! Mais il faut attendre ces instants-là, accepter sa solitude et s'y tenir, toute sa vie. Et accepter aussi les instants où le vide se remplit, quand ils viennent. Mais il faut qu'ils viennent. On ne peut les forcer.

Soudain, d'un coup, le sanglant désir qui l'avait attiré vers elle se brisa. Il l'avait brisé car il fallait le briser. Il faut venir l'un vers l'autre ensemble. Et si elle ne venait pas vers lui, il ne la poursuivrait pas. Il devait s'en aller jusqu'à ce qu'elle vienne à lui.

Il s'en retourna lentement en méditant; il acceptait de nouveau son isolement. Il savait que c'était mieux ainsi. Elle devait venir à lui; il ne servait à rien de la traquer. Non, à rien!

Mrs. Bolton le vit disparaître, et vit sa chienne qui courait après lui.

– Tiens, tiens, se dit-il. C'est l'homme à qui je n'avais jamais pensé. Il a été gentil avec moi, quand il était gamin, après la mort de Ted. Tiens, tiens! Que dirait-il, lui, s'il savait?

Elle jeta un regard triomphant sur Clifford endormi, et, doucement, sortit de la chambre.

Chapitre 11

Connie faisait du rangement dans l'une des pièces de débarras. Il y en avait plusieurs à Wragby : le château était le terrier de la famille, et on ne vendait jamais rien. Le père de sir Geoffrey avait aimé la peinture, et la mère de sir Geoffrey les meubles italiens du XVIe siècle. Sir Geoffrey lui-même avait aimé les vieux coffres de chêne sculptés, les coffres de sacristie. Et ainsi de suite de génération en génération. Clifford, lui, collectionnait des tableaux très modernes, à des prix très modérés.

Dans la pièce de débarras, il y avait donc de mauvais sir Edwin Landseer et de pitoyables nids d'oiseaux de William Henry Hunt, et autres productions de l'Académie Royale, de quoi effrayer la fille d'un membre de cette même Académie. Elle décida de passer tout cela en revue un jour, et d'en faire le tri. Mais les meubles aux sculptures bizarres et fantastiques l'intéressèrent.

Il y avait là, dans un emballage soigneux qui le protégeait des chocs et de l'effritement naturel, le vieux berceau de famille, tout en bois de rose. Il lui fallut le déballer pour le regarder. Il avait un certain charme; elle le regarda longuement.

– C'est mille fois dommage de penser qu'il ne servira plus, soupira Mrs. Bolton, qui aidait Connie. Bien que ce genre de berceau ne soit plus à la mode aujourd'hui.

– Il pourrait servir encore, je pourrais avoir un enfant, dit Connie d'un ton détaché, comme si elle parlait d'acheter un nouveau chapeau.

– Vous voulez dire que sir Clifford pourrait aller mieux? balbutia Mrs. Bolton.

– Non, même comme ça. Après tout, il n'a qu'une paralysie musculaire. Cela ne l'affecte pas lui-même, dit Connie, mentant comme on respire.

C'est Clifford qui lui avait mis cette idée dans la tête. Il avait dit : « Il m'est certainement possible d'avoir un enfant encore. Je ne suis pas vraiment mutilé en fait. L'impuissance peut sans doute passer, même si les muscles des hanches et des jambes sont paralysés. Et alors on peut transférer le sperme. »

Il avait vraiment l'impression, dans ces périodes d'énergie où il travaillait avec tant d'ardeur au problème des mines, que sa puissance sexuelle était en train de lui revenir. Connie l'avait regardé avec terreur. Mais elle vit aussitôt qu'elle pourrait tirer profit de cette suggestion, et protéger ainsi sa réputation. Car elle aurait un enfant si elle le pouvait; mais pas l'enfant de sir Clifford.

Mrs. Bolton un instant eut le souffle coupé, elle était abasourdie. Un moment après, elle n'y croyait plus : elle y voyait une ruse. Pourtant les médecins faisaient de tels miracles aujourd'hui. Ils pourraient peut-être faire une sorte de greffe de sperme.

– Eh bien, madame, je ne peux qu'espérer et prier que cela arrive. Quel bonheur pour vous, et pour tout le monde. Ma parole, un enfant à Wragby, quel changement cela ferait!

– Oui, quel changement! dit Connie.

Et elle choisit trois tableaux de l'Académie Royale datant d'il y a soixante ans, qu'elle décida d'envoyer à la duchesse de Shortlands pour son prochain bazar de charité. On l'appelait la « duchesse des bazars », et elle sollicitait toujours tout le comté pour ses ventes. Elle serait enchantée de recevoir trois peintures signées « Académie Royale » et encadrées. Peut-être même en profiterait-elle pour faire une visite de remerciement. Dans quelle fureur ces visites mettaient Clifford!

« Mais grand Dieu! songeait Mrs. Bolton, est-ce que c'est l'enfant d'Olivier Mellors que vous nous préparez à accueillir? Mon Dieu, ce serait donc un bébé de Tevershall dans le berceau de Wragby! Il n'en serait pas indigne, en tout cas! »

Parmi les horreurs qui encombraient la pièce, il y avait une boîte de laque noire, assez grande, faite soixante ou soixante-dix ans auparavant, supérieurement et ingénieusement conçue, et pourvue de tous les objets imaginables. Sur le dessus, il y avait un nécessaire de toilette concentré : brosses, flacons, miroirs, peignes, boîtes, et même trois magnifiques petits rasoirs avec leur étui de sécurité, un bol à savon et tout ce qu'il faut. Dessous venait une sorte d'écritoire : buvards, plumes, encriers, papier, enveloppes, calepins; puis un nécessaire à couture complet, avec trois paires de ciseaux de taille différente, des dés, des aiguilles, du fil de soie et du fil de coton, un œuf à repriser, le tout de la meilleure qualité et d'un fini parfait. Enfin, il y avait une petite pharmacie, avec des bouteilles sur lesquelles on pouvait lire : laudanum, teinture de myrrhe, essence de girofle, et autres, mais vides. Tout était parfaitement neuf, et la boîte, une fois fermée, ne dépassait pas la taille d'un sac de voyage petit mais ventru. Et à l'intérieur, toutes les pièces s'enclenchaient comme les morceaux d'un puzzle. Les flacons n'auraient pas pu s'ouvrir : il n'y avait pas de place.

Cet objet était merveilleusement combiné et exécuté; c'était un excellent travail dans le genre victorien. Et pourtant, d'une certaine manière, il avait quelque chose de monstrueux. Et cela, le Chatterley de l'époque l'avait sans doute senti, car la chose n'avait jamais servi. Elle manquait essentiellement d'âme.

Pourtant Mrs. Bolton était transportée.

– Regardez les belles brosses, elles doivent coûter une fortune, et même les blaireaux, trois petites merveilles! Non! Et ces ciseaux! On ne peut pas trouver mieux! Oh, que c'est joli!

– Vous aimez ça! dit Connie. Eh bien, prenez-le.

– Oh non, Madame!

– Mais si! Vous voulez que cela reste ici jusqu'au jour du jugement dernier? Si vous ne le prenez pas, je vais l'envoyer à la duchesse avec les tableaux, et elle n'en mérite pas tant. Allez, prenez-le!

– Oh! Madame! Je ne sais comment vous remercier.

– Alors, ne me remerciez pas, dit Connie en riant.

Et Mrs. Bolton redescendit, portant majestueusement la grande boîte noire dans ses bras, et tout empourprée d'émotion.

Mr. Betts la ramena en voiture chez elle au village, avec la boîte. Et il fallut inviter quelques amies pour la montrer : la maîtresse d'école, la femme du pharmacien, Mrs. Weedon, la femme du deuxième caissier. Ces dames se récrièrent devant la merveille. C'est alors que se mit en marche la rumeur concernant l'enfant de lady Chatterley.

– Il y aura toujours des miracles, dit Mrs. Weedon.

Mais Mrs. Bolton, quant à elle, était absolument convaincue que, s'il y avait une naissance, ce serait l'enfant de sir Clifford. Parfaitement!

Peu de temps après, le recteur s'aventura à dire à Clifford :

– Pouvons-nous donc réellement espérer la venue d'un héritier à Wragby? Ah! ce serait une marque de la miséricorde divine.

– Eh bien, il n'est pas interdit *d'espérer*, dit Clifford d'un ton légèrement ironique, mais qui n'était pas dépourvu de conviction. Il en était à croire que l'enfant pouvait même être le sien.

Puis un après-midi il y eut la visite de Leslie Winter, le squire Winter, ainsi qu'on l'appelait : soixante-dix ans, élancé, immaculé, et gentleman des pieds à la tête, comme le dit Mrs. Bolton à Mrs. Betts. Jusqu'au bout des ongles même! Et avec ses façons de parler démodées, ses hao! hao!, il semblait plus archaïque qu'un seigneur à perruque. Le temps, dans son vol, laisse parfois tomber ces belles vieilles plumes.

Ils discutèrent des mines. L'idée de Clifford était que son charbon, même la moins bonne qualité, était transformable en un combustible dense et concentré qui donnerait une grande chaleur en brûlant si on le soumettait à un certain air humide et acidulé à une assez forte pression. On avait remarqué depuis longtemps que, lorsque soufflait un vent particulièrement violent et humide, le carreau de la mine dégageait une flamme très vive qui ne répandait presque pas de gaz et laissait une fine poussière de cendre, au lieu de l'épais gravier rose.

– Mais où comptez-vous trouver les machines capables de consommer votre fuel? demanda Winter.

– Je les fabriquerai moi-même, et j'utiliserai mon propre combustible. Et je vendrai la force électrique. Je suis sûr que cela peut se faire.

– Si vous réussissez, c'est magnifique, magnifique, mon garçon. Hao! Magnifique! Si vous avez besoin de mon concours, je serais enchanté de vous aider. Je crains de ne pas être très à la page, et mes mines de même. Mais qui sait, quand je ne serai plus là, il y aura peut-être des hommes comme vous. Magnifique! Il y aura de nouveau du travail pour tous les ouvriers, et vous n'aurez plus le souci du charbon à vendre. Magnifique idée, j'espère que ce sera un succès. Si j'avais des fils, ils auraient certainement des idées modernes pour Shipley. Certainement! Au fait, mon garçon, y a-t-il quelque fondement dans le bruit qui court? Pouvons-nous espérer un héritier à Wragby?

– Il y a un bruit qui court? demanda Clifford.

– Eh bien, mon garçon, Marshall, de Fillingwood, m'a posé la question. C'est tout ce que j'en sais. Naturellement je ne voudrais pour rien au monde le répéter, si c'était un bruit sans fondement.

– Eh bien, monsieur, dit Clifford mal à l'aise, mais avec une lueur étrange dans les yeux, il y a un espoir; il y a un espoir.

Winter traversa la pièce et serra vigoureusement la main de Clifford.

– Mon cher enfant, mon cher ami, si vous saviez ce que cela représente pour moi! Penser que vous travaillez avec l'espoir d'avoir un fils! Et que vous allez peut-être faire travailler de nouveau tous les hommes de Tevershall. Ah! mon garçon, maintenir le niveau de la race, et pouvoir donner du travail à tous ceux qui en demandent!

Le vieillard était vraiment ému.

Le lendemain, Connie arrangeait de grandes tulipes jaunes dans un vase de verre.

– Connie, dit Clifford, saviez-vous que le bruit court que vous allez donner un héritier à Wragby?

Terrorisée, Connie entendit ces paroles dans une sorte de brouillard, mais elle continua d'arranger tranquillement les fleurs.

– Non, dit-elle. Est-ce que c'est une plaisanterie, ou de la méchanceté?

Il réfléchit un instant avant de répondre.

– Ni l'un ni l'autre, j'espère. J'espère que c'est une prophétie.

Connie continua son bouquet.

– J'ai reçu une lettre de père ce matin, dit-elle. Il me demande si je n'ai pas oublié qu'il a accepté pour moi l'invitation de sir Cooper, pour juillet et août, à la villa Esmeralda à Venise.

– Juillet et août? dit Clifford.

– Oh! je n'ai pas l'intention de rester si longtemps. Mais vous êtes sûr que vous ne voulez pas venir aussi?

– Je ne veux pas voyager à l'étranger, dit Clifford aussitôt.

Elle porta ses fleurs vers la fenêtre.

– Est-ce que cela vous ennuie que je parte? dit-elle. C'était promis pour cet été, vous vous rappelez.

– Combien de temps serez-vous absente?

– Peut-être trois semaines.

Il y eut un moment de silence.

– Eh bien! dit Clifford lentement et d'un ton un peu mélancolique, je suppose que je pourrais supporter trois semaines. Si j'étais absolument sûr que vous voudrez toujours revenir.

– Je suis sûre que je voudrai revenir, dit-elle avec une simplicité paisible, lourde de conviction. Elle pensait à l'autre.

Clifford sentit cette conviction, et il la crut; il crut que c'était pour lui. Il se sentit immensément soulagé, et soudain très heureux.

– En ce cas, dit-il, je n'y vois pas d'inconvénient, et vous?

– Moi non plus, dit-elle.

– Vous avez envie d'un changement d'air?

Elle le regarda avec d'étranges yeux bleus.

– J'aimerais revoir Venise, dit-elle, et me baigner sur les plages de galets des petites îles de la lagune. Mais vous savez que je déteste le Lido. Et je n'ai pas l'impression que je vais aimer sir Alexandre Cooper et lady Cooper. Mais si Hilda est là, et si nous avons une gondole à nous, oui, ce sera certainement agréable. J'aimerais tant que vous veniez.

Elle était sincère. Elle aurait tant aimé le rendre heureux, par de petites choses de ce genre.

– Ah! mais imaginez-moi à la gare du Nord, sur le quai à Calais!

– Mais pourquoi pas? Je vois bien parfois des hommes

qu'on porte dans des litières, des anciens blessés de guerre. Et d'ailleurs, nous ferions tout le voyage en auto.

– Il nous faudrait emmener deux domestiques.

– Oh non! Field nous suffirait. Il y aurait bien quelqu'un d'autre là-bas.

Mais Clifford secoua la tête.

– Pas cette année, ma chère, pas cette année! L'an prochain, j'essaierai sans doute.

Elle s'éloigna, assombrie. L'an prochain! Que lui apporterait l'an prochain? Elle-même n'avait pas vraiment envie d'aller à Venise. Pas maintenant, maintenant qu'il y avait cet autre homme. Mais elle y allait par discipline en quelque sorte. Et aussi parce que, si elle avait un enfant, Clifford pourrait penser qu'elle avait eu un amant à Venise.

On était déjà en mai, et le départ était prévu pour juin. Toujours ces plans! Votre propre vie planifiée par les autres! Des roues qui poussent et entraînent, et qu'on ne peut pas vraiment diriger.

On était en mai, mais il faisait froid et humide de nouveau. Un mois de mai froid et humide, bon pour le blé et le foin. Pour ce que comptent le blé et le foin aujourd'hui! Connie devait se rendre à Uthwaite, qui était leur ville, la petite ville où les Chatterley étaient encore les Chatterley. Elle y alla seule, Field la conduisit.

Malgré la saison et la verdure neuve, la campagne était lugubre. Il faisait froid, il y avait de la fumée mêlée à la pluie, et on avait l'impression que l'air était imprégné de vapeurs d'échappement. On ne pouvait vivre qu'en résistant. Pas étonnant si les gens ici étaient laids et durs.

La voiture grimpa péniblement la côte sur laquelle s'étirait sans ordre le sordide village de Tevershall, avec ses maisons de brique noircie, ses toits d'ardoise noire abrupts et luisants, la boue noire de poussière de charbon, les pavés noirs et humides. La tristesse semblait s'être infiltrée partout. Rien de plus terrible que cette négation totale de toute beauté naturelle, cette négation totale de toute joie de vivre, l'absence totale de l'instinct de beauté que possède même l'oiseau ou l'animal, cette mort totale de la faculté humaine d'intuition. Les piles de savons dans les boutiques d'épicerie, la rhubarbe et les citrons chez les fruitiers, les chapeaux hideux chez les modistes défilaient devant eux et tout était laid, laid, laid, et, à la suite, venait la monstruosité plâtre et or du cinéma avec ses affiches mouillées qui annonçaient « L'amour d'une femme »! Et la grande nouvelle chapelle des méthodistes primitifs, bien primitive en effet avec ses briques nues et ses fenêtres aux grands carreaux de verre framboise et verdâtre. La chapelle wesleyenne, un peu plus haut, était de brique noircie et se dressait derrière des grilles de fer et des buissons noircis. La chapelle congrégationaliste, qui s'estimait au-dessus des autres, était bâtie de grès rustique, et possédait un clocher, un clocher pas très haut. Juste derrière se trouvaient les nouveaux bâtiments de l'école, brique rose prétentieuse et cour sablée derrière des grilles de fer, le tout très imposant et évoquant à la fois la chapelle et la prison. Les filles de la classe de cinquième prenaient une leçon de chant; elles finissaient de répéter les la-mi-do-la de l'exercice et entonnaient une douce chanson enfantine. Impossible d'imaginer rien de moins musical, de moins spontané. C'était un étrange hurlement geignard qui suivait les contours d'une mélodie. Ce n'était pas un chant sauvage : les sauvages ont des rythmes subtils. Ce n'était pas un chant d'animal : les animaux expriment quelque chose lorsqu'ils hurlent. Cela ne ressemblait à rien, et cela s'appelait un chant. Connie, assise dans la voiture pendant que Field prenait de l'essence, écoutait, le cœur navré. Quel pouvait bien être l'avenir d'un tel peuple, un peuple qui avait laissé mourir en lui la faculté vive d'intuition, et n'était plus capable que d'étranges hurlements mécaniques et d'une inquiétante volonté de pouvoir?

Une charrette à charbon descendait la rue, cliquetant sous la pluie. Field remit la voiture en marche et continua la montée, passant devant les grandes boutiques maussades des drapiers et des tailleurs, devant la poste, et débouchant sur la petite place du marché où l'espace avait l'air désolé et où on aperçut Sam Black, avançant une tête pleine de curiosité de derrière la porte du *Soleil* – qui s'intitulait auberge, et non cabaret, et recevait les voyageurs de commerce – et saluant la voiture de lady Chatterley.

L'église était plus loin sur la gauche, au milieu d'arbres noirs. La voiture descendit la colline, passa devant le bar *Aux armes du mineur.* Elle était déjà passée devant le *Wellington*, le *Nelson, Les trois tonnes, Le soleil,* et maintenant elle passait devant les *Armes du mineur,* puis devant le *Bar des mécaniciens,* et enfin devant le *Bonheur du mineur,* neuf et presque flamboyant, d'autres encore, puis devant quelques « villas » neuves, et s'engagea sur la route noircie qui menait à Stacks Gate entre les haies sombres et des champs d'un vert tout aussi sombre.

Tevershall! C'était Tevershall! La joyeuse Angleterre, l'Angleterre de Shakespeare! Non pas, mais l'Angleterre d'aujourd'hui, ainsi que Connie avait pu s'en rendre compte depuis qu'elle était venue y vivre. Cette Angleterre était en train de produire une nouvelle race d'hommes. Très consciente pour ce qui touche à l'argent et à l'aspect social et politique de la vie, mais morte à tout ce qui est spontané, intuitif, vraiment morte. Des demi-cadavres, tous, mais dont la moitié vivante s'affirmait de façon terrifiante. Il y avait quelque chose de sinistre et de souterrain dans tout cela. C'était un sous-monde. Et tout à fait imprévisible. Comment pourrions-nous comprendre les réactions de demi-cadavres? Quand Connie vit passer les grands camions qui emmenaient les ouvriers des aciéries de Sheffield en excursion à Matlock, qu'elle vit ces êtres étranges, rabougris et tordus, qui ressemblaient à des hommes, elle défaillit dans ses entrailles et pensa : « Ah Dieu, qu'est-ce que l'homme a fait à l'homme? Qu'est-ce que les guides d'hommes ont fait à leurs semblables? Ils leur ont enlevé tout ce qui est humain, et maintenant il ne peut plus y avoir de fraternité. Ce n'est plus qu'un cauchemar. »

Une vague de terreur l'envahit et elle sentit de nouveau le désespoir gris et grinçant qui émanait de tout cela. Ces créatures-là, c'étaient les masses industrielles, quant à l'autre classe, elle la connaissait bien. Il n'y avait pas d'espoir, plus aucun espoir. Pourtant elle voulait un enfant, un héritier pour Wragby! L'héritier de Wragby! Elle frissonna de peur.

Pourtant c'était de là que venait Mellors! Oui, mais il était aussi isolé dans ce monde-là qu'elle l'était elle-même. Même en lui il ne restait plus de fraternité. Elle était morte. La fraternité était morte. Dans ce monde-là, il n'y avait qu'isolement et désespoir. Et c'était là l'Angleterre, la grande masse de l'Angleterre; Connie le savait bien, puisque c'était dans son centre même qu'elle roulait depuis ce matin.

La voiture montait vers Stacks Gate. La pluie s'était momentanément arrêtée, et dans l'air apparut une clarté printanière, étrange et translucide. La campagne s'étendait en longues ondulations, au sud vers le Peak, à l'est vers Mansfield et Nottingham. Connie allait vers le sud.

Comme la voiture montait vers le plateau, elle aperçut à sa gauche, sur une éminence qui dominait la campagne onduleuse, la masse obscure et puissante du château de Warsop, d'un gris foncé, et plus bas les maisons des mineurs, qui faisaient comme un emplâtre rougeâtre fraîchement collé, et un peu plus bas encore, montant de la grande mine, les panaches de fumée sombre et de vapeur blanche qui remplissaient chaque année de milliers de livres les poches du duc et des autres actionnaires. Le puissant vieux château était une ruine, mais sa masse se détachait sur l'horizon bas et dominait les panaches noirs et blancs qui flottaient dans l'air humide au-dessous.

Un tournant, et ils se trouvèrent sur le haut plateau qui menait à Stacks Gate. Stacks Gate, vu de la grand-route, n'était qu'un énorme et magnifique hôtel tout neuf, le *Coningsby Arms*, qui se dressait, rouge, blanc et or, en retrait de la route, dans un isolement barbare. Mais en regardant mieux, on découvrait sur la gauche des rangées de belles habitations « modernes », posées là comme un jeu de dominos et espacées de jardins; un étrange jeu de dominos auquel joueraient de fantastiques « maîtres » sur la terre surprise. Et au-delà de ces blocs d'habitations, derrière, s'élevaient, flottant en l'air, stupéfiants et effrayants, les contours multiples d'une mine véritablement moderne, usines chimiques et longs tuyaux, énormes, et de formes jusqu'alors inconnues de l'homme. La mine elle-même, puits et carreau, se voyait à peine au milieu de ces énormes installations neuves. Et devant, le jeu de dominos restait figé dans une sorte de surprise éternelle, attendant qu'on le joue.

C'était là Stacks Gate, nouvellement apparu à la surface de la terre, après la guerre. Mais en fait, inconnu même de Connie, plus bas, à un demi-mile au-dessous de l'hôtel, il y avait le vieux Stacks Gate : une vieille petite mine, de vieilles habitations de brique noirâtre, une ou deux chapelles, une ou deux boutiques, un ou deux bars.

Mais tout cela ne comptait plus. Les vastes panaches de fumée et de vapeur sortaient des nouvelles usines au-dessus, et c'était là désormais Stacks Gate : ni chapelles, ni bars, ni même boutiques. Rien que les grandes usines, qui sont l'Olympe moderne, ses temples à tous les dieux, puis les habitations modernes; puis l'hôtel. L'hôtel en fait n'était rien d'autre qu'un bar de mineurs, malgré ses airs chic.

Ce n'était même que depuis l'arrivée de Connie à Wragby que ce nouveau village s'était dressé à la surface de la terre, et les habitations modèles étaient remplies d'une racaille qui venait de partout et de nulle part et dont l'une des principales occupations était de braconner sur les terres de Clifford.

Du plateau sur lequel la voiture poursuivait son chemin, on voyait toute la vaste étendue onduleuse du comté. Le comté! Il avait été un fier et noble comté autrefois. Devant elle, se découpant sur l'horizon bas, surgit de nouveau la masse immense et superbe du château de Chadwick, tout ajouré de fenêtres, l'un des plus célèbres châteaux du règne d'Elisabeth. Noble et solitaire, il se dressait au-dessus d'un grand parc, mais son époque était révolue, dépassée. On l'entretenait encore, mais comme un monument à montrer. « Voyez quels fiers seigneurs étaient nos ancêtres! »

C'était là le passé. Le présent était là-bas, au-dessous. Quant à l'avenir, Dieu seul sait où il se trouve. La voiture déjà prenait les lacets de la route qui descendait vers Uthwaite, entre de vieux petits cottages noircis. Et Uthwaite, par ce jour humide, élevait ses plus beaux panaches de fumée et de vapeur, comme en offrande à des dieux inconnus. Uthwaite, tout en bas dans la vallée, traversé par les multiples fils d'acier des voies ferrées menant à Sheffield, avec ses mines de charbon et ses aciéries hérissées de longs tubes crachant des fumées rougeoyantes, avec son pitoyable clocher d'église où la petite flèche tire-bouchonnante, prête à dégringoler, égratigne encore les fumées, Uthwaite émouvait toujours étrangement Connie. C'était une ancienne ville de marché, centre des vallons d'alentour. L'une des auberges principales s'appelait *Chatterley Arms* (1). Ici, à Uthwaite, on disait Wragby tout court, comme si c'était un pays en soi, et pas seulement une maison. Ce n'était pas, comme pour les étrangers, « Wragby Hall, près Tevershall ». C'était Wragby, un domaine comme autrefois.

Les cottages noircis surgissaient directement du pavé, intimes et étroits comme toutes les habitations de mineurs vieilles de plus d'un siècle. Ils bordaient la route tout du long. La route était devenue une rue, et, en y

(1) « Aux armes des Chatterley ». (N.d.T.)

descendant, on oubliait instantanément la vaste campagne onduleuse, où les châteaux et les nobles demeures se dressaient encore, mais comme des fantômes. Maintenant la voiture se trouvait juste au-dessus de l'enchevêtrement dénudé des voies ferrées; des fonderies et d'autres usines s'élevaient tout autour, si hautes qu'on ne voyait plus que des murs. Le bruit retentissant du fer renvoyait d'énormes échos, d'énormes camions ébranlaient la terre, et des sifflements déchiraient l'air.

Et pourtant, une fois qu'on était arrivé tout en bas et qu'on avait pénétré au cœur sinueux et tortueux de la ville, derrière l'église, on se retrouvait deux cents ans en arrière, dans les rues tortueuses où étaient le « Chatterley Arms », l'antique pharmacie, rues qui menaient jadis en pleine campagne sauvage, au monde des châteaux et des grandes et nobles demeures à couchant (1).

Mais au coin, un sergent de ville leva la main : trois camions chargés de fer passaient, ébranlant la pauvre vieille église. Et ce n'est que lorsque les camions furent passés qu'il put saluer lady Chatterley.

C'était ainsi. En hordes autour des vieilles rues tortueuses de la ville bourgeoise se pressaient les habitations vieillottes et noircies des mineurs, bordant les routes extérieures. Et aussitôt après venaient les rangées de maisons plus neuves, plus roses, un peu plus grandes, qui plâtraient la vallée : c'étaient les habitations des ouvriers modernes. Et plus loin encore, dans la vaste campagne onduleuse des châteaux, fumées et vapeurs voguaient de concert, et d'innombrables taches de brique crue et rougeâtre révélaient les nouveaux lotissements miniers, parfois cachés dans les creux, parfois hideusement visibles sur le contour des pentes. Et au milieu de tout cela, perdus au milieu, il y avait des lambeaux de la vieille Angleterre, l'Angleterre des diligences et des cottages, et même l'Angleterre de Robin des Bois, où les mineurs, lorsqu'ils n'étaient pas au travail, allaient promener sans joie leurs instincts de chasseurs refoulés.

Angleterre, mon Angleterre! Mais où est mon Angleterre? Les nobles châteaux d'Angleterre font de bonnes photographies, et maintiennent l'illusion d'un lien entre nous et les Elisabéthains. Les beaux manoirs d'autrefois sont là, comme au temps de la bonne reine Anne et de Tom Jones. Mais les fumées ont noirci les stucs, qui ont

(1) Terme d'héraldique. (N.d.T.)

depuis lontemps perdu leur couleur dorée. Et l'un après l'autre, comme les nobles châteaux, ils ont été abandonnés. Maintenant on commence à les démolir. Quant aux cottages de l'Angleterre, voici ce qu'ils sont devenus : de grands emplâtres de brique sur la campagne désolée.

Maintenant on démolit les nobles châteaux, les manoirs géorgiens s'en vont aussi. Fritchley, merveilleuse vieille demeure géorgienne, était justement en cours de démolition, comme Connie put le voir en passant. Elle était en parfait état : jusqu'à la guerre, les Weatherley y avaient mené grand train de vie. Mais maintenant elle était trop grande, trop coûteuse, et le pays autour était devenu trop antipathique. La noblesse partait pour des lieux plus agréables, où elle pouvait dépenser son argent sans être obligée de voir d'où il venait.

C'est cela, l'Histoire. Une Angleterre en efface une autre. Les mines avaient enrichi les châteaux. Maintenant elles les effaçaient, comme elles avaient déjà effacé les cottages. L'Angleterre industrielle efface l'Angleterre agricole. Une signification en efface une autre. La nouvelle Angleterre efface l'ancienne, et la continuité n'est pas organique, mais mécanique.

Connie, qui appartenait aux classes oisives, s'étaient accrochée aux lambeaux de la vieille Angleterre. Il lui avait fallu des années avant de comprendre que cette terrifiante, cette sinistre nouvelle Angleterre était véritablement en train de l'effacer, et que le processus se poursuivrait jusqu'à ce que l'effacement soit complet. Fritchley avait disparu, Eastwood avait disparu, Shipley allait disparaître, le Shipley bien-aimé du squire Winter.

Connie fit une courte visite à Shipley. Les grilles du parc, au fond, donnaient juste sur le passage à niveau de la voie ferrée de la mine. La mine de Shipley elle-même était juste derrière les arbres. Les grilles étaient toujours ouvertes, parce qu'il y avait à travers le parc un droit de passage que les mineurs utilisaient. Ils étaient partout dans le parc.

La voiture passa devant les pièces d'eau, où les mineurs se débarrassaient de leurs journaux, et s'engagea dans l'allée particulière qui menait au château, un peu plus haut, sur le côté. C'était une très jolie construction de stuc, du milieu du XVIIIe siècle. Il y avait une belle allée bordée d'ifs, qui avait mené jadis à une maison plus ancienne, puis le manoir découvrait sa façade qui se déployait sereinement et semblait sourire de toutes ses croisées géorgiennes. Derrière, il y avait de très beaux jardins.

L'intérieur plaisait à Connie, beaucoup plus que celui de Wragby. Il était plus clair, plus vivant, élégant et distingué. Les murs lambrissés étaient peints en crème, les plafonds étaient décorés de filets d'or, tout était merveilleusement entretenu, l'aménagement était parfait. On avait dépensé sans compter. Les couloirs mêmes trouvaient moyen d'être spacieux et agréables en courbes douces et pleins de vie.

Mais Leslie Winter était seul. Il avait passionnément aimé sa maison. Mais son parc était bordé par trois de ses propres mines. Il avait été généreux dans ses idées. Il avait presque eu plaisir à voir les mineurs dans son parc. N'était-ce pas grâce à eux qu'il était riche? Ainsi, quand il voyait ces troupes d'hommes sans grâce traînant autour de ses pièces d'eau – mais pas dans la partie du parc qu'il se réservait, non, il y avait là une limite à ne pas franchir –, il disait : « Les mineurs ne sont peut-être pas aussi décoratifs que les cerfs, mais ils sont beaucoup plus rentables. »

Mais cela, c'était pendant l'âge d'or – financièrement parlant – de la deuxième moitié du règne de Victoria. Les mineurs étaient alors d'« honnêtes travailleurs ».

C'était ce discours que Winter avait tenu, un peu pour s'excuser, au prince de Galles lorsque celui-ci avait été son hôte. Et le prince avait répondu, dans son anglais fortement guttural :

– Vous avez tout à fait raison. S'il y avait du charbon sous le parc de Sandringham, j'ouvrirais une mine dans la pelouse et ne douterais pas d'être un excellent architecte paysagiste. Oh! Je suis tout prêt à échanger les cerfs contre des mineurs, à ce prix. Vos ouvriers sont de braves gens d'ailleurs, m'a-t-on dit.

Mais peut-être le prince se faisait-il une trop grande idée de la beauté de l'argent et des bienfaits de l'industrialisation.

Quoi qu'il en soit, le prince était devenu roi, puis le roi était mort, et maintenant il y avait un autre roi, dont la fonction principale semblait être d'inaugurer des soupes populaires.

Et il semblait bien que les « honnêtes travailleurs » étaient en train d'envahir Shipley. De nouveaux villages de mineurs se pressaient sur les bords du parc, et le squire sentait cette population lui devenir étrangère. Jusque-là, il avait eu une attitude de grand seigneur bienveillant, et n'avait pas douté d'être maître sur son propre domaine et ses propres mines. Maintenant, l'esprit nouveau se propageait subtilement et il se sentait évincé. C'était lui qui n'était plus à sa place. Il n'y avait pas à s'y tromper. Les mines, l'industrie avaient une volonté qui leur était propre, et cette volonté était hostile au propriétaire-gentilhomme. Tous les mineurs participaient à cette volonté, et il devenait difficile de résister. Ou vous quittiez les lieux, ou vous quittiez la vie, rien de moins.

Le squire Winter, qui avait été soldat, avait tenu bon. Mais il n'aimait plus se promener dans le parc après le dîner. Il se cachait presque dans la maison. Une fois il était sorti, tête nue, en souliers vernis et chaussettes de soie violette, pour accompagner Connie jusqu'à la grille. Il lui parlait avec son accent distingué un peu « hao-hao ». Mais quand il fallut passer devant les petits groupes de mineurs qui restaient plantés là à les regarder sans même un salut, Connie sentit bien la réaction de recul du vieux monsieur, si mince, si raffiné; il tressaillit comme tressaille l'élégante antilope exposée dans sa cage au regard du vulgaire. Les mineurs ne lui étaient pas personnellement hostiles, pas le moins du monde. Mais tout en eux était froid, et le repoussait. Et bien au fond, il y avait un profond ressentiment. Il était leur patron. Et dans leur laideur, ils lui en voulaient de son existence élégante, raffinée, bien ordonnée. « Pour qui se prend-il! » C'était de la différence qu'ils lui en voulaient.

Et quelque part, dans le secret de son cœur d'Anglais et de soldat, il pensait qu'ils avaient raison de lui en vouloir de cette différence. Il se sentait un peu dans son tort, d'avoir tous les avantages. Néanmoins il représentait un système, et il ne se laisserait pas évincer.

Sauf par la mort. Et la mort le surprit peu de temps après la visite de Connie, brusquement. Il s'était montré généreux pour Clifford dans son testament.

Les héritiers aussitôt donnèrent l'ordre de démolir Shipley. Cela coûtait trop cher à entretenir. Personne ne voulait vivre là-bas. Le château fut donc détruit. On rasa l'allée des ifs. On dépouilla le parc de ses arbres et on le partagea en lots à bâtir, la ville d'Uthwaite n'étant pas trop loin. Dans ce désert étrange, pelé, qui faisait encore un *no man's land* de plus, on posa des rangées de petites villas accolées deux par deux. A saisir! Le domaine de Shipley Hall!

Moins d'un an après la dernière visite de Connie, tout était accompli. Le domaine de Shipley Hall n'était plus qu'une succession de villas de brique rouge, accolées deux par deux le long de rues neuves. Personne n'aurait pu croire que le beau château de stuc s'était dressé à cet endroit même, douze mois auparavant.

Mais c'est là une autre époque de l'art paysager cher au roi Edouard, cet art qui décore les pelouses avec des mines de charbon.

Une Angleterre en efface une autre. L'Angleterre des squires Winter et des Wragby Halls était finie, morte. Seulement le processus d'effacement n'était pas encore tout à fait achevé.

Qu'y aurait-il après? Connie ne pouvait l'imaginer. Elle ne voyait que les nouvelles rues qui avançaient leurs tentacules dans les champs, les nouvelles constructions qui s'érigeaient autour des mines, les nouvelles ouvrières en bas de soie, les nouveaux ouvriers qui se rendaient au Palais de la Danse ou au *Bien-être des mineurs*. La nouvelle génération était complètement ignorante de la vieille Angleterre. Il y avait une coupure dans la continuité de la conscience anglaise, une coupure presque américaine, mais industrielle en fait. Qu'y aurait-il après?

Il semblait toujours à Connie qu'il n'y avait pas d'après. Elle avait envie de se cacher la tête dans le sable; ou du moins sur la poitrine d'un homme, un homme vivant.

Le monde était si compliqué, si étrange et sinistre! Le peuple était si nombreux, et si terrible aussi. Ainsi pensait-elle sur le chemin du retour, en voyant les mineurs qui sortaient des puits, gris-noir, tordus, une épaule plus haute que l'autre, avançant lentement dans le bruit confus de leurs lourdes chaussures ferrées. Visages gris d'êtres souterrains, blanc des yeux ressortant, nuques courbées par le toit des galeries, épaules déformées! Des hommes, des hommes! Hélas! A certains égards, patients et bons. A d'autres égards, inexistants. Quelque chose d'essentiel à l'homme était progressivement éliminé de leur nature. Pourtant c'étaient des hommes! Ils engendraient des enfants! On pourrait avoir des enfants d'eux! Pensée terrible, terrible. C'étaient de braves gens. Mais ils n'étaient que des moitiés d'homme, il ne leur restait que la moitié grisâtre de l'être humain. Jusque-là, ils n'étaient pas « méchants ». Mais ce n'était que parce qu'ils étaient à moitié morts. Qu'arriverait-il s'ils venaient à s'éveiller? Mais non, c'était trop terrible à imaginer. Connie avait la terreur des masses industrielles. Elles lui paraissaient si étranges. Une vie sans jamais un peu de beauté, sans intuition, toujours « dans le puits »!

Des enfants de ces hommes-là! Oh! Dieu!

Pourtant Mellors était le fils d'un de ces hommes. Pas tout à fait. Les quarante dernières années avaient amené un changement, un changement terrifiant dans l'humanité. Le fer et le charbon avaient profondément entamé le corps et l'âme des hommes.

Incarnations de la laideur, et vivants pourtant! Qu'adviendrait-il d'eux tous? Peut-être avec la disparition du charbon disparaîtraient-ils aussi de la surface de la terre. Ils avaient surgi de nulle part, en multitude, lorsque le charbon avait fait retentir son appel. Peut-être n'étaient-ils que la faune étrange qui hante les filons de charbon. Créatures d'une autre dimension, êtres élémentaires au service de l'élément charbon, tout comme les ouvriers des aciéries étaient des êtres élémentaires au service de l'élément fer. Des hommes qui n'étaient pas des hommes, mais les émanations du charbon, du fer et de la glaise. La faune des éléments, carbone, fer, silicium, êtres élémentaires issus d'eux. Peut-être avaient-ils un peu de la beauté étrange et inhumaine des minéraux, le lustre du charbon, la pesanteur, la résistance et le bleuté du fer, la transparence du verre. Créatures élémentaires, étranges et tordues, du monde minéral. Ils appartenaient au charbon, au fer, à la glaise, comme les poissons appartiennent à la mer et les vers au bois mort. Emanations des minéraux en décomposition.

Connie fut contente de rentrer, de s'enfoncer la tête dans le sable. Elle trouva même plaisir à bavarder avec Clifford. Car la peur de ces Midlands de mines et de fer lui causait un malaise de tout le corps, comme la grippe.

– Naturellement, j'ai dû m'arrêter au salon de thé de miss Bentley, dit-elle.

– Quelle idée! Vous auriez pu prendre le thé chez Winter.

– Bien sûr, mais je n'ai pas osé décevoir miss Bentley.

Miss Bentley était une vieille demoiselle au teint jaunâtre, au nez un peu grand et au tempérament romantique, qui servait le thé avec autant de gravité et d'attention que s'il s'agissait d'un sacrement.

– A-t-elle demandé de mes nouvelles? dit Clifford.

– Naturellement! « Puis-je demander à votre Ladyship comment va sir Clifford? » Je crois qu'elle vous met encore plus haut dans son estime que l'infirmière.

– Et vous avez certainement dit que je me portais à merveille?

– Oui! Et elle a eu l'air aussi transportée que si je lui avais dit que les cieux s'étaient ouverts pour vous accueillir. Je lui ai dit que si elle venait un jour à Tevershall, il fallait qu'elle vienne vous voir.

– Moi! Mais pourquoi? Me voir, moi!

– Mais oui, Clifford. Vous ne pouvez pas vous laisser adorer ainsi sans faire un petit geste de reconnaissance. Saint Georges de Cappadoce n'était rien auprès de vous, à ses yeux.

– Et pensez-vous qu'elle viendra?

– Oh! elle a rougi. Et pendant un moment elle a eu l'air presque belle, la pauvre. Pourquoi les hommes n'épousent-ils pas les femmes qui les adoreraient vraiment?

– Les femmes se mettent à adorer trop tard. Mais est-ce qu'elle a dit qu'elle viendrait?

– Oh! dit Connie en imitant la voix essoufflée de miss Bentley, votre Ladyship, si je pouvais oser me le permettre!

– Oser se le permettre! Quelle absurdité! Mais je prie le Ciel qu'on ne la voie pas arriver ici un jour! Et comment était son thé?

– Oh! c'était du Lipton et très fort. Mais Clifford, est-ce que vous vous rendez compte que vous êtes *le Roman de la rose* de miss Bentley et d'un tas d'autres vieilles demoiselles?

– Je ne me sens pas particulièrement flatté.

– Elles gardent comme des trésors tous les portraits de vous qui paraissent dans les journaux illustrés, et elles prient probablement pour vous tous les soirs. N'est-ce pas merveilleux?

Elle monta s'habiller.

Ce soir-là il lui dit :

– Vous êtes bien d'avis, n'est-ce pas, qu'il y a quelque chose d'éternel dans le mariage?

Elle le regarda.

– Mais Clifford, vous parlez de l'éternité comme si c'était un couvercle ou une longue, longue chaîne qu'on traînerait partout derrière soi, où qu'on aille.

Il la regarda, irrité.

– Ce que je veux dire, dit-il, c'est que je ne voudrais pas que vous alliez à Venise dans l'espoir d'une aventure que vous puissiez prendre *au grand sérieux* (1).

– Une aventure à Venise, *au grand sérieux* (1)? Non, je vous assure. Non, je ne prendrais jamais une aventure à Venise *qu'au très petit sérieux* (1).

Elle dit ces mots avec un ton de mépris bizarre. Il la regarda, les sourcils froncés.

Le lendemain matin, en descendant de chez elle, elle découvrit la chienne du garde, Flossie, arrêtée devant la porte de Clifford dans le couloir et poussant de petits cris plaintifs.

– Eh bien, Flossie, dit-elle doucement, qu'est-ce que tu fais là?

Et elle ouvrit tranquillement la porte. Clifford était assis dans son lit, sa table de chevet et sa machine à écrire poussées sur le côté, et le garde était debout au pied du lit, comme au garde-à-vous. Flossie entra en courant. D'un mouvement léger de la tête et des yeux, Mellors lui ordonna de ressortir, et elle se glissa dehors.

– Oh! bonjour, Clifford, dit Connie. Je ne savais pas que vous étiez occupé.

Puis elle se tourna vers le garde et lui dit bonjour. Il murmura sa réponse, prenant un air vague pour la regarder. Mais, à sa simple présence, elle sentit un frisson de passion l'effleurer.

– Excusez-moi de vous avoir interrompu, Clifford.

– Non, ce n'est rien d'important.

Elle referma doucement la porte, et monta aussitôt au boudoir bleu du premier étage. Elle s'assit près de la fenêtre et le vit descendre l'allée de son allure curieuse, silencieuse et effacée. Il avait une sorte de distinction naturelle, tranquille, une attitude hautaine et distante, et aussi un certain air de fragilité. Un domestique! Un des domestiques de Clifford! « La faute, cher Brutus, n'en est pas aux étoiles, mais à nous-mêmes, si nous sommes des inférieurs (2). »

(1) En français dans le texte. (N.d.T.)
(2) Shakespeare, *Jules César*. (N.d.T.)

Etait-il un inférieur? L'était-il? Et que pensait-il d'elle?

C'était une belle journée ensoleillée, et Connie travaillait dans le jardin, secondée par Mrs. Bolton. Pour quelque obscure raison, les deux femmes s'étaient rapprochées, suivant l'un de ces inexplicables flux et reflux de sympathie qui se font entre les gens. Elles attachaient des tuteurs aux œillets et mettaient de petites plantes en terre pour l'été. C'était un travail que toutes deux aimaient. Connie surtout éprouvait un vif plaisir à mettre les tendres racines des jeunes plantes dans la tendre boue noire, et à les y enfoncer comme dans un berceau. En ce matin de printemps, il y avait un frémissement dans son ventre aussi, comme si le soleil l'avait touché de sa joie.

– Il y a longtemps que vous avez perdu votre mari? demanda-t-elle à Mrs. Bolton en prenant une autre petite plante et en la déposant dans son trou.

– Vingt-trois ans, dit Mrs. Bolton en séparant soigneusement l'une de l'autre les jeunes ancolies. Vingt-trois ans depuis qu'on me l'a ramené à la maison.

Le cœur de Connie fit une embardée. « Ramené à la maison. » C'était terrible, sans appel.

– Pourquoi est-il mort, à votre avis? demanda-t-elle. Est-ce qu'il était heureux avec vous?

C'était une question de femme à femme. Mrs. Bolton du revers de la main repoussa une mèche de cheveux qui était tombée sur son visage.

– Je ne sais pas, madame. Il ne voulait pas prendre les choses comme elles sont, il ne voulait pas faire comme tout le monde. Et puis, rien ne pouvait lui faire courber la tête. C'était une sorte d'obstination, comme s'il cherchait la mort. Vous comprenez, tout lui était égal. Pour moi, c'est la faute du puits. Il n'aurait jamais dû descendre dans le puits. Mais c'est son père qui l'y a obligé, quand il était petit. Et après, quand on a passé vingt ans, ce n'est pas facile de s'en sortir.

– Est-ce qu'il vous a dit qu'il détestait la mine?

– Oh! non. Jamais. Il ne disait jamais qu'il détestait quelque chose. Il faisait seulement une drôle de tête. Il y a des gens comme ça pour qui tout est égal; comme ces garçons qui sont partis à la guerre les premiers, tout joyeux, et qui se sont fait tuer tout de suite. Ce n'est pas qu'il avait la tête fêlée. Mais tout lui était égal. Je lui disais : « Rien ne te fait rien, ni personne. » Mais ce n'était pas vrai. Quand mon premier bébé est né, cette manière qu'il avait de rester sans bouger, et ce regard qu'il avait après, quand tout a été fini, une sorte de regard fatal. J'avais beaucoup souffert, mais il a fallu que je le console, lui. « Tout va bien, mon gars, tout va bien », je lui ai dit. Et il m'a fait ce regard, avec ce drôle de sourire. Il ne m'a jamais rien dit. Mais je crois qu'il n'a jamais vraiment eu de plaisir avec moi la nuit, après cela. Il ne se laissait pas vraiment aller. Je lui disais : « Laisse-toi donc faire, mon gars. » Je lui parlais carrément des fois. Mais il ne disait rien. Il ne voulait pas se laisser aller, ou il ne pouvait pas. Il ne voulait pas que j'aie d'autres enfants. J'en ai toujours voulu à sa mère de l'avoir laissé entrer dans la chambre. Il n'aurait pas dû être là. Les hommes exagèrent tout, dès qu'ils se mettent à réfléchir.

– Cela lui a fait un tel effet? dit Connie stupéfaite.

– Oui, il n'arrivait pas à trouver ça naturel, toute cette douleur. Et cela lui gâtait la vie conjugale, quand il voulait prendre son plaisir. Je lui disais : « Si ça m'est égal, qu'est-ce que ça peut bien te faire? C'est mon affaire. » Mais il répondait toujours la même chose : « Ce n'est pas juste! »

– Peut-être qu'il était trop sensible, dit Connie.

– Justement! Quand on commence à connaître les hommes, on s'aperçoit que c'est comme ça qu'ils sont : trop sensibles là où il ne faut pas. Et je crois que, sans le savoir lui-même, il détestait la mine, il la détestait tout simplement. Il avait l'air si calme après sa mort, comme s'il s'était libéré. C'était un si beau garçon. Ça m'a brisé le cœur de le voir comme ça, l'air si tranquille, si pur, comme s'il avait voulu mourir. Oh! oui, ça m'a brisé le cœur. Mais c'était la faute de la mine.

Elle pleura amèrement, et Connie pleura encore plus. C'était une chaude journée de printemps, pleine d'un parfum de terre et de fleurs jaunes, tout bourgeonnait partout, et le jardin tranquille se gorgeait de la sève même du soleil.

– Cela a dû être terrible pour vous, dit Connie.

– Oh! madame. Au début je n'arrivais pas à comprendre. Je ne pouvais que répéter : « Oh! mon amour, pourquoi as-tu voulu me quitter? » C'était tout ce que je pouvais dire. Mais quand même j'avais l'impression qu'il reviendrait.

– Mais ce n'est pas vrai qu'il voulait vous quitter, dit Connie.

– Oh! non, madame. C'était seulement par bêtise que je criais cela. Et je continuais à attendre qu'il revienne. La nuit, surtout. Je me réveillais toujours et je pensais : « Pourquoi n'est-il pas au lit avec moi? » C'était comme si mes sensations ne voulaient pas croire qu'il était mort. Je ne savais qu'une chose, c'est qu'il fallait qu'il revienne se coucher à côté de moi, pour que je le sente avec moi. C'était tout ce que je voulais, le sentir là avec moi, sentir sa chaleur. Et il m'a fallu des quantités d'autres chocs avant de comprendre qu'il ne reviendrait pas, il m'a fallu des années.

– Le contact de son corps, dit Connie.

– C'est cela, madame! Le contact de son corps. Je ne m'en suis pas remise jusqu'à ce jour, et je ne m'en remettrai jamais. Et s'il y a un Ciel au-dessus de nous, il sera là, et il se couchera contre moi pour que je puisse dormir.

Connie jeta un regard d'effroi à ce beau visage perdu dans ses souvenirs. Encore un être de passion sorti de Tevershall! Le contact de son corps! « Car les liens de l'amour ne doivent pas être dénoués. »

– C'est terrible d'avoir un homme dans le sang, dit-elle.

– Oh! madame! Et c'est ce qui donne tant d'amertume. On sent que les gens voulaient qu'il soit tué. On sent que la mine voulait le tuer. Oh! je sentais que s'il n'y avait pas eu la mine, et tous ces gens qui dirigent la mine, il ne m'aurait pas quittée, ça ne se serait jamais passé. Mais tous, ils ne pensent qu'à séparer l'homme et la femme qui sont ensemble.

– Ensemble physiquement, dit Connie.

– C'est cela, madame. Il y a beaucoup de cœurs durs dans le monde. Et tous les matins, quand il se levait et partait pour le puits, je sentais que ce n'était pas bien, pas juste. Mais qu'est-ce qu'il pouvait faire d'autre? Qu'est-ce qu'on peut faire?

Une haine étrange flambait en elle.

– Mais est-ce que c'est possible qu'un contact physique dure aussi longtemps? demanda Connie brusquement. Que vous ayez pu sentir sa présence si longtemps?

– Oh! madame, mais qu'est-ce qu'il y a d'autre pour durer? Les enfants grandissent et vous quittent. Mais l'homme, ah!... Mais même cela, ils voudraient le tuer en vous, la seule pensée du contact de son corps. Même vos propres enfants. Bien sûr, nous aurions pu nous séparer, cela aurait pu arriver, qui sait. Mais le sentiment, ce n'est pas la même chose. Peut-être qu'il vaudrait mieux ne jamais s'attacher. Mais quand même, quand je vois des femmes qui n'ont jamais été réchauffées à fond par un homme, eh bien, je trouve qu'elles ont l'air de pauvres chouettes et rien d'autre, même les plus attifées et les plus coureuses. Non, je m'en tiens à mes idées. Je n'ai pas beaucoup de respect pour les gens.

Chapitre 12

Connie alla au bois tout de suite après le déjeuner. C'était vraiment une journée délicieuse. Les premiers pissenlits s'ouvraient comme des soleils, les premières pâquerettes étaient si blanches! Le buisson de noisetiers faisait une dentelle, avec ses feuilles à demi ouvertes entre les lignes perpendiculaires et poussiéreuses des derniers chatons. Les anémones jaunes étaient en foule maintenant, largement ouvertes, se chevauchant les unes les autres, d'un jaune éclatant. C'était le jaune, le jaune puissant du début de l'été. Et les primevères s'épanouissaient largement, dans un pâle abandon, d'épaisses touffes de primevères qui avaient oublié leur timidité. Le vert luxuriant et sombre des jacinthes était une mer où les boutons se dressaient comme du blé pâle, tandis que dans l'allée les myosotis s'ébouriffaient et que les ancolies dépliaient leurs ruches d'un violet d'encre; et il y avait des fragments de coquilles d'œufs bleues sous un fourré. Partout le nœud des boutons et l'élan de la vie!

Le garde n'était pas à la cabane. Tout était serein, des poussins bruns couraient avec vigueur. Connie continua jusqu'au cottage, car elle voulait le voir.

Le cottage se dressait en plein soleil, au-delà de la lisière du bois. Dans le petit jardin, les jonquilles doubles s'élevaient en touffes, près de la porte grande ouverte, et les pâquerettes doubles faisaient une bordure rouge au sentier. On entendit un aboiement, puis Flossie arriva en courant.

Ah! cette porte grande ouverte! Ainsi, il était à la

maison. Et le soleil qui tombait sur le dallage de brique rouge ! De l'allée, elle le vit par la fenêtre, assis à table en bras de chemise, mangeant. La chienne grognait doucement, remuant lentement la queue.

Il se leva et vint à la porte, s'essuyant la bouche avec un mouchoir rouge, mâchant encore.

– Est-ce que je peux entrer ? dit-elle.

– Entrez !

Le soleil brillait dans la pièce nue, où demeurait l'odeur d'une côtelette de mouton qu'il avait fait cuire à la rôtissoire devant le feu. La rôtissoire était encore sur le garde-feu; et à côté, toute noire sur l'âtre blanc, il y avait la poêle à pommes de terre, posée sur un morceau de papier. Le feu était rouge, un peu bas, la crémaillère baissée, et la bouilloire chantait.

Sur la table, il y avait son assiette, avec des pommes de terre et les restes de la côtelette; du pain aussi dans une corbeille, du sel, et un gobelet bleu rempli de bière. La nappe était une toile cirée blanche. Il se tenait dans l'ombre.

– Vous êtes très en retard, dit-elle. Continuez donc votre repas.

Elle s'assit sur une chaise de bois, au soleil, près de la porte.

– J'ai dû aller à Uthwaite, dit-il, s'asseyant à table mais sans manger.

– Mangez, je vous en prie, dit-elle.

Mais il ne touchait à rien.

– Vous voulez prendre quelque chose ? demanda-t-il en patois. Vous voulez une tasse de thé ? L'eau bout...

Il se leva à demi de sa chaise.

– Seulement si vous me le laissez faire moi-même, dit-elle en se levant.

Il avait l'air triste, et elle eut l'impression qu'elle le dérangeait.

– Eh bien, la théière est là, dit-il en montrant une petite armoire brune en encoignure. Les tasses et le thé sont sur le manteau de la cheminée, au-dessus de votre tête.

Elle alla chercher la théière noire, puis elle prit la boîte de thé sur le dessus de la cheminée. Elle rinça la théière à l'eau chaude, puis hésita un moment, ne sachant où la vider.

– Jetez-la dehors, dit-il, conscient de tout ce qu'elle faisait. C'est de l'eau propre.

Elle alla à la porte et jeta l'eau dans l'allée. Comme cet endroit était charmant, si paisible, si vraiment sylvestre! Des feuilles d'un jaune ocre étaient sorties sur les chênes; dans le jardin, les pâquerettes ressemblaient à des boutons de peluche rouge. Elle regarda la grande dalle de grès creuse du seuil, où passaient maintenant si peu de pas.

– Que c'est joli ici! dit-elle. Tout est si calme, si vivant et si calme!

Il s'était remis à son repas, un peu lentement et à contrecœur, et elle sentit qu'il était découragé. Elle fit le thé en silence, et mit la théière sur la plaque du foyer, comme elle savait que cela se faisait. Il repoussa son assiette et alla dans l'arrière-cuisine. Elle entendit le bruit d'un loquet, puis il revint avec du fromage dans une assiette et du beurre.

Elle mit les deux tasses sur la table. Il n'y en avait que deux.

– Est-ce que vous prendrez une tasse? dit-elle.

– Si vous voulez. Le sucre est dans le placard, et il y a un petit pot de crème. Le lait est dans un pichet, dans le garde-manger.

– Faut-il enlever votre assiette? lui demanda-t-elle.

Il la regarda avec un sourire légèrement ironique.

– Mais... si vous voulez, dit-il, mangeant lentement le pain et le fromage.

Elle alla derrière la cuisine, dans l'appentis, où il y avait la pompe. A gauche, il y avait une porte, sans doute celle du garde-manger. Elle souleva le loquet, et eut presque un sourire en voyant ce qu'il appelait le garde-manger : un long recoin étroit blanchi à la chaux, à peine un placard. Mais il logeait quand même un petit tonneau de bière, ainsi que quelques plats avec quelques morceaux de nourriture. Elle prit un peu de lait dans le pichet jaune.

– D'où vient votre lait? lui demanda-t-elle en revenant vers la table.

– Les Flint. Ils me déposent une bouteille au bout de la garenne. Vous savez, là où je vous ai rencontrée.

Mais il était découragé.

Elle versa le thé, le pot de crème dans l'autre main.

– Pas de lait, dit-il.

Puis il parut entendre un bruit, et regarda vivement par la porte ouverte.

– Je crois qu'il vaudrait mieux fermer, dit-il.

– Quel dommage, dit-elle. Personne ne va venir, n'est-ce pas?

– Il n'y a pas une chance sur mille, mais on ne sait jamais.

– Même si quelqu'un vient, cela n'a pas d'importance, dit-elle. Je ne fais que prendre le thé. Où sont les cuillers?

Il se pencha, et tira le tiroir de la table. Connie s'assit à table, dans le soleil qui entrait par la porte.

– Flossie, dit-il à la chienne, qui était couchée sur une petite natte au pied de l'escalier. Va guetter, guette!

Il leva le doigt, et son « guette » était très expressif. La chienne partit en reconnaissance.

– Vous êtes triste aujourd'hui? lui demanda-t-elle.

Il tourna vivement vers elle le regard de ses yeux bleus.

– Triste, non, mais ennuyé. J'ai dû faire envoyer des assignations à deux braconniers que j'ai surpris, et puis... Oh! je n'aime pas voir les gens.

Il parlait dans un anglais froid et correct, et il y avait de la colère dans sa voix.

– Vous détestez être garde-chasse? demanda-t-elle.

– Garde-chasse, non. Tant qu'on me laisse tranquille. Mais quand il faut que j'aille courir au commissariat de police ou ailleurs et attendre qu'un tas d'imbéciles veuillent bien s'occuper de moi... eh bien, cela me rend fou... – et il eut un sourire, mêlé d'un peu d'humour.

– Ne pourriez-vous pas être vraiment indépendant? demanda-t-elle.

– Moi? Sans doute, je pourrais vivre de ma pension, si c'est cela que vous voulez dire. Mais il faut que je travaille, ou je mourrais. C'est-à-dire que j'ai besoin de quelque chose pour m'occuper. Et je n'ai pas assez bon caractère pour travailler à mon compte. Il faut que ce soit un travail pour quelqu'un d'autre, sinon j'enverrais tout promener au bout d'un mois, par mauvaise humeur. Voilà pourquoi, tout compte fait, je suis très bien ici. Surtout ces temps derniers...

Il eut un rire de nouveau, adressé à elle et légèrement moqueur.

– Mais pourquoi êtes-vous de mauvaise humeur? demanda-t-elle. Est-ce que vous voulez dire que vous êtes toujours de mauvaise humeur?

– C'est un peu ça, dit-il en riant. Je ne digère pas bien ma bile.

– Mais quelle bile? dit-elle.

– La bile, dit-il. Vous ne savez pas ce que c'est?

Elle ne dit rien, déçue. Il ne faisait pas attention à elle.

– Je pars pour quelque temps le mois prochain, dit-elle.

– Vous partez! Où?

– Venise.

– Venise? Avec sir Clifford? Pour combien de temps?

– Pour un mois environ, répondit-elle. Clifford ne vient pas.

– Il va rester ici? demanda-t-il.

– Oui, il déteste voyager, dans son état.

– Bien sûr, le pauvre diable! dit-il avec compassion.

Il y eut un silence.

– Vous ne m'oublierez pas pendant que je serai partie, n'est-ce pas? demanda-t-elle.

Encore une fois il leva les yeux et la regarda en plein visage.

– Oublier? dit-il. Vous savez bien que personne n'oublie. Ce n'est pas une question de mémoire.

Elle voulut dire « De quoi alors? », mais à la place elle dit, d'une voix étouffée :

– J'ai dit à Clifford que j'aurai peut-être un enfant.

Il la regarda attentivement soudain, d'un regard intensément interrogateur.

– Vous lui avez dit cela? dit-il enfin. Et qu'est-ce qu'il a répondu?

– Oh! ça ne lui ferait rien. Il serait même content, pourvu que l'enfant ait l'air d'être de lui.

Elle n'osait pas le regarder. Il se tut un moment, puis il la dévisagea de nouveau.

– Pas un mot sur moi, bien sûr? dit-il.

– Non, pas un mot sur vous.

– Non. Il aurait du mal à m'accepter comme géniteur de remplacement... Alors où êtes-vous censée prendre cet enfant?

– Je pourrais avoir une aventure à Venise, dit-elle.

– Vous pourriez, répondit-il lentement. Alors c'est pour cela que vous partez?

– Pas pour avoir une aventure, dit-elle en le regardant d'un air suppliant.

– Seulement l'apparence, dit-il.

Le silence tomba. Il regardait par la fenêtre, le visage crispé par un sourire mi-moqueur, mi-amer. Elle détestait ce sourire.

– Vous n'avez pas pris de précautions pour ne pas avoir d'enfant alors? demanda-t-il soudain. Parce que moi, je n'en ai pas pris.

– Non, dit-elle tout bas. Cela me ferait horreur.

Il la regarda, puis de nouveau se tourna vers la fenêtre, le même sourire sarcastique et subtil sur le visage. Il y eut un silence tendu. Enfin il tourna la tête et lui demanda d'un ton ironique :

– C'est pour cela que vous me vouliez, alors? Pour avoir un enfant?

Elle baissa la tête.

– Non, pas vraiment.

– Pour quoi alors, vraiment? demanda-t-il d'un ton mordant.

Elle le regarda d'un air de reproche.

– Je ne sais pas, dit-elle.

Il éclata de rire.

– Eh bien, du diable si je le sais, moi! dit-il.

Il y eut un long moment de silence, plein de froideur.

– Eh bien, dit-il enfin, c'est comme Madame le désire. Si vous avez le bébé, que sir Clifford le prenne. Je n'aurai rien perdu. Au contraire, j'ai eu une aventure très agréable, très agréable oui.

Et il s'étira dans une sorte de bâillement à demi réprimé.

– Si vous vous êtes servie de moi, dit-il, ce n'est pas la première fois que cela m'arrive, et je ne crois pas que cela ait jamais été aussi agréable que cette fois. Sauf que naturellement tout cela n'est pas très flatteur pour ma dignité.

Il s'étira de nouveau, d'une manière curieuse, les muscles tremblants, et la mâchoire bizarrement contractée.

– Mais je ne me suis pas servie de vous, dit-elle, suppliante.

– Au service de Madame, répondit-il.

– Non, dit-elle. Votre corps me plaisait.

– Vraiment, répondit-il, et il se mit à rire. Eh bien alors, nous sommes quittes, parce que le vôtre me plaisait aussi.

Il la regarda, les yeux étranges, assombris.

– Voulez-vous que nous montions maintenant? demanda-t-il, la voix un peu étranglée.

– Non, pas ici, pas maintenant, dit-elle, parlant avec difficulté. Et pourtant, s'il avait le moins du monde insisté, elle l'aurait suivi, car elle n'avait pas de résistance devant lui.

Il se détourna de nouveau, comme s'il ne pensait plus à elle.

– Je veux vous toucher comme vous m'avez touchée, dit-elle. Je n'ai pas vraiment touché votre corps.

Il la regarda et sourit de nouveau.

– Maintenant? dit-il.

– Non, non! Pas ici, à la cabane. Si vous voulez bien.

– Comment est-ce que je vous touche? demanda-t-il.

– Quand vous me caressez.

Il leva les yeux et rencontra son regard lourd, inquiet.

– Et vous aimez que je vous caresse? dit-il encore moqueur.

– Oui, et vous? dit-elle.

– Oh moi! Puis il changea de voix. Oui, dit-il, vous n'avez pas besoin de le demander, vous le savez bien.

Ce qui était vrai.

Elle se leva et prit son chapeau.

– Il faut que je m'en aille, dit-elle.

– Vous partez? répondit-il poliment.

Elle voulait qu'il la touche, qu'il lui dise quelque chose, mais il ne disait rien. Il attendait, poliment.

– Merci pour le thé, dit-elle.

– Je n'ai pas remercié Madame de m'avoir fait l'honneur de prendre le thé avec moi, dit-il.

Elle repartit par l'allée, et il resta sur le seuil de la porte, le même sourire légèrement moqueur sur la figure. Flossie accourut, la queue en l'air. Et Connie dut marcher en silence jusqu'au bois, sachant qu'il était là debout, à l'observer, avec ce sourire incompréhensible.

Elle rentra chez elle très abattue et irritée. Elle n'aimait pas du tout ce qu'il avait dit, qu'elle s'était servie de lui. Parce que, en un sens, c'était vrai. Mais il n'aurait pas dû le dire. En sorte que, de nouveau, elle se trouvait partagée entre deux sentiments : de la rancune contre lui, et le désir de se réconcilier avec lui.

L'heure du thé lui fut pénible et irritante, et aussitôt

après elle monta chez elle. Mais là, ce ne fut guère mieux. Elle ne tenait pas en place mais ne savait pas non plus à quoi s'occuper. Il fallait qu'elle fasse quelque chose. Il fallait qu'elle retourne à la cabane. S'il n'y était pas, tant pis.

Elle se glissa dehors par la porte de côté, et se dirigea tout droit vers la cabane, l'humeur un peu sombre. Quand elle arriva à la clairière, elle était terriblement mal à l'aise. Mais il était là de nouveau, en bras de chemise, penché sur les cages d'où il faisait sortir les poules, et autour de lui il y avait les poulets, devenus un peu dégingandés en grandissant, mais beaucoup plus alertes que les poulettes.

Elle alla tout droit à lui.

– Vous voyez, je suis venue, dit-elle.

– Oui, je vois, dit-il, en se redressant et la regardant d'un air légèrement amusé.

– Vous faites sortir les poules maintenant? demanda-t-elle.

– Oui, elles n'ont plus que la peau et les os à force de rester assises à couver, dit-il. Et maintenant elles n'ont pas très envie de sortir se nourrir. Les poules couveuses n'existent pas par elles-mêmes. Elles sont tout entières dans leurs œufs ou leurs poussins.

Pauvres mères poules! Quel amour aveugle! Et même pour des œufs qui ne sont pas les leurs. Connie les regarda avec compassion. Un silence désemparé tomba entre l'homme et la femme.

– Allons-nous à la cabane maintenant? demanda-t-il.

– Est-ce que vous me voulez? demanda-t-elle, par une sorte de méfiance.

– Oui, si vous voulez venir.

Elle ne répondit pas.

– Venez alors, dit-il.

Et elle alla avec lui à la cabane. Une fois la porte fermée, il y faisait très sombre, aussi alluma-t-il une petite lumière dans la lanterne, comme la dernière fois.

– Est-ce que vous avez enlevé vos dessous? lui demanda-t-il.

– Oui.

– Bon alors, je vais enlever mes affaires aussi.

Il étendit les couvertures, en mettant une sur le côté pour les couvrir plus tard. Elle enleva son chapeau et secoua ses cheveux. Il s'assit, enleva ses chaussures et ses guêtres, et défit son pantalon de velours.

– Couchez-vous, alors, dit-il quand il fut en chemise.

Elle obéit en silence, et il se coucha à côté d'elle et tira la couverture sur eux.

– Voilà, dit-il.

Puis il remonta sa robe jusqu'à ce qu'il arrive aux seins. Il les embrassa doucement, prenant les bouts entre ses lèvres en toutes petites caresses.

– Ah que tu es bonne, que tu es bonne! dit-il, frottant soudain son visage comme pour l'y blottir contre son ventre tiède.

Et elle mit ses bras autour de lui, sous la chemise, mais elle avait peur, peur de son corps nu, lisse et mince, et qui semblait si puissant, peur de ses muscles violents. Elle se recroquevilla de peur.

Et lorsqu'il dit, avec une sorte de petit soupir : « Que tu es bonne », quelque chose en elle frissonna, et quelque chose dans son âme se raidit et se mit à résister, se raidit devant cette terrible intimité physique, et devant la hâte étrange qu'il mit à la posséder. Et cette fois, elle ne fut pas vaincue par l'extase aiguë de sa propre passion. Elle restait là, les mains inertes sur le corps de l'homme en mouvement, et, malgré elle, son esprit semblait contempler la scène, perché au sommet de sa tête, et les coups de boutoir des hanches lui semblaient ridicules, et grotesque cet acharnement du pénis à arriver à sa petite crise d'évacuation. Oui, c'était cela l'amour, ce ridicule sursaut des fesses, et le fléchissement du pauvre petit pénis, minable et humide. C'était cela, le divin amour! Après tout, les modernes avaient raison de n'éprouver que mépris pour cet exercice de cirque, car c'était un exercice de cirque. C'était bien vrai, ce que certains poètes ont dit, que le dieu qui a créé l'homme devait avoir un humour sinistre pour en avoir fait un être doué de raison et en même temps l'obliger à cette posture ridicule, le pousser à désirer aveuglément et rechercher cette ridicule exhibition. Même un Maupassant y voyait une chute humiliante. Les hommes méprisaient l'acte sexuel, et pourtant l'accomplissaient.

Froid et railleur, son étrange esprit de femme se tenait à l'écart et, bien qu'elle restât parfaitement immobile, il n'y avait qu'un désir en elle : soulever les reins, expulser l'homme, échapper à son étreinte vulgaire et aux coups de boutoir de ces hanches ridicules qui la chevauchaient. Son corps était une chose imparfaite, impudente et sotte, un peu répugnante à cause de sa forme grossière et mal finie. Certainement, à un degré d'évolution plus élevé, cet exercice de cirque, cette « fonction », ne manquerait pas d'être éliminé.

Et pourtant quand il eut fini, très vite, et qu'il resta étendu, si tranquille, s'enfonçant dans le silence et dans un éloignement étrange et immobile, si loin qu'elle ne pouvait l'atteindre, son cœur commença à pleurer. Elle le sentait qui refluait loin, loin, l'abandonnant comme un galet sur le rivage. Il se retirait, il l'abandonnait en esprit. Il savait.

Et, prise d'une véritable douleur, tourmentée par ce dédoublement de sa conscience et de ses réactions, elle se mit à pleurer. Il n'y fit pas attention, ou peut-être même ne s'en aperçut-il pas. La tempête de sanglots s'enfla, la secouant elle d'abord, puis lui aussi.

– Oui, dit-il, c'était raté cette fois. Vous n'étiez pas là.

Ainsi il savait. Ses sanglots devinrent plus violents.

– Mais qu'avez-vous? dit-il. Cela arrive de temps en temps.

– Je... je ne peux pas vous aimer, dit-elle en sanglotant.

Il lui sembla soudain que son cœur se brisait.

– Tu ne peux pas? Eh bien, n'y pense plus. Il n'y a pas de lois qui t'y obligent. Prends les choses comme elles sont.

Il avait encore la main sur ses seins. Mais elle ne l'entourait plus de ses bras.

Ses paroles n'étaient guère réconfortantes pour elle. Elle sanglotait sans retenue.

– Non, non, dit-il. Il faut prendre la balle avec le grain. Cette fois, c'était un peu de balle.

Elle pleurait amèrement :

– Mais je veux vous aimer, dit-elle en sanglotant, et je n'y arrive pas. Cela me paraît seulement horrible.

Il rit un peu, à demi amer, à demi amusé.

– Ce n'est pas horrible, dit-il, même si tu penses ça. Et tu ne peux pas le rendre horrible. Ne te force pas à m'aimer, ça ne servira à rien. Dans un panier de noix, il y en a toujours une de mauvaise. Il faut prendre la mauvaise avec les bonnes.

Il retira sa main de son sein, et leurs corps furent séparés. Et maintenant qu'il ne la touchait plus, une satisfaction presque méchante l'envahit. Elle détestait le dialecte et tous ces tutoiements. Il pouvait bien se relever s'il voulait, et se tenir debout au-dessus d'elle à reboutonner cet absurde pantalon de velours, juste devant sa figure. Michaelis, au moins, avait eu la décence de se retourner. Mais cet homme était si sûr de lui-même, il ne se doutait même pas qu'il était un rustre pour d'autres gens, qu'il manquait d'éducation.

Pourtant, quand il se recula pour se lever sans bruit et la quitter, elle s'accrocha à lui dans un accès de terreur.

– Non! ne pars pas! ne me laisse pas! ne sois pas en colère contre moi! Tiens-moi! Tiens-moi fort! murmurait-elle en proie à une frénésie aveugle, ne sachant même pas ce qu'elle disait et s'accrochant à lui avec une force surnaturelle. C'était d'elle-même qu'elle voulait être sauvée, de sa propre colère et de sa résistance intérieure. Pourtant comme cette résistance intérieure qui la possédait était forte!

Il la reprit dans ses bras et l'attira à lui, et soudain elle devint petite dans ses bras, petite et câline. C'était fini, la résistance était partie, et elle commença à fondre en une paix merveilleuse. Et comme elle devenait merveilleusement fondante et petite dans ses bras, elle lui parut infiniment désirable, toutes ses veines semblèrent brûler d'un désir intense et pourtant tendre, pour elle, pour sa douceur, pour la beauté pénétrante qu'elle avait contre lui et qui lui passait dans le sang. Et doucement, de cette merveilleuse caresse de la main si doucement et purement désirante qu'elle faisait défaillir, doucement il caressa la pente soyeuse de ses reins, plus bas, plus bas encore, entre ses fesses douces et tièdes, de plus en plus près, jusqu'au vif de sa chair. Et elle le sentait comme une flamme de désir, tendre pourtant, et elle se sentit fondre dans la flamme. Elle se laissa aller. Elle sentit le pénis se dresser contre elle, s'imposant avec une force silencieuse et stupéfiante, et elle se laissa aller à lui. Elle céda avec un frisson qui ressemblait à la mort, elle s'ouvrit tout entière à lui. Ah, s'il n'était pas tendre avec elle maintenant, comme ce serait cruel, car elle était ouverte tout entière à lui et sans défense.

Elle frissonna de nouveau sous la puissante et inexorable pénétration en elle, si étrange et terrible. Ce serait peut-être comme un coup d'épée dans son corps doucement ouvert, et alors elle mourrait. Elle s'accrocha à lui dans un accès d'angoisse et de terreur. Mais ce fut une étrange et lente avancée de paix, la sombre avancée de la paix, d'une tendresse pesante, primordiale, telle que celle qui fit le monde aux origines. Et la terreur s'apaisa dans sa poitrine, sa poitrine osa se laisser aller en paix, elle-même ne retint rien. Elle osa laisser tout aller, tout d'elle-même, et disparaître dans le flot.

Et il sembla qu'elle était comme la mer, toute en sombres vagues s'élevant et gonflant, gonflant en une grande houle, et que lentement toute sa chair obscure se mettait en mouvement, et qu'elle était l'océan roulant sa sombre masse muette. Ah, et loin au tréfonds d'elle-même, les profondeurs de la mer s'ouvraient et s'écartaient en roulant, en longues vagues onduleuses qui se poursuivaient très loin, et encore, au vif de sa chair, les profondeurs s'ouvraient et s'écartaient en roulant, fuyant le centre de douce plongée, où le plongeur descendait de plus en plus profond, touchant encore plus bas, et elle était découverte profondément, de plus en plus profondément, tandis que, plus nombreuses et plus lourdes, les vagues de sa chair fuyaient en roulant vers quelque rivage, la découvrant, et que de plus en plus près plongeait l'inconnu palpable, et que de plus en plus loin s'éloignaient d'elle en roulant les vagues d'elle-même, l'abandonnant, jusqu'à ce que soudain, en une douce et frissonnante convulsion, le vif de toute sa chair fût touché. Elle sut qu'elle était touchée, la consommation finale était sur elle, elle disparut. Elle disparut, elle n'était plus, elle était née : une femme!

Ah, trop beau, c'était trop beau! Dans le reflux, elle prit conscience de toute cette beauté. Maintenant son corps s'accrochait avec un tendre amour à l'homme inconnu, et aveuglément au pénis fléchissant, tandis que tendrement, fragilement, sans le savoir, il se retirait, après l'assaut ardent de sa puissance. Comme il se retirait et abandonnait son corps, chose secrète et sensible, elle poussa un cri inconscient, le cri de la perte totale, et elle essaya de le remettre. Cela avait été si parfait! Et elle avait eu tant de bonheur!

Et maintenant seulement, elle prit conscience de la réticence du pénis, de sa petitesse et fragilité de bourgeon, et un petit cri d'étonnement douloureux s'échappa d'elle encore, le cri de son cœur de femme devant la délicate fragilité de ce qui avait été la puissance.

– C'était si beau, gémit-elle, si beau.

Mais il ne dit rien. Il l'embrassa seulement, avec douceur, calmement étendu sur elle. Et elle gémit avec une sorte de béatitude, comme si elle avait été sacrifiée et rendue neuve à la vie.

Et maintenant en son cœur un étrange émerveillement s'éveillait devant lui. Un homme! L'étrange puissance de la virilité sur elle! Ses mains s'aventurèrent sur lui, encore un peu craintives. Craintives devant cette chose étrange, hostile, légèrement répugnante qu'il avait été pour elle : un homme. Et maintenant elle le touchait, et c'était les fils de Dieu avec les filles des hommes. Comme il était beau à toucher, d'un tissu si pur! Comme elle était belle, belle, forte et pourtant pure et délicate, cette tranquillité du corps sensitif! Cette tranquillité absolue de la puissance et de la chair délicate. Que c'était beau, si beau! Ses mains descendirent timidement le long du dos, jusqu'aux globes doux et minces des fesses. Beauté! tant de beauté! Une compréhension nouvelle la traversa soudain comme une petite flamme. Comment était-ce possible cette beauté qu'elle voyait là, alors qu'auparavant elle n'avait éprouvé que répulsion? La beauté indicible des fesses, chaudes et vivantes au toucher! La vie dans la vie, la simple beauté, chaleureuse et vivante. Et le poids étrange des couilles entre les jambes! Quel mystère! Quel étrange et lourd poids de mystère, qu'on pouvait tenir, doux et lourd, dans ses mains! Les racines, la racine de tout ce qui est beau, la racine primitive de toute beauté et plénitude.

Elle s'accrocha à lui, avec un soupir d'émerveillement qui était presque de l'effroi, comme devant le sacré. Il la tenait serrée contre lui, mais il ne disait rien. Il ne disait jamais rien. Elle se glissa plus près de lui, encore plus près, seulement pour être près de ce miracle sensuel qu'il était pour elle. Et du milieu de son absolue, de son incompréhensible immobilité, elle sentit de nouveau la lente, inexorable montée du phallus, de l'autre puissance. Et son cœur défaillit dans une sorte d'effroi sacré.

Et cette fois, sa présence en elle fut toute douceur et chatoiement, purement douce et chatoyante, au-delà de ce que peut saisir la conscience. Son être entier palpitait inconscient et vivant, comme du protoplasme. Elle ne savait pas ce que c'était. Elle ne pouvait se rappeler ce que cela avait été, seulement que cela avait été plus délicieux que rien ne pourrait jamais l'être. Seulement cela. Et après elle resta complètement immobile, complètement sans conscience, pendant un temps qu'elle n'aurait pu évaluer. Et il était immobile avec elle, plongé avec elle dans un silence insondable. Et de tout cela, ils ne parleraient jamais.

Quand la conscience du monde extérieur commença à lui revenir, elle s'accrocha à sa poitrine, murmurant : « Mon amour! mon amour! » Et il la tint dans ses bras silencieusement. Et elle se blottit sur sa poitrine, lieu parfait.

Mais son silence était insondable. Ses mains la tenaient comme un bouquet de fleurs, d'une manière si étrangement calme.

– Où es-tu? murmura-t-elle. Où es-tu ? Parle-moi! Dis-moi quelque chose.

Il l'embrassa doucement, murmurant : « Oui, ma petite fille! »

Mais elle ne savait pas ce qu'il voulait dire, elle ne savait pas où il était. Dans son silence il semblait perdu pour elle.

– Tu m'aimes, n'est-ce pas? murmura-t-elle.

– Tu le sais bien, dit-il.

– Mais dis-le-moi! supplia-t-elle.

– Oui, oui. Ne l'as-tu pas senti? dit-il d'une voix un peu sourde, mais avec douceur et fermeté.

Et elle se serra près de lui, encore plus près. Il était beaucoup plus paisible qu'elle en amour, et elle voulait qu'il la rassure.

– Tu m'aimes vraiment, dit-elle dans un murmure d'affirmation.

Et de ses mains il la caressa doucement, comme si elle était une fleur, sans le frémissement du désir, mais avec la délicatesse de l'intimité. Mais encore la poursuivait le besoin inquiet d'une certitude en amour.

– Dis que tu m'aimeras toujours! supplia-t-elle.

– Oui, dit-il, lointain.

Et elle sentit que ses questions l'éloignaient d'elle.

– Ne faut-il pas nous lever? dit-il enfin.

– Non, dit-elle.

Mais elle sentait qu'il avait l'esprit ailleurs, qu'il écoutait les bruits du dehors.

– Il fera bientôt nuit, dit-il.

Et dans sa voix elle entendit le monde extérieur qui s'imposait. Elle l'embrassa, avec ce chagrin de la femme que l'on arrache à son moment de gloire.

Il se leva, fit donner plus de lumière à la lanterne, puis commença à remettre ses vêtements, qui bientôt lui cachèrent le corps. Puis il se mit à boutonner son pantalon, debout au-dessus d'elle, la regardant d'en haut, les yeux sombres et larges, le visage un peu échauffé et les cheveux en désordre, curieusement chaleureux et calme et beau dans la lumière vague de la lanterne, si beau, plus qu'elle ne le lui dirait jamais. Cela lui donnait envie de s'accrocher fort à lui, de le tenir, car il y avait dans sa beauté quelque chose de vague et de chaud comme dans le demi-sommeil et qui lui donnait envie de s'écrier et de le saisir dans ses bras, pour le posséder. Elle ne le posséderait jamais. Aussi elle resta étendue sur la couverture, ses hanches nues dessinant une courbe douce, et il ne savait pas du tout à quoi elle pensait, mais pour lui aussi elle était belle, cette créature douce et merveilleuse en laquelle il pouvait entrer et se perdre au-delà de tout.

– Je t'aime de pouvoir entrer en toi, dit-il.

– Je te plais? dit-elle, le cœur battant.

– Tout va mieux parce que je peux entrer en toi. Je t'aime de t'être ouverte à moi. Je t'aime d'avoir pu entrer en toi comme ça.

Il se pencha et embrassa son flanc, frotta sa joue contre la douce peau, puis la recouvrit.

– Et tu ne me laisseras jamais? dit-elle.

– Ne pose pas ces questions, dit-il.

– Et tu sais que je t'aime? dit-elle.

– Tu m'as aimé tout à l'heure, plus que tu aurais jamais cru pouvoir aimer. Mais qui sait ce qui peut se passer, quand tu te mettras à réfléchir.

– Non, ne dis pas des choses comme ça! Et tu ne penses pas vraiment que j'ai voulu me servir de toi, n'est-ce pas?

– Comment?

– Pour avoir un enfant!

– Maintenant n'importe qui peut avoir n'importe quel enfant, dit-il en s'asseyant pour attacher ses guêtres.

– Ah non, s'écria-t-elle. Tu ne penses pas cela?

– Eh bien, dit-il en la regardant sous ses sourcils, ce serait le mieux.

Elle resta immobile. Il ouvrit doucement la porte. Le ciel était d'un bleu sombre, avec une frange cristalline, couleur turquoise. Il sortit pour enfermer les poules, parlant tout bas à son chien. Et elle restait là, étendue, songeant au miracle de la vie et de l'être.

Quand il revint, elle était encore au même endroit, toute vermeille comme une bohémienne. Il s'assit sur le tabouret à côté d'elle.

– Il faut que tu viennes une nuit au cottage, avant ton départ. Tu viendras? demanda-t-il en patois (1), levant les sourcils en la regardant, les mains pendant entre les genoux.

– Tu viendras? dit-elle, imitant son patois pour le taquiner.

Il sourit.

– Ouais, est-ce que tu viendras? répéta-t-il.

– Ouais, dit-elle, reproduisant les sons du dialecte.

– Pour sûr, dit-il.

– Pour sûr, répéta-t-elle.

– Et tu dormiras avec moi? dit-il. Il le faut. Quand viendras-tu?

– Quand viendrai-je? dit-elle, imitant toujours le dialecte.

– Non, dit-il, tu ne sais pas faire. Mais quand viendras-tu alors?

– P't-être dimanche, dit-elle.

Il reprit sa phrase aussitôt, en la corrigeant pour se moquer d'elle.

– Non, tu n'y arrives pas, dit-il.

– Pourquoi j'y arrive pas? dit-elle.

Il se mit à rire. Ses efforts pour parler le dialecte étaient si cocasses, d'une certaine façon.

– Debout, dit-il, il faut que tu partes.

Elle essaya encore de répéter, il la corrigea, elle se plaignit que ce n'était pas de jeu et qu'il lui faisait dire les mots autrement qu'il ne les disait lui.

– Ce n'est pas de jeu, hein! dit-il, se penchant vers elle et lui caressant doucement le visage. Tu es un bon petit con, quand même, n'est-ce pas? Le meilleur petit con qui reste sur la terre. Quand tu le veux bien!

– Qu'est-ce que c'est « con »? dit-elle.

– Tu ne sais pas? C'est toi, là en bas. Et c'est ce que je sens quand je suis en toi, et ce que tu sens quand je suis en toi. C'est tout cela.

– Tout cela, dit-elle en le taquinant. Con! C'est comme baiser alors?

– Non! non! Baiser, c'est seulement ce qu'on fait. Les

(1) Cette scène, où Connie s'essaie à imiter le patois de Mellors, est intraduisible et a dû être abrégée. (N.d.T.)

animaux baisent. Mais le con, c'est bien plus que tout cela. C'est toi, tu comprends. Et tu es bien plus qu'un animal, n'est-ce pas? Même quand tu baises. Con, c'est toute ta beauté, ma petite!

Elle se leva et l'embrassa entre les yeux, ces yeux qui la regardaient de leurs prunelles si sombres et douces, si indiciblement chaudes, presque intolérablement belles.

– Ah? dit-elle. Et est-ce que tu m'aimes?

Il l'embrassa sans répondre.

– Il faut que tu partes, laisse-moi t'enlever la poussière, dit-il.

Sa main passa sur les courbes de son corps, fermement, sans désir, mais avec une douce et intime connaissance.

Elle rentra en courant à la maison et, dans le crépuscule, le monde semblait un rêve; les arbres du parc semblaient gonfler et s'élever comme s'ils étaient à l'ancre à la marée, et une respiration vivante soulevait la pente qui menait à la maison.

Chapitre 13

Le dimanche, Clifford voulut aller dans le bois. C'était une matinée délicieuse, les fleurs de poirier et de prunier étaient soudainement apparues sur terre, çà et là, d'une blancheur miraculeuse.

C'était cruel pour Clifford, alors que le monde était en fleur, de devoir se faire porter d'un fauteuil roulant à une petite voiture. Mais il avait oublié, et même semblait tirer une certaine vanité de sa situation d'invalide. Connie en avait encore les inconvénients, car il fallait soulever ses jambes inertes pour les mettre en place. C'était Mrs. Bolton qui le faisait en ce moment, ou Field.

Elle l'attendait en haut de l'avenue, devant le rideau de hêtres. La petite voiture approcha en soufflant et crachant, avec l'air de lenteur et d'importance d'un malade. En arrivant près de sa femme, il dit :

– Sir Clifford sur son coursier écumant!

– Renâclant, en tout cas! dit-elle en riant.

Il s'arrêta et se tourna pour regarder la longue façade, brune et basse, de la vieille maison.

– Wragby n'a pas sourcillé, dit-il. Mais après tout il n'y aurait pas de quoi. Je chevauche les œuvres de l'esprit humain, et cela vaut bien un cheval.

– Certainement. Et les âmes, chez Platon, qui s'en vont au ciel dans un chariot à deux chevaux iraient maintenant dans une Ford, dit-elle.

– Ou en Rolls Royce. Platon était un aristocrate.

– Juste! Plus de cheval noir à rosser et à maltraiter. Platon n'aurait jamais pensé que nous aurions mieux que son coursier noir et son coursier blanc, et que nous n'aurions pas de coursier du tout, rien qu'un moteur!

– Rien qu'un moteur et de l'essence, dit Clifford... J'espère que je pourrai faire faire quelques réparations à cette vieille baraque l'an prochain. Je pense que je pourrai disposer d'environ mille livres pour cela; mais la main-d'œuvre est si chère, ajouta-t-il.

– Oh! très bien, dit Constance. Pourvu qu'il n'y ait pas d'autres grèves.

– A quoi ça leur servirait, de se remettre en grève? Ce serait simplement la ruine de l'industrie, de ce qui en reste. Même les plus aveugles doivent commencer à s'en rendre compte.

– Peut-être que ça leur est égal, la ruine de l'industrie, dit Connie.

– Ah, ne parlez pas comme une femme! Cette industrie leur remplit le ventre, même si elle remplit moins leurs poches, dit-il, utilisant des expressions où curieusement s'entendait comme un écho de la voix de Mrs. Bolton.

– Mais n'avez-vous pas dit l'autre jour que vous étiez un anarchiste conservateur? demanda-t-elle innocemment.

– Et avez-vous compris ce que je voulais dire par là? répliqua-t-il. Tout ce que j'ai voulu dire, c'est que les gens peuvent être ce qu'ils veulent, penser ce qu'ils veulent et faire ce qu'ils veulent, tant qu'il s'agit de leur vie privée et qu'ils ne touchent pas à la forme de la vie et à son mécanisme.

Connie fit quelques pas en silence. Puis elle dit, avec obstination :

– C'est comme si vous disiez qu'un œuf a le droit d'être aussi pourri qu'il veut du moment qu'il garde sa coquille intacte. Mais les œufs pourris éclatent tout seuls.

– Je ne crois pas que les gens soient des œufs, dit-il. Pas même des œufs d'ange, ma chère petite évangéliste.

Il était assez bien disposé en ce beau matin. Les alouettes lançaient leurs trilles par-dessus le parc, la mine lointaine dans le creux de la vallée exhalait une fumée silencieuse. C'était presque comme au temps d'autrefois, avant la guerre. Connie n'avait pas vraiment envie de discuter. Mais elle n'avait pas non plus très envie d'aller dans le bois avec Clifford. Aussi elle marchait à côté de la petite voiture, l'humeur un peu butée.

– Non, dit-il. Il n'y aura plus de grèves, si nous faisons ce qu'il faut.

– Et pourquoi n'y en aurait-il plus?

– Parce que nous rendrons les grèves pratiquement impossibles.

– Mais est-ce que les ouvriers vous laisseront faire?

– On ne leur demandera pas leur avis. Nous agirons lorsqu'ils auront le dos tourné. Pour leur propre bien, pour sauver l'industrie.

– Pour votre propre bien aussi, dit-elle.

– Naturellement! Pour le bien de tout le monde. Mais pour le leur encore plus que pour le mien. Je peux me passer des mines. Pas eux. Ils crèveront de faim s'il n'y a plus de mines. Moi, j'ai d'autres ressources.

Ils regardèrent la mine, en bas dans la vallée peu profonde, et derrière, les maisons coiffées de noir de Tevershall, qui rampaient le long de la pente comme un serpent. A la vieille église brune, les cloches étaient en train de sonner : dimanche, dimanche, dimanche!

– Mais est-ce que les ouvriers vous laisseront imposer vos conditions? dit-elle.

– Ma chère, ils seront bien obligés. Si nous nous y prenons bien.

– Mais ne pourrait-il y avoir une entente entre eux et vous?

– Absolument. Dès qu'ils se rendront compte que l'industrie passe avant l'individu.

– Mais faut-il que vous possédiez l'industrie?

– Aucune obligation. Mais dans la mesure où elle est à moi, alors oui, sans le moindre doute. Le problème de la propriété est devenu une affaire de religion maintenant. Cela n'a pas changé depuis Jésus et saint François. La question n'est pas : Prends tout ce que tu possèdes et donne-le aux pauvres, mais : Sers-toi de tout ce que tu possèdes pour encourager l'industrie et donner du travail aux pauvres. C'est le seul moyen de nourrir toutes les bouches et de vêtir tous les corps. Nous dépouiller de tout ce que nous avons pour le donner aux pauvres, cela signifie la famine pour eux tout autant que pour nous. Et la famine universelle n'est pas le but à atteindre. Même la pauvreté généralisée n'a rien d'attrayant. La pauvreté est laide.

– Mais l'inégalité?

– C'est le destin. Pourquoi l'étoile Jupiter est-elle plus grosse que l'étoile Neptune? On ne peut pas se mettre à changer la nature des choses.

– Mais une fois que cette envie, cette jalousie, ce mécontentement se sont réveillés..., commença-t-elle.

– Faites de votre mieux pour les arrêter. Il faut que quelqu'un soit le chef de troupe.

– Mais qui est le chef de troupe?

– Ceux qui possèdent et dirigent les industries.

Il y eut un long silence.

– Il me semble qu'ils font de mauvais chefs.

– Alors, dites voir ce qu'ils devraient faire.

– Ils ne prennent pas leur situation de chef assez au sérieux, dit-elle.

– Ils la prennent bien plus au sérieux que vous votre situation de lady.

– Mais cette situation m'est imposée. Je n'en veux pas vraiment, laissa-t-elle échapper.

Il arrêta sa petite voiture et la regarda.

– Qui est-ce qui fuit ses responsabilités maintenant? dit-il. Qui est-ce qui essaye d'échapper, maintenant, à la responsabilité de sa propre situation de chef, comme vous dites?

– Mais je ne veux pas d'une situation de chef, protesta-t-elle.

– Ah! mais c'est de la lâcheté! Cette situation, c'est la vôtre, le destin vous l'a donnée. Et vous devriez vous en montrer digne. Qui a donné aux mineurs les seuls biens qu'ils aient : toute leur liberté politique, et leur instruction, même au niveau où elle est, et leurs installations sanitaires, leurs services de santé, leurs livres, leur musique, tout; qui leur a donné tout cela? Est-ce que ce sont des mineurs qui l'ont donné aux mineurs? Non! Tous les

Wragby et Shipley d'Angleterre ont donné leur part, et doivent continuer à donner. Voilà votre responsabilité.

Connie l'écouta, et devint très rouge.

– J'aimerais donner quelque chose, dit-elle. Mais on ne me le permet pas. Tout doit se vendre et s'acheter aujourd'hui. Et toutes ces choses dont vous parliez à l'instant, Wragby et Shipley les vendent au peuple, avec un bon bénéfice. Tout se vend. Vous ne donnez pas de vraie sympathie, pas un seul mouvement du cœur. Et d'ailleurs, qui a enlevé au peuple sa vie naturelle et son humanité et lui a donné à la place cette horreur industrielle? Qui a fait cela?

– Et que dois-je faire? dit-il, le visage vert. Leur demander de venir me piller?

– Pourquoi est-ce que Tevershall est si laid, si hideux? Pourquoi leurs vies sont-elles si désolées?

– Ils se sont construit leur Tevershall eux-mêmes. C'est comme ça qu'ils manifestent leur liberté. Ils se sont construit leur joli petit Tevershall, et ils vivent leur jolie petite vie. Je ne peux pas vivre leur vie pour eux. Chaque insecte doit vivre sa propre vie.

– Mais vous les faites travailler pour vous. Ils vivent la vie de votre mine.

– Pas du tout. Chaque insecte trouve sa propre nourriture. Personne n'est obligé de travailler pour moi.

– Leur vie est industrialisée et désolée, et la nôtre aussi.

– Je ne suis pas de cet avis. C'est une figure de style romantique, un reste du romantisme à évanouissements et maladies de langueur. Vous n'avez pas du tout l'air de quelqu'un de désolé en ce moment devant moi, Connie ma chère.

Ce qui était vrai. Car ses yeux bleu sombre étincelaient, ses joues étaient embrasées, et elle semblait pleine d'une fièvre de rébellion bien éloignée de la désolation et du découragement. Elle remarqua, dans les touffes d'herbes les plus épaisses, de jeunes primevères cotonneuses, qui se dressaient encore toutes embrumées par leur duvet. Et elle se demanda avec rage comment elle pouvait si bien sentir que Clifford se trompait complètement et pourtant ne pouvait le lui dire, ne pouvait lui dire exactement en quoi il se trompait.

– Pas étonnant que les ouvriers vous détestent, dit-elle.

– Ils ne me détestent pas, répliqua-t-il. Et ne vous y trompez pas. Ce ne sont pas des hommes au sens que vous donnez à ce mot. Ce sont des animaux que vous ne comprenez pas et que vous ne pourriez jamais comprendre. Ne projetez pas vos illusions sur les autres. Les masses ont toujours été et seront toujours les mêmes. Les esclaves de Néron différaient très peu de nos mineurs ou des ouvriers de chez Ford. Je parle de ceux de ses esclaves qui travaillaient dans ses mines ou dans ses champs. Ce sont les masses, elles sont ce qui ne change pas. Il arrive qu'un individu émerge des masses. Mais cela ne change rien aux masses. Les masses sont immuables. C'est l'un des faits les plus importants de la science sociale. *Panem et circenses!* Seulement aujourd'hui nous avons remplacé le cirque par de mauvais succédanés, l'instruction entre autres. L'erreur que nous avons faite, c'est de gâter complètement la partie cirque du programme et d'empoisonner nos masses avec un peu d'instruction.

Quand Clifford se montait vraiment contre les gens du peuple, Connie prenait peur. Il y avait quelque chose d'horriblement vrai dans ce qu'il disait. Mais c'était une vérité meurtrière.

La voyant pâle et silencieuse, Clifford remit en marche sa petite voiture, et plus rien ne fut dit jusqu'à la barrière de bois où il s'arrêta de nouveau tandis qu'elle l'ouvrait.

– Et ce qu'il nous faut utiliser maintenant, dit-il, c'est le fouet, pas l'épée. Les masses ont toujours été dirigées depuis le début des temps, et il faudra bien qu'elles le soient jusqu'à la fin des temps. C'est de l'hypocrisie pure et simple de dire qu'elles peuvent se diriger elles-mêmes, c'est de la plaisanterie.

– Mais êtes-vous capable de les diriger?

– Moi? Oh! bien sûr! Ni mon esprit ni ma volonté ne sont infirmes, et je ne dirige pas avec mes jambes. Je peux faire ma part du travail de direction, absolument, je peux faire ma part. Et donnez-moi un fils, et lui aussi pourra faire sa part après moi.

– Mais il ne serait pas votre vrai fils, de votre propre classe, de la classe dirigeante; ou peut-être pas, balbutia-t-elle.

– Peu m'importe ce qu'est le père, pourvu que ce soit un homme sain et d'une intelligence pas au-dessous de la normale. Donnez-moi l'enfant de n'importe quel homme sain et normalement intelligent, et j'en ferai un Chatterley parfaitement compétent. Ce qui compte, ce n'est pas l'homme qui nous engendre, mais l'endroit où le destin nous met. Mettez n'importe quel enfant parmi les classes dirigeantes, et il deviendra, dans la mesure de ses limites, capable de diriger. Mettez des enfants de rois ou de ducs au milieu des masses, et ils deviendront de petits plébéiens, des produits de la masse. C'est l'influence irrésistible du milieu.

– Alors les gens du peuple ne sont pas une race, et les aristocrates ne sont pas un sang, dit-elle.

– Non, mon enfant! Tout cela est une illusion romantique. L'aristocratie est une fonction, une partie du destin. Et les masses sont le fonctionnement d'une autre partie du destin. L'individu ne compte guère. Ce qui compte, c'est la fonction pour laquelle on est élevé et formé. Ce ne sont pas des individus qui forment une aristocratie, c'est le fonctionnement de l'ensemble aristocratique. Et c'est le fonctionnement de la masse dans son ensemble qui fait de l'homme du peuple ce qu'il est.

– Alors il n'y a rien de commun entre nous tous, nous ne sommes pas de la même humanité!

– Comme vous voudrez. Nous avons tous besoin de nous remplir le ventre. Mais dès qu'on en vient au fonctionnement expressif ou exécutif, je crois qu'il y a un gouffre, un gouffre absolu, entre la classe dirigeante et la classe servante. Les deux fonctions sont opposées. Et la fonction détermine l'individu.

Connie le regardait, l'air abasourdi.

– Vous ne voulez pas avancer? dit-elle.

Et il remit sa petite voiture en marche. Il avait dit ce qu'il avait à dire. Maintenant il retombait dans cet état particulier d'apathie et de vide, que Connie trouvait si éprouvant. Dans le bois, de toute façon, elle était décidée à ne pas se lancer dans de grandes discussions.

Devant eux s'étendait l'allée cavalière, trouée ouverte entre les murs des noisetiers et les pimpants arbres gris. La petite voiture avançait lentement, en soufflant, se frayant lentement un chemin au milieu des myosotis qui couvraient l'allée comme une écume de lait, au-delà de l'ombre des noisetiers. Clifford suivait le milieu, là où les pieds des passants avaient tracé un sentier parmi les fleurs. Mais Connie qui marchait derrière avait vu les roues passer sur les reines-des-bois et les bugles, et écraser les petites coupelles jaunes de l'herbe aux écus. Maintenant cela faisait un sillage au milieu des myosotis.

Toutes les fleurs étaient là, les premières campanules en flaques bleues, comme de l'eau dormante.

– Vous aviez tout à fait raison de dire que c'est beau. C'est stupéfiant de beauté. Que peut-il y avoir d'aussi charmant qu'un printemps anglais!

On avait l'impression, à l'entendre, que même le printemps fleurissait par décision du Parlement, se dit Connie. Pourquoi pas un printemps irlandais? Ou juif? La petite voiture avançait lentement, frôlant les touffes des vigoureuses campanules qui se dressaient comme du blé, et roulant sur les feuilles grises des bardanes.

Lorsqu'ils arrivèrent à la clairière où les arbres avaient été abattus, une lumière presque trop crue se déversa sur eux. Et les campanules faisaient des nappes d'un bleu vif, çà et là, tirant sur le lilas ou le violet. Et entre elles, les fougères dardaient leurs têtes brunes et frisées, comme des légions de jeunes serpents avides de murmurer à Eve un nouveau secret.

Clifford fit rouler la petite voiture jusqu'au sommet de la colline. Connie suivait lentement derrière. Les bourgeons des chênes s'ouvraient, doux et bruns. Tout ce qui était tendre, partout, surgissait de la vieille âpreté de l'hiver. Même les chênes noueux et rugueux poussaient les plus douces jeunes feuilles, ouvrant dans la lumière de minuscules ailes minces et brunes, semblables à des ailes de petites chauves-souris. Pourquoi les hommes ne se renouvelaient-ils pas? Pourquoi n'avaient-ils jamais de neuve fraîcheur à offrir? Humanité rancie!

Clifford arrêta la petite voiture en haut de la pente et regarda vers le bas. Les campanules débordaient comme un flot bleu sur la large avenue, et éclairaient le bas de la colline d'un bleu chaleureux.

– C'est une très belle couleur en soi, dit Clifford, mais inutilisable pour faire un tableau.

– C'est vrai, dit Connie, que cela n'intéressait pas du tout.

– Je me demande si je vais essayer d'aller jusqu'à la source, dit Clifford.

– Est-ce que la voiture pourra remonter? dit-elle.

– On verra bien. Qui ne risque rien, n'a rien.

Et la voiture commença à avancer lentement, descendant avec des cahots la belle et large avenue qu'envahissait le flot bleu des jacinthes. O dernier de tous les navires, sur les eaux basses des jacinthes! O barque sur les dernières eaux sauvages, voguant pour le dernier voyage de notre civilisation! Vers quel cap, étrange navire à roues, fais-tu route si lentement? Paisible et satisfait, Clifford tenait la barre de l'aventure, coiffé de son vieux chapeau noir, vêtu de sa veste de tweed, sans un mouvement et prudent. O capitaine (1), mon capitaine, notre merveilleux voyage est terminé! Pas terminé tout à fait cependant! Descendant la colline dans son sillage venait Constance dans sa robe grise, surveillant les cahots de la petite voiture sur la pente.

Ils passèrent devant le sentier étroit qui menait à la cabane. Dieu merci, il n'était pas assez large pour la petite voiture, à peine assez large pour une seule personne. La voiture atteignit le bas de la pente et, tournant sur le côté, disparut. Constance entendit alors un sifflement étouffé derrière elle. Elle tourna vivement la tête. Le garde descendait la côte à grands pas, se dirigeant vers elle, le chien sur ses talons.

– Est-ce que sir Clifford va au cottage? demanda-t-il, la regardant dans les yeux.

– Non, seulement à la fontaine.

– Ah bon! Alors je n'ai pas besoin de me montrer. Mais je vous vois ce soir. Je vous attendrai à la grille du parc vers dix heures.

Il la regarda encore en plein dans les yeux.

– Oui, dit-elle d'une voix tremblante.

Ils entendirent le « papp-papp » de la trompe de Clifford, appelant Connie. Elle lança un long « hou-hou» en réponse. Une grimace passa sur le visage du garde, et de sa main il lui effleura doucement la poitrine, de bas en haut. Elle le regarda, effrayée, et se mit à dévaler la pente de la colline, criant encore « hou-hou » du côté de Clifford. L'homme l'observa un moment d'en haut, puis se détourna, un air vaguement moqueur sur le visage, et s'enfonça dans son sentier.

Elle trouva Clifford en train de monter lentement vers la source qui était à mi-pente dans le sombre bois de mélèzes. Il y était déjà arrivé quand elle le rejoignit.

– Elle a très bien marché, dit-il, parlant de la petite voiture.

Connie regarda les grandes feuilles grises de bardane qui surgissaient comme des spectres de la lisière du bois

(1) Allusion au poème de Walt Witman écrit en commémoration de la mort du président Lincoln.

de mélèzes. Les gens d'ici l'appelait la rhubarbe de Robin des Bois. Comme tout était silencieux et mélancolique autour de la fontaine! Pourtant l'eau était si vive, merveilleuse. Et il y avait des touffes d'euphraises et de vigoureuses bugles bleues... Et là, sous le rebord, la terre jaune bougeait. Une taupe! Elle émergea, ramant de ses mains roses et agitant le foret aveugle de son museau, son petit nez rose pointant en l'air.

– On dirait qu'elle voit avec le bout de son nez, dit Connie.

– Mieux qu'avec ses yeux, dit-il. Voulez-vous boire?

– Et vous?

Elle prit un gobelet d'émail qui était accroché à un rameau, et se pencha pour le lui remplir. Il but à petites gorgées. Puis elle se pencha de nouveau et but un peu elle aussi.

– Glacée, dit-elle, le souffle coupé.

– Elle est bonne, n'est-ce pas? Avez-vous fait un vœu?

– Et vous?

– Oui, j'ai fait un vœu. Mais je ne dirai pas ce que c'est.

Elle perçut le martèlement d'un pivert, puis le bruit du vent, doux et surnaturel, entre les mélèzes. Elle leva les yeux. Des nuages blancs traversaient l'azur.

– Des nuages, dit-elle.

– Des moutons blancs seulement, répondit-il.

Une ombre traversa la petite clairière. La taupe s'était hissée en ramant jusque sur la terre jaune et tendre.

– Affreuse petite bête, nous devrions la tuer, dit Clifford.

– Regardez, on dirait un pasteur en chaire, dit-elle.

Elle ramassa quelques brins de petit muguet et les lui apporta.

– L'odeur du foin qu'on vient de couper! dit-il. Est-ce que cela ne vous fait pas penser aux dames romantiques du siècle dernier, lesquelles avaient bien la tête sur les épaules après tout.

Elle regardait les nuages blancs.

– Je me demande s'il va pleuvoir, dit-elle.

– Pleuvoir? Pourquoi? Vous voulez qu'il pleuve?

Ils commencèrent à rentrer, Clifford descendant la pente cahoteuse avec prudence. Ils atteignirent le creux sombre du vallon, tournèrent sur la droite, et après une centaine de mètres prirent sur le côté, là où commençait la longue côte avec ses campanules dressées dans la lumière.

– Allez, ma vieille, dit Clifford, lançant sa petite voiture à l'assaut.

Ce fut une montée rude et cahoteuse. La voiture avançait lentement, en patinant, et comme à contrecœur. Pourtant elle continua à grimper, se frayant un chemin par à-coups, jusqu'au moment où elle se trouva entourée de tous côtés par les jacinthes, et là hésita, se reprit, fit une embardée qui la dégagea un peu des fleurs, puis s'arrêta.

– Il vaudrait mieux corner et attendre que le garde vienne, dit Connie. Il pourrait la pousser un peu. D'ailleurs, je vais pousser, moi. Ça sera toujours ça.

– On va la laisser souffler, dit Clifford. Pourriez-vous mettre une cale sous la roue?

Connie trouva une pierre, et ils attendirent. Au bout d'un moment, Clifford remit le moteur en marche, puis fit partir la petite voiture. Elle fit quelques mouvements pénibles et chancelants comme une chose détraquée, tout en émettant des bruits bizarres.

– Je vais pousser, dit Connie en se mettant derrière.

– Non, ne poussez pas, dit-il avec colère. A quoi sert cette foutue machine s'il faut la pousser? Remettez la pierre!

Il y eut une autre pause, puis un autre essai. Encore plus inefficace que le premier.

– Il faut me laisser pousser, dit-elle. Ou alors il faut appeler le garde.

– Attendez!

Elle attendit. Et il fit une autre tentative, plus néfaste qu'utile.

– Cornez alors, si vous ne voulez pas me laisser pousser.

– Enfer et damnation! Restez tranquille un moment!

Elle resta tranquille un moment. Il recommença ses essais avec le petit moteur, qui ferraillait comme s'il allait se briser.

– Vous allez tout casser, Clifford, c'est tout ce que vous allez faire, dit-elle d'un ton de reproche. Sans compter toute l'énergie nerveuse que vous gaspillez.

– Si je pouvais seulement me lever et aller regarder dans ce sacré moteur! dit-il exaspéré, en cornant violemment. Peut-être que Mellors trouvera ce qui ne va pas.

Ils attendirent, parmi les fleurs écrasées sous un ciel qui s'engrumelait doucement de nuages. Dans le silence, un ramier se mit à roucouler, coo roo-hoo hoo! Clifford le fit taire d'un coup de trompe strident.

Le garde apparut bientôt, avançant à grands pas dans le tournant, l'air interrogateur. Il salua.

– Est-ce que vous vous y connaissez en moteurs? demanda Clifford d'un ton brusque.

– Pas trop, non. Il ne marche plus?

– Apparemment! dit Clifford d'un ton sec.

L'homme s'accroupit avec sollicitude près de la roue, et jeta un coup d'œil au petit moteur.

– Je suis désolé, sir Clifford, mais je ne connais rien du tout à la mécanique, dit-il calmement. S'il y a assez d'essence et d'huile...

– Regardez bien quand même, dites-moi si vous ne voyez rien de cassé, dit Clifford d'un ton abrupt.

L'homme déposa son fusil contre un arbre, enleva son manteau, et le laissa tomber à côté. La chienne brune montait la garde. Puis il s'accroupit sur les talons et regarda sous la voiture, tâtant d'un doigt le petit moteur graisseux, et agacé par les marques qu'il faisait sur sa chemise propre du dimanche.

– Je ne vois rien de cassé, dit-il.

Et il se releva, repoussant son chapeau en arrière et se frottant le front comme s'il réfléchissait.

– Avez-vous regardé les bielles en dessous? demanda Clifford. Vérifiez si elles sont comme il faut.

L'homme se coucha à plat ventre par terre, le cou relevé en arrière, se tortillant sous le moteur et le tâtant du doigt. Connie se dit que l'homme est une chose bien pitoyable, bien faible et petite, lorsqu'il est étendu à plat ventre sur la vaste terre. On entendit la voix étouffée du garde :

– Elles m'ont l'air comme il faut.

– Vous ne pouvez rien faire alors, dit Clifford.

– Apparemment pas.

Et il se remit d'aplomb et s'assit sur les talons, à la manière des mineurs.

– A première vue, il n'y a certainement rien de cassé.

Clifford mit le moteur en marche, puis passa une vitesse. La voiture refusa de bouger.

– Poussez le moteur un peu plus fort, peut-être, suggéra le garde.

Cette intervention irrita Clifford, mais il fit ronfler le

moteur comme une grosse mouche bleue. Alors celui-ci toussa, gronda, et sembla aller mieux.

– On dirait qu'il s'est décoincé, dit Mellors.

Mais Clifford, d'un mouvement brusque, avait déjà embrayé. La petite voiture fit une embardée de malade et avança faiblement.

– Si je la pousse un peu, elle y arrivera, dit le garde en passant derrière.

– N'y touchez pas, aboya Clifford. Elle marchera toute seule.

– Mais Clifford, intervint Connie qui était restée près de la fontaine, vous savez que c'est trop dur pour elle. Pourquoi vous obstinez-vous comme ça?

Clifford était pâle de fureur. Il enfonça ses leviers. La petite voiture se jeta en avant, fit encore quelques mètres en titubant, et termina sa course au milieu d'un carré de campanules particulièrement splendides.

– Elle n'ira pas plus loin, dit le garde. Pas assez de force.

– Elle a déjà fait cette côte, dit Clifford froidement.

– Elle ne la fera pas cette fois, dit le garde.

Clifford ne répondit pas. Il commença une sorte de jeu avec son moteur, l'accélérant ou le ralentissant, comme s'il voulait en tirer une sorte de mélodie. Le bois renvoyait des échos étranges. Puis il passa une vitesse d'un geste brusque, après avoir brusquement lâché le frein.

– Vous allez la mettre en pièces, murmura le garde.

La voiture détraquée se lança sur le côté en direction du fossé.

– Clifford! s'écria Connie en se précipitant vers lui.

Mais le garde avait saisi la petite voiture par la barre. Clifford, cependant, mettant toute sa puissance, réussit à la ramener dans l'allée, et avec un bruit bizarre la voiture se retrouva à l'assaut de la côte. Mellors poussait fermement derrière, et elle grimpait, comme pour se réhabiliter.

– Vous voyez, elle y arrive, dit Clifford, triomphant, en jetant un coup d'œil par-dessus son épaule.

Il vit alors la tête du garde.

– Est-ce que vous poussez?

– Elle n'y arrivera pas sans ça.

– Laissez-la tranquille. Je vous ai dit de ne pas y toucher.

– Elle n'y arrivera pas.

– Laissez-la essayer, cria Clifford, de son ton le plus autoritaire.

Le garde se recula. Puis il fit demi-tour pour aller chercher son manteau et son fusil. La petite voiture sembla s'étrangler aussitôt. Elle resta là, inerte. Clifford, prisonnier de son siège, était blanc de dépit. Il enfonça les leviers de la main, ses pieds étant sans force. Des bruits étranges sortirent du moteur. Dans un accès de fureur et d'impatience, il agita des petites poignées et obtint d'autres bruits. Mais elle refusait de bouger. Non, elle était inébranlable. Il arrêta le moteur, et resta là, raide de colère.

Constance s'assit sur le bord de la fontaine et regarda les malheureuses campanules écrasées. « Rien de plus charmant qu'un printemps anglais... Je peux prendre ma part du travail de direction... Ce qu'il nous faut aujourd'hui, ce sont des fouets, pas des épées... La classe dirigeante! »

Le garde revint avec son manteau et son fusil, Flossie le suivait prudemment. Clifford lui demanda de faire quelque chose à la machine. Connie qui n'entendait absolument rien à la technique des moteurs, et qui avait déjà eu l'expérience des pannes, resta patiemment assise au bord de la fontaine comme si elle était une nullité. Le garde se remit à plat ventre. La classe dirigeante et la classe servante!

Il se remit debout et dit d'un ton patient :

– Eh bien, essayez encore.

Il parlait d'une voix tranquille, presque comme s'il s'adressait à un enfant.

Clifford essaya encore, et Mellors se mit rapidement derrière et commença à pousser. Elle avançait, le moteur faisant à peu près la moitié du travail et l'homme le reste.

Clifford jeta un coup d'œil derrière, jaune de rage.

– Voulez-vous vous enlever de là!

Le garde lâcha prise aussitôt, et Clifford ajouta :

– Je ne peux pas savoir ce qu'elle fait, autrement.

L'homme posa son fusil par terre et se mit à enfiler son manteau. Il en avait terminé.

La petite voiture commença lentement à reculer.

– Clifford, le frein! s'écria Connie.

Tous les trois s'agitèrent en même temps, Connie et le garde se bousculant légèrement. La petite voiture était arrêtée. Il y eut un silence de mort.

– De toute évidence, je suis à la merci de tout le monde, dit Clifford.

Il était jaune de fureur.

Personne ne répondit. Mellors passait son fusil sur son épaule, le visage bizarrement vide d'expression, avec seulement un air de patience un peu distante. La chienne Flossie, plantée en faction presque sous les jambes de son maître, bougeait nerveusement, surveillant la petite voiture d'un œil plein de méfiance et d'aversion, et très perplexe au milieu de ces trois êtres humains. Ce *tableau vivant* (1) restait figé au milieu des campanules écrasées. Personne ne risquait mot.

– Je présume qu'il va falloir la pousser, dit enfin Clifford avec une affectation de *sang-froid* (1).

Pas de réponse. Le visage de Mellors gardait son air lointain, comme s'il n'avait rien entendu. Connie le regarda avec inquiétude. Clifford aussi se tourna pour le regarder.

– Voulez-vous la pousser jusqu'à la maison, Mellors, dit-il d'un ton dégagé et supérieur. J'espère n'avoir rien dit qui vous ait offensé, ajouta-t-il, d'un ton forcé.

– Pas du tout, sir Clifford. Dois-je pousser cette voiture ?

– S'il vous plaît.

L'homme se mit à la tâche, mais cette fois ce fut en vain. Le frein était bloqué. Ils tâtèrent et tirèrent, et le garde enleva son fusil et son manteau une deuxième fois. Et cette fois Clifford ne dit pas un seul mot. Enfin le garde souleva l'arrière de la voiture un peu au-dessus du sol, et d'un coup de pied simultané, essaya de débloquer les roues. Il ne réussit pas, la voiture retomba. Clifford s'accrochait aux côtés. L'homme, le souffle coupé par le poids, haletait.

– Ne faites pas ça ! lui cria Connie.

– Si vous pouviez pousser la roue dans ce sens, comme ça, dit-il en lui montrant comment il fallait faire.

– Non ! Ne soulevez pas la voiture. Vous allez vous faire mal, dit-elle, toute rouge de colère maintenant.

Mais il la regarda dans les yeux et lui fit un petit signe de tête. Et il lui fallut bien aller se mettre devant la roue, les mains dessus, prête à agir. Il souleva, elle tira, et la voiture vacilla.

– Pour l'amour du Ciel ! s'écria Clifford terrorisé.

(1) En français dans le texte. *(N.d.T.)*

Mais la voiture se remit d'aplomb, et le frein était débloqué. Le garde plaça une pierre sous la roue, et alla s'asseoir au bord de la fontaine, le cœur battant et le visage tout blanc à cause de l'effort qu'il avait fourni, presque sans connaissance. Connie le regarda, et cria presque de colère. Il y eut une pause et un silence de mort. Elle vit que ses mains tremblaient sur ses cuisses.

– Vous vous êtes fait mal? dit-elle en allant vers lui.

– Non, non!

Il se détourna presque avec colère.

Le silence était total. La tête blonde de Clifford, qu'ils voyaient de dos, ne bougeait pas. Même la chienne restait immobile. Le ciel s'était couvert de nuages.

Enfin il poussa un soupir, et se moucha dans son mouchoir rouge.

– J'ai perdu beaucoup de force avec cette pneumonie, dit-il.

Personne ne répondit. Connie calculait l'effort qu'il avait fallu fournir pour soulever la petite voiture et le volumineux Clifford. Trop, beaucoup trop! Si ça ne l'avait pas tué!

Il se leva, et de nouveau ramassa son manteau, le passant dans la poignée de la voiture.

– Etes-vous prêt, sir Clifford?

– Quand vous voudrez.

Il se baissa pour enlever la cale, puis mit tout son poids contre la voiture. Jamais Connie ne l'avait vu si pâle, si absent. Clifford était lourd, et la pente était raide. Connie se mit à côté du garde.

– Je vais pousser aussi, dit-elle.

Et elle commença à pousser avec l'énergie turbulente d'une femme en colère. La voiture avança plus vite. Clifford tourna la tête.

– Est-ce bien nécessaire? dit-il.

– Absolument! Voulez-vous tuer cet homme? Si seulement vous aviez laissé marcher le moteur pendant qu'il marchait encore...

Mais elle ne finit pas sa phrase. Elle soufflait déjà. Elle ralentit un peu, car la tâche était beaucoup plus ardue qu'elle ne l'aurait crue.

– Moins vite! dit l'homme à son côté, une lueur amusée dans les yeux.

– Vous êtes bien sûr que vous ne vous êtes pas fait mal? dit-elle farouchement.

Il secoua la tête. Elle regarda sa main, une main plutôt petite, courte, pleine de vie et brunie par l'air. C'était la main qui la caressait. Elle ne l'avait pas même regardée jusque-là. Elle paraissait si tranquille cette main, comme le garde lui-même, d'une curieuse tranquillité intérieure qui lui donnait envie de la saisir, comme si elle lui était inaccessible. Toute son âme soudain coula vers lui : il était si silencieux, si inaccessible! Et lui sentait ses membres revivre. Continuant à pousser de la main gauche, il posa sa main droite sur le poignet rond et blanc de Constance, l'enveloppant en une douce caresse. Et la flamme de la force descendit dans son dos et ses reins, lui redonnant vie. Elle, alors, se pencha soudain et embrassa sa main. Tout ce temps, la nuque lisse de Clifford était là, immobile, juste devant eux.

Arrivés au sommet de la colline, ils se reposèrent, et Connie fut contente de lâcher la petite voiture. Elle avait parfois rêvé d'une amitié entre ces deux hommes, l'un son mari, l'autre le père de son enfant. Maintenant elle voyait l'absurdité grotesque de ses rêves. Les deux mâles étaient aussi antagonistes que le feu et l'eau. Ils s'exterminaient mutuellement. Et elle comprit pour la première fois quel sentiment étrange et subtil était la haine. Pour la première fois, elle avait consciemment et sans aucun doute possible haï Clifford, d'une haine vive, comme s'il était un être à effacer de la surface de la terre. Et c'était étrange de sentir à quel point il y avait en elle plus de liberté et de vie depuis qu'elle le haïssait et s'avouait pleinement cette haine. Une pensée se formula dans son esprit : « Maintenant que j'ai éprouvé cette haine, je ne pourrai plus continuer à vivre avec lui. »

Sur le terrain plat, le garde pouvait pousser la petite voiture tout seul. Clifford se mit à bavarder avec Constance, pour bien montrer qu'il dominait parfaitement la situation. Il parla de la tante Eva, qui était à Dieppe, et de sir Malcolm, qui avait écrit pour demander si Connie voulait bien l'accompagner à Venise dans sa petite auto, ou bien est-ce qu'elle préférait prendre le train avec Hilda?

– Je préférerais de beaucoup le train, dit Connie. Je n'aime pas les longs trajets en automobile, surtout quand il y a de la poussière. Mais il faut que je demande à Hilda ce qu'elle veut faire.

– Elle voudra sûrement prendre sa propre auto et vous emmener avec elle, dit-il.

– Probablement!... Il faut que j'aide ici. Vous ne vous imaginez pas à quel point cette petite voiture est lourde.

Elle passa derrière, et côte à côte avec le garde, pesamment elle poussa la petite voiture le long de l'allée rose. Elle se souciait peu de savoir si quelqu'un les voyait.

– Pourquoi ne pas me laisser là et aller chercher Field? Il est assez fort pour finir le trajet.

– C'est si près! dit-elle en haletant.

Mais, lorsqu'ils arrivèrent en haut de la petite montée, elle essuya la sueur qui lui couvrait le visage, et Mellors aussi. C'était curieux, mais cet effort qu'ils avaient fait ensemble les avait rapprochés, et ils étaient beaucoup plus près l'un de l'autre qu'avant.

– Merci mille fois, Mellors, dit Clifford, lorsqu'ils furent devant la porte du château. Il me faut un autre type de moteur, voilà tout. Voulez-vous aller à la cuisine et déjeuner? Ce doit être à peu près l'heure.

– Merci, sir Clifford. Mais j'allais chez ma mère aujourd'hui. C'est dimanche.

– Comme vous voulez.

Mellors enfila son manteau, regarda Connie, salua et partit. Connie, furieuse, monta chez elle.

Pendant le repas, elle ne put s'empêcher de dire ce qu'elle pensait.

– Pourquoi avez-vous si peu d'égards, Clifford? C'est abominable! lui dit-elle.

– D'égards pour qui?

– Pour le garde. Si c'est comme cela que vous voyez la conduite des classes dirigeantes, je vous plains.

– Pourquoi?

– Un homme qui a été malade, qui n'est pas très solide! Ma parole, si j'étais de la classe qui reçoit les ordres, vous pourriez toujours attendre pour mes services. Vous pourriez toujours siffler!

– Je n'en doute pas.

– Si c'était lui qui avait été assis dans une petite voiture avec les jambes paralysées, et qu'il se soit conduit comme vous vous êtes conduit, qu'est-ce que vous auriez fait pour lui?

– Ma chère prêcheuse, cette façon de mélanger les personnes et les personnalités est de mauvais goût.

– Et votre manque de la sympathie la plus élémentaire

est de bien mauvais goût. C'est répugnant, stérile. *Noblesse oblige* (1)! Vous et votre classe dirigeante.

– Et quelles seraient donc mes obligations? Eprouver tout un tas d'émotions inutiles pour mon garde-chasse? Très peu pour moi. Je laisse tout cela à ma prêcheuse.

– Comme s'il n'était pas un homme tout autant que vous, ma parole!

– Mon garde-chasse par-dessus le marché! Et je le paye deux livres par semaine et je lui donne une maison.

– Vous le payez! Qu'est-ce que vous croyez que vous payez avec deux *pounds* (2) par semaine et une maison?

– Ses services.

– Bah! Je vous dirais de les garder, vos deux *pounds* par semaine et votre maison.

– C'est probablement ce qu'il aimerait faire. Mais il ne peut pas se le permettre.

– Vous, et vos idées! Diriger! dit-elle. Vous ne dirigez rien, ne vous faites pas d'illusions. Vous avez simplement plus que votre part d'argent, et vous faites travailler les gens pour deux *pounds* par semaine, sans quoi ils n'ont qu'à crever de faim. Diriger! Qu'est-ce que vous avez à offrir pour ça? Vous êtes complètement desséché! Tout ce que vous savez faire, c'est tyranniser les gens avec votre argent, comme n'importe quel juif ou n'importe quel *Schieber* (3).

– Vous avez des façons de parler très élégantes, lady Chatterley!

– Je peux vous assurer que vous aviez beaucoup d'élégance vous aussi, tout à l'heure dans le bois. J'avais terriblement honte de vous. Mais mon père est dix fois plus humain que vous. Vous, le gentleman!

Il sonna pour appeler Mrs. Bolton. Mais il était blême.

Elle monta chez elle, furieuse, se disant à elle-même : « Lui et tous ceux qui achètent les autres! Eh bien, il ne m'achète pas, et je ne suis donc pas obligée de rester avec lui. Poisson mort de gentleman, avec son âme de celluloïd. Et comme ils vous entortillent, avec leurs manières et leurs faux airs de mélancolie et de douceur. Ils ont à peu près autant de sentiment que du celluloïd. »

(1) En français dans le texte. *(N.d.T.)*

(2) Livre anglaise.

(3) En allemand dans le texte : terme employé à partir de 1900 pour désigner un intermédiaire rapace. *(N.d.T.)*

Elle fit ses plans pour la nuit, et décida de ne plus penser à Clifford. Elle ne voulait pas le haïr. Elle ne voulait d'aucune émotion qui la mêlerait trop intimement à lui. Elle voulait qu'il ne sache rien du tout d'elle, et surtout qu'il ne sache rien de ses sentiments pour le garde. Cette querelle au sujet de son attitude envers les domestiques n'était pas nouvelle. Il la trouvait trop familière, elle le trouvait stupidement insensible, dur et le cœur mort comme du caoutchouc quand il s'agissait des autres.

Elle descendit calmement, avec son air modeste et réservé de toujours, à l'heure du dîner. Il avait le teint encore jaune, signe qu'il allait avoir une de ses crises de foie habituelles, pendant lesquelles son comportement devenait vraiment très bizarre. Il était en train de lire un livre français.

– Avez-vous jamais lu Proust ? lui demanda-t-il.

– J'ai essayé, mais il m'ennuie.

– Il est vraiment très extraordinaire.

– Peut-être, mais il m'ennuie. Toutes ces complications ! Il n'a pas de sentiments, rien que des flots de paroles sur des sentiments. Je ne supporte plus ce genre de mentalité vaniteuse.

– Vous aimeriez mieux sans doute de l'animalité vaniteuse ?

– Peut-être ! Mais on pourrait peut-être trouver quelque chose qui ne soit pas vaniteux.

– En tout cas, j'aime la subtilité de Proust et son anarchie mondaine et distinguée.

– Cela vous enlève toute vie, je trouve.

– Voilà bien ma petite femme prêcheuse !

La même éternelle discussion recommençait. Mais elle ne pouvait s'empêcher de le combattre. Il avait l'air d'un squelette, assis là, et de lui émanait une froide et grisâtre volonté de squelette, tout entière dirigée contre elle. Elle sentait presque le squelette l'agripper et la serrer contre la cage de ses côtes. Lui aussi était vraiment prêt au combat, et elle avait un peu peur.

Elle remonta aussitôt que possible, et se mit au lit de très bonne heure. Mais à neuf heures et demie, elle se leva et sortit dans le couloir pour écouter. Il n'y avait pas un bruit. Elle passa une robe de chambre et descendit. Clifford et Mrs. Bolton jouaient aux cartes, avec mises d'argent. Ils continueraient sans doute jusqu'à minuit.

Connie retourna dans sa chambre, jeta son pyjama sur

le lit défait, mit une robe de tennis légère et par-dessus une robe de lainage, mit des chaussures de tennis à semelle de caoutchouc, puis un léger manteau. Elle était prête. Si elle rencontrait quelqu'un, elle dirait qu'elle sortait juste pour quelques instants. Et le matin, quand elle rentrerait, ce serait qu'elle était juste sortie faire un tour dans la rosée, comme elle le faisait assez souvent avant le petit déjeuner. Pour le reste, le seul danger était que quelqu'un vienne dans sa chambre pendant la nuit. Mais cela, il n'y avait pas une chance sur mille que cela se produise.

Betts n'avait pas fermé les portes à clef. Il verrouillait la maison à dix heures, et la déverrouillait à sept heures le matin. Elle se glissa dehors silencieusement et sans être vue. Une demi-lune brillait, assez pour éclairer un peu le monde, pas assez pour la révéler, elle, dans le manteau gris foncé qui l'enveloppait. Elle traversa rapidement le parc, poussé moins par la joie du rendez-vous que par une certaine fièvre de colère et de rébellion qui lui brûlait le cœur. Ce n'était pas le genre de cœur que l'on conduit d'ordinaire à un rendez-vous d'amour. Mais, *à la guerre comme à la guerre* (1)!

Chapitre 14

Quand elle arriva près de la grille du parc, elle entendit le bruit du loquet. Il était bien là, donc, dans l'obscurité du bois, et il l'avait vue.

– Vous arrivez de bonne heure, dit-il, encore dans l'ombre. Tout s'est bien passé?

– Aucune difficulté.

Il ferma la grille doucement derrière elle, et dirigea sa lanterne vers le sol sombre où le faisceau de lumière révéla les fleurs blafardes, encore là dressées et ouvertes dans la nuit. Ils marchèrent sans se toucher, en silence.

– Etes-vous bien sûr que vous ne vous êtes pas fait mal ce matin avec cette petite voiture? demanda-t-elle.

(1) En français dans le texte. *(N.d.T.)*

– Non, non !
– Quand vous avez eu cette pneumonie, est-ce qu'il y a eu des séquelles ?
– Oh rien ! Mon cœur n'est pas aussi solide et mes poumons sont moins élastiques. Mais cela fait toujours ça.
– Et vous ne devriez pas faire d'efforts physiques violents ?
– Pas souvent.
Elle continua d'avancer, silencieuse et irritée.
– Est-ce que vous avez détesté Clifford ? dit-elle enfin.
– Détesté, non. J'ai connu trop d'hommes comme lui pour m'énerver à le détester. Je sais d'avance que je n'aime pas son genre, et je m'en tiens là.
– Quel est son genre ?
– Oh ! vous le savez aussi bien que moi ! Le genre de petits jeunes gens un peu efféminés et sans couilles.
– Sans quoi ?
– Sans couilles. Des couilles d'homme.
– Mais est-ce que c'est vraiment la question ? dit-elle, un peu agacée.
– On dit qu'un homme n'a pas de cervelle quand il est bête, qu'il n'a pas de cœur quand il est méchant, qu'il n'a pas d'estomac quand c'est un trouillard. Et quand il n'a pas une étincelle de sauvagerie et de force viriles, on dit qu'il n'a pas de couilles. Quand il est domestiqué, en quelque sorte.
Elle réfléchit un moment là-dessus.
– Et Clifford est domestiqué ? demanda-t-elle.
– Domestiqué, et désagréable par-dessus le marché. Comme la plupart de ces gens-là quand vous les contrariez.
– Et vous pensez que vous n'êtes pas domestiqué ?
– Peut-être pas tout à fait !
Au bout d'un moment, elle aperçut une lumière jaune au loin.
Elle s'immobilisa.
– Il y a une lumière ! dit-elle.
– Je laisse toujours une lumière allumée dans la maison, dit-il.
Elle continua à marcher, restant à côté de lui mais sans le toucher, et se demandant bien pourquoi elle était même avec lui.
Il tourna la clef, et ils entrèrent, puis il poussa le verrou derrière eux. Comme dans une prison, pensa-t-elle. La

bouilloire chantait près du feu rougeoyant; il y avait des tasses sur la table.

Elle s'assit sur le fauteuil de bois près du feu. Il faisait bon après le froid du dehors.

– Je vais enlever mes souliers, ils sont mouillés, dit-elle.

Elle posa ses pieds, nus dans les bas, sur la barre d'acier brillante du garde-feu. Il alla chercher de la nourriture dans le garde-manger : du pain, du beurre et de la langue en conserve. Elle n'avait plus froid et enleva son manteau. Il le suspendit à la porte.

– Est-ce que vous prendrez du cacao, du thé ou du café? demanda-t-il.

– Je ne veux rien, je crois, dit-elle en regardant la table. Mais mangez, vous.

– Non, je n'en ai pas envie. Je vais seulement donner à manger au chien.

Il allait et venait sur le sol de brique d'un pas tranquille et régulier, un peu lourd, préparant l'écuelle brune du chien. L'épagneul le suivait des yeux avec inquiétude.

– Oui, c'est ton souper, ce n'est pas la peine de faire cette mine, comme s'il allait te passer sous le nez! dit-il.

Il mit l'écuelle sur le paillasson au pied de l'escalier, et s'assit sur une chaise à côté du mur pour enlever ses guêtres et ses bottes. La chienne, au lieu de manger, revint à côté de lui et s'assit en le regardant d'un air troublé.

Il défit lentement ses guêtres. La chienne se rapprocha un peu plus.

– Qu'est-ce qui ne va pas? Tu n'es pas contente parce qu'il y a quelqu'un d'autre ici? Tu es bien une femelle, hein! Allez, va manger.

Il lui mit la main sur la tête, et la chienne inclina la tête sur le côté et s'appuya contre lui. D'un geste lent et caressant, il tira la longue oreille soyeuse.

– Là, dit-il. Là! Va manger ton souper, va.

Il tourna sa chaise vers l'écuelle sur le paillasson, et la chienne s'en alla humblement, et se mit à manger.

– Vous aimez les chiens? lui demanda Connie.

– Non, pas vraiment. Ils sont trop domestiqués et trop « collants ».

Il avait enlevé ses guêtres et délaçait ses lourds souliers. Connie avait tourné le dos au feu. Comme la petite pièce était nue! Pourtant, au-dessus de sa tête, sur le mur, pendait une photographie hideuse, un agrandissement, qui montrait deux jeunes mariés, lui, apparemment, et une jeune femme au visage hardi qui devait être sa femme.

– C'est vous? demanda Connie.

Il tourna le cou et regarda le portrait au-dessus de sa tête.

– Oui! Photographié juste avant mon mariage, quand j'avais vingt et un ans.

Son regard était impassible.

– Vous aimez cette photo? demanda Connie.

– Si je l'aime? Non, je n'ai jamais aimé ce genre de choses. Mais elle avait tout arrangé pour en faire faire une.

Il se remit à tirer sur ses souliers.

– Si elle ne vous plaît pas, pourquoi la gardez-vous accrochée là? Peut-être que votre femme aimerait l'avoir? dit-elle.

Il la regarda avec, soudain, un sourire sarcastique sur le visage.

– Elle a emporté tout ce qui avait la moindre valeur dans la maison, mais ça, elle l'a laissé!

– Alors pourquoi la gardez-vous? Pour des raisons sentimentales?

– Non, je ne la regarde jamais. Je savais à peine qu'elle était là. Elle est à la même place depuis le premier jour que nous sommes arrivés ici.

– Pourquoi ne la brûlez-vous pas? demanda-t-elle.

Il tourna le cou de nouveau et regarda le portrait. Il était dans un cadre brun et or, hideux. On y voyait un jeune homme soigneusement rasé, vif, à l'air très jeune, avec un col assez montant, et une jeune femme hardie, un peu boulotte, les cheveux crêpés et gonflés, portant un corsage de satin sombre.

– Ça ne serait pas une mauvaise idée, en effet, dit-il.

Il avait retiré ses bottes et mis une paire de pantoufles. Il grimpa sur la chaise et enleva la photographie. Un grand rectangle pâle apparut sur le papier aux tons de vert.

– Plus besoin de l'épousseter maintenant, dit-il en posant l'objet contre le mur.

Il alla dans l'arrière-cuisine et revint avec un marteau et une pince. S'asseyant sur la même chaise, il commença à arracher le papier qui couvrait l'envers du grand cadre et à enlever les pointes qui tenaient le fond, travaillant de cet air calme et absorbé qu'il avait toujours pour la tâche du moment.

Il eut bientôt enlevé les clous. Puis il retira la planche du fond, puis la photographie elle-même, avec son carton de montage raide et blanc. Il la regarda d'un air amusé.

– On voit bien ce que nous étions, moi une sorte de petit curé et elle une peau de vache. Le petit saint et la peau de vache.

– Faites-moi voir, dit Connie.

Il avait l'air très rasé en effet, propre et net de haut en bas, un de ces jeunes gens propres et nets d'il y a vingt ans. Mais même sur la photographie ses yeux étaient vifs et indomptables. Et la femme n'était pas complètement peau de vache, malgré sa mâchoire lourde. Il y avait quelque chose d'émouvant en elle.

– On ne devrait jamais garder ces choses, dit Connie.

– Non seulement on ne devrait pas les garder, mais on ne devrait jamais les faire faire!

Il cassa la photo et son carton de montage sur son genou, et quand il les eut réduits en morceaux, il les posa sur le feu.

– C'est dommage, cela va gâter le feu, dit-il.

Quant au verre et à la planche de fond, il les mit soigneusement de côté au premier étage.

Le cadre lui-même, il le défit de quelques coups de marteau, qui firent voler le stuc. Puis il porta les morceaux dans l'arrière-cuisine.

– On brûlera ça demain, dit-il. Il y a trop de moulures et de plâtre dessus.

S'étant débarrassé du tout, il s'assit.

– Est-ce que vous aimiez votre femme? lui demanda-t-elle.

– Aimer? dit-il. Est-ce que vous aimiez sir Clifford?

Mais elle était décidée à ne pas se laisser décontenancer.

– Mais vous teniez à elle? poursuivit-elle.

– Tenir?

Il avait son sourire sarcastique.

– Peut-être que vous tenez encore à elle? dit-elle.

– Moi? (Il écarquilla les yeux.) Ah non! Je ne supporte pas de penser à elle, dit-il tranquillement.

– Pourquoi?

Mais il secoua la tête.

– Alors pourquoi ne divorcez-vous pas? Elle reviendra vous chercher un jour.

Il la regarda vivement.
– Elle ne me supporterait même pas à un kilomètre. Elle me déteste encore plus que je ne la déteste.
– Vous verrez qu'elle reviendra.
– Ça, jamais! C'est terminé. Cela me rendrait malade de la voir.
– Vous la verrez revenir. Et vous n'êtes même pas séparés légalement, n'est-ce pas?
– Non.
– Eh bien, elle reviendra, et vous serez obligé de la reprendre.
Il regarda Connie fixement. Puis il eut ce curieux mouvement de tête qui lui était particulier.
– Vous avez peut-être raison. J'ai été un imbécile de jamais revenir ici. Mais je me sentais comme une épave et il fallait que j'aille quelque part. Un homme sans attaches n'est plus grand-chose. Mais vous avez raison. Je vais divorcer et me libérer. Je déteste tout ça, les fonctionnaires, les tribunaux, les juges, c'est pire que la mort pour moi. Mais il faut que j'y passe. Je vais demander le divorce.
Et elle vit ses mâchoires serrées. Secrètement, elle exultait.
– Je crois que j'ai envie d'une tasse de thé maintenant, dit-elle.
Il se leva pour la préparer. Mais son visage était tendu.
Comme ils se mettaient à table, elle lui demanda :
– Pourquoi l'avez-vous épousée? Elle vous était inférieure. Mrs. Bolton m'a parlé d'elle. Elle n'a jamais pu comprendre pourquoi vous l'aviez épousée.
Il la regarda fixement.
– Je vais vous expliquer, dit-il. La première fille que j'ai eue, j'avais seize ans quand je suis tombé amoureux d'elle. C'était la fille d'un instituteur d'Ollerton. Elle était jolie, belle même. Moi, j'étais le jeune homme intelligent qui avait fait ses études au collège de Sheffield, qui savait un peu de français et d'allemand, un esprit vraiment supérieur. Elle, c'était le genre romantique qui déteste la vulgarité. Elle m'a poussé vers la poésie et la lecture. D'une certaine façon, elle a fait un homme de moi. Je lisais et je pensais comme si j'avais le feu aux trousses, pour elle. Et je travaillais aux Bureaux Butterley, j'étais maigre, pâle, la tête pleine à craquer de tout ce que je lisais. Et je parlais de tout avec elle, tout y passait. On

arrivait à se croire à Persépolis et à Tombouctou, rien qu'en en parlant. Dans dix comtés, on n'aurait pas trouvé de couple plus savant en littérature que nous. Je pérorais devant elle avec extase, littéralement avec extase. Je partais complètement dans les nuages. Et elle m'adorait. Mais il y avait un serpent sous l'herbe, la question sexuelle. Elle n'avait pas de tempérament, du moins pas où il faut. Je devenais de plus en plus maigre et de plus en plus fou. Enfin je lui ai dit qu'on devait être amants. Je l'ai convaincue à force de parler, comme d'habitude, et elle m'a laissé faire. Moi j'étais excité, mais elle, elle n'avait jamais envie. Elle n'avait simplement pas de désir. Elle m'adorait, elle adorait que je lui parle et que je l'embrasse; de cette façon-là, elle m'aimait avec passion. Mais le reste, elle n'en voulait pas, c'est tout. Et il y a beaucoup de femmes comme elle. Et c'était justement le reste que je voulais, moi. Alors on s'est séparés. J'ai été cruel, je l'ai quittée. Puis je me suis mis avec une autre, une maîtresse d'école qui avait fait scandale parce qu'elle avait eu une liaison avec un homme marié et lui avait presque fait perdre la raison. C'était une femme douce, ce genre de femme blanche et douce, plus âgée que moi, et qui jouait du violon. Et c'était un démon. Elle aimait tout de l'amour, sauf le sexe. Elle était tendre et caressante, et elle s'insinuait en vous de toutes les manières. Mais si on la forçait à aller plus loin et à faire l'amour, elle serrait les dents et c'était de la haine qui sortait d'elle. Je la forçais à faire l'amour, mais sa haine me paralysait, tout simplement. Alors voilà, encore une fois je me trouvais devant un obstacle. Et j'avais horreur de tout cela. Il me fallait une femme qui me voulait moi, et voulait ça aussi.

» Là-dessus est arrivée Bertha Coutts. Ils habitaient à côté de chez nous quand j'étais petit, aussi je les connaissais bien. Et c'était des gens du peuple. En tout cas, elle était partie quelque part à Birmingham. Comme dame de compagnie, à ce qu'elle disait. Mais tout le monde disait que c'était comme serveuse dans un hôtel ou quelque chose dans ce genre-là. Quoi qu'il en soit, juste comme je commençais à en avoir vraiment assez de cette autre fille – j'avais vingt et un ans à ce moment-là – voilà Bertha qui revient, avec des manières, des grâces, des toilettes, et une sorte d'éclat dans sa personne : le genre d'éclat sensuel qu'on voit quelquefois aux femmes, ou aux tramways. Moi, j'étais prêt à tout casser. J'ai lâché mon travail chez Butterley, parce que j'avais l'impression de sécher sur tige, à faire l'employé là-dedans, et je me suis engagé comme maître forgeron à Tevershall. Pour ferrer les chevaux, la plupart du temps. Cela avait été le métier de mon père, et je passais tout mon temps avec lui quand j'étais petit. C'était un travail qui me plaisait, de m'occuper des chevaux, et je m'y sentais à l'aise. Alors je me suis arrêté de parler « fin » comme ils disent, de parler en bon anglais, et je me suis remis au patois. Je continuais à lire, à la maison. Mais je faisais le forgeron, j'avais un poney et une voiture à moi, et je ne me prenais pas pour rien. Mon père m'a laissé trois cents livres à sa mort. Alors je me suis mis avec Bertha, et j'étais content qu'elle soit commune. Je voulais qu'elle soit commune et je voulais être commun moi-même. Enfin, je l'ai épousée, et au début elle n'était pas si mal pour moi. Les autres femmes « pures » m'avaient presque complètement castré, mais de ce côté-là elle était parfaite. Elle me voulait et elle ne faisait pas d'embarras. J'étais heureux comme un roi. C'était ce que je voulais : une femme qui me voulait pour la baiser. Alors je la baisais tant et plus. Et je crois qu'elle me méprisait un peu parce que j'y trouvais tant de plaisir, et que je lui apportais son déjeuner au lit quelquefois. Elle a commencé à se laisser aller, il n'y avait pas de dîner convenable quand je rentrais du travail et, si je disais quelque chose, elle se mettait en rage contre moi. Ça me mettait en rage aussi et je lui volais dans les plumes. Elle me lançait une tasse à la figure, et je l'attrapais par la peau du cou et la serrais jusqu'à ce qu'elle étouffe. Ce genre de choses! Mais elle me traitait avec insolence. Et elle en est arrivée à ne plus jamais vouloir coucher avec moi quand j'en avais envie : jamais. Elle me repoussait toujours, et le plus brutalement possible. Et alors quand elle m'avait vraiment refroidi et que je ne la voulais plus, elle revenait me provoquer avec toutes sortes de chatteries. Et je lui cédais toujours. Mais quand je faisais l'amour, elle ne jouissait jamais en même temps que moi, jamais! Elle attendait, Si je me retenais une demi-heure, elle se retenait encore plus longtemps. Et quand j'avais vraiment fini, alors elle commençait pour son compte, et il fallait que je reste en elle jusqu'à ce qu'elle se fasse jouir et qu'elle soit là, à se tortiller et à crier. Elle s'accrochait avec son corps là en bas et elle y allait de toutes ses forces, et puis elle jouissait, et c'était vraiment l'extase. Alors elle disait : « C'était bon! » A la fin, je commençais à être dégoûté, et elle est devenue encore pire. Elle devenait de plus en plus difficile à satisfaire, et elle me déchirait là en bas, comme si elle avait un bec. Seigneur! On croit que les femmes sont douces là en bas, douces comme des figues. Mais je peux vous dire que les vieilles sorcières ont un bec entre les jambes et qu'elles vous déchirent avec jusqu'à ce que vous n'en puissiez plus. Moi, moi, moi! Elles ne pensent qu'à elles-mêmes, et à déchirer et à crier. Elles parlent de l'égoïsme des hommes, mais qu'est-ce que c'est à côté de cette aveugle volonté d'oiseau de proie qu'ont les femmes une fois qu'elles sont devenues comme ça. Comme de vieilles putains! Et elle ne pouvait pas s'en empêcher. Je lui en ai parlé, je lui ai dit comme je détestais ça. Et elle faisait un effort parfois. Elle essayait de rester tranquille et me laisser faire, moi. Elle essayait, mais ça ne servait à rien. Elle n'éprouvait rien quand c'était moi qui menais les opérations. Il lui fallait agir elle-même, moudre son propre café. Et ça la reprenait comme un accès de folie, elle ne pouvait plus se retenir, et elle déchirait, déchirait, comme si elle n'avait de sensation qu'au bout de son bec, à la pointe tout en haut à l'extérieur, qui frottait et déchirait. Les vieilles putains étaient comme ça, à ce que disaient les hommes. C'était une sorte d'entêtement mauvais qu'elle avait, un entêtement de délire, comme une femme qui boit. En tout cas, j'ai fini par ne plus pouvoir le supporter. Nous avons fait chambre à part. C'est elle qui avait commencé, dans ces moments de crise où elle ne voulait plus me voir, quand elle disait que je la tyrannisais. Elle avait sa chambre à elle. Mais il y a eu un moment où je n'ai plus voulu la laisser entrer dans ma chambre. Je ne voulais plus.

» Je la détestais. Et elle me détestait. Seigneur! Comme elle m'a détesté avant la naissance de l'enfant. Je pense souvent qu'elle l'a conçu à force de haine. De toute façon, après la naissance de l'enfant, je l'ai laissée tranquille. Après il y a eu la guerre et je me suis enrôlé. Et je ne suis revenu que quand j'ai appris qu'elle était avec ce type à Stacks Gate.

Il s'interrompit, le visage tout pâle.

– Et comment est-il, cet homme de Stacks Gate? demanda Connie.

– Une sorte de grand type un peu bébé, très ordurier. Elle le tyrannise, et ils boivent ensemble.

– Ma parole, si elle revenait!

– Seigneur! Je partirais, je disparaîtrais encore une fois.

Il y eut un silence. Les morceaux de carton dans le feu s'étaient transformés en cendre grise.

– Ainsi, quand vous avez enfin trouvé une femme qui vous voulait, dit Connie, vous avez été vite rassasié.

– On dirait, oui. Pourtant, même comme ça, je la préférais encore aux autres qui disaient toujours non-non : la blanche jeune fille de mon adolescence, et la deuxième, le lis empoisonné, et les autres.

– Parlez-moi des autres, dit Connie.

– Les autres? Il n'y en a pas. Seulement, d'après mon expérience, la grande masse des femmes sont comme ça : la plupart veulent un homme, mais elles ne veulent pas le sexe, seulement elles s'en accommodent, comme d'un mal nécessaire. Les moins à la page font semblant de rien et vous laissent faire. Et après, ça leur est égal, elles vous aiment bien. Mais la chose en elle-même, ça n'existe pas pour elles, c'est juste un peu déplaisant. Et la plupart des hommes aiment bien que ça se passe comme ça. Moi, je ne peux pas le supporter. Mais il y en a qui sont rusées. Elles sont comme ça, mais elles ne le montrent pas. Elles font semblant d'être passionnées, d'éprouver de grands frissons. Mais c'est du chiqué. Elles jouent. Et puis il y a celles qui aiment tout, toutes les sensations, toutes les caresses et toutes les manières de jouir, sauf celle qui est naturelle. Elles vous font jouir quand vous n'êtes pas au seul endroit où vous devriez être pour ça. Et puis il y a les dures, qui sont la croix et la bannière à faire jouir, et qui se font jouir toutes seules, comme ma femme. Elles veulent avoir le rôle actif. Et puis il y a celles qui sont mortes à l'intérieur, mais vraiment mortes, et elles le savent. Et puis il y a celles qui vous font sortir avant que vous ayez vraiment fini, et qui continuent à se trémousser des reins jusqu'à ce qu'elles se fassent jouir contre vos cuisses. Mais celles-là, ce sont surtout des lesbiennes. C'est incroyable comme les femmes sont lesbiennes, consciemment ou inconsciemment. Il me semble qu'elles sont presque toutes lesbiennes.

– Et vous n'aimez pas ça, demanda Connie.

– Je pourrais les tuer! Quand je suis avec une femme qui est vraiment lesbienne, cela me fait presque hurler dans mon âme, tant j'ai envie de la tuer.

– Et qu'est-ce que vous faites?

– Je m'en vais aussi vite que possible.

– Mais est-ce que vous pensez que les femmes lesbiennes sont pires que les hommes homosexuels?

– Naturellement, parce que j'ai davantage souffert par elles. En théorie, je n'en ai aucune idée. Quand je me trouve avec une femme qui est lesbienne, qu'elle en soit consciente ou non, je vois rouge. Non, non! Mais je ne voulais plus rien avoir à faire avec aucune femme. Je voulais rester seul, protéger mon intimité et mon honnêteté.

Il avait l'air pâle, le front lourd.

– Et est-ce que vous avez regretté de me rencontrer?

– Oui, et en même temps j'étais content.

– Et maintenant?

– Je suis ennuyé d'un point de vue extérieur, à cause de toutes les complications, les récriminations, les incidents désagréables qui ne vont pas manquer d'arriver, tôt ou tard. Ça, c'est quand je me sens faible, quand je n'ai pas de force dans le sang. Mais quand mon sang se réveille, je suis content. Je suis même triomphant. J'étais vraiment en train de devenir amer. Je pensais qu'il n'y avait plus d'amour physique possible, qu'il n'y avait plus de femme qui pouvait vraiment jouir naturellement avec un homme; sauf les Noires et... enfin, bon, nous sommes des Blancs, et elles, ça fait un peu comme de la boue.

– Et maintenant, êtes-vous content de m'avoir?

– Oui, quand je peux oublier le reste. Quand je ne peux pas oublier le reste, j'ai envie de me coucher sous la table et de mourir.

– Pourquoi sous la table?

– Pourquoi? (Il se mit à rire.) Pour me cacher, je suppose, bébé!

– Vous semblez vraiment avoir été terriblement déçu par les femmes?

– Vous comprenez, je n'ai jamais pu me tromper moi-même. C'est comme ça que la plupart des hommes s'arrangent. Ils adoptent une attitude et vivent avec un mensonge. Je n'ai jamais pu me tromper moi-même. Je savais ce que j'attendais d'une femme, et je ne pouvais absolument pas prétendre que je l'avais quand je ne l'avais pas.

– Mais est-ce que vous l'avez maintenant?

– On dirait.

– Alors pourquoi êtes-vous si pâle et si sombre?

– Trop de souvenirs, ça m'étouffe. Et puis j'ai peut-être peur de moi-même.

Elle resta silencieuse. Il se faisait tard.

– Et vous pensez que c'est important, l'homme et la femme? lui demanda-t-elle.

– Pour moi, c'est important. Pour moi, c'est le fondement de ma vie : avoir avec une femme les rapports qu'il faut.

– Et si vous ne les aviez pas?

– Alors il faudrait que je m'en passe.

De nouveau elle réfléchit, avant de demander :

– Et est-ce que vous croyez que vous vous êtes toujours bien comporté avec les femmes?

– Seigneur, non! C'est moi qui ai laissé ma femme en arriver au point où elle en est. C'est en grande partie de ma faute. Je l'ai gâtée. Et puis je suis très méfiant. Il faut vous y préparer. Il me faut longtemps avant d'avoir confiance en quelqu'un, profondément. Alors peut-être que je suis un imposteur moi aussi. Je me méfie. Et on ne peut pas tromper la tendresse.

Elle le regarda.

– Vous n'êtes pas méfiant avec votre corps, quand votre sang se réveille, dit-elle. Vous n'avez pas de méfiance alors, n'est-ce pas?

– Non, hélas! C'est comme ça que j'ai eu tous ces ennuis. Et c'est pourquoi mon esprit est si terriblement méfiant.

– Laissez-le être méfiant. Qu'est-ce que cela peut faire!

La chienne, mal à son aise, soupira sur le paillasson. Le feu, étouffé par les cendres, baissait.

– Nous sommes deux guerriers couverts de blessures, dit Connie.

– Vous aussi, vous êtes couverte de blessures? dit-il en riant. Et voilà que nous retournons au combat!

– Oui! J'ai vraiment peur.

– C'est comme ça!

Il se leva, mit les souliers de Connie à sécher, essuya les siens et les posa près du feu. Le lendemain matin, il les graisserait. Il tisonna les cendres du carton pour les écarter autant que possible du feu.

– Même brûlé, c'est répugnant, dit-il.

Puis il alla chercher du bois sec et le mit de côté sur la grille, pour le lendemain matin. Puis il sortit un moment avec la chienne.

Lorsqu'il revint, Connie dit :

– Je veux sortir un peu aussi.

Elle sortit seule dans l'obscurité. Il y avait des étoiles au ciel. Elle sentait le parfum des fleurs dans l'air nocturne. Et elle sentait ses chaussures mouillées qui se mouillaient encore plus. Mais elle avait envie de partir, de partir loin de lui et de tout le monde.

L'air était froid. Elle frissonna et retourna à la maison. Il était assis devant le feu mourant.

– Quel froid! dit-elle en frissonnant.

Il mit le bois sur le feu, et alla en chercher d'autre, jusqu'à ce que flambe un grand feu tout craquant dans la cheminée. La flamme jaune qui courait et dansait réchauffa leur visage et leur âme, et ils se sentirent heureux.

– Ne vous faites pas de souci, dit-elle, lui prenant la main alors qu'il était encore silencieux et lointain. Chaque être fait ce qu'il peut.

– Eh oui!

Il soupira, ébauchant un petit sourire tordu, toujours immobile devant le feu. Alors elle se glissa jusqu'à lui et se blottit dans ses bras.

– Oubliez alors, murmura-t-elle. Oubliez.

Il la serra fort, dans la chaleur mouvante du feu. La flamme elle-même était comme un bain d'oubli. Et le poids de ce corps dans ses bras, doux, tiède, épanoui! Lentement un changement se fit dans son sang, faisant refluer vers lui force et vigueur et courage.

– Et peut-être que ces femmes voulaient sincèrement être avec vous et vous aimer vraiment; seulement peut-être qu'elles ne le pouvaient pas. Ce n'était peut-être pas entièrement leur faute, dit-elle.

– Je sais bien. Croyez-vous que je me fais des illusions sur ce que j'étais moi-même? Un serpent qu'on a piétiné et qui a l'échine brisée.

Elle s'agrippa soudain à lui. Elle n'avait pas voulu recommencer à parler de tout cela. Pourtant une sorte de perversité l'y avait poussée.

– Mais vous n'êtes plus comme ça maintenant, dit-elle. Vous n'êtes plus un serpent écrasé avec l'échine brisée.

– Je ne sais pas ce que je suis. Il y a des jours sombres devant nous.

– Non, protesta-t-elle, en se serrant contre lui. Pourquoi? Pourquoi?

– Il y aura des jours sombres pour nous et pour tout le monde, répéta-t-il d'un ton de mélancolie prophétique.

– Non! Il ne faut pas dire ça!

Il se tut. Mais elle sentait l'abîme noir du désespoir en lui. C'était la mort de tout désir, la mort de tout amour. C'était ce désespoir qui est au fond des hommes comme une caverne sombre où se perd leur force.

– Et vous parlez si froidement de l'amour physique, dit-elle. Vous en parlez comme si vous ne cherchiez que votre propre plaisir et votre propre satisfaction.

Elle était inquiète et se dressait contre lui.

– Non, dit-il. Je voulais trouver mon plaisir et ma satisfaction en une femme, et je ne les ai jamais eus. Parce que je ne pouvais pas trouver mon plaisir et ma satisfaction en elle, tant qu'elle ne trouvait pas les siens en moi en même temps. Et cela ne s'est jamais produit. Il faut être deux pour ça.

– Mais vous n'avez jamais cru aux femmes que vous avez eues. Vous ne croyez même pas en moi vraiment, dit-elle.

– Je ne sais pas ce que cela veut dire, croire en une femme, dit-il.

– C'est cela le problème, vous voyez!

Elle était toujours blottie sur ses genoux. Mais il était morne et absent, il n'était pas là, présent pour elle. Et tout ce qu'elle disait l'éloignait encore davantage.

– Mais en quoi croyez-vous, finalement? insista-t-elle.

– Je ne sais pas.

– En rien, comme tous les hommes que j'ai connus, dit-elle.

Ils se turent tous les deux. Puis il fit un effort et dit :

– Si, je crois en quelque chose. Je crois en ce qui vient du cœur. Je crois surtout en la nécessité d'être chaleureux en amour, de baiser avec cœur. Je crois que si les hommes pouvaient baiser avec cœur, et les femmes les accepter avec cœur, tout irait bien. C'est tout ce couchage froid et sans cœur qui est mort et stupidité.

– Mais vous ne me faites pas l'amour froidement et sans cœur, protesta-t-elle.

– Je ne veux même pas vous faire l'amour. Mon cœur est aussi froid que des pommes de terre froides en ce moment.

– Oh! dit-elle, en l'embrassant d'un air moqueur. Mangeons-les *sautées* (1) alors!

Il rit et se redressa.

(1) En français dans le texte. (*N.d.T.*)

– C'est un fait, dit-il. Tout pour un peu de chaleur et de cœur. Mais les femmes n'en veulent pas. Vous-même, vous n'en voulez pas vraiment. Vous aimez du bon baisage, net, perçant, et froid. Et après vous dites que c'est tout sucre et tout miel. Où est votre tendresse pour moi? Vous êtes sur vos gardes avec moi comme un chat avec un chien. Je vous le dis : il faut être deux, même pour la tendresse et la chaleur. Vous aimez bien faire l'amour, d'accord, mais vous voulez que cela porte un nom splendide et mystérieux pour flatter votre sentiment d'importance. Le sentiment de votre propre importance compte plus pour vous, cinquante fois plus, que n'importe quel homme, ou que le fait d'être avec un homme.

– Mais c'est vous qui êtes comme ça, il me semble. Vous donnez plus d'importance à vous-même qu'à n'importe qui ou n'importe quoi d'autre.

– Ah, très bien alors! dit-il, faisant un mouvement pour se lever. Restons chacun de notre côté alors. J'aime mieux mourir que de continuer à faire l'amour sans chaleur et sans cœur.

Elle s'écarta de lui et il se leva.

– Et vous croyez que c'est ce que je veux, moi? dit-elle.

– J'espère que non, répondit-il. Mais quoi qu'il en soit, allez vous coucher, et moi je dormirai ici, en bas.

Elle le regarda. Il était pâle, son front était ombrageux, il était rétracté et aussi loin d'elle que le pôle Nord. Les hommes étaient tous pareils.

– Je ne peux pas rentrer à la maison avant demain matin, dit-elle.

– Non. Allez vous coucher, il est une heure moins le quart.

– Il n'en est pas question, dit-elle.

Il traversa la pièce et ramassa ses bottes.

– Je vais sortir, alors, dit-il.

Il commença à mettre ses bottes. Elle le regardait fixement.

– Attendez! balbutia-t-elle. Attendez! Qu'est-ce qui s'est mis entre nous?

Il était penché, occupé à lacer ses bottes, et il ne répondit pas. Les minutes s'écoulèrent. Une obscurité l'envahit, semblable à un évanouissement. Sa conscience tout entière mourut, et elle resta là, les yeux élargis, le regardant du fond de l'inconnu, n'ayant plus connaissance de rien.

Il leva les yeux, à cause du silence, et la vit, les yeux élargis, perdue. Et comme entraîné par une bourrasque, il se leva et clopina jusqu'à elle, un pied chaussé et l'autre sans soulier, et la prit dans ses bras, et la serra contre son corps qui lui semblait comme meurtri de part en part. Et il la tint là, et là elle demeura.

Et enfin ses mains aveuglément glissèrent sur elle, la cherchant, cherchant sous le vêtement là où elle était lisse et chaude.

– Ma petite! murmura-t-il. Ma petite fille. Ne nous battons pas! Ne nous battons plus jamais! Je t'aime, j'aime te toucher. Ne discute pas avec moi. Non, non, non! Soyons ensemble.

Elle leva le visage et le regarda.

– Ne vous tourmentez pas, dit-elle calmement. Cela ne sert à rien de se tourmenter. Voulez-vous vraiment que nous soyons ensemble?

De ses yeux grands ouverts, calmement, elle interrogeait son visage. Il s'interrompit, et d'un seul coup se figea, la tête tournée sur le côté. Son corps entier se figea complètement, mais ne s'écarta pas d'elle.

Puis il leva la tête et la regarda dans les yeux, avec le même sourire étrange, légèrement moqueur, disant :

– Oui, oui! Soyons ensemble par serment.

– Mais vraiment? dit-elle, ses yeux s'emplissant de larmes.

– Oui, vraiment! Soyons ensemble cœur, ventre et queue.

Il avait encore son petit sourire en la regardant, avec la même lueur d'ironie dans les yeux, et un peu d'amertume.

Elle pleurait silencieusement, et il s'étendit avec elle et la prit là sur le tapis, et ainsi ils retrouvèrent un peu de sérénité. Puis ils allèrent rapidement se coucher, car il commençait à faire froid, et ils s'étaient épuisés l'un l'autre. Et elle se blottit contre lui, petite dans ses bras, et ils s'endormirent tous deux aussitôt, unis dans le même sommeil. Et ainsi ils reposèrent, ne bougeant pas une seule fois, jusqu'au moment où le soleil se leva au-dessus des bois et où le jour commença.

Alors il s'éveilla et regarda la lumière. Les rideaux étaient tirés. Il écouta les appels éclatants et frénétiques des merles et des grives dans le bois. Ce serait un matin radieux. Il était à peu près cinq heures et demie, l'heure où il se levait. Il avait dormi si profondément! C'était un jour si nouveau! La femme était encore blottie tendrement dans son sommeil. Sa main erra sur elle, et elle ouvrit ses yeux bleus, étonnés, et sourit, encore inconsciente, en le regardant.

– Vous êtes réveillé? lui dit-elle, comme il la regardait dans les yeux.

Il sourit et l'embrassa. Et soudain elle s'éveilla pour de bon et s'assit dans le lit.

– Dire que je suis ici! dit-elle.

Son regard fit le tour de la petite chambre blanchie à la chaux avec son plafond en pente et sa lucarne faîtière où les rideaux blancs étaient tirés. La pièce était nue. Il n'y avait qu'une petite commode peinte en jaune et une chaise; et le lit blanc, pas très large, dans lequel elle était couchée avec lui.

– Dire que nous sommes ici! dit-elle, abaissant son regard vers lui.

Toujours étendu, il la contemplait, lui caressant les seins de ses doigts sous la mince chemise. Quand il était réchauffé et détendu, il avait l'air jeune et beau. Ses yeux pouvaient être si chaleureux! Et elle était fraîche et jeune comme une fleur.

– Je veux enlever ça, dit-elle en remontant sa fine chemise de batiste et la faisant passer par-dessus sa tête.

Elle resta là, les épaules nues, ses seins un peu longs, vaguement dorés. Il aimait faire osciller ses seins, doucement, comme des cloches.

– Il faut que vous enleviez votre pyjama aussi, dit-elle.

– Mais non!

– Si, si! ordonna-t-elle.

Et il enleva la vieille veste de coton, et se sortit du pantalon. Sauf au visage, au cou, aux mains et aux poignets, il était blanc comme du lait, d'une belle chair mince et musclée. Il lui parut si beau de nouveau qu'elle fut saisie d'émotion, comme cet après-midi où elle l'avait aperçu en train de se laver.

L'or du soleil se posa sur les rideaux blancs tirés. Elle eut l'impression qu'il voulait entrer.

– Oh, ouvrons les rideaux! Les oiseaux chantent si fort! Laissons entrer le soleil, dit-elle.

Il se glissa hors du lit et elle ne vit que son dos nu, blanc et mince, tandis qu'il allait jusqu'à la fenêtre, et se penchant un peu, tirait les rideaux et regardait dehors un moment. Son dos était blanc et fin, les fesses petites et belles et d'une perfection délicate dans leur virilité, sa nuque hâlée, délicate, et pourtant forte.

Il y avait une force intérieure, non pas extérieure, dans ce corps fin et délicat.

– Mais tu es beau! dit-elle. Si pur et fin. Viens!

Elle tendit les bras.

Il avait honte de se retourner vers elle, à cause de sa nudité dressée.

Il ramassa sa chemise sur le plancher et la mit devant lui pour aller jusqu'à elle.

– Non! dit-elle, ses beaux bras minces encore tendus découvrant la chute des seins. Laisse-moi te voir.

Il laissa tomber la chemise et resta debout, immobile et tourné vers elle. Un rayon de soleil passa par la fenêtre basse et éclaira ses cuisses, son ventre mince et le phallus dressé qui s'élevait, sombre et impétueux, du petit nuage de poils d'un roux doré éclatant. Elle fut saisie et effrayée.

– Comme il a l'air étrange! dit-elle lentement. Comme il a l'air étrange, tout droit, là! Si grand, et si sombre, si sûr de lui! Est-il vraiment comme ça?

L'homme baissa les yeux sur le devant de son corps blanc et élancé, et rit. Sur sa poitrine mince, les poils étaient sombres, presque noirs. Mais à la racine du ventre, là où s'élevait la cambrure épaisse du phallus, ils étaient d'un roux doré et faisaient un petit nuage éclatant.

– Si fier! murmura-t-elle, inquiète. Et si royal! Maintenant je sais pourquoi les hommes sont si arrogants. Mais il est gentil, au fond. On dirait un être séparé de toi. Un peu terrifiant, mais gentil au fond! Et c'est à moi qu'il vient!

Elle se mordit la lèvre inférieure, de crainte et d'émotion.

L'homme regardait en silence le phallus tendu qui ne changeait pas.

– Oui, dit-il enfin, d'une petite voix (1). Oui, mon fils, tu es bien là et on n'y peut rien. Oui, tu peux lever la tête! Tu fais ce que tu veux, n'est-ce pas, et tu ne demandes son avis à personne. Tu ne tiens pas compte de moi, John Thomas. Est-ce toi le maître? Mon maître? Eh bien, tu as plus d'assurance que moi, et tu parles moins.

(1) Tout ce discours de Mellors est en dialecte. (*N.d.T.*).

John Thomas! Est-ce elle que tu veux? Veux-tu ma lady Jane? Tu m'as fait plonger encore une fois, n'est-ce pas? Et maintenant te voilà qui te dresses en souriant! Prends-la alors! Prends lady Jane! Dis : « Elevez vos linteaux, ô Portes, et le roi de gloire entrera » (1). Oui, tu es un effronté. Un con, voilà ce que tu cherches. Dis à lady Jane que tu veux un con. John Thomas, et le con de lady Jane!

– Oh! ne le taquine pas! dit Connie, rampant à genoux sur le lit jusqu'à lui.

Elle mit ses bras autour des hanches blanches et étroites de l'homme, et l'attira à elle jusqu'à ce que ses seins libres et oscillants touchent la pointe du phallus dressé et frémissant, y cueillant la goutte d'humidité. Elle serra l'homme fort contre elle.

– Couche-toi, dit-il. Couche-toi! Laisse-moi venir!

Il était pressé maintenant.

Et plus tard, après un moment de tranquillité totale, elle voulut de nouveau découvrir l'homme, pour regarder le mystère du phallus.

– Et maintenant il est minuscule et doux, comme un petit bourgeon de vie! dit-elle, prenant le pénis petit et doux dans sa main. N'est-ce pas qu'il est gentil? Si indépendant, si étrange! Et si innocent! Et il entre en moi si profond. Il ne faut jamais l'offenser, tu sais. Il est à moi aussi. Il n'est pas seulement à toi. Il est à moi. Et il est si gentil et si innocent.

Et elle tenait le pénis, qui était tendre, dans sa main.

Il rit.

– « Béni soit le lien qui unit nos cœurs dans un même amour » (2)! dit-il.

– Oui, dit-elle. Même quand il est petit et tendre, je sens mon cœur enchaîné à lui. Et comme les poils sont beaux ici! Tout différents des autres!

– Ce sont ceux de John Thomas, pas les miens, dit-il.

– John Thomas, John Thomas! et elle posa un baiser rapide sur le pénis tendre qui recommençait à frémir.

– Oui, dit l'homme, étirant son corps presque douloureusement. Il a sa racine dans mon âme, ce monsieur! Et parfois je ne sais que faire de lui. Il sait ce qu'il veut et il est difficile à satisfaire. Pourtant, je ne voudrais pas le perdre.

(1) Psaume XXIV. (*N.d.T.*)
(2) John Fawcett, *Cantique. (N.d.T.)*

– Je comprends pourquoi les hommes l'ont toujours craint, dit-elle. Il a quelque chose de terrible.

Le frémissement s'étendait au corps de l'homme tandis que le flux de conscience de nouveau changeait de direction et se tournait vers le bas. Et sans qu'il y puisse rien, le pénis en douces et lentes ondulations s'emplissait, gonflait, s'élevait, et durcissait, se dressant enfin, dur et arrogant, culminant à sa manière étrange, telle une tour. La femme aussi tremblait un peu en le regardant.

– Là. Prends-le! Il est à toi, dit l'homme.

Et elle frémit, et son esprit fondit et s'évanouit. Vives et douces, des vagues d'un plaisir inexprimable roulèrent sur elle comme il la pénétrait, faisant naître le curieux frissonnement fondu qui s'étendait et s'étendait, et qui l'emporta enfin dans un dernier, aveugle afflux jusqu'à l'extrémité d'elle-même.

Il entendit les sirènes lointaines de Stacks Gate annonçant sept heures. C'était lundi matin. Il eut un tremblement, et le visage sur sa poitrine, il pressa ses seins doux contre ses oreilles, pour ne plus rien entendre.

Elle n'avait pas entendu les sirènes. Elle restait étendue, parfaitement immobile, l'âme lavée et transparente.

– Tu dois te lever, non? murmura-t-il.

– Quelle heure? demanda-t-elle d'une voix sans timbre.

– Sept heures.

– C'est l'heure, je suppose.

Elle s'irritait, comme toujours, devant la contrainte qu'imposait l'extérieur.

Il s'assit et regarda vers la fenêtre, le visage vidé d'expression.

– Tu m'aimes, n'est-ce pas? demanda-t-elle calmement.

Il abaissa son regard sur elle.

– Tu sais ce que tu sais. Pourquoi poses-tu des questions? dit-il, un peu irrité.

– Je veux que tu me gardes, que tu ne me laisses pas partir, dit-elle.

Les yeux de l'homme semblaient pleins de ténèbres douces et chaudes, sans pensées.

– Quand? Maintenant?

– Maintenant dans ton cœur. Après je veux venir vivre avec toi pour toujours, bientôt.

Il était assis dans le lit, nu, la tête baissée, incapable de penser.

– Tu ne le veux pas aussi? demanda-t-elle.

– Ah! dit-il.

Puis, de ces mêmes yeux enténébrés d'une flamme de conscience différente, presque semblable au sommeil, il la regarda.

– Ne me pose pas de questions maintenant, dit-il. Laisse-moi en paix. Tu me plais. Je t'aime quand tu es couchée là. C'est bon, une femme, quand on peut la baiser profond, quand son con fait du bien. Je t'aime, j'aime tes jambes, les formes que tu as, la féminité que tu as. J'aime la féminité que tu as. Je t'aime avec mes couilles et avec mon cœur. Mais ne me demande rien maintenant. Ne me fais pas parler maintenant. J'ai besoin de ce moment tant qu'il dure. Après tu pourras me demander tout ce que tu voudras. Maintenant laisse-moi en paix, laisse-moi en paix (1).

Et doucement, il posa la main sur son mont de Vénus, sur les doux poils bruns du pubis, et lui-même resta assis, immobile et nu dans le lit, le visage figé dans un air d'absorption physique, presque comme un visage de Bouddha. Sans un mouvement, pris dans la flamme invisible d'une conscience différente, il resta assis, la main posée sur elle, attendant le moment du changement.

Après un certain temps, il étendit la main pour prendre sa chemise et la mit sur lui, s'habilla rapidement en silence, jeta un regard une fois sur la femme toujours étendue, nue et légèrement dorée comme une rose Gloire de Dijon posée sur le lit, et disparut. Elle l'entendit en bas qui ouvrait la porte.

Et elle restait toujours là, couchée, à rêver, rêver. C'était très dur de s'en aller, de quitter ses bras. Il cria du bas de l'escalier : « Sept heures et demie! » Elle poussa un soupir et sortit du lit. Cette petite chambre nue! Pas d'autre meuble que la petite commode et le lit pas très large. Mais le bois du plancher était propre et écuré. Et dans le coin près de la lucarne faîtière, il y avait une étagère avec quelques livres, certains empruntés à une bibliothèque circulante. Elle regarda ce que c'était. Il y avait des livres sur la Russie bolcheviste, des livres de voyage, un volume sur l'atome et l'électron, un autre sur la composition du centre de la Terre, et les causes des tremblements de terre; puis quelques romans; puis trois livres sur l'Inde. Ainsi, il aimait lire, après tout!

(1) En dialecte dans le texte. (*N.d.T.*)

Par la lucarne, le soleil tomba sur ses membres nus. Dehors elle aperçut la chienne Flossie qui tournait de-ci de-là. Le fourré de noisetiers était embrumé de vert, et il y avait de grandes mercuriales vert foncé au-dessous. C'était une matinée claire et pure, pleine d'oiseaux qui volaient et chantaient triomphalement. Si seulement elle pouvait rester! Si seulement il n'y avait pas cet autre monde sinistre de fumée et de fer! Si seulement il pouvait faire un monde pour elle!

Elle descendit l'escalier de bois, qui était raide et étroit. Elle se contenterait bien pourtant de cette petite maison, si seulement il y avait autour un monde pour aller avec.

Il était lavé et net, et le feu brûlait.

– Veux-tu manger quelque chose? dit-il.

– Non! Prête-moi seulement un peigne.

Elle le suivit dans l'arrière-cuisine, et peigna ses cheveux devant le miroir étroit accroché près de la porte du fond. Maintenant elle était prête à partir.

Elle s'arrêta dans le petit jardin devant la maison, regardant les fleurs couvertes de rosée, le parterre gris d'œillets déjà en boutons.

– J'aimerais voir disparaître tout le reste du monde, dit-elle, et vivre avec toi ici.

– Il ne disparaîtra pas, dit-il.

Ils traversèrent presque en silence le beau bois trempé de rosée. Mais ils étaient ensemble, dans un monde à eux.

Il lui était amer de retourner à Wragby.

– Je veux venir bientôt vivre avec toi entièrement, dit-elle en le quittant.

Il sourit sans répondre.

Elle rentra tranquillement, sans être vue, et monta dans sa chambre.

Chapitre 15

Il y avait une lettre de Hilda sur le plateau du déjeuner. « Père part à Londres cette semaine, et je viendrai te chercher jeudi en huit, le 17 juin. Il faudra que tu sois prête pour que nous puissions partir tout de suite. Je ne veux pas perdre de temps à Wragby, c'est un endroit horrible. Je passerai probablement la nuit à Retford, chez les Coleman; je devrais donc te rejoindre jeudi, pour déjeuner. Nous pourrons alors partir après le thé, et coucher peut-être à Grantham. Inutile de passer la soirée avec Clifford. S'il déteste l'idée de ton départ, ça ne lui ferait aucun plaisir. »

Voilà! Une fois de plus, on la poussait sur l'échiquier. Clifford détestait l'idée de son départ, mais pour la seule raison qu'il ne se sentait pas en sécurité en son absence. Sa présence, pour une raison ou pour une autre, lui donnait un sentiment de sécurité, et il se sentait libre de vaquer à ses affaires. Il passait beaucoup de temps aux puits, et à se battre en esprit avec le problème presque insoluble d'extraire son charbon le plus économiquement possible et puis de le vendre une fois qu'il l'avait extrait. Il savait qu'il devait trouver un moyen de l'utiliser lui-même, sinon de le convertir, pour s'éviter d'avoir à le vendre, où à se tracasser s'il ne le vendait pas. Mais s'il en faisait de la force électrique, pourrait-il seulement la vendre, ou même l'utiliser? Quant à le transformer en huile, c'était encore trop coûteux et trop compliqué. Pour garder l'industrie en vie, il fallait toujours plus d'industries; c'était une sorte de folie.

C'était une folie, et il fallait être un fou pour y réussir. Eh bien, il était un peu fou. C'est ce que pensait Connie. L'intensité même et la perspicacité qu'il mettait à s'occuper des mines semblaient à Connie une manifestation de folie. Ses coups de génie même étaient les coups de génie de la démence.

Il lui parlait de tous ses grands projets, et elle l'écoutait avec une sorte de stupeur et le laissait parler. Puis le flot de paroles cessait, il branchait le haut-parleur et toute expression disparaissait de son visage, tandis que ses projets apparemment allaient se lover au fond de lui comme une sorte de rêve.

Et chaque soir maintenant, il jouait au « pontoon », ce jeu des *Tommies,* avec Mrs. Bolton, misant avec des pièces de six pence. Et là aussi, en jouant, il tombait dans une sorte d'inconscience, ou d'ivresse vide, ou d'ivresse du vide, elle ne savait trop. Elle ne pouvait supporter de le voir dans cet état. Mais quand elle était partie se coucher, lui et Mrs. Bolton continuaient à jouer jusqu'à deux ou trois heures du matin, en toute sécurité, et avec une étrange passion. Mrs. Bolton était prise dans cette passion tout autant que Clifford, et d'autant plus qu'elle perdait presque toujours.

Elle dit à Connie un jour :

– J'ai perdu vingt-trois shillings en jouant avec sir Clifford hier soir.

– Et il a accepté votre argent? demanda Connie, effarée.

– Mais bien sûr, madame! Dette d'honneur!

Connie se mit très en colère, et leur fit des reproches à tous les deux. Le résultat fut que sir Clifford augmenta les gages de Mrs. Bolton de cent livres par an, pour qu'elle puisse miser avec cela. Cependant il semblait à Connie que Clifford devenait de plus en plus mort.

Elle lui dit enfin qu'elle partait le 17.

– Le 17! dit-il. Et quand serez-vous de retour?

– Vers le 20 juillet au plus tard.

– Oui! Le 20 juillet.

Le visage étrangement sans expression, il la regarda, l'air vague comme un enfant, mais avec cette bizarre ruse vague des vieillards.

– Vous ne me laisserez pas tomber, maintenant, n'est-ce pas? dit-il.

– Comment cela?

– Quand vous serez partie, je veux dire, vous êtes sûre que vous reviendrez?

– Je suis sûre que je reviendrai, autant qu'il est possible de l'être.

– Oui! Bon! Le 20 juillet.

Il la regardait d'un air si étrange.

Pourtant il voulait vraiment qu'elle parte. C'était si curieux. Il voulait qu'elle parte – il le voulait nettement –, qu'elle ait ses petites aventures et qu'elle revienne enceinte peut-être, et tout cela. En même temps, il redoutait son départ.

Frémissante, elle attendait son heure pour le quitter définitivement, elle attendait que le temps, que lui-même, qu'elle-même, soient mûrs.

Elle parla un jour au garde de son voyage à l'étranger.

– Et puis quand je reviendrai, dit-elle, je pourrai dire à Clifford que je dois le quitter. Et nous pourrons partir, vous et moi. Personne n'aura même besoin de savoir que c'est vous. Nous pouvons aller dans un autre pays, si vous voulez. En Afrique ou en Australie. Vous voulez?

Elle était vraiment enthousiasmée par ses projets.

– Vous n'êtes jamais allée aux colonies, n'est-ce pas? lui demanda-t-il.

– Non! Et vous?

– Je suis allé en Inde, en Afrique du Sud et en Egypte.

– Pourquoi n'irions-nous pas en Afrique du Sud?

– Ce n'est pas impossible, dit-il lentement.

– Ou bien est-ce que ça ne vous dit rien? demanda-t-elle.

– Ça m'est égal, ce que je fais m'est assez égal.

– Vous n'êtes pas content? Pourquoi? Nous ne serons pas pauvres. J'ai à peu près six cents livres de rentes. J'ai écrit pour me renseigner. Ce n'est pas beaucoup, mais c'est assez, n'est-ce pas?

– C'est une fortune pour moi.

– Oh, ce sera merveilleux!

– Mais il faudrait que j'obtienne mon divorce, et vous le vôtre. Sinon, nous aurons des complications.

Il y avait beaucoup de choses à considérer.

Un autre jour, elle lui posa des questions sur son passé. Ils étaient dans la cabane et il y avait un orage.

– Et vous n'étiez pas heureux quand vous étiez lieutenant, officier et gentleman?

– Heureux? Mais si. J'aimais bien mon colonel.

– Vous l'aimiez beaucoup?

– Oui, je l'aimais beaucoup.

– Et lui vous aimait beaucoup aussi?

– Oui, d'une certaine manière, il m'aimait beaucoup.

– Parlez-moi de lui.

– Qu'y a-t-il à dire? Il était sorti du rang. Il aimait l'armée. Et il ne s'était jamais marié. Il avait vingt ans de plus que moi. C'était un homme très intelligent, et solitaire avec les autres, comme les hommes de ce genre. Passionné à sa manière, et très habile officier. Tant que j'ai été avec lui, j'ai vécu sous son ascendant. Je le laissais diriger ma vie en quelque sorte. Et c'est une chose que je ne regrette jamais.

– Et vous avez beaucoup souffert quand il est mort?

– J'étais presque à l'article de la mort moi-même. Mais quand je suis revenu à moi, j'ai su qu'encore une partie de moi avait touché à sa fin. Mais de toute façon, j'avais toujours su que cela finirait par la mort. Tout finit par la mort, d'ailleurs.

Elle resta un moment à tourner ces choses dans son esprit. Le tonnerre éclatait au-dehors. On avait l'impression d'être dans une petite arche, pendant le Déluge.

– Vous semblez avoir tant de choses derrière vous, dit-elle.

– Oui? Il me semble que je suis mort une fois ou deux fois déjà. Et pourtant je suis là, toujours accroché à la rampe, et prêt à de nouveaux ennuis.

Elle réfléchissait profondément, tout en écoutant pourtant la tempête.

– Et comme officier et gentleman, n'étiez-vous pas heureux, même après la mort de votre colonel?

– Non, les autres étaient tous du genre sec et racorni.

Il se mit à rire soudain.

– Le colonel me disait souvent : « Mon garçon, les Anglais de la bourgeoisie sont obligés de mâcher chaque bouchée trente fois, parce qu'ils ont les boyaux si étroits que même un petit pois les boucherait. Ce sont des petits connards efféminés, les plus secs et les plus racornis qu'on puisse imaginer. Ils sont bourrés de vanité, affolés par un lacet de chaussure de travers, aussi pourris que du gibier faisandé, et toujours sûrs de leur bon droit. C'est ça qui m'achève! Toujours à plier l'échine et a lécher le cul, ils en ont la langue usée, et pourtant ils sont toujours sûrs de leur bon droit. Bégueules, par-dessus le marché! Des bégueules! Une génération de bégueules efféminés avec une demi-couille chacun... »

Connie se mit à rire. La pluie tombait à verse.

– C'était de la haine!

– Non, dit-il. Même pas. Il ne les aimait pas, c'est tout. Ce n'est pas la même chose. Parce que, comme il disait, les simples soldats sont en train de devenir exactement pareils : des bégueules, aussi pauvres en couilles et étroits de boyaux. C'est le destin de l'humanité, de devenir comme ça.

– Les gens du peuple aussi, les ouvriers?

– Tous tant qu'ils sont. Ils n'ont plus de jus. Les autos, les cinémas, les aéroplanes leur en sucent jusqu'à la dernière goutte. Je vous le dis, à chaque génération ils sont un peu plus dégénérés, et ils n'ont plus que des tubes en caoutchouc à la place des boyaux, et du fer-blanc à la place des jambes et de la figure. Un peuple en fer-blanc! C'est une sorte de bolchevisme qui est en train d'exterminer tranquillement ce qui est humain pour adorer ce qui est mécanique. L'argent, l'argent, l'argent! La seule chose qui fait bander le monde moderne, tous autant qu'ils sont, c'est d'exterminer le vieux sentiment humain chez l'homme, c'est de faire de la viande hachée du vieil Adam et de la vieille Eve. Ils sont tous pareils. Le monde entier est comme ça. Il faut détruire la réalité humaine, une livre pour chaque prépuce, deux livres pour chaque paire de couilles. L'amour, ce n'est plus que du baisage mécanique. C'est partout pareil. Donnez-leur de l'argent pour qu'ils coupent les couilles au monde. Donnez-leur de l'argent, encore et encore, l'argent enlèvera tout son jus à l'humanité, et il ne restera que des petites machines sautillantes.

Il était assis là, dans la cabane, une grimace ironique et moqueuse sur le visage. Pourtant, même ainsi, il tendait l'oreille vers les bruits de la tempête sur le bois. Cela lui donnait le sentiment d'être si seul!

– Mais cela ne se terminera jamais? dit-elle.

– Certainement que si. Ils accompliront leur propre salut. Quand le dernier vrai homme aura été tué, et qu'ils seront tous abrutis : Blancs, Noirs, Jaunes, des animaux abrutis de toutes les couleurs, alors ils auront tous perdu la raison. Parce que la racine de la raison est dans les couilles. Alors ils auront tous perdu la raison, et ils feront leur grand autodafé. Vous savez que autodafé veut dire acte de foi? Eh bien, ils feront leur grandiose petit acte de foi. Ils s'immoleront les uns les autres.

– Vous voulez dire qu'ils s'entre-tueront?

– Parfaitement, mon petit chaton. Si nous continuons au rythme actuel, dans cent ans il ne restera pas dix mille personnes sur cette île, peut-être même pas dix. Ils se seront tous gentiment exterminés.

Le tonnerre s'éloignait.

– Charmant! dit-elle.

– Absolument. Rien de plus apaisant que d'envisager l'extermination de la race humaine et la longue pause qui suivra avant qu'une autre espèce n'arrive. Et si nous continuons comme ça, si tout le monde, les intellectuels, les artistes, les gens du gouvernement, les industriels et les ouvriers, si tous ils s'acharnent à détruire le dernier sentiment humain, le dernier vestige de leur intuition, le dernier instinct pour ce qui est sain, si ça continue en progression algébrique comme maintenant, alors pan-pan sur l'espèce humaine. Adieu, mon amour! Le serpent s'avale lui-même et laisse un vide, considérablement saccagé, mais pas sans espoir. Tout à fait charmant! Des chiens sauvages aboieront dans Wragby, et de sauvages baudets de mine piétineront le carreau de la mine à Tevershall, sauvages et féroces! *Te deum laudamus!*

Connie riait, mais sans beaucoup de gaieté.

– Alors vous devriez être content qu'ils soient tous bolchevistes! dit-elle. Vous devriez être content de les voir courir vers la fin.

– Je suis content. Je ne les arrête pas. Parce que je ne pourrais pas, même si je le voulais.

– Alors pourquoi êtes-vous si amer?

– Je ne suis pas amer! Si mon coq chante pour la dernière fois, je m'en moque (1).

– Mais si vous avez un enfant? dit-elle.

Il baissa la tête.

– Mais, dit-il enfin, je trouve que c'est mal, que c'est cruel de mettre un enfant au monde, dans ce monde.

– Non, ne dites pas ça, ne dites pas ça! supplia-t-elle. Je crois que je vais en avoir un. Dites que vous serez content.

Elle posa sa main sur la sienne.

– Je suis content que tu sois contente, dit-il. Mais en ce qui me concerne, il me semble que c'est un acte d'affreuse perfidie envers cet être qui n'est pas né.

– Ah non, dit-elle, bouleversée. En ce cas, vous ne pouvez pas me vouloir vraiment. Vous ne pouvez pas me vouloir, si c'est cela que vous sentez.

Il se tut de nouveau, le visage maussade. Dehors on n'entendait que le fouettement de la pluie.

– Ce n'est pas tout à fait vrai! dit-elle. Ce n'est pas tout à fait vrai. Il y a une autre vérité.

Elle sentait que s'il était amer maintenant, c'était en partie parce qu'elle le quittait, parce qu'elle partait de son gré à Venise. Et cela ne lui déplaisait pas.

Elle tira sur ses vêtements pour lui découvrir le ventre, et lui embrassa le nombril. Puis elle posa sa joue sur le centre de l'homme et de son bras enserra ses reins chauds et muets. Ils étaient seuls dans le déluge.

– Dis-moi que tu veux un enfant, que tu le veux dans l'espoir, murmura-t-elle, serrant son visage contre son ventre. Dis-le-moi.

– Eh bien, dit-il enfin, et elle sentit l'étrange frémissement qui parcourait le corps de l'homme, marquant le changement du flux de conscience et la détente. Eh bien, j'ai pensé quelquefois que si seulement on essayait, même ici parmi les mineurs! Ils n'ont pas beaucoup de travail

(1) « Coq » en anglais argotique signifie aussi « pénis ». (*N.d.T.*)

maintenant, et ils gagnent peu. Si on pouvait leur dire : Ne pensez pas qu'à l'argent. Pour ce qui est des besoins, nous n'avons pas besoin de beaucoup. Ne vivons pas pour l'argent...

Elle lui frotta doucement le ventre de sa joue, et rassembla les couilles dans sa main. Le pénis frémit légèrement, étrangement vivant, mais ne se dressa pas. Au-dehors, la pluie battait et frappait.

– Vivons pour autre chose. Ne vivons pas seulement pour gagner de l'argent, ni pour nous-mêmes ni pour les autres. Maintenant nous ne pouvons pas faire autrement. Nous sommes forcés d'en gagner, un peu pour nous-mêmes, et beaucoup pour les patrons. Arrêtons cela! Petit à petit, arrêtons tout cela! Pas besoin de crier et de hurler. Petit à petit, laissons tomber toute cette vie industrielle et revenons en arrière. Un tout petit peu d'argent suffira. Pour tout le monde, moi et vous, les patrons et les maîtres, et même le roi. Un tout petit peu d'argent suffira largement. Il faut simplement vous faire à cette idée et prendre votre décision, et alors vous serez sortis du chaos.

Il s'arrêta, puis continua.

– Et je leur dirais : Regardez! Regardez Joe! Comme ses mouvements sont beaux, comme ses mouvements sont vifs et alertes. Il est beau à voir. Et regardez Jonas! Il est lourd, il est laid, parce qu'il refuse toujours de s'animer. Je leur dirais : Regardez! Regardez-vous! Une épaule plus haute que l'autre, les jambes tordues, les pieds déformés! Qu'est-ce que vous vous êtes fait à vous-mêmes, avec ce satané travail? Vous vous êtes abîmés. Pas besoin de tant travailler. Enlevez vos habits et regardez-vous. Vous devriez être vivants et beaux, et vous êtes laids et à moitié morts. C'est ce que je leur dirais. Et je ferais porter à mes hommes d'autres vêtements : des pantalons collants rouges peut-être, rouge vif, et une petite veste blanche et courte. Ah, si les hommes avaient de belles jambes rouges, cela seul les ferait changer en un mois. Ils redeviendraient des hommes, des hommes. Et les femmes pourraient s'habiller comme elles voudraient. Parce que si les hommes se promenaient avec des jambes moulées en rouge vif, et de belles fesses écarlates qu'on verrait sous une petite veste blanche, alors les femmes commenceraient à être des femmes. C'est parce que les hommes ne sont pas des hommes que les femmes doivent l'être à leur place... Et plus tard, il faudrait détruire Tevershall et construire quelques beaux bâtiments qui nous abriteraient tous. Et nettoyer le pays. Et ne pas avoir beaucoup d'enfants, parce que le monde est surpeuplé.

» Mais je ne ferais pas de sermon à ces hommes. Je leur enlèverais leurs vêtements et je leur dirais : Regardez-vous. Voilà ce que c'est que de travailler pour l'argent. Vous avez travaillé pour l'argent. Regardez comme Tevershall est horrible. C'est parce qu'il a été construit au temps où vous travailliez pour l'argent. Regardez vos femmes! Vous leur êtes indifférents, et elles vous sont indifférentes. C'est parce que vous avez passé votre temps à travailler pour l'argent, à ne penser qu'à l'argent. Vous ne savez ni parler, ni bouger, ni vivre, vous n'avez pas de vrais rapports avec les femmes. Vous n'êtes pas vivants. Regardez-vous!

Un silence total s'établit. Connie écoutait à demi. Penchée sur lui, elle tressait dans les poils à la racine de son ventre quelques myosostis qu'elle avait ramassés en venant à la cabane. Dehors le monde était devenu silencieux, et un peu glacial.

– Tu as quatre sortes de poils, lui dit-elle. Sur la poitrine, ils sont presque noirs; tes cheveux, eux, ne sont pas foncés. Mais ta moustache est dure et roux foncé. Et tes poils là, tes poils d'amour, ressemblent à un petit buisson d'or rouge éclatant, comme du gui. Ce sont les plus jolis.

Il baissa les yeux et vit les brins laiteux de myosotis dans les poils de son aine.

– Oui! Voilà où il faut mettre les « ne-m'oubliez-pas » (1). Mais est-ce que tu ne t'intéresses pas à l'avenir?

Elle leva les yeux vers lui.

– Oh si, énormément! dit-elle.

– Parce que, quand je sens que le monde des hommes est condamné, s'est condamné lui-même par sa propre bestialité et sa mesquinerie, alors les colonies ne sont pas assez loin pour moi. La Lune ne serait pas assez loin, parce que même là il suffirait de se retourner pour voir la Terre, la plus sale, la plus bestiale, la plus répugnante parmi les étoiles, rendue ignoble par les hommes. Alors j'ai l'impression que j'ai avalé de la bile, et qu'elle me ronge les entrailles, et que nul endroit n'est assez loin

(1) Myosotis se dit en anglais : *forget me not*, ne m'oubliez pas. (*N.d.T.*)

pour y fuir. Mais quand je le peux, j'oublie tout cela. Et pourtant, c'est une honte ce qu'on a fait aux gens ces cent dernières années : les hommes réduits à l'état d'insectes de travail, dépouillés de toute leur virilité, de toute leur vraie vie. J'effacerais les machines de la surface de la Terre et j'en finirais avec l'ère industrielle, complètement, comme avec une noire erreur. Mais puisque je ne le peux pas, et que personne ne le peut, je n'ai qu'à me tenir tranquille et essayer de vivre ma propre vie; si j'en ai une à vivre, ce dont je doute un peu.

Le tonnerre avait cessé dehors, mais la pluie qui avait diminué recommença soudain à tomber à verse dans la lueur livide d'un dernier éclair et la rumeur sourde de l'orage qui s'éloignait. Connie était mal à l'aise. Il parlait depuis si longtemps maintenant, et c'était à lui-même qu'il parlait en fait, plutôt qu'à elle. Le désespoir semblait l'avoir complètement envahi, alors qu'elle se sentait heureuse et avait horreur du désespoir. Elle savait qu'il était retombé dans cet état parce qu'elle allait le quitter et qu'il venait seulement de sentir la réalité de ce départ à l'intérieur de lui-même. Et elle triomphait un peu.

Elle ouvrit la porte et regarda la pluie drue et lourde, semblable à un rideau d'acier, et elle eut soudain envie de se jeter dans la pluie, de sortir, de fuir. Elle se leva, et se mit vivement à retirer ses bas, puis sa robe et ses dessous. Il retint son souffle. Ses seins effilés et aigus d'animal pointaient et bougeaient à chacun de ses mouvements. Elle avait une couleur d'ivoire dans la lumière un peu verte. Elle remit ses chaussures de caoutchouc et s'élança dehors avec un petit rire sauvage, et les seins présentés à la lourde pluie, les bras écartés elle se mit à courir de-ci de-là, indistincte dans la pluie, exécutant les mouvements de danse rythmique qu'elle avait appris il y avait si longtemps à Dresde. C'était une étrange silhouette pâle qui s'élevait et retombait, se penchant en sorte que la pluie venait frapper en reflets luisants les hanches pleines, se redressant et s'avançant, le ventre en avant, à travers la pluie, puis s'inclinant de nouveau en sorte que seuls ses fesses et ses reins, pleinement offerts, se tendaient vers lui en une sorte d'hommage, en un rite sauvage d'obédience.

Il eut un rire bizarre, et se débarrassa de ses vêtements. C'en était trop. En un bond il fut dehors, nu et blanc, tremblant un peu sous la pluie dure et oblique. Flossie se jeta devant lui avec un petit aboiement frénétique. Connie, les cheveux trempés et collant à la tête, tourna son visage échauffé et le vit. Ses yeux bleus étincelant d'excitation, elle fit demi-tour et se mit à courir très vite, fonçant dans un étrange mouvement de charge hors de la clairière et dévalant le sentier, fouettée par les branches mouillées. Elle courait, et il ne voyait que la tête ronde et mouillée, le dos mouillé penché en avant dans sa course, les fesses arrondies où sautaient les éclairs de pluie : merveilleuse nudité féminine effarouchée et fuyant.

Elle était presque à la large allée cavalière lorsqu'il arriva sur elle et jeta son bras nu autour de la douce taille, nue et mouillée. Elle poussa un cri et se redressa, et le poids de sa chair douce et froide s'abattit contre lui. Il serra à bras-le-corps, follement, toute cette chair féminine douce et glacée que le contact réchauffa bientôt et qui se mit à brûler comme une flamme. Sous la pluie qui tombait à torrents, leurs corps fumaient. Il prit ses belles fesses lourdes, une dans chaque main, et les amena contre lui dans une brusque frénésie, debout immobile et frémissant sous la pluie. Puis soudain il la fit basculer et tomba avec elle sur le sentier, dans le silence rugissant de la pluie, et d'un mouvement brusque et rapide il la prit, d'un mouvement brusque et rapide et déjà achevé, comme un animal.

Il se releva aussitôt, essuyant la pluie de ses yeux.

– Rentre, dit-il, et ils se mirent à courir vers la cabane.

Il courait droit et vite; il n'aimait pas la pluie. Mais elle venait plus lentement, cueillant des myosotis, des pensées sauvages, des campanules, faisant quelques pas en courant et le regardant fuir loin d'elle.

Quand elle arriva à la cabane, ses fleurs dans les bras et haletante, il avait déjà allumé un feu, et les brindilles craquaient. Ses seins effilés s'élevaient et retombaient, ses cheveux étaient plaqués par la pluie, son visage était enflammé et tout son corps brillait et ruisselait. Les yeux larges ouverts, haletante, sa tête mouillée et petite, ses hanches naïves et pleines ruisselant d'eau, elle avait l'air d'un autre être.

Il prit le vieux drap et l'en frotta de haut en bas, tandis qu'elle se tenait toute droite comme une enfant. Puis il s'en frotta lui-même après avoir fermé la porte de la cabane. Le feu flambait. Elle baissa la tête sur l'autre bout du drap et frotta ses cheveux trempés.

– Nous nous séchons avec la même serviette : présage de dispute! dit-il.

Elle leva les yeux un instant, ses cheveux dans tous les sens.

– Non! dit-elle, les yeux bien ouverts. Ce n'est pas une serviette, c'est un drap.

Et elle continua avec application et énergie à se frotter la tête, tandis qu'avec la même application et énergie il frottait la sienne.

Encore essoufflés de leurs efforts, enveloppés l'un et l'autre dans une couverture militaire, mais le devant du corps exposé au feu, ils s'assirent sur une bûche côte à côte devant les flammes, pour reprendre leur calme. Connie détestait le contact de la couverture sur sa peau. Mais le drap était maintenant tout mouillé.

Elle laissa tomber la couverture et s'agenouilla sur l'âtre de terre, présentant la tête au feu et secouant les cheveux pour les sécher. Il contemplait la belle chute courbe des hanches. C'était cela qui le fascinait aujourd'hui. Comme elles descendaient en pente généreuse jusqu'à la lourde rondeur des fesses! Et au milieu, enfouies dans la chaleur secrète, les entrées secrètes!

Il lui caressa de la main le bas du dos, épousant longuement et subtilement les courbes et leur plénitude de globe.

– Le bas de ton dos est si beau, dit-il dans son patois guttural et caressant. Tu as le plus beau cul du monde. C'est le plus beau, le plus beau cul de femme qu'on puisse voir! Chaque centimètre crie la femme, rien que la femme. Tu n'es pas comme ces filles qui ont des fesses en ronds de bouton et qui devraient être des garçons! Tu as un vrai derrière bien arrondi, comme les hommes les aiment, qui les touchent aux tripes. C'est un derrière qui pourrait porter le monde!

Tout en parlant, il caressait délicatement le bas arrondi de son dos, et celui-ci au bout d'un moment sembla communiquer à ses mains une sorte de feu insaisissable. Et du bout des doigts il touchait les deux ouvertures secrètes de son corps, l'une après l'autre, en un doux effleurement de flamme.

– Et si tu chies et si tu pisses, tant mieux. Je ne veux pas d'une femme qui ne pourrait ni chier ni pisser.

Connie faillit s'étrangler de rire et de stupéfaction, mais il continua imperturbable.

– Tu es réelle, toi. Tu es réelle, même un peu chienne. Là tu chies et là tu pisses. Je t'aime pour ça. Tu as un vrai cul de femme, fier de lui-même. Il n'a pas honte de lui, pas un brin.

Il posa sa main fermement et étroitement sur ses endroits secrets, en une sorte de salutation intime.

– J'aime ça, dit-il, j'aime ça. Et si je n'avais que dix minutes à vivre, et que je puisse caresser ton cul et apprendre à le connaître, j'estimerais que j'ai vécu toute une vie. C'est comme ça, système industriel ou pas. Ceci est un des grands moments de ma vie.

Elle se retourna et, grimpant sur ses genoux, se serra contre lui.

– Embrasse-moi, murmura-t-elle.

Et elle comprit que l'idée de leur séparation était au fond de leurs deux esprits, et enfin elle fut triste.

Elle était assise sur les genoux de l'homme, la tête contre sa poitrine, ses jambes aux reflets d'ivoire ballant de part et d'autre, tandis que le feu jetait sur eux d'inégales lueurs rouges. Et lui, la tête baissée, il regardait les plis de ce corps de femme dans la lueur rouge du feu, et la toison de doux poils bruns qui pendait en pointe entre ses cuisses ouvertes. Il tendit le bras vers la table qui était derrière lui et prit son bouquet de fleurs, si mouillé encore que des gouttes de pluie tombèrent sur elle.

– Les fleurs restent dehors par tous les temps, dit-il. Elles n'ont pas de maison.

– Pas même une cabane, murmura-t-elle.

De ses doigts tranquilles, il tressa quelques fleurs de myosotis dans la belle toison brune du mont de Vénus.

– Là! dit-il. Voilà où il faut mettre les « ne-m'oubliez-pas »!

Elle regarda les drôles de petites fleurs laiteuses parmi les poils bruns du bas de son corps.

– Que c'est joli! dit-elle.

– Jolie comme la vie, répondit-il.

Et il posa un bouton de rose de lychnis parmi les poils.

– Là! C'est moi, à l'endroit où tu ne m'oublieras pas, Moïse parmi les roseaux.

– Ça ne t'ennuie pas que je parte, n'est-ce pas? demanda-t-elle d'un air troublé, en le regardant dans les yeux.

Mais son visage restait impénétrable sous les lourds sourcils. Il ne laissait rien voir de ce qu'il pensait.

– Tu fais comme tu veux, dit-il, parlant en anglais correct.

– Mais je ne partirai pas si ça t'ennuie, dit-elle en se serrant contre lui.

Il y eut un silence. Il se pencha et mit un autre morceau de bois dans le feu. La flamme jeta des lueurs sur son visage silencieux, absorbé. Elle attendit, mais il n'ajouta rien.

– Seulement je pensais que ce serait une bonne manière de commencer une rupture avec Clifford. Je veux vraiment un enfant. Et cela me donnerait l'occasion de, de..., reprit-elle.

– De lui donner quelques mensonges à croire, à lui et à tous les autres.

– Oui, entre autres choses. Est-ce que vous voulez que les gens sachent la vérité?

– Ce que les gens savent m'est égal.

– Pas moi! Je ne veux pas qu'ils s'occupent de moi avec leurs esprits froids et malveillants, pas tant que je suis encore à Wragby. Ils pourront croire ce qu'ils voudront quand je serai partie pour de bon.

Il se taisait.

– Mais sir Clifford compte que vous reviendrez?

– Oh! il faut que je revienne, dit-elle.

Le silence retomba.

– Et est-ce que vous voudriez avoir un enfant à Wragby? demanda-t-il.

Elle lui mit le bras autour du cou.

– Si vous ne m'emmeniez pas, je serais bien obligée, dit-elle.

– Vous emmenez où?

– N'importe où! Ailleurs! Mais loin de Wragby.

– Quand?

– Eh bien, quand je serai revenue.

– Mais pourquoi faire deux fois la même chose. Pourquoi revenir une fois que vous serez partie? dit-il.

– Oh! il faut que je revienne. Je l'ai promis. Je l'ai promis si sérieusement. D'ailleurs, c'est à vous que je reviendrai, en fait.

– Au garde-chasse de votre mari?

– Je ne vois pas ce que cela change.

– Non?

Il resta songeur un moment.

– Et quand penseriez-vous repartir, alors? Pour de bon? Quand exactement?

– Oh! je ne sais pas. Je reviendrai de Venise. Et à ce moment-là, nous préparerions tout.

– Qu'est-ce que nous préparerions?

– Oh! je dirais tout à Clifford. Je ne pourrais pas faire autrement.

– Non?

Il resta silencieux. Elle mit ses bras autour de son cou.

– Ne me rends pas les choses difficiles, supplia-t-elle.

– Quelles choses?

– Mon voyage à Venise et tout ce qu'il faudra arranger.

Un petit sourire, presque une grimace, passa sur son visage.

– Je ne vous rends pas les choses difficiles, dit-il. Je veux seulement découvrir ce que vous cherchez exactement. Mais vous ne le savez pas vraiment vous-même. Vous voulez gagner du temps, vous en aller et regarder les choses de loin. Je ne vous le reproche pas. Je pense que vous êtes sage. Il se peut que vous préfériez rester maîtresse de Wragby. Je ne le vous reproche pas. Je n'ai pas de Wragby à offrir. En fait, vous savez ce que vous pouvez avoir avec moi. Non, non, je pense que vous avez raison. Vraiment. Et je ne tiens pas du tout à dépendre de vous, à me faire entretenir par vous. Il y a cela aussi.

Elle eut un peu l'impression qu'il lui rendait la monnaie de sa pièce.

– Mais vous me voulez, n'est-ce pas? demanda-t-elle.

– Et vous, me voulez-vous?

– Vous le savez bien. Cela, c'est évident.

– Bon! Et pour quand me voulez-vous?

– Vous savez que nous pourrons arranger tout cela quand je reviendrai. Pour l'instant, je ne sais plus trop où j'en suis. Il faut que je retrouve mon calme et que j'y voie plus clair.

– Bien! Retrouvez votre calme et essayez d'y voir plus clair.

Elle fut un peu froissée.

– Mais vous avez confiance en moi, n'est-ce pas?

– Oh, absolument!

Elle entendit la nuance moqueuse dans sa voix.

– Dites-moi ce que vous pensez alors, dit-elle d'un ton direct. Vous pensez qu'il serait préférable que je n'aille pas à Venise?

– Je suis sûr qu'il est préférable que vous alliez à Venise, répondit-il de sa voix calme, légèrement moqueuse.

– Vous savez que c'est jeudi prochain? dit-elle.
– Oui!
Elle fut songeuse quelques instants. Enfin elle dit :
– Et nous saurons mieux où nous en sommes lorsque je reviendrai, n'est-ce pas?
– Oh, certainement!
L'étrange abîme de silence entre eux!
– Je suis allé voir l'avoué pour mon divorce, dit-il, d'une voix un peu contrainte.
Elle eut un léger frisson.
– Vraiment? dit-elle. Et qu'est-ce qu'il a dit?
– Il a dit que j'aurais dû m'y prendre plus tôt. Cela risque de créer des difficultés. Mais comme j'ai été dans l'armée, il pense que cela ira tout seul. Pourvu seulement que ça ne lui donne pas l'idée, à elle, de me retomber sur le dos!
– Est-ce qu'il faudra qu'elle soit au courant?
– Oui. Elle va recevoir une assignation. Et l'homme qui vit avec elle aussi, le codéfendeur.
– C'est odieux, toutes ces formalités. Il me faudra sans doute en passer par là aussi avec Clifford.
Il y eut un silence.
– Et naturellement, dit-il, je dois mener une vie exemplaire pendant les six ou huit mois qui viennent. Si vous allez à Venise, voilà toujours la tentation éloignée pour une semaine ou deux, au moins.
– Je suis la tentation! dit-elle en lui caressant le visage. Je suis si heureuse d'être la tentation pour vous! Ne pensez plus à tout cela. Vous me faites peur quand vous commencez à réfléchir. Vous me mettez complètement à plat. Ne pensons plus à cela. Nous pourrons réfléchir tant que nous voudrons quand nous serons séparés. C'est même là le but. J'ai pensé à une chose, il faut que je passe une autre nuit avec vous avant de partir. Il faut que je vienne encore une fois au cottage. Voulez-vous que je vienne jeudi soir?
– Mais n'est-ce pas le jour où votre sœur arrive?
– Si. Mais elle a dit que nous partirions après le thé. Donc nous pourrions partir après le thé. Mais elle pourrait passer la nuit ailleurs, et moi je passerais la nuit avec vous.
– Mais en ce cas il faudra qu'elle soit au courant.
– Oh! je lui dirai tout. Je l'ai déjà mise au courant plus ou moins. Il faut que je discute de tout cela avec Hilda. Elle est de bon conseil, elle a tant de bon sens.

Il réfléchissait à son plan.

– Donc vous partiriez de Wragby après le thé, comme si vous alliez à Londres. De quel côté deviez-vous passer?

– Par Nottingham et Grantham.

– Et ensuite votre sœur vous déposerait quelque part et vous reviendriez ici à pied ou en voiture? Cela me paraît bien hasardeux.

– Vous trouvez? Eh bien, alors, Hilda pourrait me ramener. Elle pourrait coucher à Mansfield, et me ramener là le soir et venir me rechercher le lendemain matin. C'est très facile.

– Et les gens qui vous verront?

– Je porterai de grosses lunettes et un voile.

Il réfléchit un moment.

– Bon, dit-il. Faites ce qui vous plaira, comme d'habitude.

– Mais cela ne vous plairait pas, à vous?

– Oh si! Cela me plairait sûrement, dit-il d'un air peu engageant. Autant battre le fer tant qu'il est chaud.

– Vous savez à quoi je viens de penser? dit-elle soudain. Ça m'est venu à l'instant à l'esprit. Vous êtes le « Chevalier du pilon ardent (1) ».

– Ah! Et toi? Es-tu la « Dame du mortier rougeoyant »?

– Oui, dit-elle. Oui, tu es sir Pilon et je suis lady Mortier!

– Très bien, me voilà donc fait chevalier. John Thomas est le sir John de ta lady Jane.

– Oui! John Thomas est fait chevalier. Je suis la dame à la Toison d'amour, et il te faut des fleurs à toi aussi. Si!

Elle tressa deux lychnis roses dans le buisson de poils d'or rouge au-dessus de son pénis.

– Là! dit-elle. Adorable! Adorable! Sir John!

Et elle posa un brin de myosotis dans les poils sombres de sa poitrine.

– Et tu ne m'oublieras pas à cet endroit, n'est-ce pas?

Elle l'embrassa sur la poitrine et arrangea deux brins de myosotis pour que chaque téton en ait un, puis elle l'embrassa encore une fois.

– Fais de moi un calendrier! dit-il.

Il se mit à rire, et les fleurs tombèrent de sa poitrine.

(1) Pièce élisabéthaine de Deaumont et Sledcher : *The Knight of the burning pesthe* (1607), parodie des chevaliers errants.

– Attends un instant! dit-il.

Il se leva et ouvrit la porte de la cabane. Flossie, qui était couchée sur le seuil, se mit debout et le regarda.

– Oui, c'est moi, dit-il.

La pluie avait cessé. Il y avait un calme lourd, imprégné d'eau et de parfums. Le soir tombait.

Il sortit et descendit le petit sentier, tournant le dos à l'allée cavalière. Connie regardait sa mince silhouette blanche, et elle avait l'impression de voir un fantôme, une apparition qui s'éloignait d'elle.

Quand il disparut de sa vue, son cœur défaillit. Elle était debout dans l'encadrement de la porte, enveloppée dans sa couverture, à contempler le silence immobile et trempé.

Mais il revenait, courant d'un pas étrange, et les bras pleins de fleurs. Elle avait un peu peur de lui, comme s'il n'était pas tout à fait humain. Et quand il fut près d'elle et qu'il plongea ses yeux dans les siens, elle ne comprit pas ce qu'il y avait dans ce regard.

Il avait rapporté des ancolies, des lychnis, du foin fraîchement coupé, des touffes de chêne et du chèvrefeuille en boutons. Il attacha des ramilles de chêne duveteuses autour de ses seins, et y mêla des touffes de campanules et de lychnis. Et sur son nombril, il posa une fleur de lychnis rose, et dans les poils de sa toison il y avait des myosotis et des reines-des-bois.

– Te voilà dans toute ta gloire! dit-il. Lady Jane le jour de son mariage avec John Thomas.

Et il mêla aussi des fleurs aux poils de son corps, et enroula un brin d'herbe aux écus autour de son pénis, et planta une cloche de jacinthe dans son nombril. Elle le regardait faire, amusée par son étrange ardeur. Et elle lui enfonça une fleur de lychnis dans la moustache, où elle resta prise, lui pendillant sous le nez.

– C'est le mariage de John Thomas et de lady Jane, dit-il. Et nous devons laisser partir Constance et Oliver. Peut-être...

De sa main ouverte il fit un grand geste, et à ce moment il éternua, faisant tomber les fleurs de son nez et de son nombril. Il éternua encore une fois.

– Peut-être quoi? dit-elle, attendant qu'il continue sa phrase.

Il la regarda, un peu désorienté.

– Hein? dit-il.

– Peut-être quoi? Finis ce que tu allais dire, insista-t-elle.

– Oui, qu'est-ce que j'allais dire?

Il avait oublié. Et ce fut une des déceptions de sa vie, qu'il n'ait jamais terminé cette phrase.

Un rayon de soleil jaune brilla au-dessus des arbres.

– Du soleil, dit-il. Et il est temps que tu partes. Le temps, madame, le temps. Qu'est-ce qui vole et qui n'a pas d'ailes, votre *Ladyship*? Le temps! Le temps!

Il ramassa sa chemise.

– Dis bonsoir à John Thomas! dit-il en baissant les yeux vers son pénis. Il est en sécurité dans les bras de l'herbe aux écus. Très peu Pilon ardentt en ce moment!

Et il passa la tête dans sa chemise de flanelle.

– C'est un moment très dangereux pour les hommes, dit-il en émergeant, lorsqu'ils entrent dans leur chemise. Ils mettent alors la tête dans un sac. C'est pour cela que je préfère ces chemises américaines qu'on enfile comme une veste.

Elle continuait à le regarder. Il enfila son caleçon court et le boutonna autour de sa taille.

– Regarde Jane, dit-il. Toute en fleurs! Qui mettra des fleurs sur toi l'an prochain, Jinni? Moi, ou quelqu'un d'autre? « Au revoir, ma campanule, adieu à toi. » Je déteste cette chanson, elle me rappelle les premiers jours de la guerre.

Il s'assit alors, et se mit à enfiler ses chaussettes. Elle restait toujours là sans bouger. Il posa la main sur la courbe de ses fesses.

– Jolie petite lady Jane, dit-il. Peut-être à Venise trouverez-vous un homme qui mettra du jasmin dans votre toison, et une fleur de grenade dans votre nombril. Pauvre petite lady Jane!

– Ne dis pas ces choses! dit-elle. Tu ne dis cela que pour me faire mal.

Il baissa la tête. Puis il dit, en dialecte :

– Peut-être, oui, peut-être. Eh bien donc, je ne dirai rien, je m'en tiendrai là. Mais tu dois t'habiller et retourner à tes « nobles châteaux anglais, qui si fièrement se dressent ». C'est la fin! C'est la fin pour sir John et pour la petite lady Jane. Mets ta chemise, lady Chatterley! Tu pourrais être n'importe qui, debout là sans même une chemise, et vêtue seulement de quelques chiffons de fleurs. Eh bien! donc, je vais te dévêtir, jeune grive sans queue!

Et il enleva les fleurs de ses cheveux, et embrassa ses cheveux humides, et il enleva les fleurs de ses seins et embrassa ses seins, et embrassa son nombril, et embrassa sa toison, mais là ne toucha pas aux fleurs qu'il y avait tressées.

– Qu'elles restent là tant qu'elles dureront, dit-il. Et maintenant, te voilà nue de nouveau, rien qu'une fille au derrière nu, rien qu'une petite lady Jane! Maintenant, mets ta chemise, car tu dois partir, sinon lady Chatterley sera en retard pour le dîner, et « où donc es-tu allée, ma belle enfant (1)! »

Elle ne savait jamais comment lui répondre quand il était ainsi d'humeur à parler le dialecte du pays. Elle s'habilla donc et se prépara à rentrer, un peu ignominieusement, à Wragby. Du moins c'est ce qu'elle éprouvait : elle rentrait à la maison un peu ignominieusement.

Il voulut l'accompagner jusqu'à la grande allée cavalière. Ses jeunes faisans étaient en bon ordre sous leur abri.

Quand ils débouchèrent, l'un à côté de l'autre, dans l'allée, ils tombèrent sur Mrs. Bolton, toute pâle et tremblante.

– Oh! madame, nous nous demandions s'il était arrivé quelque chose.

– Non! Il n'est rien arrivé.

Mrs. Bolton leva les yeux vers l'homme, et vit son visage lisse et rendu comme neuf par l'amour. Elle croisa son regard, mi-rieur, mi-moqueur. Il riait toujours devant les hasards malencontreux. Mais il la regardait avec gentillesse.

– Bonsoir, Mrs. Bolton. Madame ne risque plus rien maintenant, je peux donc la laisser. Je dis bonsoir à Madame. Bonsoir, Mrs. Bolton.

Il salua et s'éloigna.

Chapitre 16

Sitôt arrivée à la maison, Connie dut faire face à tout un interrogatoire. Clifford n'avait pas été là pour le thé, il

(1) « And where have you been to my pretty maid. » (Chanson populaire.)

était rentré juste avant l'orage, et où était Madame? Personne ne le savait, seule Mrs. Bolton fit une suggestion : Madame était peut-être allée se promener dans le bois. Dans le bois, par une tempête pareille! Clifford, pour une fois, se laissa aller à une sorte de crise de nerfs. Il sursautait à chaque éclair, et blêmissait à chaque roulement de tonnerre. Il regardait tomber la pluie glaciale d'orage comme si c'était la fin du monde. Il s'agitait de plus en plus.

Mrs. Bolton essaya de le calmer.

– Elle s'est sans doute abritée dans la cabane et elle y restera jusqu'à la fin de l'orage. Ne vous inquiétez pas. Il n'est rien arrivé à Madame.

– Je n'aime pas qu'elle soit dans le bois par une tempête pareille. D'ailleurs, je n'aime pas qu'elle aille dans le bois, c'est tout. Cela fait plus de deux heures qu'elle est partie, maintenant. Quand est-elle sortie?

– Un peu avant que vous n'arriviez.

– Je ne l'ai pas vue dans le parc. Dieu sait où elle est et ce qui lui est arrivé.

– Oh! il ne lui est rien arrivé. Vous verrez, elle sera là dès que la pluie s'arrêtera. C'est seulement la pluie qui l'empêche de rentrer.

Mais la pluie s'arrêta, et Madame n'était pas là. En fait, le temps passa, le soleil sortit pour jeter un dernier rayon jaune, et elle ne donnait toujours pas signe de vie. Le soleil se coucha, il commençait à faire sombre, et le premier coup de gong du dîner avait retenti.

– Cela ne sert à rien d'attendre, dit Clifford au comble de l'agitation. Je vais envoyer Field et Betts à sa recherche.

– Oh! ne faites pas cela, s'écria Mrs. Bolton. Ils vont croire à un suicide, ou quelque chose de ce genre. Oh, ne mettez pas les racontars en train. Laissez-moi courir jusqu'à la cabane pour voir si elle n'y est pas. Je suis sûre que je la trouverai là-bas.

C'est ainsi qu'après s'être fait un peu prier, Clifford lui permit de sortir.

Et c'est ainsi que Connie était tombée sur elle dans l'allée, errant seule et pâle comme le chevalier de la légende (1).

– Il ne faut pas m'en vouloir d'être venue vous cher-

(1) « Alone and palely loitering », dans le poème de John Keats, *La belle dame sans merci.* (*N.d.T.*)

cher, madame! Mais sir Clifford s'est mis dans un tel état. Il s'est persuadé que vous avez été frappée par la foudre ou tuée par la chute d'un arbre. Et il voulait absolument envoyer Field et Betts dans le bois pour chercher le corps. Je me suis dit qu'il valait mieux que ce soit moi qui vienne, plutôt que de laisser mettre tous les domestiques en rumeur.

Elle parlait avec nervosité. Elle voyait encore sur le visage de Connie l'air de douceur et de demi-rêve de la passion, et elle sentait l'irritation que sa présence lui causait.

– Bien sûr! dit Connie, sans pouvoir ajouter autre chose.

Les deux femmes pataugaient dans cet univers mouillé, avançant en silence, tandis que de grosses gouttes s'écrasaient dans le bois avec des bruits d'explosion. Lorsqu'elles débouchèrent dans le parc, Connie prit les devants, et Mrs. Bolton avait un peu de mal à respirer. Elle prenait de l'embonpoint.

– Clifford est vraiment stupide de faire tant d'histoires! dit enfin Connie, avec colère et se parlant en fait à elle-même.

– Oh! vous savez comme sont les hommes. Ils aiment se mettre dans tous leurs états. Mais cela s'arrangera dès qu'il verra Madame.

Connie était furieuse que Mrs. Bolton sache son secret. Car sans aucun doute elle le savait.

Soudain, Constance s'arrêta net dans le sentier.

– C'est monstrueux qu'on me fasse suivre, dit-elle, les yeux étincelants.

– Oh! Madame, ne dites pas cela! Il aurait sûrement envoyé les deux hommes, et ils seraient venus tout droit à la cabane. Moi, je ne savais pas bien où elle était.

Connie devint pourpre de rage à cette idée. Cependant, tant que sa passion l'enveloppait, elle ne pouvait mentir. Elle ne pouvait pas même faire semblant qu'il n'y avait rien entre elle et le garde. Elle regarda l'autre femme, qui se tenait là, l'air si rusé et la tête penchée, et qui pourtant, parce qu'elle était une femme, était une alliée.

– Oh, bon! dit-elle. Si c'est ainsi, c'est ainsi. Tant pis!

– Mais, madame, vous n'avez rien à craindre. Vous vous êtes seulement abritée dans la cabane. Il n'y a absolument rien à redire.

Elles arrivèrent au château. Connie entra au pas de charge chez Clifford, furieuse contre lui, furieuse contre sa figure pâle et tirée, et ses yeux proéminents.

– Franchement, je ne vois pas la nécessité de me faire chercher par les domestiques, dit-elle en criant.

– Seigneur! explosa-t-il. Où étiez-vous, ma fille? Ça fait des heures et des heures que vous êtes partie, et par une tempête pareille! Qu'est-ce que vous allez diable faire dans ce satané bois? Qu'est-ce que vous pouviez fabriquer? Ça fait des heures que la pluie s'est arrêtée, des heures. Savez-vous quelle heure il est? Il y a de quoi devenir enragé, avec vous. Où étiez-vous? Que diable pouviez-vous bien faire?

– Et si je n'ai pas envie de vous le dire?

Elle retira son chapeau et secoua ses cheveux.

Il la regardait, les yeux hors de la tête et le blanc virant au jaune. C'était très mauvais pour lui de se mettre dans ces états de rage. Les jours qui suivaient étaient éprouvants pour Mrs. Bolton. Connie eut un soudain remords.

– Mais vraiment! dit-elle, plus doucement. On pourrait croire que j'étais partie Dieu sait où! Je suis simplement restée dans la cabane pendant tout l'orage, je me suis fait un petit feu, et j'ai passé un bon moment.

Elle parlait maintenant plus tranquillement. Après tout, à quoi bon l'agiter davantage! Il la regarda d'un air soupçonneux.

– Et regardez vos cheveux! dit-il. Regardez-vous!

– Oui, répondit-elle avec calme. J'ai couru dans la pluie sans mes habits.

Il la regardait les yeux ronds, incapable de parler.

– Vous devez être folle! dit-il.

– Pourquoi? Parce que j'aime les douches de pluie?

– Et comment vous êtes-vous séchée?

– Avec une vieille serviette et devant le feu.

Il la regardait toujours fixement, avec le même air de stupéfaction.

– Et si quelqu'un était venu?

– Qui pourrait venir?

– Qui? Mais n'importe qui! Et Mellors? Est-ce qu'il ne va pas à la cabane? Il doit y aller le soir.

– Oui, il est venu plus tard, quand le temps s'est éclairci, pour donner du maïs aux faisans.

Elle parlait avec une nonchalance stupéfiante.

Mrs. Bolton, qui écoutait de la pièce à côté, était confondue d'admiration. Dire qu'une femme était capable de s'en tirer avec un tel naturel!

– Et s'il était venu pendant que vous vous ébattiez toute nue sous la pluie, comme une folle?

– Je présume qu'il aurait eu la peur de sa vie, et qu'il se serait sauvé aussi vite que ses jambes pouvaient le porter.

Clifford, pétrifié, la regardait toujours fixement. Les pensées qu'il y avait en lui, au-dessous du seuil de sa conscience, il ne les connaîtrait jamais. Et il était bien trop abasourdi pour se former une seule pensée claire au-dessus de ce seuil. Il acceptait tout simplement ce qu'elle disait, dans une sorte de vide de l'esprit. Et il l'admirait. Il ne pouvait s'empêcher de l'admirer. Elle avait l'air si enflammée, si belle, si lisse : lissée par l'amour.

– En tout cas, dit-il, retrouvant un peu de calme, vous aurez de la chance si vous vous en tirez sans un bon rhume.

– Oh! je ne me suis pas enrhumée, répondit-elle.

En elle-même, elle pensait à ce qu'avait dit l'autre homme : « Tu as le plus beau cul de femme de toute la terre! » Elle aurait voulu, elle aurait tant voulu pouvoir raconter à Clifford qu'on lui avait dit cela, pendant la fameuse tempête. Enfin, tant pis! Et avec l'air d'une reine offensée, elle monta chez elle se changer.

Ce soir-là, Clifford voulut se montrer aimable avec elle. Il lisait un livre de religion scientifique, tout récemment paru. Il avait en lui une certaine tendance religieuse sans authenticité, et il s'intéressait de façon tout égocentrique à l'avenir de son propre moi. Il en allait de même de ses conversations littéraires avec Connie, puisque toute conversation entre eux devait être fabriquée de toutes pièces, presque chimiquement. Il leur fallait la concocter presque chimiquement dans leur tête.

– Que pensez-vous de cela? dit-il, en prenant son livre. Vous n'auriez pas besoin de rafraîchir l'ardeur de votre corps en courant sous la pluie, si nous avions quelques éons d'évolution en plus derrière nous. Ah, voilà : « L'univers nous révèle deux aspects. D'une part, il se consume physiquement, de l'autre il s'élève spirituellement. »

Connie écoutait, attendant la suite. Mais Clifford n'ajoutait rien. Elle le regarda avec surprise.

– Et s'il s'élève spirituellement, dit-elle, que laisse-t-il derrière lui en bas, là où était sa queue?

– Ah! dit-il. N'allez pas chercher trop loin. Pour l'auteur, « s'élever » est le contraire de « se consumer », je suppose.

– Spirituellement enflé, pour ainsi dire.

– Non, mais sérieusement, sans rire : pensez-vous qu'il y a quelque chose de vrai là-dedans?

Elle le regarda de nouveau.

– Que l'univers se consume physiquement? dit-elle. Je vous vois devenir de plus en plus gras, et pour ma part, je ne suis pas en train de dépérir. Croyez-vous que le soleil est plus petit qu'autrefois? Il est pareil pour moi. Et je suppose que la pomme qu'Eve a offerte à Adam n'était pas beaucoup plus grosse que notre reinette orange. Avez-vous une idée là-dessus?

– Eh bien, écoutez la suite : « L'univers évolue ainsi lentement, avec une lenteur inaccessible à nos mesures du temps, vers un nouvel état créateur, dans lequel le monde physique, tel que nous le connaissons en ce moment, ne fera qu'une ride à peine distinguable du non-être. »

Elle écoutait, une lueur amusée sur le visage. Toutes sortes de réponses inconvenantes lui venaient à l'esprit, mais elle dit seulement :

– Quelle stupide mystification! Comme si sa petite conscience vaniteuse pouvait concevoir ce qui se passe avec une telle lenteur. Cela veut seulement dire que lui est un ratage physique, alors il veut faire de l'univers entier un ratage physique. Quelle pédante impertinence!

– Oh, mais, écoutez! N'interrompez pas la parole solennelle du grand homme. « L'ordre actuel du monde a surgi d'un passé inimaginable, et il trouvera sa tombe dans un futur inimaginable. Il reste le royaume inépuisable des formes abstraites, et la créativité dont le caractère mouvant est sans cesse renouvelé et re-déterminé par ses propres créations, et Dieu, de la sagesse de qui dépendent tous les divers ordres. » Voilà, c'est comme ça qu'il conclut.

Connie écoutait avec mépris.

– Il est spirituellement enflé! s'écria-t-elle. Quel charabia! Des choses inimaginables, des ordres dans des tombes, et des royaumes de formes abstraites, et une créativité au caractère fuyant, et Dieu mélangé à des ordres divers! Mais c'est de l'idiotie!

– Je reconnais que ça fait un conglomérat un peu vague, un mélange de gaz, si on veut, dit Clifford. Pourtant, je pense qu'il y a du vrai dans cette idée que l'univers dépérit physiquement et s'élève spirituellement.

– Vraiment? Alors qu'il s'élève, pourvu qu'il me laisse physiquement derrière, bien installée ici-bas!

– Aimez-vous votre corps physique? demanda-t-il.

– Je l'adore!

Et dans son esprit passaient les mots du garde : « C'est le plus beau cul de femme, le plus beau de la terre. »

– Mais c'est vraiment assez extraordinaire, parce qu'il est bien évident que le corps est un embarras. Mais je suppose que les femmes ne trouvent pas un plaisir suprême à la vie de l'esprit.

– Un plaisir suprême? dit-elle en levant les yeux vers lui. Est-ce ce genre de sottises qui est le plaisir suprême de l'esprit? Non merci! Je préfère le corps. Je crois que la vie du corps est une réalité plus grande que la vie de l'esprit, quand le corps est vraiment éveillé à la vie. Mais il y a tant de gens, comme votre fameuse machine à vent, qui ne sont que des esprits collés sur des cadavres physiques.

Il la regardait avec stupeur.

– La vie du corps, dit-il, n'est rien de plus que la vie des animaux.

– Et cette vie-là est préférable à la vie des cadavres professionnels. Mais ce n'est pas vrai. Le corps humain commence seulement à s'éveiller à la vraie vie. Avec les Grecs il a eu un début de rayonnement, et puis Platon et Aristote l'ont tué, et Jésus l'a achevé. Mais maintenant, le corps s'éveille vraiment à la vie, il ressuscite vraiment d'entre les morts. Et ce sera une belle, belle vie dans un bel univers que la vie du corps humain.

– Ma chère, vous parlez comme si c'était vous qui introduisiez tout cela sur la terre. Il est vrai que vous partez en vacances. Mais, je vous en prie, que cela ne vous exalte pas à ce point, c'est indécent. Croyez-moi, s'il y a un dieu, il est en train d'éliminer lentement du corps humain les boyaux et le système digestif pour produire un être plus élevé et plus spirituel.

– Pourquoi vous croirais-je, Clifford, quand je sens que, s'il y a un dieu, il s'est enfin éveillé dans mes boyaux, comme vous dites, et qu'il s'y répand si joyeusement, comme l'aurore? Pourquoi vous croirais-je quand j'éprouve si fortement le contraire?

– Très juste! Et quelle est la cause de cet extraordinaire changement en vous? Est-ce d'avoir couru toute nue sous la pluie et joué à la bacchante? Est-ce le désir de sensations fortes, ou l'idée de votre départ à Venise?

– Les deux! Vous trouvez que c'est vraiment affreux de ma part d'être si excitée à l'idée de partir? dit-elle.

– Ce n'est pas très gentil de le faire voir à ce point.

– Alors, je ne ferai plus rien voir.

– Oh, ce n'est pas la peine! Vous me communiquez presque votre excitation. J'ai presque l'impression que c'est moi qui pars.

– Eh bien, pourquoi ne venez-vous pas?

– Nous avons déjà parlé de tout cela. Et d'ailleurs, je pense que ce qui vous excite le plus, c'est de pouvoir dire adieu pour quelque temps à tout cela. Au revoir tout le monde! Rien de plus excitant pour l'instant. Mais chaque séparation signifie une nouvelle rencontre. Et chaque rencontre est un nouveau lien.

– Je n'ai pas l'intention de me laisser lier de nouveau.

– Pas de vantardises, quand les dieux écoutent, dit-il.

Elle s'arrêta net.

– Non, pas de vantardises! dit-elle.

Mais elle n'en était pas moins excitée de partir, de sentir les liens se briser. Elle n'y pouvait rien.

Clifford, qui n'arrivait pas à dormir, joua toute la nuit avec Mrs. Bolton et ne s'arrêta que lorsqu'elle fut à bout et prête à mourir de sommeil.

Et ce fut enfin le jour de l'arrivée d'Hilda. Connie avait convenu avec Mellors que si tout s'arrangeait bien pour la nuit qu'ils devaient passer ensemble, elle suspendrait un châle vert à la fenêtre. S'il y avait des complications, un châle rouge.

Mrs. Bolton aida Connie à faire ses valises.

– Cela fera tant de bien à Madame de changer d'air.

– J'en suis sûre. Cela ne vous ennuie pas d'être toute seule pendant quelque temps pour vous occuper de Clifford?

– Oh, non! J'arrive très bien à me débrouiller avec lui. Je veux dire, je peux faire tout ce dont il a besoin. Vous ne trouvez pas qu'il est mieux qu'autrefois?

– Oh, beaucoup mieux! Vous faites des miracles pour lui.

– Presque, ma foi. Mais les hommes sont tous pareils, de simples bébés, et il faut les flatter et les cajoler et leur faire croire que c'est eux qui décident. Vous ne trouvez pas, Madame?

– Je crains de ne pas avoir beaucoup d'expérience.

Connie s'arrêta un moment de s'affairer.

– Votre mari aussi, est-ce qu'il fallait s'occuper de lui et le cajoler comme un bébé? dit-elle en regardant l'autre femme.

Mrs. Bolton s'arrêta aussi.

– Eh bien, dit-elle, il fallait pas mal de cajoleries avec lui aussi. Mais il devinait toujours où je voulais en venir, je dois le reconnaître. Et, en général, il faisait ce que je voulais.

– Il ne faisait jamais le seigneur et maître?

– Non! Enfin il avait parfois une certaine façon de me regarder, et alors je savais que je devais céder. Mais la plupart du temps, c'est lui qui me cédait. Non, il n'a jamais été le seigneur et maître. Mais moi non plus. Je savais où je devais m'arrêter avec lui, et alors je cédais. Et pourtant cela m'en coûtait, des fois.

– Et qu'est-ce qui se serait passé si vous lui aviez tenu tête?

– Oh! je ne sais pas, je n'ai jamais essayé. Même quand il avait tort, si vraiment il ne voulait pas changer d'idée, je cédais. Vous comprenez, je ne voulais surtout pas briser ce qu'il y avait entre nous. Et si vous allez à fond contre la volonté d'un homme, c'est la fin. Si vous tenez à un homme, il faut lui céder quand il s'est vraiment mis une idée dans la tête. Autrement, on brise quelque chose. Mais il faut dire que Ted me cédait aussi quelquefois, quand j'étais butée sur quelque chose, même si j'avais tort. Alors je suppose que c'est pareil des deux côtés.

– Et c'est ce que vous faites avec tous vos malades? demanda Connie.

– Oh! ce n'est pas la même chose. Ça ne me tient pas à cœur autant. Je sais ce qui leur fait du bien, du moins j'essaye, et alors je me débrouille simplement pour que tout aille au mieux pour eux. Ce n'est pas comme lorsqu'on aime vraiment quelqu'un. Ce n'est pas du tout la même chose. Quand on a vraiment aimé un homme, on peut montrer de l'affection à n'importe quel homme ou presque, si seulement il a besoin de vous. Mais ce n'est pas pareil. On n'aime pas vraiment. Si on a vraiment aimé une fois, je ne crois pas qu'on puisse aimer une autre fois.

Ces mots effrayèrent Connie.

– Vous pensez qu'on ne peut aimer qu'une fois? demanda-t-elle.

– Ou jamais. La plupart des femmes n'aiment jamais, même pas un peu. Elles ne savent pas ce que cela veut dire. Les hommes non plus d'ailleurs. Mais quand je vois une femme qui aime, mon cœur se serre pour elle.

– Et est-ce que vous pensez que les hommes se vexent facilement?

– Oui! Si on les blesse dans leur orgueil. Mais les femmes ne sont-elles pas pareilles? Nous n'avons pas tout à fait le même orgueil, c'est tout.

Connie se mit à réfléchir. De nouveau elle se demandait si elle avait raison de partir. Après tout, est-ce que ce n'était pas laisser tomber son homme, même si ce n'était que pour peu de temps? Et il le savait. C'est pour cela qu'il était si bizarre et sarcastique.

Seulement voilà, l'existence humaine est en grande partie soumise au mécanisme des circonstances extérieures. Elle était au pouvoir de ce mécanisme. Elle ne pouvait s'en dépêtrer en cinq minutes. Elle n'en avait même pas le désir.

Hilda arriva à l'heure prévue jeudi matin, dans un agile petit coupé deux places, sa valise solidement attachée à l'arrière. Elle avait l'air aussi réservé et virginal que d'habitude, mais son caractère n'avait pas changé, elle n'en faisait qu'à sa tête. Elle était obstinée en diable, ainsi que son mari s'en était aperçu. Mais le mari demandait maintenant le divorce. Et qui plus est, elle lui facilitait même les choses. Elle n'avait pas d'amant pourtant. Pour l'instant, elle était « en congé » des hommes. Il suffisait à son bonheur d'être tout à fait libre de disposer d'elle-même, et aussi de ses deux enfants, qu'elle avait l'intention d'élever comme il faut, quel que soit le sens qu'on donne à cette expression.

Connie, elle aussi, n'eut le droit d'emporter qu'une valise. Mais elle avait déjà envoyé une malle à son père : lui voyagerait par le train. A quoi bon amener une voiture à Venise? Et d'ailleurs il faisait bien trop chaud en Italie pour circuler en voiture, surtout en juillet. Il ferait son voyage confortablement par le train. Il arrivait d'Ecosse et était à Londres.

Donc, tel un maréchal de camp virginal et arcadien, Hilda organisa les détails matériels du voyage. Elle était avec Connie dans le petit salon du haut, et toutes deux bavardaient.

– Mais Hilda! dit Connie, sans trop d'assurance, je veux rester à côté d'ici, cette nuit. Pas ici. A côté d'ici.

Hilda dévisageait sa sœur de ses yeux gris, indéchiffrables. Elle avait l'air si calme, alors que si souvent elle était en fureur.

– Où cela, à côté d'ici? demanda-t-elle doucement.

– Bon, tu sais que j'aime quelqu'un, n'est-ce pas?

– J'avais compris qu'il se passait quelque chose.

– Eh bien, il habite à côté d'ici, et je veux passer cette dernière nuit avec lui. Il le faut! J'ai promis!

Connie devenait véhémente.

Hilda pencha sa tête de Minerve en silence. Puis elle leva les yeux.

– Peux-tu me dire de qui il s'agit? demanda-t-elle.

– C'est notre garde-chasse, balbutia Connie, et elle rougit violemment, comme une enfant prise en faute.

– Connie! s'écria Hilda, relevant légèrement le nez en signe de dégoût. C'était une mimique qu'elle tenait de sa mère.

– Je sais, mais il a beaucoup de charme. Il comprend vraiment la tendresse, dit Connie, essayant de trouver des excuses.

Hilda, telle une Athéna au teint riche et vermeil, pencha la tête et réfléchit. Elle était en fait violemment en colère. Mais elle n'osait pas le montrer, car Connie, qui tenait de son père, monterait aussitôt sur ses grands chevaux et on ne pourrait plus rien faire d'elle.

Certes, Hilda n'aimait pas Clifford. Cette froide certitude qu'il avait d'être quelqu'un! Elle trouvait qu'il utilisait Connie honteusement et impudemment. Elle avait eu l'espoir que sa sœur le quitterait. Mais, en bonne et solide bourgeoise écossaise, elle avait horreur qu'on « s'abaisse », ou qu'on abaisse la famille. Elle leva enfin les yeux.

– Tu le regretteras, dit-elle.

– Non, s'écria Connie, toute rouge. Il n'est pas du tout comme les autres. Je l'aime vraiment. C'est un amant merveilleux.

Elle réfléchit encore.

– Tu t'en lasseras bientôt, dit-elle, et tu auras cette honte toute ta vie.

– Je ne me lasserai pas de lui! J'espère que je vais avoir un enfant de lui.

– Connie! dit Hilda, dure comme un coup de marteau et pâle de colère.

– J'aurai un enfant si je le peux. Je serais terriblement fière si j'avais un enfant de lui.

Il était inutile de lui parler. Hilda réfléchissait.

– Et Clifford n'a pas de soupçons?

– Oh, non! Pourquoi en aurait-il?

– Je suis sûre que tu ne lui as pas épargné les occasions, dit Hilda.

– Mais pas du tout.

– Et cette histoire de rendez-vous de ce soir m'a l'air de la folie pure. Où habite-t-il?

– Au cottage, de l'autre côté du bois.

– Il est célibataire?

– Non. Sa femme l'a quitté.

– Quel âge?

– Je ne sais pas. Plus vieux que moi.

Hilda, à chaque réponse de Connie, devenait plus furieuse, furieuse comme autrefois sa mère qui se mettait dans des états de paroxysme. Mais elle ne le montrait toujours pas.

– Je renoncerais à l'escapade de ce soir si j'étais toi, conseilla-t-elle avec calme.

– Je ne peux pas! Il faut que je reste avec lui cette nuit, autrement je ne peux pas aller à Venise. Je ne peux pas, c'est tout.

Hilda crut entendre la voix de son père à nouveau, et elle céda, simplement par diplomatie. Et elle consentit à aller dîner à Mansfield avec Connie, à la ramener après la tombée de la nuit et à la déposer devant le bout du sentier, et à aller la reprendre au même endroit le lendemain matin. Elle-même coucherait à Mansfield, qui n'était qu'à une demi-heure de là en conduisant vite. Mais elle était en fureur. Et elle en voulait à sa sœur, de s'être mise ainsi en travers de ses projets.

Connie jeta un châle vert émeraude sur le rebord de sa fenêtre.

Sur la lancée de sa colère. Hilda retrouva des sentiments plus chaleureux pour Clifford. Après tout, il avait de l'intelligence. Et s'il ne pouvait fonctionner sexuellement, tant mieux. Cela faisait autant de sujets de querelle en moins! Hilda en avait assez de ces histoires de sexe, qui transformaient les hommes en petits monstres d'égoïsme et les rendaient insupportables. Connie avait bien moins de désagréments que la plupart des femmes, mais elle ne se rendait pas compte de son bonheur.

Et Clifford décida que Hilda était une femme tout à fait

intelligente après tout, et qu'elle ferait une compagne de premier ordre pour un homme, si par exemple il se lançait dans la politique. Non, elle n'avait rien du caractère fantasque de Connie. Connie était plus enfant. Il fallait être indulgent pour elle, car elle n'était pas tout à fait responsable.

On prit le thé de bonne heure, dans le hall, dont on avait ouvert les portes pour laisser entrer le soleil. Tout le monde semblait un peu essoufflé.

– Au revoir, Connie, petite fille! Revenez-moi vite.

– Au revoir, Clifford! Oui, je reviendrai bientôt, dit Connie presque avec tendresse.

– Au revoir, Hilda! Ayez l'œil sur elle.

– Et même les deux, dit Hilda. Elle ne pourra pas s'égarer bien loin.

– C'est promis?

– Au revoir, Mrs. Bolton! Je sais que vous veillerez noblement sur sir Clifford.

– Je ferai mon possible, Madame.

– Et écrivez-moi ce qui se passe ici, donnez-moi des nouvelles de sir Clifford, de sa santé.

– Très bien, Madame, comptez sur moi. Et amusez-vous bien, et revenez vite nous consoler.

Tout le monde fit de grands signes d'adieu. La voiture démarra. Connie tourna la tête et vit Clifford, assis en haut de l'escalier dans son fauteuil roulant. Après tout, il était son mari. Wragby était sa maison. Les circonstances avaient ainsi arrangé les choses.

Mrs. Chambers tenait la grille ouverte et souhaita à Madame de bonnes vacances. L'auto se glissa hors du sombre taillis qui masquait le parc et gagna la grand-route où les mineurs rentraient chez eux en traînant le pas. Hilda tourna sur la route de Crosshill, qui n'était pas une grand-route mais qui menait à Mansfield. Connie mit des grosses lunettes d'automobiliste. Elles suivaient la voie ferrée, qui était dans une tranchée en contrebas. Puis elles traversèrent la tranchée sur un pont.

– Voilà le sentier qui mène au cottage, dit Connie.

Hilda y jeta un regard irrité.

– C'est terriblement dommage de ne pas continuer tout droit! dit-elle. Nous aurions pu arriver à Pall Mall vers neuf heures.

– Je suis désolée pour toi, dit Connie, cachée derrière ses lunettes.

Elles furent bientôt à Mansfield, cette ville de mineurs

autrefois romantique et maintenant absolument déprimante. Hilda s'arrêta devant l'hôtel signalé dans le guide, et prit une chambre. Toute cette aventure était absolument dénuée d'intérêt, et elle était presque trop en colère pour parler. Malgré cela, Constance ne put s'empêcher de lui raconter un peu la vie du garde-chasse.

– *Il, il!* Comment l'appelles-tu? Tu dis toujours *il!* dit Hilda.

– Je ne l'ai jamais appelé par son nom. Ni lui non plus, ce qui est curieux quand on y réfléchit. Parfois nous disons : lady Jane et John Thomas. Mais son nom est Olivier Mellors.

– Et ça te dirait d'être madame Olivier Mellors au lieu de lady Chatterley?

– J'adorerais ça.

Il n'y avait rien à espérer de Connie. Et d'ailleurs, si cet homme avait été lieutenant dans l'armée en Inde, pendant quatre ou cinq ans, il devait être plus ou moins présentable. Apparemment il avait du caractère. Hilda commençait à s'adoucir un peu.

– Mais tu en auras assez de lui dans peu de temps. Et alors tu auras honte de l'avoir connu. On ne peut pas se mêler aux gens du peuple.

– Et toi qui es une grande socialiste, toujours du côté des travailleurs!

– Je suis peut-être de leur côté lorsqu'il y a une crise politique. Mais justement parce que je suis de leur côté, je sais trop qu'il est impossible de mêler sa vie à la leur. Ce n'est pas du snobisme, c'est simplement parce que tout leur rythme est différent du nôtre.

Hilda avait vécu dans le milieu des vrais intellectuels politiques, il n'y avait donc aucun espoir de pouvoir la contredire.

L'ennuyeuse soirée à l'hôtel se traîna lentement, et enfin vint le dîner, tout aussi ennuyeux. Après quoi Connie glissa quelques affaires dans un petit sac de soie, et se repeigna une dernière fois.

– Après tout, Hilda, dit-elle, l'amour peut être merveilleux. Quand on sent qu'on vit, et qu'on est en plein milieu de la création.

C'était un peu comme si elle se vantait.

– Je suppose que le moindre moustique sent la même chose, dit Hilda.

– Tu crois? Tant mieux pour lui!

La soirée était merveilleusement claire et semblait ne

devoir jamais finir, même dans la petite ville. Il ferait demi-jour toute la nuit. Le visage figé comme un masque par le ressentiment, Hilda remit la voiture en marche, et les deux sœurs à toute allure retournèrent sur leurs traces, prenant l'autre route, celle qui traversait Bolsover.

Connie, déguisée par les grosses lunettes et le bonnet, ne disait mot. A cause de l'opposition de Hilda, elle se rangeait farouchement du côté de l'homme, elle resterait à ses côtés à travers toutes les épreuves.

Hilda avait déjà allumé les phares lorsqu'elles traversèrent Crosshill, et le petit train éclairé qui passait dans la tranchée en soufflant donnait l'impression que la nuit était vraiment tombée. Hilda avait prévu le tournant qu'elle aurait à prendre pour pénétrer dans le petit chemin au bout du pont. Elle ralentit assez brusquement et tourna, quittant la route. Les phares éclairèrent d'une lumière blanche et crue les herbes qui envahissaient le sentier. Connie regarda autour. Elle aperçut une silhouette obscure et aussitôt ouvrit la portière.

– Nous y voilà! dit-elle doucement.

Mais Hilda avait éteint les phares et reculait pour faire demi-tour, concentrée sur sa manœuvre.

– Rien sur le pont? demanda-t-elle d'un ton bref.

– Vous pouvez y aller, dit la voix de l'homme.

Elle recula sur le pont, revint en première, laissa la voiture avancer de quelques mètres sur la route, puis revint en marche arrière dans le chemin, sous un orme blanc, écrasant les herbes et les fougères. Puis toutes les lumières s'éteignirent. Connie descendit de la voiture. L'homme attendait sous les arbres.

– Vous êtes là depuis longtemps? demanda Connie.

– Pas très, répondit-il.

Ils attendaient tous deux que Hilda descende. Mais Hilda ferma la portière de la voiture et resta figée sur son siège.

– Voici ma sœur Hilda. Voulez-vous venir lui parler? Hilda? Voici Mr. Mellors.

Le garde souleva son chapeau, mais ne fit pas un pas en avant.

– Viens avec nous jusqu'au cottage, Hilda, supplia Connie. Ce n'est pas loin.

– Et la voiture?

– Il n'est pas interdit de les laisser dans les chemins. Tu as la clef.

Hilda ne disait rien; elle s'interrogeait. Puis elle tourna la tête et regarda le chemin derrière.

– Est-ce que je peux reculer jusque derrière le buisson? dit-elle.

– Mais oui, dit le garde.

Elle fit marche arrière lentement, tournant en même temps, et quand elle fut hors de vue de la route, elle s'arrêta, ferma toute la voiture et descendit. Il faisait nuit, mais l'obscurité était lumineuse. Les haies se dressaient, hautes et sauvages, de chaque côté du chemin abandonné, et l'ombre y semblait très profonde. Il y avait dans l'air un parfum frais et doux. Le garde marchait devant, derrière lui venait Connie, puis Hilda, tous trois silencieux. Aux passages difficiles on s'arrêtait, il éclairait le chemin avec sa lampe de poche, puis tout le monde repartait. Un hibou hululait doucement au-dessus des chênes, Flossie, tantôt d'un côté tantôt d'un autre, cheminait silencieusement. Personne ne pouvait parler; il n'y avait rien à dire.

Enfin Connie aperçut la lumière jaune de la maison, et son cœur se mit à battre plus vite. Elle avait un peu peur. Ils avançaient lentement, toujours en file indienne.

Il mit la clef, ouvrit la porte et les précéda dans la petite pièce chaude mais nue. Dans l'âtre, le feu brûlait à flammes basses et rouges. Le couvert était mis. Il y avait deux assiettes et deux verres et, pour une fois, une vraie nappe blanche. Hilda secoua ses cheveux et jeta un coup d'œil circulaire sur la pièce nue et peu réconfortante. Puis elle rassembla son courage et regarda l'homme.

Il était grand, mais pas trop, mince, et elle le trouva beau. Il gardait ses distances à sa manière tranquille, et semblait très peu désireux de parler.

– Assieds-toi, Hilda, dit Connie.

– Je vous en prie, dit-il. Que puis-je vous faire? Du thé ou autre chose? Ou préférez-vous un verre de bière? Elle est assez fraîche.

– De la bière, dit Connie.

– De la bière pour moi aussi, je vous prie, dit Hilda, avec une affectation de timidité.

Il la regarda en cillant des paupières.

Il prit un pot bleu et à pas lourds se dirigea vers l'arrière-cuisine. Lorsqu'il revint, portant la bière, son visage avait changé encore une fois.

Connie s'assit près de la porte, et Hilda prit la chaise qui était adossée au mur, contre le coin de la fenêtre.

– C'est sa chaise, dit Connie doucement, et Hilda se releva comme si la chaise l'avait brûlée.

– Restez assise, restez assise! Prenez la chaise que vous voulez, personne ici n'est le grand ours, dit-il en patois avec une parfaite sérénité.

Et il apporta un verre à Hilda et la servit en premier, versant la bière du pot bleu.

– Quant aux cigarettes, je n'en ai pas, dit-il, mais peut-être avez-vous les vôtres. Je ne fume pas. Voulez-vous prendre quelque chose?

Puis il s'adressa directement à Connie :

– Veux-tu manger un peu, si je vais te chercher ce qu'il y a? D'habitude, tu as toujours un peu faim.

Il parlait patois avec une assurance curieuse, tranquille, comme s'il était le patron dans une auberge.

– Qu'est-ce qu'il y a? dit Connie en rougissant.

– Du jambon bouilli, du fromage, des noix au vinaigre, si tu veux. Pas grand-chose.

– Je veux bien, dit Connie. Et toi, Hilda?

Hilda leva les yeux vers lui.

– Pourquoi parlez-vous en patois du Yorkshire? demanda-t-elle doucement.

– Ce que je parle? C'est le patois du Derby, pas celui du Yorkshire.

Il lui rendit son regard, et il y avait sur son visage ce même sourire à peine esquissé, distant, légèrement sarcastique.

– Derby si vous voulez! Pourquoi parlez-vous en patois du Derby? Vous avez d'abord parlé en anglais normal.

– Vraiment? Et n'ai-je pas le droit de changer si j'en ai envie? Non, non, laissez-moi parler en patois du Derby si cela me convient. Si vous n'avez rien contre.

– Cela fait un peu affecté, dit Hilda.

– Ah, peut-être bien! Et à Tevershall, c'est vous qui auriez l'air affectée.

Il la regarda de nouveau, d'une manière étrange, comme s'il la toisait, comme s'il voulait dire : « Et vous, qui donc vous croyez-vous? »

Il se dirigea vers le garde-manger, du même pas lourd et égal.

Les sœurs restèrent silencieuses. Il apporta une autre assiette, un couteau et une fourchette. Puis il dit :

– Et si ça ne vous dérange pas, je vais enlever ma veste, comme je fais d'habitude.

Et il enleva sa veste et l'accrocha à une patère, puis

s'assit à table en bras de chemise. Sa chemise était de flanelle fine, couleur crème.

– Servez-vous, dit-il. Servez-vous. N'attendez pas que je vous le dise.

Il coupa le pain, puis resta immobile. Hilda ressentit, comme Constance au début, son pouvoir de silence et d'éloignement. Elle vit sa main, assez petite, sensible, abandonnée sur la table. Cet homme-là n'était pas un simple ouvrier, loin de là! Il jouait un rôle, un rôle!

– Pourtant, dit-elle en prenant un peu de fromage, ce serait plus naturel que vous nous parliez en anglais normal, plutôt qu'en patois.

Il la regarda, conscient de cette volonté diabolique qui était en elle.

– Naturel? dit-il en anglais normal. Vous croyez? Rien de ce que nous pourrions nous dire ne sera vraiment naturel. Ou alors dites-moi que vous voudriez me voir disparaître au diable avant que votre sœur revienne jamais ici. Et en ce cas, je vous répondrais quelque chose d'à peu près aussi désagréable. C'est la seule chose qui serait naturelle.

– Oh non! dit Hilda. De simples bonnes manières seraient parfaitement naturelles.

– Seconde nature, pour ainsi dire! s'exclama-t-il, en se mettant à rire. Non, je suis fatigué des manières. Laissez-moi tranquille.

Hilda était franchement décontenancée et contrariée jusqu'à la fureur. Après tout, il pourrait montrer qu'on lui faisait un grand honneur et qu'il s'en rendait compte. Au lieu de cela, il jouait un rôle et prenait de grands airs, et semblait s'imaginer que tout l'honneur était pour elles. C'était de l'impudence, ni plus ni moins. Pauvre Connie, fourvoyée sous les griffes de cet homme!

Ils mangeaient tous trois en silence. Hilda regardait comment il se tenait à table. Elle ne pouvait s'empêcher de voir qu'il était instinctivement plus délicat et mieux élevé qu'elle-même. Elle avait une certaine lourdeur écossaise. Et lui, avait toute l'assurance tranquille et la réserve d'un Anglais, sans rien qui puisse donner prise. Ce serait très difficile de le faire plier.

Mais elle non plus ne plierait pas devant lui.

– Et croyez-vous vraiment, dit-elle, d'un ton un peu plus civilisé, que le jeu en vaille la chandelle?

– Quel jeu?

– Cette escapade avec ma sœur.

Il eut son insupportable sourire.
– C'est à elle qu'il faut le demander, dit-il en patois.
Puis il regarda Connie.
– Tu viens de ton propre gré, n'est-ce pas, petite fille? Ce n'est pas moi qui te force?
Connie regarda Hilda.
– Arrête de chicaner, Hilda.
– Je t'assure que je n'en ai pas envie. Mais il faut bien que quelqu'un pense pour les autres. On doit garder une sorte de continuité dans sa vie. On ne peut pas simplement tout mettre en l'air.
Il y eut un moment de silence.
– De la continuité! dit-il. Et qu'est-ce que vous entendez par là? Quelle continuité y a-t-il dans votre vie? Je croyais que vous étiez en train de divorcer. Quelle continuité y a-t-il là-dedans? De la continuité, j'en vois dans votre entêtement, c'est à peu près tout. Et à quoi cela va vous servir? Vous serez écœurée de votre continuité avant même d'avoir commencé. Une femme opiniâtre et son entêtement, voilà qui fait une solide continuité! Dieu merci, ce n'est pas moi qui dois m'occuper de vous!
– De quel droit me parlez-vous sur ce ton? dit Hilda.
– De quel droit? Et de quel droit venez-vous harceler les autres avec votre continuité? Laissez les gens à leurs propres continuités.
– Mon cher monsieur, croyez-vous que je m'intéresse à vos affaires? dit Hilda doucement.
– Oui, dit-il. Par force. Vous êtes plus ou moins ma belle-sœur.
– Nous n'en sommes pas encore là, je vous assure.
– Et moi je vous assure que nous n'en sommes pas si loin. Moi aussi, j'ai une sorte de continuité, et qui vaut bien la vôtre! Et si votre sœur vient à moi pour un peu de sexe et de tendresse, elle sait ce qu'il lui faut. Elle est déjà venue dans mon lit, ce qui n'est pas le cas pour vous. Dieu merci, avec votre continuité!
Il y eut un silence de mort, puis il ajouta :
– Je ne porte pas ma culotte à l'envers, et lorsqu'il m'arrive quelque chose de bien, je sais reconnaître ma chance. Cette petite peut donner beaucoup de joie à un homme, ce qui est plus qu'on peut en dire pour vous et vos pareilles. Et c'est dommage, car vous auriez pu être un vrai fruit, bon à manger, au lieu d'être une pomme sauvage, simplement jolie à regarder. Les femmes comme vous ont besoin d'une bonne greffe.

Il la regardait et un drôle de sourire lui passait sur le visage, vaguement sensuel et appréciateur.

– Et les hommes comme vous, dit-elle, devraient être isolés du reste du monde. Tous ceux qui savent trop bien justifier leur vulgarité et leurs appétits égoïstes.

– Eh bien, madame, heureusement qu'il reste encore quelques hommes comme moi. Quant à vous, vous avez ce que vous méritez : une sévère solitude.

Hilda s'était levée et était allée jusqu'à la porte. Il se leva aussi et prit sa veste au crochet.

– Je suis capable de trouver mon chemin toute seule, dit-elle.

– J'en doute beaucoup, répondit-il calmement.

Ils repartirent, à la queue leu leu sur le chemin, ridicules et silencieux. Un hibou hululait encore. Il savait qu'il devrait le tuer.

La voiture était toujours là, un peu humide de rosée. Hilda monta et fit démarrer le moteur. Les deux autres attendaient.

– Tout ce que je veux dire, dit-elle de derrière ce retranchement, c'est que vous finirez sans doute par vous apercevoir que tout cela n'en valait pas la peine, l'un comme l'autre.

– Ce qui est bon pour les uns est un poison pour les autres, dit-il, parlant dans l'ombre. Mais pour moi, c'est le pain et le vin.

La lumière jaillit des phares.

– Ne me fais pas attendre demain matin, Connie.

– Non, je serai à l'heure. Bonne nuit!

La voiture monta lentement vers la grand-route, puis s'éloigna rapidement, rendant la nuit au silence.

Connie prit timidement le bras du garde, et ils descendirent le chemin. Il se taisait. Au bout d'un moment, elle le fit s'arrêter.

– Embrasse-moi, murmura-t-elle.

– Non, attends un peu. Laisse-moi finir de bouillir, dit-il.

Cela la fit rire. Elle lui tenait toujours le bras, et ils descendirent rapidement le chemin, en silence. Elle était si heureuse d'être avec lui maintenant. Elle frissonnait à l'idée qu'elle aurait pu se laisser arracher à lui par Hilda. Il gardait un silence impénétrable.

Quand ils furent de nouveau au cottage, elle sauta presque de joie d'être libérée de sa sœur.

– Mais tu as été très méchant avec Hilda, lui dit-elle.

– Elle aurait dû être giflée quand il le fallait.

– Mais pourquoi? Et elle est si gentille.

Il ne répondit pas. Il vaquait aux tâches du soir avec une sorte d'assurance tranquille dans ses mouvements. Il était en colère à la surface, mais pas contre elle. C'est ce que Connie sentait. Et cette colère lui donnait une beauté particulière, une profondeur et une lumière qui la transportaient et faisaient fondre ses membres.

Et toujours il allait et venait comme si elle n'avait pas été là.

Enfin il s'assit et commença à délacer ses bottes. Alors il leva les yeux et la regarda de dessous ses sourcils encore froncés de colère.

– Ne veux-tu pas monter? dit-il. Il y a une bougie là.

D'un geste rapide de la tête, il montra la chandelle qui brûlait sur la table. Elle la prit avec obéissance, et il suivit des yeux la courbe pleine de ses hanches tandis qu'elle montait les premières marches.

Ce fut une nuit de passion sensuelle; elle fut un peu effrayée, entraînée presque malgré elle, et pourtant transpercée encore d'une excitation sensuelle perçante, différente, plus âpre, plus terrible que les transports de la tendresse, mais sur le moment, plus désirable. Quoiqu'un peu effrayée, elle lui laissa faire ce qu'il voulait, et la sensualité qui ne connaît ni frein ni honte la secoua jusqu'au fond d'elle-même, lui arracha ses dernières réticences et fit d'elle une femme nouvelle. Ce n'était pas vraiment de l'amour. Ce n'était pas de la volupté. C'était la sensualité, âpre et brûlante comme le feu, qui embrase l'âme comme de l'amadou.

Ce feu brûlait et détruisait les pudeurs, les plus profondes, les plus anciennes pudeurs, aux endroits les plus secrets. Ce ne lui fut pas facile de le laisser user d'elle à sa guise. Elle dut être passive et consentante, comme une esclave, une esclave physique. Pourtant la passion l'enveloppait, la léchant de son feu consumant, et quand cette flamme sensuelle vint se presser dans ses entrailles et sa poitrine, elle crut vraiment qu'elle était en train de mourir. Et c'était une mort poignante et merveilleuse.

Elle s'était souvent demandé ce qu'Abélard avait voulu dire lorsqu'il avait écrit que, pendant leur année d'amour, Héloïse et lui étaient passés par toutes les étapes et les raffinements de la passion. La même chose, mille ans auparavant, mille ans! La même chose sur les vases grecs, partout! Les raffinements de la passion, les extravagances de la sensualité! Et c'était nécessaire, à jamais nécessaire, pour brûler et détruire les fausses hontes, pour fondre et purifier le lourd minerai du corps. Par le feu de la pure sensualité.

Pendant cette courte nuit d'été, elle apprit tant de choses. Elle aurait cru qu'une femme n'aurait pu qu'en mourir de honte; au lieu de quoi, c'était la honte qui était morte. La honte, qui est peur. La profonde honte organique, la vieille, vieille peur physique qui se terre sous les racines de notre corps et ne peut en être chassée que par le feu sensuel, était enfin débusquée et traquée par la chasse phallique de l'homme, et elle arriva au cœur même de la jungle de son être. Elle sut alors qu'elle avait atteint l'ultime fond de sa nature et qu'elle était, dans son essence, dénuée de honte. Elle était elle-même un être sensuel, à nu et sans honte. Elle éprouvait un sentiment de triomphe, presque de vanité. C'était donc ainsi! C'était là la vie! C'était ainsi qu'on était vraiment! Il ne restait rien qu'il faille cacher, rien qui puisse faire honte. Elle partageait son ultime nudité avec un autre homme, un autre être.

Et cet homme, quel démon sans peur! Vraiment semblable à un démon! Il fallait être forte pour le supporter. Mais ce n'était pas chose facile que d'arriver là, d'atteindre le cœur de la jungle physique, le plus profond et dernier repaire de la honte organique. Le phallus seul pouvait l'explorer. Et comme l'homme le lui avait imposé!

Et comme, dans sa peur, elle l'avait haï, et en même temps comme elle l'avait vraiment désiré! Elle le savait maintenant. Profondément, au fond de son âme, elle avait eu soif de cette battue phallique, elle l'avait désirée en secret, et avait cru qu'elle ne la connaîtrait jamais. Et maintenant, soudain, elle lui était donnée, et un homme partageait sa dernière et finale nudité, et elle était sans honte.

Quels menteurs, les poètes et tous les autres! Ils font croire qu'on a besoin de sentiment. Mais ce dont on a suprêmement besoin, c'est de cette sensualité perçante, consumante, un peu horrible. Trouver un homme qui ose l'accomplir, sans honte, sans péché, sans regrets à la fin. S'il avait eu honte après, s'il lui avait fait éprouver de la honte, comme cela aurait été horrible! Quel dommage que la plupart des hommes soient si semblables à des chiens, un peu honteux, comme Clifford! Et même comme Michaelis! Tous les deux étaient sensuellement un peu comme des chiens et humiliants. Le plaisir suprême de l'esprit! Qu'est-ce que cela vaut pour une femme? Qu'est-ce que cela vaut d'ailleurs pour un homme? Cela fait de lui un toutou brouillon, même dans son esprit. Seule la sensualité toute nue peut purifier et aviver l'esprit. La simple et ardente sensualité, et non pas un embrouillamini d'idées.

Ah! Dieu, quelle chose rare qu'un homme! Ce sont tous des chiens qui trottent et reniflent et copulent. Avoir trouvé un homme qui n'avait pas peur, qui n'avait pas honte! Elle le regardait dormir maintenant, si semblable à un animal sauvage qui dort, parti loin, loin dans le sommeil. Elle se blottit à son côté, pour ne pas s'éloigner de lui.

Et ce n'est que lorsqu'il remua dans le lit qu'elle s'éveilla tout à fait. Il était assis et la regardait. Elle vit sa propre nudité dans ses yeux, cette connaissance immédiate qu'il avait d'elle. Et comme un fluide, cette connaissance masculine d'elle-même semblait couler de ses yeux à lui jusqu'à elle et l'envelopper voluptueusement. Oh! comme il était voluptueux et doux d'être ainsi, corps et membres à demi endormis, lourds et saturés de passion.

– Est-ce qu'il est l'heure de se réveiller? dit-elle.

– Six heures et demie.

Elle devait être au bout du chemin à huit heures. Toujours, toujours, toujours ces contraintes!

– Je pourrais préparer le déjeuner et le monter ici. Tu veux?

– Oh, oui!

Flossie gémit doucement en bas. Il se leva, se débarrassa de son pyjama, et se frotta le corps avec une serviette. Quelle beauté dans l'être humain quand il est plein de courage et plein de vie! Ainsi pensait-elle en le regardant faire, sans rien dire.

– Tire le rideau, veux-tu?

Le soleil brillait déjà sur les tendres feuilles vertes du matin, et le bois, tout près, avait une fraîche couleur, presque bleue. Elle s'assit dans le lit, regardant rêveusement par la fenêtre, ses bras nus comprimant ses seins nus. Lui s'habillait. Elle rêvait à demi, de la vie, une vie en commun avec lui : une vie simplement.

Il partait, fuyant cette nudité dangereuse, tapie dans le lit.

– Est-ce que ma chemise de nuit a disparu pour de bon ? dit-elle.

Il enfonça la main dans le lit et en ressortit le léger chiffon de soie.

– Je savais bien que j'avais senti de la soie à mes chevilles, dit-il.

Mais la chemise était déchirée presque en deux.

– Ça ne fait rien, dit-elle. Sa place est ici, en fait. Je vais la laisser.

– Oui, laisse-la. Je pourrai la mettre entre mes jambes la nuit, pour me tenir compagnie. Il n'y a pas de chiffre ou de marque dessus, n'est-ce pas ?

Elle passa la chemise déchirée, et resta assise à regarder rêveusement par la fenêtre. La fenêtre était ouverte, l'air du matin pénétrait dans la chambre, et aussi des bruits d'oiseaux. Sans arrêt, des oiseaux passaient, à tire-d'aile. Puis elle vit Flossie qui gambadait dehors. C'était le matin.

En bas, elle l'entendait qui faisait le feu, qui prenait l'eau à la pompe, qui sortait par la porte de derrière. Puis vint l'odeur du lard frit, et enfin il monta, portant un énorme plateau noir qui passait à peine à travers la porte. Il mit le plateau sur le lit et versa le thé. Connie s'accroupit dans sa chemise de nuit déchirée et attaqua sa nourriture avec appétit. Il s'assit sur une chaise, son assiette sur les genoux.

– Que j'aime cela ! dit-elle. Que c'est merveilleux de prendre le petit déjeuner ensemble.

Il mangeait sans rien dire, préoccupé par le temps qui passait si vite. Alors elle aussi se souvint.

– Oh ! comme je voudrais pouvoir rester ici avec toi et que Wragby soit à des millions de kilomètres d'ici. C'est Wragby que je quitte en fait. Tu le sais bien, n'est-ce pas ?

– Oui.

– Et tu me promets que nous vivrons ensemble et que nous aurons une vie commune, toi et moi ? Tu me le promets, n'est-ce pas ?

– Oui, quand nous le pourrons.

– Oui ! Et nous vivrons ensemble, ensemble, c'est sûr ?

Elle se pencha pour lui saisir le poignet, renversant le thé.

– Oui, dit-il en épongeant le thé.

– Nous ne pouvons absolument pas ne pas vivre

ensemble maintenant, n'est-ce pas? dit-elle d'un ton suppliant.

Il la regarda avec son léger sourire sarcastique.

– Non, dit-il. Seulement tu dois partir dans vingt-cinq minutes.

– Déjà! s'écria-t-elle.

Soudain il leva un doigt comme pour la prévenir d'un danger, et se mit debout.

Flossie avait aboyé brièvement, puis trois fois plus fort et plus aigu comme pour avertir.

Sans rien dire, il posa son assiette sur le plateau et descendit dans la cuisine. Constance l'entendit descendre l'allée du jardin. De là-bas venait le tintement d'un grelot de bicyclette.

– Bonjour, monsieur Mellors! Lettre recommandée!

– Ah, bon! Vous avez un crayon?

– En voilà un!

Il y eut un silence.

– Du Canada! dit la voix de l'inconnu.

– Oui! C'est un de mes anciens copains qui est là-bas en Colombie britannique. Je ne vois pas ce qu'il peut avoir à recommander.

– Peut-être qu'il vous envoie une fortune!

– Ou plutôt qu'il veut quelque chose.

Silence.

– Eh bien, encore une belle journée!

– Oui!

– Bien le bonjour!

– Bien le bonjour!

Au bout d'un moment, il revint dans la chambre, l'air un peu contrarié.

– C'était le facteur, dit-il.

– Il vient bien tôt! répondit-elle.

– C'est la tournée rurale. En général, il est là vers sept heures, du moins quand il vient.

– Est-ce que ton copain t'envoie une fortune?

– Non, seulement quelques photos et des papiers concernant un endroit là-bas, en Colombie britannique.

– Tu voudrais y aller?

– J'ai pensé que nous pourrions y aller, peut-être.

– Oh, oui! Je suis sûre que c'est un beau pays.

Mais il était troublé par la visite du facteur.

– Ces sacrées bicyclettes, elles sont sur vous avant que vous ayez le temps de vous retourner. J'espère qu'il n'a rien remarqué.

– Après tout, qu'est-ce qu'il pourrait remarquer!

– Il faut te lever maintenant et te préparer. Je vais seulement regarder un peu dehors.

Elle le vit qui partait en reconnaissance dans le chemin, avec son fusil et son chien. Elle descendit dans la cuisine pour se laver et, lorsqu'il revint, elle était prête et avait rangé ses quelques affaires dans le petit sac de soie.

Il ferma la maison à clef et ils partirent, mais à travers le bois et non par le petit chemin. Il prenait ses précautions.

– Les moments comme cette nuit, c'est ce qu'il y a de plus précieux dans la vie, tu ne trouves pas?

– Oui, mais il y a tous les autres moments aussi et il faut y penser, répondit-il un peu sèchement.

Ils avançaient dans le sentier envahi d'herbes, lui devant, en silence.

– Et c'est sûr que nous allons vivre ensemble et nous faire une vie à nous? implora-t-elle.

– Oui! répondit-il, continuant à marcher à grands pas sans se retourner. Quand ce sera le moment! Pour l'instant tu t'en vas à Venise ou Dieu sait où!

Elle le suivait sans mot dire, le cœur serré. Oh! maintenant qu'elle avait du chagrin de partir!

Enfin il s'arrêta.

– Je vais couper par là, dit-il en tendant la main à droite.

Mais elle lui jeta les bras autour du cou et se serra contre lui.

– Mais tu garderas ta tendresse pour moi, n'est-ce pas? dit-elle tout bas. J'ai été si heureuse cette nuit. Mais tu garderas ta tendresse pour moi, n'est-ce pas?

Il l'embrassa et la tint serrée contre lui un moment. Puis il soupira et l'embrassa encore une fois.

– Il faut que j'aille voir si la voiture est là.

Il enjamba les ronces basses et les fougères, laissant la trace de son passge dans la végétation. Il disparut quelques minutes. Puis il retraversa le fourré.

– La voiture n'est pas encore là, dit-il. Mais il y a la carriole du boulanger sur la route.

Il avait l'air soucieux et inquiet.

– Ecoute!

Ils entendirent une auto qui approchait en cornant doucement. Elle ralentit sur le pont.

Connie se jeta avec désespoir dans le passage qu'il avait ouvert à travers les fougères et arriva à une énorme haie de houx. Il était juste derrière elle.

– Là, passe par là, dit-il en lui montrant un trou dans la haie. Moi, je ne vais pas plus loin.

Elle le regarda avec désespoir. Mais il l'embrassa et la fit partir. Dans une détresse totale, elle se glissa à travers le houx et la palissade de bois, descendit en trébuchant dans le petit fossé et remonta sur le chemin. Hilda, d'impatience, sortait justement de la voiture.

– Ah, tu es là? dit Hilda. Et où est-il, lui?

– Il ne vient pas.

Le visage de Connie ruisselait de larmes lorsqu'elle monta dans la voiture avec son petit sac. Hilda saisit le casque d'automobiliste, aux lunettes défigurantes.

– Mets-le, dit-elle.

Et Connie enfila ce déguisement, enfila le long manteau de voiture, et s'assit. Elle était devenue une créature aux yeux énormes et saillants, inhumaine, méconnaissable. Hilda mit la voiture en marche avec des gestes précis et efficaces. Elles quittèrent le chemin, grimpèrent sur le talus et filèrent sur la route. Connie s'était retournée, mais il était invisible. Partir! Partir! Elle pleurait amèrement dans son siège. Le départ était arrivé de façon si soudaine, si inattendue! C'était comme la mort.

– Dieu merci, tu vas être loin de lui pendant quelque temps! dit Hilda en tournant pour éviter le village de Crosshill.

Chapitre 17

– Tu comprends, Hilda, dit Connie après le déjeuner, alors qu'elles approchaient de Londres, tu n'as jamais connu ni la vraie tendresse ni la vraie sensualité. Et quand on a les deux avec la même personne, ça, c'est quelque chose.

– Pour l'amour du ciel, ne te vante pas de tes expériences! dit Hilda. Je n'ai pas encore rencontré l'homme qui serait capable d'intimité avec une femme, capable de s'abandonner à elle. C'est cela que j'aurais voulu. Leur tendresse pleine de suffisance et leur sensualité ne m'intéressent pas. Ça ne me suffit pas d'être la petite poupée chérie d'un homme, et sa *chair à plaisir* (1) pas davantage. Je voulais une intimité complète, et je ne l'ai pas eue. Je ne veux rien savoir de plus.

Connie réfléchit à ces paroles. L'intimité complète? Cela signifiait sans doute que l'on disait tout à l'autre de soi-même, et que l'autre aussi disait tout de lui-même. Mais si c'était cela, que c'était assommant! Et quel ennui, cette perpétuelle lucidité entre un homme et une femme! Une vraie maladie!

– Je crois que tu es trop consciente de toi-même tout le temps, quand tu es avec les autres, dit-elle.

– J'espère en tout cas que je n'ai pas une nature d'esclave, dit Hilda.

– Mais peut-être que si. Tu es peut-être l'esclave de l'idée que tu te fais de toi-même.

Après cette déclaration, Hilda conduisit en silence un moment. Elle n'avait rien entendu d'aussi insolent! Et de la part de cette gamine de Connie!

– En tout cas, je ne suis pas l'esclave de l'idée que quelqu'un d'autre a de moi, et encore moins si ce quelqu'un est le domestique de mon mari, répliqua-t-elle enfin, brutale dans sa rage.

– Tu vois, tu ne comprends pas, répondit Connie calmement.

Elle s'était toujours laissé dominer par sa sœur aînée. Maintenant, et même si quelque part au fond d'elle-même elle pleurait, elle était libre de l'emprise des autres femmes. Ah! Cela seul était un soulagement, c'était comme le don d'une vie nouvelle : être libérée de cette emprise étrange et obsessionnelle des autres femmes. Que c'était horrible, les femmes!

Elle fut heureuse de retrouver son père, dont elle avait toujours été la préférée. Hilda et elle étaient descendues dans un petit hôtel de Pall Mall et sir Malcolm logeait à son club. Mais le soir il sortait avec ses filles, et elles aimaient l'accompagner.

Il était encore bel homme et vigoureux, bien qu'un peu effrayé du monde nouveau qui avait surgi autour de lui. Il s'était remarié, en Ecosse, avec une femme plus jeune que lui, et plus riche. Mais il partait sans elle aussi souvent que possible, exactement comme il le faisait avec sa première femme.

Connie était assise à côté de lui à l'Opéra. Il était

(1) En français dans le texte. (*N.d.T.*)

moyennement corpulent. Ses cuisses étaient fortes, mais solides encore et bien découplées; c'étaient les cuisses d'un homme sain, qui avait bien profité de la vie. Son égoïsme joyeux, son obstination d'indépendance, sa sensualité impénitente, il semblait à Connie qu'elle voyait tout cela dans ses cuisses droites et bien découplées. Un vrai homme! Et qui maintenant devenait un vieil homme, ce qui est triste. Parce que dans ses jambes mâles et puissantes, dans ses jambes vigoureuses, il n'y avait rien de cette vivacité d'émotion et de tendresse qui est l'essence même de la jeunesse et qui ne disparaît jamais si on l'a eue un jour.

Connie soudain prit conscience de l'existence des jambes. Elles se mirent à avoir plus d'importance pour elle que les visages, car dans ceux-ci il n'y a plus beaucoup de réalité. Combien peu de gens avaient des jambes vivantes et expressives! Elle regarda les hommes assis près d'elle. Grosses cuisses semblables à du pudding sous leur toile noire, ou maigres baguettes de bois en habit de deuil, ou jambes jeunes et bien faites et complètement dénuées d'expression, dénuées de sensualité et de tendresse et d'émotion; le tout-venant des jambes qu'on pouvait voir partout se pavaner. Dénuées même de toute sensualité, contrairement à celles de son père. Jambes sans vie, toutes, à force d'avoir reculé devant la vie.

Mais les femmes ne reculaient pas! Quels terribles poteaux avaient la plupart d'entre elles! Un vrai scandale, de quoi justifier un meurtre! Ou encore quelles misérables quilles maigres! Ou quelles ravissantes babioles en bas de soie, parfaitement soignées et sans le moindre atome de vie! C'était terrible, ces millions de jambes qui n'exprimaient que le vide et se pavanaient allégrement dans ce vide.

Mais elle n'était pas heureuse à Londres. Les gens y semblaient trop spectraux, trop vides. Il n'y avait rien de vivant et d'heureux en eux, même chez les plus beaux et les plus actifs. C'était un désert. Et Connie avait soif de bonheur, elle avait cette aveugle soif féminine, il fallait que le bonheur lui soit assuré.

A Paris au moins, elle sentait encore un peu de sensualité. Mais quelle sensualité lasse, fatiguée, usée! Usée par manque de tendresse. Oh, que Paris était triste! C'était une des villes les plus tristes du monde; lasse de sa sensualité désormais mécanique, lasse de la course à l'argent, l'argent, encore l'argent, lasse même de la rancune ou de la vanité, simplement lasse à en mourir, et pas encore assez contaminée par l'Amérique ou par Londres pour cacher sa lassitude sous des gigotements et trémoussements mécaniques. Ah! tous ces hommes avec leurs airs mâles, leurs œillades, ces *flâneurs* (1), ces mangeurs de bons dîners! Comme ils étaient las! Las et usés, pour n'avoir pas même un peu de tendresse, pour n'en avoir ni donné ni reçu. Les femmes, elles, ces femmes habiles, parfois charmantes, avaient quelques notions des réalités sensuelles. Elles avaient cet avantage sur leurs sœurs anglaises qui ne connaissaient que le trémoussement. Seulement leurs notions de tendresse étaient encore plus maigres. Elles étaient sèches, asséchées par cette tension constante de la volonté; elles aussi, elles s'usaient. L'humanité atteignait tout simplement l'état d'usure. Peut-être deviendrait-elle férocement destructrice. Une sorte d'anarchie! Clifford et son anarchie conservatrice! Peut-être que ce monde n'en avait plus pour longtemps à être conservateur. Peut-être qu'il évoluerait vers la plus radicale des anarchies.

Connie se prit à avoir peur du monde, à le fuir. Parfois, se promenant sur les Boulevards, ou au Bois, ou dans les jardins du Luxembourg, elle était heureuse un moment. Mais Paris déjà était plein d'Américains et d'Anglais; d'étranges Américains dans les tenues les plus invraisemblables, et toujours les mêmes Anglais ennuyeux, si décourageants à l'étranger.

Elle fut contente de reprendre le voyage. C'était soudain la grande chaleur, aussi Hilda avait-elle décidé de passer par la Suisse et le Brenner, puis de descendre sur Venise par les Dolomites. Hilda s'occupait de tous les détails, conduisait la voiture, menait les opérations et adorait tout cela. Connie ne demandait pas mieux que de s'effacer.

Et le voyage d'ailleurs ne manquait pas d'agrément. Seulement Connie ne pouvait s'empêcher de se répéter : « Pourquoi tout cela ne m'intéresse-t-il pas vraiment? Pourquoi n'ai-je jamais vraiment d'enthousiame? C'est affreux, les paysages ne m'intéressent plus vraiment. C'est comme ça, et ce n'est pas drôle! Je suis comme saint Bernard, qui pouvait traverser tout le lac de Lucerne en bateau sans jamais s'apercevoir qu'il y avait des montagnes et des eaux vertes. Le paysage ne m'intéresse plus,

(1) En français dans le texte. (*N.d.T*)

c'est tout. Pourquoi se forcer à écarquiller les yeux? Où est la nécessité? Je ne le ferai pas. »

Non, elle ne trouva rien de vital, ni en France, ni en Suisse, ni dans le Tyrol, ni en Italie. On lui faisait traverser tout cela et elle se laissait faire comme un bagage. Et tous ces pays avaient moins de réalité que Wragby. Moins de réalité que l'affreux Wragby! Elle sentait qu'il lui serait tout à fait égal si elle ne devait jamais revoir la France ou la Suisse ou l'Italie. Ils l'attendraient bien. Wragby avait plus de réalité.

Quant aux gens! Les gens étaient tous les mêmes, à quelques petites différences près. Ils voulaient tous vous soutirer de l'argent; ou, si c'étaient des touristes, ils voulaient du plaisir, à tout prix, ils étaient comme des vampires, prêts à presser les pierres pour en tirer du sang. Pauvres montagnes, pauvres paysages, il fallait les presser, et les presser encore et encore, pour en soutirer un frisson, pour en soutirer un plaisir. Quel sens cela avait, cette détermination à s'amuser quoi qu'il arrive?

« Non, se disait Connie, j'aime encore mieux être à Wragby, où on me laisse en paix, où je ne suis pas toujours obligée de m'extasier ou de jouer au touriste. Toute cette entreprise d'amusement est trop humiliante. Il n'y a rien à en espérer. C'est un tel ratage. »

Elle avait envie de retrouver Wragby, de retrouver Clifford même, oui, même le pauvre Clifford et son infirmité. Au moins, il valait mieux que tout ce tas d'imbéciles en villégiature.

Mais, au fond de sa conscience, elle s'accrochait au souvenir de l'autre homme. Il ne fallait pas laisser se perdre le lien qui les unissait. Oh! il ne fallait pas le perdre, sinon elle serait perdue, entièrement perdue dans ce monde de gens riches et vulgaires, de forcenés du plaisir. Oh, « s'amuser »! La maladie moderne.

Elles laissèrent l'auto à Mestre, dans un garage, et prirent le vapeur qui faisait la traversée régulière jusqu'à Venise. C'était un bel après-midi d'été, de petites vaguelettes couraient sur la lagune peu profonde, et dans le grand soleil, Venise, qui leur tournait le dos de l'autre côté de l'eau, avait l'air presque obscure.

Au quai, elles quittèrent le vapeur et prirent une gondole après avoir donné l'adresse au gondolier. C'était un vrai gondolier en vareuse bleu et blanc, pas très beau, pas du tout impressionnant.

– Oui! La Villa Esmeralda! Oui, je la connais. J'ai été le gondolier d'un monsieur qui habitait là. Mais c'est assez loin!

Il avait un peu les manières d'un enfant impulsif. Avec une fougue exagérée, il ramait sur les canaux secondaires, sombres, bordés d'horribles murs verts et gluants, les canaux des quartiers pauvres, où le linge pend très haut sur des cordes et où il y a toujours une odeur, faible ou forte, d'égout.

Mais enfin il déboucha sur l'un des canaux plus dégagés, ceux qui ont des trottoirs de chaque côté et des ponts en demi-cercle, et qui coupent le Grand Canal à angle droit. Elles étaient assises sous le tendelet. L'homme était perché au-dessus, derrière elles.

– Est-ce que les *signorine* ont l'intention de rester longtemps à la Villa Esmeralda? demanda-t-il, ramant plus doucement et essuyant son visage en sueur avec un mouchoir bleu et blanc.

– Une vingtaine de jours. Nous sommes toutes deux des dames mariées, dit Hilda de sa voix curieusement assourdie qui donnait à son italien un accent si étranger.

– Ah! Vingt jours! dit l'homme.

Il y eut un silence, puis il demanda :

– Est-ce que les *signorine* veulent un gondolier pour cette vingtaine de jours qu'elles vont passer à la Villa Esmeralda? A la journée, à la semaine?

Connie et Hilda réfléchirent. A Venise, il est toujours préférable d'avoir sa propre gondole, de même qu'il est toujours préférable, sur terre, d'avoir sa propre voiture.

– Qu'y a-t-il à la Villa? Quels bateaux?

– Il y a un canot automobile et aussi une gondole; mais...

Ce « mais » signifiait : ils ne seront pas à vous.

– Combien prenez-vous?

Il demandait environ trente shillings par jours, ou dix livres par semaine.

– Est-ce le prix habituel? demanda Hilda.

– Moins, *signora*, moins. Le prix habituel...

Les sœurs réfléchirent.

– Eh bien, dit Hilda, venez demain matin et nous nous arrangerons. Comment vous appelez-vous?

Il s'appelait Giovanni, et voulait savoir à quelle heure il devrait venir et qui il devrait dire qu'il attendait. Hilda n'ayant pas de carte, Connie lui donna l'une des siennes.

Il y jeta un regard rapide, de ses yeux bleus et chauds de Méridional, puis il la regarda de nouveau.

– Ah! s'écria-t-il, et son visage s'éclaira. Milady! C'est bien milady, n'est-ce pas?

– Milady Constanza! dit Constance.

Il hocha la tête, répétant « Milady Constanza » et rangeant soigneusement la carte dans sa vareuse.

La Villa Esmeralda était assez loin, en bordure de la lagune, face à Chioggia. Ce n'était pas une maison très vieille, et elle était agréable, avec des terrasses qui donnaient sur la mer et, en dessous, un jardin assez grand, planté d'arbres sombres et protégé de la lagune par un mur.

Leur hôte était un Ecossais lourd et pas trop raffiné, qui avait fait une belle fortune en Italie avant la guerre et qui avait été fait chevalier (1) pour son superpatriotisme pendant la guerre. Sa femme était du genre maigre, pâle et anguleux. Elle n'avait pas de fortune personnelle, mais, par contre, elle avait l'infortune d'avoir à réglementer les prouesses amoureuses – assez sordides – de son mari. Il était d'une exigence exaspérante avec les domestiques. Mais depuis la petite attaque qu'il avait eue pendant l'hiver, il se laissait faire plus facilement.

Il y avait presque une pleine maisonnée. Outre sir Malcolm et ses deux filles, il y avait sept personnes : un couple écossais avec deux filles lui aussi, une jeune comtesse italienne, veuve, un jeune prince géorgien, et un clergyman anglais assez jeune qui avait eu la pneumonie et se rétablissait la santé en servant de chapelain à sir Alexander. Le prince était sans le sou, beau, et avait tout pour être un excellent chauffeur, avec l'impudence nécessaire et basta! La comtesse était une petite chatte tranquille qui avait ses petites affaires à elle. Le clergyman était un novice naïf, venu tout droit d'une cure de Bucks; heureusement, il avait laissé sa femme et ses deux enfants à la maison. Quant aux quatre membres de la famille Guthrie, ils appartenaient à la bonne bourgeoisie solide d'Edimbourg, jouissaient de tout de manière solide, et osaient tout sans risquer rien.

Connie et Hilda décidèrent aussitôt d'éliminer le prince. Les Guthrie étaient plus ou moins du même monde qu'elles, cossus, mais ennuyeux; et leurs filles cher-

(1) « Knight » : titre honorifique conféré en reconnaissance de mérites personnels ou de services rendus à la nation. (*N.d.T.*)

chaient un mari. Le chapelain n'était pas un mauvais diable, mais il était trop déférent. Sir Alexander, depuis sa légère attaque, était d'une jovialité terriblement lourde, mais la présence de tant de belles jeunes femmes lui causait encore de grandes émotions. Lady Cooper était une personne effacée, un peu fouine, qui ne s'amusait guère, la pauvre, et exerçait sur toutes les autres femmes une surveillance froide qui lui était devenue comme une seconde nature, et faisait de petites réflexions froides et méchantes qui révélaient le mépris total dans lequel elle tenait toute la nature humaine. Connie trouva qu'elle traitait aussi les domestiques avec beaucoup de morgue et de venin; mais elle ne faisait jamais d'éclats. Et elle était assez habile pour faire croire à sir Alexander que c'était lui le seigneur et maître de toute la smalah, avec sa grosse panse qui se voulait joviale, et ses plaisanteries sans aucun intérêt, son « humorosité », comme disait Hilda.

Sir Malcom faisait de la peinture. Oui, il ne répugnait pas à faire un paysage de la lagune vénitienne, une fois de temps en temps, pour le changer de ses paysages d'Ecosse. Aussi le matin, on l'emmenait en gondole, lui et une énorme toile, jusqu'au site choisi. Un peu plus tard, c'était lady Cooper qu'on emmenait sur la gondole jusqu'au cœur de la ville, avec son album et ses couleurs. C'était une fanatique de l'aquarelle, et elle avait rempli la maison de palais couleur de rose, de sombres canaux, de ponts oscillants, de façades moyenâgeuses et autres paysages du même genre. Un peu plus tard, les Guthrie, le prince, la comtesse, sir Alexander et quelquefois Mr. Lind, le chapelain, s'en allaient au Lido pour s'y baigner. Ils rentraient déjeuner tard, à une heure et demie.

Les hôtes et leurs invités formaient un groupe parfaitement ennuyeux. Mais les deux sœurs ne s'en plaignaient pas. Elles étaient dehors tout le temps. Leur père les emmenait à l'exposition : des kilomètres et des kilomètres de tableaux sans intérêt. Il les emmenait voir tous les copains qu'il avait à la Villa Luchese, il passait avec elles les chaudes soirées sur la Piazza, assis à la table qu'il avait au *Florian*, il les emmenait au théâtre voir les pièces de Goldoni. Il y avait des illuminations et des fêtes sur l'eau, il y avait des bals. C'était une ville de villégiature, entre toutes les villes de villégiature. Le Lido, avec ses kilomètres de corps rosis par le soleil ou en pyjamas de plage, ressemblait à un rivage couvert à l'infini de phoques venus pour l'accouplement. Trop de gens sur la Piazza, trop de membres et de troncs humains au Lido, trop de gondoles, trop de canots à moteur, trop de vapeurs, trop de pigeons, trop de glaces, trop de cocktails, trop de domestiques attendant des pourboires, trop de langues mélangées, trop, trop de soleil, trop de l'odeur de Venise, trop de cargaisons de fraises, trop de châles de soie, trop d'énormes tranches de pastèques plantées, comme du bœuf cru, sur les étalages : trop d'amusement, beaucoup, beaucoup trop d'amusement!

Connie et Hilda se promenaient dans leurs robes d'été. Elles connaissaient des quantités de gens, et des quantités de gens les connaissaient. Michaelis surgit au milieu de la foule : « Hello! Où habitez-vous? Venez prendre une glace! Venez sur ma gondole et allons quelque part! » Jusqu'à Michaelis qui était presque hâlé par le soleil! Cuit par le soleil serait un meilleur terme d'ailleurs pour décrire l'apparence de toute cette masse de chair humaine.

C'était agréable d'une certaine manière. C'était presque du plaisir. Mais en tout cas, avec tous ces cocktails, toutes ces stations dans l'eau tiède et tous ces bains de soleil entre le sable chaud et le soleil brûlant, toutes ces nuits chaudes passées à danser le jazz, le ventre collé contre un autre ventre, et à se refroidir avec des glaces, c'était un narcotique total. Et c'était bien cela qu'ils voulaient, tous : une drogue. L'eau lente était une drogue; le soleil était une drogue; le jazz, les cigarettes, les cocktails, les glaces, le vermouth, rien que des drogues. Etre drogué! L'amusement, l'amusement!

Hilda ne détestait pas se sentir droguée. Elle trouvait plaisir à regarder les autres femmes, à exercer sa curiosité à leur sujet. Les femmes trouvaient un intérêt absorbant dans les autres femmes. Est-elle en beauté? Quelle nouvelle aventure a-t-elle? En tire-t-elle de l'amusement? Les hommes ressemblaient à de grands chiens vêtus de pantalons de flanelle blanche, attendant d'être caressés, attendant de se vautrer, attendant le moment du jazz où ils colleraient leur ventre contre un ventre de femme.

Hilda aimait le jazz parce qu'il lui permettait de coller son ventre contre le ventre d'un de ces êtres qu'on appelait des hommes, de se laisser diriger à partir de ce centre viscéral, de se laisser emmener ici et là à travers la salle, et puis de s'échapper quand elle le voulait et de faire comme si « ce personnage » n'avait jamais existé.

On s'était seulement servi de lui. La pauvre Connie s'amusait moins. Elle ne voulait pas danser le jazz pour la simple raison qu'il lui était impossible de coller son ventre contre le ventre d'un quelconque « personnage ». Elle détestait toute cette masse de chair presque nue agglutinée au Lido : il y avait à peine assez d'eau pour les mouiller tous. Elle avait de l'aversion pour sir Alexander et lady Cooper. Elle ne voulait être suivie à la trace ni par Michaelis ni par personne.

Ses meilleurs moments étaient ceux où elle avait réussi à persuader Hilda de partir avec elle, de s'en aller loin de l'autre côté de la lagune, vers quelque rive solitaire, couverte de galets, où elles pouvaient se baigner toutes seules, tandis que la gondole les attendait derrière le récif, du côté intérieur.

Giovanni s'adjoignait alors un autre gondolier pour l'aider, parce que c'était loin et qu'il suait terriblement au soleil. Giovanni était très gentil : il était affectueux, à la manière des Italiens, mais dénué de passion. Les Italiens ne sont pas passionnés : la passion a de profondes réserves. Ils s'émeuvent facilement et sont souvent affectueux, mais ils ont rarement de passion durable, quelle qu'elle soit.

Giovanni était donc déjà tout dévoué à ses dames, comme il l'avait été à des cargaisons d'autres dames auparavant. Il était tout prêt à se prostituer à elles si elles avaient envie de lui : secrètement il espérait qu'elles auraient envie de lui. Elles lui feraient un beau cadeau, qui viendrait à point nommé car il allait se marier. Il leur parla de son mariage, et elles manifestèrent l'intérêt qui convenait.

Il pensa que cette promenade vers une rive déserte de l'autre côté de la lagune était une invite aux affaires; les affaires étant l'*amore*, l'amour. Il s'adjoignit donc un compagnon pour l'aider, car c'était vraiment très loin; et, après tout, il y avait deux dames. Deux dames, deux maquereaux, excellente arithmétique! Et les dames étaient belles, qui plus est! Il était justement fier d'elles. Et bien que ce fût la *signora* qui le payât et lui donnât ses ordres, il espérait un peu que ce serait la jeune milady qui le choisirait pour l'*amore*. Elle lui donnerait plus d'argent aussi.

Le copain qu'il amena s'appelait Daniele. Il n'était pas gondolier de son métier, aussi n'avait-il rien du camelot et du prostitué. Il conduisait une *sandola*, gros bateau qui amène à Venise les fruits et autres produits des îles.

Daniele était beau, grand et bien fait, avec une tête claire et ronde, de petites boucles serrées d'un blond pâle, le visage d'un beau garçon, avec quelque chose du lion, et des yeux bleus qui voyaient loin. Il n'était pas expansif, loquace et buveur comme Giovanni. Il était silencieux, et il ramait avec force et aisance comme s'il était seul sur l'eau. Les dames étaient des dames, très loin de lui. Il ne les regardait pas. Il regardait devant lui.

C'était un vrai homme, et il était contrarié lorsque Giovanni buvait trop de vin et se mettait à ramer maladroitement, en donnant de grands coups de rame exubérants. C'était un homme comme Mellors était un homme; il ne se prostituait pas. Connie plaignait la femme du trop débordant Giovanni. Mais la femme de Daniele devait être une de ces douces femmes du peuple, qu'on voit encore, modestes et semblables à des fleurs, dans l'arrière-ville de ce labyrinthe qu'est Venise.

Ah! comme il est triste que l'homme d'abord prostitue la femme, et que la femme ensuite prostitue l'homme. Giovanni brûlait de se prostituer, bavait comme un chien du désir de se donner à une femme. Et pour l'argent!

Connie regardait Venise loin là-bas, basse et couleur de rose sur les eaux. Bâtie par l'argent, épanouie par l'argent, et morte à cause de l'argent. Cette mort que porte l'argent! L'argent, l'argent, la prostitution et cette mort.

Daniele pourtant était encore un homme, capable de la libre loyauté d'un homme. Il ne portait pas la vareuse des gondoliers, seulement le jersey de tricot bleu. Il était un peu sauvage, un peu ours, et fier. Ainsi il était à la solde de ce Giovanni assez servile qui, lui-même, était à la solde de deux femmes. Ainsi va le monde. Quand Jésus refusa l'argent du diable, il laissa le diable maître de la situation, comme un banquier juif.

Lorsque, après la lumière éclatante de la lagune, Connie rentrait à la Villa, elle était comme hébétée. Des lettres de Wragby l'attendaient. Clifford écrivait régulièrement. Il écrivait de très belles lettres : elles auraient toutes pu être imprimées dans un livre. Et pour cette raison, Connie ne les trouvait pas très intéressantes.

Elle vivait dans un état de léthargie, prise par la lumière de la lagune, le lapement salé de l'eau, l'espace, le vide, le néant; mais c'était aussi la santé, la bonne santé, la léthargie totale de la santé. Cela faisait du bien, elle se laissait bercer et oubliait tous ses soucis. De plus, elle était enceinte. Elle en était sûre maintenant. Ainsi la torpeur où la plongeaient la lumière du soleil et le sel de la lagune, les baignades dans la mer, les bains de soleil sur les galets, les heures passées à chercher des coquillages, et les promenades errantes sur la gondole fut couronnée par cette grossesse à l'intérieur d'elle-même, cette autre plénitude de santé, qui faisait du bien et hébétait.

Elle était à Venise depuis une quinzaine de jours et elle devait y rester dix ou quinze jours encore. L'éclat brûlant du soleil brouillait sa notion du temps, et la plénitude de sa santé physique lui dispensait un oubli complet. Elle était comme hébétée de bien-être.

Une lettre de Clifford vint la réveiller.

Ici aussi, nous avons eu un peu d'animation. Il paraît que l'épouse vagabonde de Mellors, le garde-chasse, s'est présentée au cottage et n'y a pas trouvé bon accueil. Il l'a renvoyée et a fermé la porte à clef. Cependant on raconte que, en rentrant du bois, il trouva la dame, belle plus guère, fermement installée dans son lit; in puris naturalibus, *ou plutôt devrait-on dire,* in impuris naturalibus. *Elle avait brisé une fenêtre et s'était introduite de cette manière. Ne réussissant pas à chasser de sa couche cette Vénus quelque peu malmenée, il a battu en retraite et s'est réfugié, dit-on, chez sa mère, à Tevershall. Depuis lors, la Vénus de Stacks Gate est établie au cottage, qu'elle proclame son foyer, et Apollon, apparemment, réside à Tevershall.*

Je ne vous rapporte que ce que dit la rumeur, car Mellors n'est pas venu m'en parler lui-même. Cet échantillon des poubelles du pays m'a été apporté par notre oiseau des poubelles, notre ibis, notre vautour écumeur d'ordures, Mrs. Bolton. Je ne vous en aurais rien dit si elle ne s'était pas écriée : Madame ne voudra plus aller au bois si cette femme est dans le voisinage!

J'aime votre description de sir Malcolm entrant dans l'eau, chair rose et vermeille, et cheveux blancs flottant au vent. Je vous envie ce soleil. Ici il pleut. Mais je n'envie pas à sir Malcolm d'être si mortellement charnel et de façon si invétérée. Enfin, c'est de son âge. Apparemment, en vieillissant, on devient de plus en plus charnel et mortel. Seule la jeunesse a goût d'immortalité... (1)

(1) Allusion à un poème de Wordsworth : *A taste of immortality. (N.d.T.)*

Ces nouvelles causèrent à Connie, dans l'état de bien-être léthargique où elle se trouvait, un agacement voisin de l'exaspération. Il fallait maintenant qu'elle se préoccupe de cette affreuse femme! Il fallait qu'elle commence à se tracasser! Elle n'avait pas reçu de lettre de Mellors. Ils étaient convenus de ne pas s'écrire du tout, mais maintenant elle avait besoin de nouvelles directes. Après tout, il était le père de l'enfant à naître. Qu'il écrive donc!

Mais que tout cela était déplaisant! Et quel gâchis maintenant! Que ces gens du peuple étaient vils! Et quel bonheur c'était de vivre ici, dans le soleil et l'indolence, comparé à ce sinistre gâchis qu'étaient ces Midlands anglais. Après tout, un ciel clair était ce qu'il y avait de plus important dans la vie, ou presque.

Elle ne parla à personne de sa grossesse, pas même à Hilda. Elle écrivit à Mrs. Bolton pour savoir exactement ce qui s'était passé.

Duncan Forbes, un artiste de leurs amis, était arrivé à la Villa Esmeralda, venant de Rome. Maintenant il faisait le troisième dans la gondole, les accompagnant dans leurs baignades de l'autre côté de la lagune et les escortant partout. C'était un jeune homme calme, presque taciturne, et tout à fait d'avant-garde dans son art.

Connie reçut une lettre de Mrs. Bolton :

Vous serez très contente, j'en suis sûre, Madame, lorsque vous reverrez sir Clifford. Il a l'air tout à fait en forme, il travaille très dur, et il est très optimiste. Naturellement, il attend avec impatience de vous revoir bientôt parmi nous. La maison est triste sans Madame, et nous serons tous heureux lorsqu'elle reviendra parmi nous.

En ce qui concerne Mr. Mellors, je ne sais pas exactement ce que sir Clifford vous en a dit. Il paraît que sa femme est revenue tout d'un coup un après-midi et qu'il l'a trouvée assise sur le pas de la porte, en rentrant du bois. Elle a dit qu'elle était revenue à lui et voulait reprendre la vie commune, attendu qu'elle était sa femme légitime, et elle a dit qu'elle n'allait pas le laisser divorcer. Car il semble que Mr. Mellors voulait demander le divorce. Mais il n'a rien voulu entendre, et n'a pas voulu la laisser entrer à la maison, et n'y est pas entré lui-même. Il est reparti dans le bois sans même ouvrir la porte.

Mais quand il est revenu à la nuit, il a vu qu'on avait fait effraction dans la maison. Alors il est monté à l'étage voir ce qu'elle avait fait et il l'a trouvée dans le lit, sans un fil sur le corps. Il lui a proposé de l'argent, mais elle lui a dit qu'elle était sa femme et qu'il devait la reprendre. Je ne sais pas quel genre de scène il y a eu entre eux. C'est sa mère qui m'en a parlé, elle était toute bouleversée. En tout cas, il lui a dit qu'il préférait mourir plutôt que de recommencer à vivre avec elle, et puis il a pris ses affaires et il est retourné tout droit chez sa mère à Tevershall. Il y a passé la nuit et il est allé au bois le lendemain en passant par le parc. Il ne s'est pas approché du cottage de toute la journée. Il paraît qu'il n'a pas du tout vu sa femme ce jour-là. Mais, le lendemain, elle était chez son frère Dan, à Beggarlee, et elle n'a pas arrêté de jurer et de déblatérer, disant qu'elle était sa femme légitime et qu'il avait reçu des femmes au cottage, parce qu'elle avait trouvé une bouteille de parfun dans son tiroir, et des bouts de cigarettes de luxe sur les cendres de la cheminée, et je ne sais quoi encore. Et aussi il paraît que le facteur Fred Kirk raconte qu'il a entendu quelqu'un parler dans la chambre de Mr. Mellors un matin tôt, et qu'une voiture était passée dans le petit chemin.

Mr. Mellors est resté chez sa mère et il a continué d'aller au bois en passant par le parc, et il paraît qu'elle est restée au cottage. En tout cas, les gens n'arrêtaient pas de parler. Alors un jour Mr. Mellors et Tom Phillips sont allés au cottage et ils ont déménagé presque tous les meubles et aussi la literie, dévissé la poignée de la pompe, après quoi elle a bien été obligée de partir. Mais au lieu de retourner à Stacks Gate, elle est allée loger chez cette Mrs. Swain à Beggarlee, parce que la femme de son frère Dan ne voulait pas la prendre chez eux. Et elle n'arrêtait pas d'aller chez la vieille Mrs. Mellors, pour l'attraper, lui. Et puis elle a commencé à jurer qu'il avait couché avec elle là-bas au cottage, et elle est allée voir un avoué pour réclamer une pension. Elle est devenue lourde, plus vulgaire que jamais, et aussi forte qu'un taureau. Et elle raconte à tout le monde des saletés sur lui, qu'il recevait des femmes au cottage et comment il la traitait quand ils étaient mariés, et toutes les choses dégoûtantes qu'il lui faisait subir, et je ne sais quoi encore. C'est vraiment affreux, le mal qu'une femme peut faire, quand elle se met à parler. Et si abjecte qu'elle soit, elle trouvera toujours des gens pour la croire, et il y aura toujours un peu de la boue qui rejaillira. Je trouve que cette manière qu'elle a de raconter que Mr. Mellors était, comme certains hommes, brutal et dégoûtant avec les femmes, est un vrai scandale. Et les gens ont trop tendance à croire quand on dit du mal de quelqu'un, surtout des choses de ce genre. Elle déclare qu'elle ne le laissera jamais en paix tant qu'il vivra. Mais je me dis, moi, que s'il était vraiment si dégoûtant que ça avec elle, elle n'aurait pas tant envie de le reprendre. Seulement, bien sûr, elle approche de son retour d'âge, car elle est bien plus âgée que lui. Et ces femmes vulgaires et violentes deviennent toujours à moitié folles quand elles ont leur retour d'âge...

Cette lettre fut un coup dur pour Connie. Aussi sûr que deux et deux font quatre, elle était bonne pour recevoir elle aussi sa part de boue et de saleté. Elle lui en voulait de ne pas avoir su éviter une Bertha Coutts, et qui plus est, de l'avoir épousée. Peut-être y avait-il en lui un certain penchant à la bassesse. Connie se rappela la dernière nuit qu'elle avait passée avec lui, et elle frissonna. Toute cette sensualité, il l'avait connue même avec une Bertha Coutts! C'était plutôt répugnant. Il vaudrait mieux se débarrasser de lui, ne plus rien avoir à faire avec lui. Il était peut-être vraiment commun, vraiment vil.

Un revirement se fit en elle, une sorte de révulsion à l'égard de toute cette histoire. Elle enviait presque aux demoiselles Guthrie leur gauche inexpérience et leur air insolemment virginal. Et elle redoutait maintenant que se sache ce qui s'était passé entre elle et le garde. Quelle humiliation indicible! Elle était lasse, effrayée, et éprouvait un désir ardent de respectabilité totale; elle désirait même la respectabilité vulgaire et étouffante des demoiselles Guthrie. Si Clifford apprenait sa liaison, quelle humiliation indicible! Elle était effrayée, terrifiée par la morsure impure de la société. Elle désirait presque pouvoir se débarrasser de l'enfant et être à nouveau sans tache. En bref, elle avait le trac.

Quant à la bouteille de parfum, c'était une sottise dont elle était entièrement responsable. Elle n'avait pu s'empêcher, par pur enfantillage, de parfumer les quelques mouchoirs et les chemises qu'il avait dans le tiroir, et elle y avait laissé un petit flacon de violettes des bois, de Coty, à moitié vide. Elle voulait, par ce parfum, lui laisser un souvenir d'elle. Quant aux cigarettes, c'étaient celles de Hilda.

Elle ne put s'empêcher de faire quelques confidences à Duncan Forbes. Elle ne lui dit pas qu'elle avait été la maîtresse du garde, elle lui dit seulement qu'elle l'aimait bien et lui raconta son histoire.

– Oh! dit Forbes, vous verrez : ils ne s'arrêteront pas avant de l'avoir mis à terre et exécuté. S'il a refusé l'occasion de s'introduire dans la bourgeoisie, et si c'est un homme qui défend sa sexualité, vous pouvez être sûre qu'ils s'acharneront sur lui pour lui faire rendre gorge. La seule chose qu'ils ne tolèrent pas, c'est la droiture et la franchise sur les choses du sexe. Vous pouvez être aussi vil qu'il vous plaira. En fait, plus vous avilissez la sexualité et plus ils sont contents. Mais si vous avez foi en votre sexualité et si vous refusez qu'on l'avilisse, alors ils vous traîneront dans la boue. C'est le seul interdit stupide qui reste : le sexe comme fonction vitale et naturelle. Ils ne veulent pas en entendre parler et ils sont prêts à tuer celui qui soutient de telles idées. Vous verrez, ils s'acharneront sur cet homme jusqu'au bout. Et qu'est-ce qu'il a fait après tout? S'il a fait l'amour à sa femme par tous les bouts, est-ce que ce n'est pas son droit? Elle devrait en être fière. Mais vous voyez, même une femme de la plus basse espèce, comme elle, se retourne contre lui et elle profite de la haine instinctive de la foule pour le sexe, de cette haine de chacal, pour lui faire rendre gorge. Il faut pleurnicher et faire le coupable et le dégoûté devant votre sexualité pour y avoir droit. Oh! Ils s'acharneront sur le pauvre diable jusqu'au bout.

Connie éprouvait maintenant un revirement dans le sens contraire. Qu'avait-il fait après tout? Que lui avait-il fait à elle, Connie? Rien d'autre que de lui donner un plaisir merveilleux et un sentiment de liberté et de vie. Il avait fait s'épancher le flot sexuel, chaleureux et naturel, qui était retenu en elle. Et c'est pour cela qu'ils voulaient s'acharner sur lui.

Non, non, cela ne serait pas! Elle le revit en pensée, nu et blanc, le visage et les mains hâlés, baissant les yeux et parlant à son pénis dressé comme si c'était un être distinct de lui, tandis que passait sur son visage le même petit sourire étrange. Et elle entendit sa voix : « Tu as le plus joli cul de femme de la terre! » Et elle sentit sa main douce et chaude qui étreignait le bas de son dos, son intimité secrète, comme pour une bénédiction. Et la chaleur courut dans son ventre, et les petites flammes pétillèrent dans ses genoux, et elle se dit : « Oh non! Il ne faut pas que j'abandonne! Il ne faut pas que je l'abandonne! Il faut que je m'en tienne à lui et à tout ce que j'ai eu par lui, quoi qu'il arrive. Ma vie n'avait ni chaleur ni flamme avant lui. Et je ne ferai pas marche arrière. »

Elle fit une chose imprudente. Elle envoya une lettre à Ivy Bolton dans laquelle elle joignait un billet pour le garde. Mrs. Bolton devait le remettre au destinataire. Dans le billet, elle disait :

Je suis désolée d'apprendre tous les ennuis que votre femme vous cause, mais n'y faites pas trop attention. Ce n'est qu'une sorte d'hystérie, elle s'éteindra aussi vite qu'elle a commencé. Mais je suis vraiment désolée, et j'espère que vous ne le prenez pas trop à cœur. Après tout, cela n'en vaut pas la peine. Ce n'est qu'une femme hystérique qui veut vous faire du mal. Je serai de retour dans dix jours, et j'espère que tout ira bien.

Quelques jours plus tard arriva une lettre de sir Clifford. De toute évidence, quelque chose lui causait du souci.

Je suis heureux d'apprendre que vous vous préparez à quitter Venise le 16. Mais si vous vous plaisez là-bas, ne vous pressez pas. Vous nous manquez, vous manquez à Wragby. Mais il est capital que vous ayez votre pleine ration de soleil, soleil et pyjamas, comme disent les réclames du Lido. Aussi je vous encourage vivement à rester encore un peu, si cela vous remonte le moral et vous donne des forces pour affronter notre hiver qui est suffisamment affreux. Même aujourd'hui, il pleut.

Je suis assidûment, admirablement soigné par Mrs. Bolton. C'est un personnage curieux. Plus je vis et plus je me rends compte que les humains sont de bien étranges créatures. Certains d'entre eux pourraient tout aussi bien avoir mille pattes, comme les mille-pattes, ou six, comme les homards. La cohérence et la dignité humaines qu'on nous a préparé à attendre de nos semblables semblent en fait inexistantes. On en arrive à se demander si elles ont même le moindre début d'existence en soi-même.

Le scandale du garde continue et fait boule de neige. Mrs. Bolton me tient informé. Elle me fait penser à un poisson qui, bien que muet, inspirerait et expirerait de silencieux commérages par ses ouïes, et ce tant qu'il respire. Tout passe par le tamis de ses ouïes, et rien ne la surprend. On dirait que les événements de la vie des autres sont l'oxygène nécessaire à la sienne.

Elle est très préoccupée par le scandale Mellors, et si je la laisse commencer, elle m'entraîne jusqu'aux profondeurs. Elle est surtout indignée – et même là, on dirait l'indignation d'une actrice jouant un rôle – par la femme de Mellors, qu'elle s'obstine à appeler Bertha Coutts. J'ai plongé profondément dans la vie fangeuse des Bertha Coutts de ce monde, et quand le courant des commérages me relâche et que je remonte lentement à la surface, je regarde la lumière du jour et m'émerveille qu'elle puisse exister.

Il me semble absolument vrai que notre monde, qui nous apparaît comme la surface de toute chose, est en fait le fond d'un océan profond; nos arbres sont tous des végétations sous-marines, et nous sommes une étrange faune sous-marine, vêtue d'écailles, et nous nourrissant de menu fretin, comme les crevettes. Ce n'est qu'à de rares moments que l'âme, prise de suffocation, quitte les insondables profondeurs où nous vivons et monte, très loin là-haut, jusqu'à la surface de l'éther où règne l'air véritable. Je suis convaincu que l'air que nous respirons habituellement est une sorte d'eau, et que les hommes et les femmes sont une variété de poissons.

Mais parfois l'âme s'élève vraiment, jaillit comme une mouette dans la lumière, avec extase, après s'être nourrie dans les profondeurs sous-marines. C'est notre destinée mortelle, je suppose, de chercher nos proies dans cette horrible vie subaquatique de nos semblables, dans la jungle sous-marine de l'humanité. Mais notre destin immortel est de nous enfuir et, lorsque nous avons avalé nos proies nageuses, de remonter vers l'éther brillant, et de percer la surface du vieil océan pour atteindre la lumière véritable. C'est alors que l'homme accomplit sa nature éternelle.

Quand j'entends parler Mrs. Bolton, je me sens plonger très loin dans les profondeurs où le poisson des secrets humains nage et se tortille. L'appétit charnel vous pousse à saisir une pleine becquée de proies; puis on repart, on remonte de nouveau, du dense à l'éthéré, de l'humide jusqu'au sec. A vous, je peux raconter tout ce processus. Mais avec Mrs. Bolton, je ne sens que la plongée profonde, horrible, parmi les algues marines et les monstres blêmes des grands fonds.

J'ai bien peur que nous ne perdions notre garde-chasse. Le scandale de l'épouse vagabonde, au lieu de s'éteindre, prend des proportions de plus en plus vastes. On l'accuse de toutes sortes de choses innommables et, ce qui est assez étonnant, la femme a réussi à mettre de son côté la grande masse des épouses – sinistres poissons que les épouses de mineurs – et le village s'abîme dans la putréfaction des racontars.

J'ai appris que cette Bertha Coutts, après avoir mis à sac le cottage et la hutte, assiège Mellors dans la maison de sa mère. Elle s'est emparée un jour de sa propre fille, surprenant ce petit échantillon de la féminité locale à son retour de l'école; mais la douce enfant, au lieu de baiser la main de la tendre mère, l'a mordue fermement, et s'est donc vu envoyer par l'autre main une claque sur la figure qui l'a fait rouler dans le ruisseau, d'où elle fut tirée par une grand-mère indignée et accablée.

Cette femme a exhalé autour d'elle une quantité surprenante de gaz toxiques. Elle a révélé au grand jour tous ces détails de la vie conjugale qui d'ordinaire, entre mari et femme, restent enterrés dans le tombeau le plus profond du silence matrimonial. S'étant donc décidée à les exhumer, après dix ans d'ensevelissement, elle présente une étrange collection. Ces détails me sont racontés par Linley et par le docteur, qui s'en amuse. Naturellement, tout cela est sans grand intérêt. L'humanité a toujours éprouvé une étrange attirance pour les postures sexuelles extraordinaires, et si un homme aime faire usage de sa femme, comme dit Benvenuto Cellini, « à la manière italienne », eh bien, c'est affaire de goût. Mais je ne me serais guère douté que notre garde-chasse avait tant de tours dans son sac. C'est certainement Bertha Coutts elle-même qui les lui a enseignés. De toute manière, c'est leur linge sale à eux, et cela ne regarde personne d'autre.

Pourtant, tout le monde écoute, comme je le fais moi-même. Il y a dix ans, le sens des convenances aurait étouffé l'affaire. Mais le sens des convenances n'existe plus, et les femmes des mineurs sont toutes sur le pied de guerre et parlent haut et fort et sans vergogne. On croirait que, depuis les cinquante dernières années, tous les enfants de Tevershall se sont faits par immaculée conception, et que nos non-conformistes étaient toutes sans exception d'éclatantes Jeanne d'Arc. Le fait que notre estimable garde-chasse ait quelque chose d'un peu rabelaisien fait de lui, apparemment, un monstre plus épouvantable qu'un meurtrier comme Crippen. Pourtant les gens de Tevershall sont loin d'être des modèles de vertu, s'il faut croire tout ce qu'on raconte.

Ce qui est plus regrettable, cependant, c'est que l'exécrable Bertha Coutts ne s'en est pas tenue à ses mésaventures et souffrances personnelles. Elle a découvert, et crié sur tous les toits, que son mari « entretenait » des femmes là-bas au cottage, et elle a jeté quelques noms en l'air. C'est ainsi que certains noms respectables ont été traînés dans la boue, et que l'affaire a vraiment dépassé les limites. Une sommation a été adressée à cette créature.

Comme il était impossible d'empêcher la femme d'aller dans le bois, j'ai été obligé d'avoir une entrevue avec Mellors au sujet de toute cette affaire. Il va et vient comme si de rien n'était, avec son air de dire : « Ne vous occupez pas de mes affaires, et je ne m'occuperai pas des vôtres. » Néanmoins, je le soupçonne fortement de se sentir comme un chien qui aurait un seau de fer-blanc attaché à la queue, bien qu'il fasse semblant de ne pas voir le seau et qu'il soit assez fort à ce jeu-là. Mais on m'a raconté que, dans le village, les femmes rappellent leurs enfants quand il passe, comme s'il était le marquis de Sade en personne. Il ne se départit pas d'une certaine impudence, mais j'ai bien peur que le seau de fer-blanc ne soit solidement attaché à sa queue et qu'il ne se répète en lui-même les paroles de Don Rodrigue dans la ballade espagnole : « Ah! Me voilà mordu là où j'ai le plus péché! »

Je lui ai demandé s'il pensait pouvoir remplir ses fonctions dans le bois, et il a répondu qu'il ne croyait pas les avoir négligées. Je lui ai dit que c'était bien ennuyeux que sa femme fasse ainsi intrusion dans la propriété; à quoi il a répondu qu'il n'avait pas pouvoir pour la faire arrêter. Puis j'ai fait allusion au scandale et à la tournure fâcheuse que prenaient les choses. « Oui, a-t-il dit, les gens devraient baiser pour leur propre compte, comme ça ils n'auraient pas envie d'écouter tous ces ragots sur les baises des autres. »

Il a dit cela avec une certaine amertume, et il y a sûrement un peu de vrai là-dedans. Mais la manière de le dire n'est ni délicate ni respectueuse. Je le lui ai discrètement fait remarquer, et alors j'ai de nouveau entendu le cliquetis du seau de fer-blanc. « Ce n'est pas un homme dans l'état où vous êtes, sir Clifford, qui devrait me reprocher d'avoir quelque chose entre les jambes. »

Ce genre de choses, dites au tout-venant et sans discrimination, n'améliore guère son cas naturellement, en sorte que le recteur, Linley et Burroughs pensent tous que ce ne serait pas plus mal s'il s'en allait.

Je lui ai demandé si c'était vrai qu'il recevait des dames au cottage, et tout ce qu'il a trouvé à dire c'est : « Qu'est-ce que cela peut vous faire, sir Clifford? » Je lui ai dit que je voulais que les convenances soient respectées sur le domaine, à quoi il a répondu : « Alors, il faut coudre la bouche de toutes les femmes. » Et comme je le poussais un peu sur sa manière de vivre au cottage, il a dit : « Vous pourriez inventer des histoires sur moi et ma chienne Flossie. Cela vous ferait un beau sujet de scandale. » A vrai dire, pour ce qui est de l'impertinence, il serait difficile à battre.

Je lui ai demandé s'il lui serait facile de trouver un autre travail. Il a dit : « Si vous essayez de me dire que vous voulez me mettre à la porte, rien de plus facile! » Il n'a donc fait aucune difficulté pour partir à la fin de la semaine prochaine, et, apparemment, il veut bien initier un jeune homme, Joe Chambers, à tous les mystères possibles du métier. Je lui ai dit que je lui donnerai un mois de gages en plus, à son départ. Il a répondu qu'il préférait que je garde mon argent, car je n'avais aucune bonne raison de vouloir me soulager la conscience. Je lui ai demandé ce qu'il voulait dire, et il a répondu : « Vous ne me devez rien en plus, sir Clifford, aussi ne me payez rien en plus. Si vous avez des reproches à me faire, dites-les-moi tout simplement. »

Voilà donc l'affaire terminée pour le moment. La femme est partie; nous ne savons pas où. Mais elle est contraignable par corps si elle se montre à Tevershall. Et je sais qu'elle a une peur bleue de la prison, parce qu'elle la mérite si bien. Mellors partira samedi en huit, et tout ici redeviendra vite normal.

En attendant, ma chère Connie, si cela vous amusait de rester à Venise ou en Suisse jusqu'au début d'août, je serais heureux de vous savoir loin de tout ce tapage ordurier; il se sera éteint d'ici la fin du mois.

Vous le voyez, nous sommes des monstres sous-marins, et quand le homard marche sur la vase, il trouble l'eau pour tout le monde. Nous n'avons pas d'autre choix que de nous en accommoder avec philosophie.

L'irritation, l'absence de compassion dans un sens ou dans un autre que révélait la lettre de Clifford affectèrent Connie péniblement. Mais elle comprit mieux les choses lorsqu'elle reçut de Mellors la lettre suivante :

Le pot au roses est découvert; il y avait plus d'épines que prévu. Vous avez sans doute appris que ma femme Bertha était revenue se jeter dans mes bras peu aimants, et qu'elle avait élu domicile au cottage, où, pour parler sans ménagement, elle a flairé anguille sous roche, en l'espèce un petit flacon de Coty. Elle n'a pas trouvé d'autres preuves, du moins pendant quelques jours. Mais après elle a commencé à pousser les hauts cris sur la photo brûlée. Elle a découvert le verre et le dos du cadre dans la chambre de débarras. Malheureusement sur le dos du cadre quelqu'un avait griffonné de petits croquis et, en plusieurs endroits, les initiales : C.S.R. Cette piste, cependant, ne l'a menée à rien. Jusqu'au moment où elle a forcé la porte de la cabane. Là, elle a trouvé l'un de vos livres, une autobiographie de l'actrice Judith, avec votre nom, Constance Stewart Reid, sur la page de garde. Après cela, elle est allée partout crier sur les toits que ma bonne amie n'était rien moins que lady Chatterley en personne. Le bruit est enfin arrivé aux oreilles du recteur, de Mr. Burroughs, et de sir Clifford. Ils ont alors décidé de prendre des mesures légales contre ma Dame, qui, de son côté, s'est évanouie dans la nature, la police lui ayant toujours causé une peur bleue.

Sir Clifford a demandé à me voir. Je suis donc allé le trouver. Il a tourné autour du pot, l'air fâché contre moi. Puis il m'a demandé si j'étais au courant que le nom de lady Chatterley avait été prononcé. J'ai répondu que je n'écoutais jamais les cancans, et que j'étais étonné d'apprendre celui-ci de la bouche de sir Clifford lui-même. Il m'a dit que c'était naturellement une grande insulte, et je lui ai répondu qu'il y avait la reine Mary en effigie sur le calendrier de mon arrière-cuisine, sans doute parce que Sa Majesté faisait partie de mon harem. Mais il n'a pas goûté la plaisanterie. Il m'a plus ou moins accusé d'être un individu douteux et de me promener partout le pantalon déboutonné, et je lui ai plus ou moins répondu qu'il n'avait rien, lui, à déboutonner de toute façon. Là-dessus il m'a donné mon congé. Je pars samedi en huit, et ces lieux désormais ne me connaîtront plus.

J'irai à Londres à mon ancienne pension, 17, Coburg Square, et la propriétaire, Mrs. Inger, me donnera une chambre ou m'en trouvera une ailleurs.

Vos péchés vous rattraperont toujours, surtout si vous êtes marié et que la dame s'appelle Bertha... »

Il n'y avait pas un mot sur Connie, ou pour elle. Elle lui en voulut pour cela. Il aurait pu dire quelque chose pour la consoler ou la rassurer. Mais elle savait bien qu'il voulait la laisser libre, libre de retourner à Wragby et à Clifford. Elle lui en voulut pour cela aussi. Il n'avait pas besoin d'être si faussement chevaleresque. Elle aurait voulu qu'il dise à Clifford : « Oui, c'est elle mon amour et ma maîtresse, et j'en suis fier! » Mais son courage n'allait pas si loin.

Ainsi son nom était associé à celui de Mellors à Tevershall! C'était un beau pétrin. Mais tout cela serait vite oublié.

Elle était en colère, d'une colère compliquée et confuse qui la paralysait. Elle ne savait ni que faire ni que dire. Elle ne faisait et ne disait donc rien. Elle continua sa vie à Venise exactement comme avant, se promenant en gondole avec Duncan Forbes, se baignant, laissant couler les jours. Duncan, qui avait eu pour elle un amour languissant une dizaine d'années auparavant, était de nouveau amoureux. Mais elle lui dit : « Je n'attends qu'une chose des hommes, et c'est qu'ils me laissent tranquille! »

Duncan la laissait donc tranquille. Il était en fait assez content d'y être obligé. Néanmoins, il lui offrait l'épanchement doux d'une sorte d'amour étrange, inverti. Il voulait être avec elle.

– Avez-vous jamais pensé, lui dit-il un jour, comme les gens sont peu proches entre eux? Regardez Daniele! Il est beau comme un fils du soleil. Mais voyez comme il a l'air seul malgré sa beauté. Pourtant je parierais qu'il a une femme et des enfants, et qu'il ne pourrait pas s'en séparer.

– Demandez-le-lui, dit Connie.

Ce qu'il fit. Daniele répondit qu'il était marié et avait deux enfants, deux garçons de sept et neuf ans. Mais il ne laissa paraître aucune émotion sur ce sujet.

– Peut-être que seuls les gens capables d'une union réelle et profonde avec les autres ont cet air d'être seuls au monde, dit Connie. Les autres ont quelque chose de gluant; ils collent à la masse, comme Giovanni.

Et elle pensa en elle-même : « Et comme vous, Duncan! »

Chapitre 18

Il lui fallut prendre des décisions. Elle quitterait Venise le jour où il quittait Wragby, samedi. C'était dans six jours. Elle serait ainsi à Londres le lundi suivant, et elle le verrait à ce moment-là. Elle lui écrivit à son adresse de Londres, lui demandant de lui envoyer une lettre à l'hôtel *Hartland* et de venir la voir lundi soir à sept heures.

A l'intérieur d'elle-même, il y avait une colère curieuse et compliquée, et toutes ses réactions en étaient engourdies. Elle refusait de se confier même à Hilda, et celle-ci, offensée par ce silence obstiné, s'était liée assez intimement avec une Hollandaise. Connie détestait ces intimités assez étouffantes entre femmes. Mais Hilda s'y engageait toujours avec pesanteur.

Sir Malcolm décida de faire le voyage avec Connie. Duncan rentrerait avec Hilda. Le vieil artiste ne se privait de rien : il prit des couchettes sur l'Orient-Express, malgré l'aversion de Connie pour les trains de luxe et l'atmosphère de vulgarité dépravée qu'on y rencontre désormais. Mais enfin, le voyage jusqu'à Paris serait plus court ainsi.

Sir Malcolm était toujours mal à l'aise lorsqu'il revenait vers sa femme. C'était la même chose du temps de sa première femme. Mais il y aurait du monde chez lui à l'occasion de la chasse au coq de bruyère, et il voulait y être à l'avance. Connie, belle et bronzée, se taisait, oubliant de regarder le paysage.

– Pas très amusant pour toi de rentrer à Wragby, dit son père qui avait remarqué son air maussade.

– Je ne suis pas sûre de rentrer à Wragby, dit-elle à brûle-pourpoint, fixant sur lui ses grands yeux bleus.

Les grands yeux bleus du père prirent l'expression effrayée d'un homme dont la conscience sociale n'est pas tranquille.

– Tu veux dire que tu vas rester à Paris quelque temps?

– Non! Je veux dire : ne jamais retourner à Wragby.

Il avait ses propres petits soucis et il espérait bien ne pas avoir à endosser les siens.

– Comment cela? Tout de suite? demanda-t-il.

– Je vais avoir un enfant.

C'était la première fois qu'elle prononçait ces mots devant quelqu'un, et elle eut l'impression qu'ils marquaient une rupture dans sa vie.

– Comment le sais-tu? dit son père.

Elle sourit.

– Comment le saurais-je?

– Mais pas l'enfant de Clifford, bien sûr?

– Non! Celui d'un autre homme.

Cela l'amusait de le taquiner un peu.

– Est-ce que je le connais? demanda sir Malcolm.

– Non, vous ne l'avez jamais vu.

Il y eut un long silence.

– Et quelles sont tes intentions?

– Je ne sais pas, justement.

– Pas moyens d'arranger les choses avec Clifford?

– Je pense que Clifford accepterait l'enfant, dit Connie. Il m'a dit, après la dernière conversation que vous avez eue avec lui, que ça lui serait égal que j'aie un enfant, du moment que cela se passait discrètement.

– C'était la seule chose raisonnable à dire, étant donné les circonstances. Alors tout ira bien, je pense.

– Qu'est-ce qui ira bien? dit Connie en regardant son père dans les yeux.

Il avait de grands yeux bleus, un peu comme les siens, mais dans lesquels se devinait un certain malaise, des yeux qui évoquaient parfois un petit garçon mal à l'aise, et parfois un égoïste obstiné, mais qui étaient en général pleins de bonne humeur et de circonspection.

– Tu peux donner un héritier à tous les Chatterley et installer un autre baronnet à Wragby.

Le visage de sir Malcolm souriait, d'un sourire à demi sensuel.

– Mais je ne crois pas que c'est ce que je veux, dit-elle.

– Pourquoi pas? Tu te sens attachée à l'autre homme? Eh bien, si tu veux que je te dise la vérité, mon enfant, la voici : Le monde continue. Wragby demeure et demeurera toujours. Le monde est plus ou moins fixe et, extérieurement, nous devons nous y adapter. En privé – et c'est là une opinion privée –, nous pouvons faire ce qui nous plaît. Les émotions sont changeantes. Tu peux aimer tel homme cette année, et tel autre l'an prochain. Mais Wragby ne changera pas. Sois fidèle à Wragby dans la mesure où Wragby t'est fidèle. Pour le reste, fais ce qu'il te plaît. Mais une rupture ne t'apportera pas grand-chose. Tu peux t'en aller si tu veux. Tu as un revenu indépendant; c'est la seule chose sur laquelle on peut toujours compter. Mais ça ne t'apportera pas grand-chose. Installe un petit baronnet à Wragby. Ce sera amusant pour toi.

Et sir Malcolm se radossa à son siège et sourit encore. Connie ne répondit pas.

– J'espère que tu as eu un vrai homme enfin, lui dit-il après un moment, sa sensualité en alerte.

– Oui, c'est cela, l'ennui. Il n'y en a pas tellement, dit-elle.

– Pardieu non! dit-il d'un air songeur. Il n'y en a pas tellement. Eh bien, ma chère, à te voir, on peut dire qu'il a eu de la chance. Je pense qu'il ne voudra pas te causer d'ennuis?

– Oh non! Il me laisse entièrement maîtresse de mes décisions.

– Bien sûr, bien sûr. Tout homme véritable en ferait autant.

Sir Malcolm était content. Connie était sa fille préférée. Il avait toujours aimé la femme en elle. Elle ne tenait pas autant de sa mère que Hilda. Et il avait toujours eu de l'aversion pour Clifford. Il était donc content et se montra très tendre avec sa fille, comme si l'enfant à naître était le sien.

Il l'accompagna en voiture jusqu'à l'hôtel *Hartland* et l'aida à s'installer. Puis il alla à son club; elle avait refusé sa compagnie pour la soirée.

Une lettre de Mellors l'attendait : « Je n'irai pas à votre hôtel, mais je serai devant le *Coq d'Or*, à Adam Street, à sept heures. »

Et là il était, grand et mince, et l'air si différent avec son complet de fin drap noir. Il avait une distinction naturelle, mais ce n'était pas cet air d'avoir été fait sur mesure qui caractérisait les gens de son monde. Pourtant, au premier coup d'œil, elle vit qu'il pourrait aller partout. Il avait une prestance naturelle, ce qui était bien mieux que le sur mesure des gens du monde.

– Ah, vous voilà! Comme vous avez bonne mine!

– Oui! Mais pas vous.

Elle scruta son visage anxieusement. Il était maigre et les pommettes ressortaient. Mais ses yeux lui souriaient, et elle se sentit bien avec lui. Et voilà que, soudain, la tension qu'il y avait eu en elle pour maintenir les apparences s'était dissipée. Quelque chose émanait de lui, physiquement, qui la détendait et la rendait heureuse à l'intérieur d'elle-même, qui la mettait à l'aise. L'instinct des femmes pour le bonheur s'étant éveillé en elle, elle en fut avertie aussitôt. « Je suis heureuse quand il est là! » Tout le soleil de Venise ne lui avait pas donné cette dilatation et cette chaleur intimes.

– Tout cela a été dur à supporter pour vous? lui

demanda-t-elle lorsqu'ils furent assis l'un en face de l'autre.

Il était trop maigre; elle le voyait maintenant. Sa main était posée sur la table, semblable au souvenir qu'elle en avait gardé, avec cet air curieux d'abandon et d'oubli d'un animal endormi. Elle avait terriblement envie de la prendre et de l'embrasser. Mais elle n'osait pas tout à fait.

– Les gens sont toujours durs à supporter, dit-il.

– Et vous en avez beaucoup souffert?

– J'en ai souffert, comme j'en souffrirai toujours. Et je savais que j'étais un sot d'en souffrir.

– Est-ce que vous aviez l'impression d'être un chien avec une boîte de fer-blanc attachée à la queue? Clifford a dit que vous en aviez l'air.

Il la regarda. C'était cruel de dire cela en ce moment, car il avait été cruellement touché dans son orgueil.

– Je suppose que oui, dit-il.

Elle ne savait pas l'amère et sauvage rancune que lui inspirait toute insulte.

Il y eut un long silence.

– Et est-ce que je vous ai manqué?

– J'étais content que vous soyez loin de tout cela.

Il y eut encore un silence.

– Mais est-ce que les gens croyaient vraiment ce qu'on disait sur vous et moi?

– Non! Je suis absolument sûr que non.

– Et Clifford?

– Je ne crois pas. Il a chassé l'idée de son esprit. Mais naturellement, cela lui a donné envie de ne plus jamais me revoir.

– Je vais avoir un enfant.

Toute expression disparut de son visage, de son corps. Il fixait sur elle des yeux assombris dont elle n'arrivait pas à comprendre le regard : c'était comme si un esprit semblable à une flamme sombre la regardait.

– Dites que vous êtes content, supplia-t-elle en lui prenant la main; et elle vit une certaine exultation monter en lui, mais comme entravée par des choses qu'elle ne pouvait comprendre.

– C'est l'avenir, dit-il.

– Mais n'êtes-vous pas content? persista-t-elle.

– J'ai une telle méfiance de l'avenir.

– Mais vous n'aurez aucune responsabilité si vous le voulez. Clifford l'accepterait comme le sien, il en serait heureux.

Elle le vit pâlir et se rétracter à ces mots. Il ne répondit pas.

– Dois-je retourner à Clifford et installer un petit baronnet à Wragby? demanda-t-elle.

Il la regarda, pâle et l'air lointain. Le méchant petit sourire passa sur son visage.

– Vous ne seriez pas obligée de lui dire qui est le père?

– Oh! dit-elle. Il prendrait l'enfant quand même, si je le voulais.

Il réfléchit un moment.

– Oui, dit-il enfin, se parlant à lui-même. Je pense qu'il le ferait.

Il y eut un silence. Un gouffre s'était creusé entre eux.

– Mais vous ne voulez pas que je retourne à Clifford, n'est-ce pas? lui demanda-t-elle.

– Et vous, que voulez-vous? répondit-il.

– Je veux vivre avec vous, dit-elle simplement.

Malgré lui, de petites flammes lui parcoururent le ventre en l'entendant, et il baissa la tête. Puis il leva les yeux et la regarda de nouveau, de ces yeux hantés.

– J'ai bien peur que ça ne soit pas une bonne affaire pour vous, dit-il. Je ne possède rien.

– Vous possédez plus que la plupart des hommes. Allez, vous le savez bien, dit-elle.

– En un sens, je le sais, oui.

Il se tut un moment, absorbé dans ses pensées. Puis il reprit :

– On disait autrefois qu'il y avait trop de la femme en moi. Mais ce n'est pas cela. Je ne suis pas une femme, mais ce n'est pas seulement parce que je refuse de tirer les oiseaux, ou parce que je refuse de gagner de l'argent et de faire une carrière. J'aurais pu faire une carrière dans l'armée, facilement, mais je n'aimais pas l'armée. Pourtant je n'avais pas de difficultés avec mes hommes; ils m'aimaient bien et ils avaient une sainte terreur de mes colères. Non, ce que je ne pouvais pas supporter c'était l'autorité stupide et mécanique des officiers supérieurs; à cause d'elle, l'armée était une chose morte, complètement morte et stupide. J'aime bien les hommes et les hommes m'aiment bien, mais je ne supporte pas l'impudence des gens qui dirigent ce monde, les balivernes qu'ils débitent, leurs airs de petit chef. C'est pour cela que je ne peux pas faire carrière. Je déteste l'impudence de l'argent et je déteste l'impudence de caste. Alors, dans ce monde tel qu'il est, qu'est-ce que j'ai à offrir à une femme?

– Mais pourquoi vouloir offrir quelque chose? Ce n'est pas un marché. Nous nous aimons, c'est tout, dit-elle.

– Non, non! C'est plus que cela. La vie, c'est avancer et avancer encore. Ma vie ne veut pas suivre les bons rails, elle s'y refuse. Je ne suis donc pas une très bonne affaire en moi-même. Et je n'ai pas à mêler une femme à ma vie, si ma vie n'accomplit rien et ne mène nulle part; intérieurement du moins; et il le faudrait pour nous garder de la fraîcheur à l'un et à l'autre. Il faut que sa vie ait un sens, quel qu'il soit, pour qu'un homme puisse offrir à une femme de la partager; si ce doit être une vie isolée, et si elle est une vraie femme. Je ne peux pas être simplement votre concubine mâle.

– Pourquoi pas? dit-elle.

– Mais, parce que ça m'est impossible. Et vous en auriez vite horreur vous-même.

– Comme si vous ne pouviez pas me faire confiance, dit-elle.

Le sourira sarcastique passa sur son visage.

– L'argent, c'est vous qui l'avez, dit-il, la situation sociale, c'est vous qui l'avez, et toutes les décisions, c'est vous qui les prendrez. Je ne suis pas seulement le gigolo de Madame, après tout.

– Qu'est-ce que vous êtes?

– Vous pouvez le demander en effet! C'est sans aucun doute invisible. Pourtant, pour moi-même du moins, je suis quelque chose. Je vois la raison de ma propre existence, bien que je comprenne très bien que personne d'autre ne puisse la voir.

– Et est-ce qu'il y aura moins de raison à votre existence si vous vivez avec moi?

Il réfléchit un long moment avant de répondre.

– Cela se pourrait.

Elle aussi réfléchit un moment.

– Et quelle est la raison de votre existence?

– Je vous l'ai dit, c'est invisible. Je ne crois pas au monde, ni à l'argent, ni au progrès, ni à l'avenir de notre civilisation. Si l'humanité doit avoir un avenir, il faudra qu'il y ait un très grand changement par rapport à ce qui existe maintenant.

– Et comment faudra-t-il que soit le véritable avenir?

– Dieu sait! Je sens quelque chose en moi, et aussi

beaucoup de colère, et tout est embrouillé. Mais ce que c'est exactement, je ne le sais pas.

– Vous voulez que je vous le dise? dit-elle en le regardant en face. Vous voulez que je vous dise ce que vous avez, et que les autres hommes n'ont pas, et qui fera l'avenir? Vous voulez que je vous le dise?

– Dites-le-moi, oui.

– C'est le courage de votre propre tendresse, voilà ce que c'est. Comme quand vous posez la main sur mes fesses et que vous dites que j'ai de jolies fesses.

Le sourire sarcastique revint effleurer son visage.

– Cela! dit-il.

Puis il se tut pour réfléchir.

– Oui, dit-il. Vous avez raison. C'est cela, en fait. C'est cela d'un bout à l'autre. Je le sentais dans mes rapports avec mes hommes. Il fallait rester proche d'eux, physiquement, et ne pas se dérober. Il ne fallait jamais oublier qu'ils avaient un corps et leur manifester un peu de tendresse, même si je leur menais la vie dure. C'est une question d'éveil, comme l'a dit Bouddha. Mais même lui s'est dérobé devant l'éveil au corps, et devant cette tendresse physique naturelle qui est ce qu'il y a de meilleur, même entre hommes; quand elle est virile comme elle doit l'être. C'est elle qui les fait vraiment des hommes et pas des espèces de singes. Oui! C'est bien la tendresse; c'est la conscience sexuelle. Le sexe, c'est seulement un contact, le plus intime de tous les contacts. Et nous avons peur du contact. Nous ne sommes qu'à demi conscients, à demi vivants. Nous devons devenir vivants, nous devons nous éveiller. Les Anglais surtout doivent retrouver le contact les uns avec les autres, avec un peu de délicatesse et un peu de tendresse. C'est notre plus grand besoin.

Elle le regarda.

– Alors, pourquoi avez-vous peur de moi? dit-elle.

Il la regarda un long moment avant de répondre.

– C'est l'argent, en fait, et la situation sociale. C'est le monde en vous.

– Mais n'y a-t-il pas de tendresse en moi? demanda-t-elle avec une douce ardeur.

Il la regarda, les yeux assombris, lointains.

– Ah, elle va et vient, comme chez moi.

– Mais celle qui est entre nous, ne pouvez-vous lui faire confiance?

Elle vit que tous les traits de son visage s'adoucissaient, que la carapace tombait.

– Peut-être! dit-il.

Ils se turent tous les deux.

– Je veux que tu me prennes dans tes bras, dit-elle. Je veux que tu me dises que tu es heureux que nous ayons un enfant.

Elle avait tant de charme, tant de chaleur, de douce ardeur; ses entrailles s'émurent pour elle.

– Je pense que nous pouvons aller dans ma chambre, dit-il. Bien que cela aussi, ce soit scandaleux.

Mais elle vit que l'oubli du monde descendait sur lui de nouveau, et que son visage prenait l'éclat doux et pur de la passion tendre.

Ils suivirent des rues écartées jusqu'à Coburg Square. Il avait une chambre en haut de la maison, une petite mansarde, mais décente et bien tenue. Il se faisait la cuisine lui-même, sur le gaz.

Elle enleva ses vêtements et lui fit enlever les siens. Elle était charmante dans le premier doux éclat de sa grossesse.

– Je ne devrais pas vous toucher, dit-il.

– Non! dit-elle. Aime-moi, aime-moi, et dis que tu me garderas. Dis que tu me garderas. Dis que tu ne me laisseras jamais partir, que tu ne me laisseras pas vivre ailleurs ni avec quelqu'un d'autre.

Elle s'approcha de lui, se serrant fort contre son corps nu, son corps vigoureux et mince, le seul havre qu'elle ait jamais connu.

– Eh bien, je te garderai, dit-il. Puisque tu le veux, eh bien, je te garderai.

Il l'étreignait avec force.

– Et dis que tu es heureux que nous ayons un enfant, répéta-t-elle. Embrasse-le! Embrasse mon ventre, et dis que tu es heureux qu'il soit là.

Mais cela lui était plus difficile.

– J'ai une peur terrible de mettre des enfants au monde, dit-il. J'ai une telle peur de l'avenir pour eux.

– Mais tu l'as mis en moi. Sois tendre pour lui, et ce sera son avenir déjà. Embrasse-le!

Il eut un frémissement, parce que c'était vrai. « Sois tendre pour lui, et ce sera son avenir. » A ce moment, il n'était qu'amour pour elle. Il lui embrassa le ventre et le mont de Vénus, pour être plus près du fœtus qui était à l'intérieur d'elle.

– Oh, tu m'aimes! Tu m'aimes! dit-elle en un petit cri,

semblable à ses petits cris d'amour aveugles et inarticulés.

Et il entra en elle doucement et sentit le flot de tendresse libéré s'écouler de ses entrailles à celles de la femme, entrailles de la compassion qui s'était allumée entre eux.

Et il comprit en entrant en elle que là était sa tâche, établir un tendre contact, sans rien perdre de sa fierté, ni de sa dignité, ni de son intégrité d'homme. Après tout, si elle avait de l'argent et qu'il n'en avait pas, il devrait avoir assez de fierté et d'honneur pour ne pas lui retirer sa tendresse sous ce prétexte. « Je lutte pour le contact entre les êtres, pour l'éveil au corps, se dit-il à lui-même, et pour la tendresse. Et elle est ma compagne. Et c'est une guerre contre l'argent, et la machine, et tout ce à quoi tend ce monde de singes insensibles. Et elle me soutiendra dans cette guerre. Dieu merci, j'ai une femme! Dieu merci, j'ai une femme qui est de mon côté, et qui est tendre et sensible à ce que je suis. Dieu merci, ce n'est ni une mégère ni une sotte. Dieu merci, elle est tendre et sensible. » Et quand sa semence jaillit en elle, son âme aussi s'élança vers elle, dans cet acte de la création, qui est bien plus que la procréation.

Elle était tout à fait résolue maintenant à ce que plus rien ne les sépare, elle et lui. Mais la manière de s'y prendre restait encore à débattre.

– Est-ce que vous détestiez Bertha Coutts? lui demanda-t-elle.

– Ne me parlez pas d'elle.

– Si! Il ne faut pas m'en empêcher. Parce que vous l'avez aimée autrefois. Et autrefois vous avez été aussi intime avec elle que vous l'êtes avec moi. C'est pour cela qu'il faut me répondre. Il y a quelque chose de terrible à penser que vous avez été intime avec elle et que maintenant vous la détestez tant. Comment est-ce possible?

– Je ne sais pas. Sa volonté était toujours dressée contre moi, toujours, toujours : sa terrible obstination de femme, sa liberté! Cette horrible liberté de femme qui tourne toujours en tyrannie, la plus ignoble des tyrannies! Oh! elle avait toujours cette liberté à me lancer à la figure, comme du vitriol.

– Mais elle n'est pas libérée de vous, même maintenant. Est-ce qu'elle vous aime encore?

– Non, non! Si elle n'est pas libérée de moi, c'est parce

qu'elle est possédée d'une rage folle, il faut qu'elle essaye encore de me faire du mal.

– Mais elle vous a certainement aimé.

– Non! Ou par bribes peut-être. Je l'attirais. Mais je crois que même cette attirance lui causait de la haine. Elle m'aimait par à-coups. Mais elle reprenait toujours son amour et recommençait ses méchancetés. Son désir le plus profond était de me faire du mal, et il n'y avait pas moyen de la changer. Sa volonté était mauvaise, dès le début.

– Mais peut-être qu'elle sentait que vous ne l'aimiez pas vraiment, et qu'elle voulait vous forcer à l'aimer.

– Mon Dieu, quelle manière épouvantable de s'y prendre!

– Mais vous ne l'aimiez pas vraiment, n'est-ce pas? Et à cause de cela, vous lui avez causé du tort.

– Comment aurais-je pu l'aimer? J'essayais. J'essayais de l'aimer. Mais d'une manière ou d'une autre, elle finissait toujours par me mettre en pièces. Non, n'en parlons plus. Cela a été un malheur, c'est tout. Et elle, c'était une femme née pour le malheur. Cette dernière fois, je l'aurais tuée comme je tue les hermines en été, si seulement on m'avait laissé faire; cette créature de malheur, cette furie déguisée en femme. Si seulement j'avais pu la tuer et terminer toute cette misérable histoire. Cela devrait être permis. Quand une femme se laisse posséder corps et esprit par sa propre volonté obstinée, par sa propre volonté dressée contre tout, elle devient un danger redoutable, et il faudrait finir par l'abattre.

– Et est-ce qu'il ne faudrait pas abattre les hommes aussi lorsqu'ils se laissent posséder par leur propre volonté obstinée?

– Ah! eux aussi oui! Mais il faut que je me libère d'elle ou elle viendra encore me poursuivre. Je voulais vous le dire. Je dois faire tout mon possible pour obtenir mon divorce. Nous devons donc être prudents. Il ne faut pas qu'on nous voie ensemble, vous et moi. Je ne pourrais jamais, jamais supporter qu'elle nous tombe dessus un jour.

Connie réfléchit.

– Alors nous ne pouvons pas rester ensemble? dit-elle.

– Non, pas avant six mois environ. Mais je pense que mon divorce passera en jugement en septembre; après il faudra attendre jusqu'à mars.

– Mais le bébé naîtra sans doute à la fin de février, dit-elle.

Il fut silencieux un moment.

– Les Clifford et les Bertha, je les voudrais tous morts, dit-il.

– Vous n'êtes pas très tendre pour eux, dit-elle.

– Tendre pour eux? La plus grande tendresse qu'on puisse leur faire, peut-être, ce serait de leur donner la mort. Ils ne savent pas vivre! Ils ne font que frustrer la vie. L'âme qui est à l'intérieur d'eux est horrible. La mort devrait leur être douce. Et je devrais avoir le droit de les tuer.

– Mais vous ne le feriez pas, dit-elle.

– Je le ferais, si! Et avec moins de remords que lorsque je tue une belette. La belette au moins est gracieuse et solitaire. Mais eux, ils sont légion. Oh! je les tuerais.

– Alors, heureusement que vous n'en avez pas le courage.

– Si on veut.

Connie avait maintenant ample matière à réflexion. Il était évident qu'il voulait absolument être débarrassé de Bertha Coutts. Et elle sentait qu'il avait raison. Ses derniers assauts avaient été trop sinistres. Cela signifiait donc qu'il lui faudrait vivre seule, jusqu'au printemps. Peut-être pourrait-elle divorcer de Clifford. Mais comment? Si le nom de Mellors était prononcé, son divorce à lui deviendrait impossible. Comme tout cela était répugnant! Ne pouvait-on pas s'en aller tout de suite, à l'autre bout de la terre, et ne plus entendre parler de tout cela?

On ne le pouvait pas. Le bout de la terre n'est pas même à cinq minutes de Charing Cross, de nos jours. Tant que marche la radio, le bout de la terre n'existe pas. Les rois du Dahomey et les lamas du Tibet écoutent Londres et New York.

Patience! Patience! Le monde est un vaste et sinistre mécanisme aux multiples ramifications, et il fallait être très prudent pour ne pas y être broyé.

Connie se confia à son père.

– Vous comprenez, père, c'était le garde-chasse de Clifford. Mais il a été officier dans l'armée des Indes. Seulement il est comme le colonel C.E. Florence, qui a choisi de rentrer dans le rang.

Sir Malcolm, malheureusement, n'avait pas de sympathie pour le regrettable mysticisme du célèbre C.E. Florence. Il devinait trop de réclame derrière toute cette humilité. C'était juste le genre de vanité que le « chevalier » en lui méprisait le plus, la vanité de l'abaissement volontaire.

– D'où sort-il, ton garde-chasse? demanda sir Malcolm avec irritation.

– C'est le fils d'un mineur de Tevershall. Mais il est tout à fait présentable.

Le peintre et « chevalier » s'irrita encore davantage.

– Il m'a tout l'air d'un chercheur d'or, dit-il. Et tu es une mine d'or facile à exploiter, apparemment.

– Non, père, ce n'est pas ce que vous croyez. Si vous le voyiez, vous comprendriez. C'est un homme. Clifford l'a toujours détesté parce qu'il n'avait pas d'humilité.

– On dirait que son instinct ne l'a pas trompé, pour une fois.

Ce que sir Malcolm ne pouvait supporter, c'était le scandale d'une liaison avec un garde-chasse. La liaison lui importait peu, mais le scandale lui importait beaucoup.

– Je me fiche de ce garçon. Il a évidemment su s'y prendre avec toi. Mais, mon Dieu, pense à ce que les gens vont dire. Pense à ta belle-mère, à l'effet que ça va lui faire.

– Je sais, dit Connie. Les bavardages sont une abomination, surtout dans le monde. Et il veut tant obtenir son divorce. J'ai pensé que nous pourrions peut-être dire que l'enfant est d'un autre et ne pas du tout prononcer le nom de Mellors.

– Un autre? Quel autre?

– Ducan Forbes peut-être. Il est notre ami depuis toujours. Et c'est un artiste bien connu. Et il a beaucoup d'affection pour moi.

– Eh bien, par exemple! Pauvre Duncan! Et qu'y a-t-il à gagner pour lui là-dedans?

– Je ne sais pas. Mais l'idée peut lui plaire, même.

– Ah, vraiment, tu crois? Eh bien, si ça lui plaît, c'est un drôle de type. Mais enfin, tu n'as même pas eu la moindre aventure avec lui, n'est-ce pas?

– Non! Mais il n'en a pas vraiment envie. Ce qu'il aime, c'est que je sois à côté de lui, sans le toucher.

– Mon Dieu, quelle génération!

– Il voudrait surtout que je lui serve de modèle pour ses tableaux. Seulement, je n'ai jamais accepté.

– Dieu lui vienne en aide! Mais on peut s'attendre à tout d'un homme aussi aplati que ça!

– Mais cela vous ennuierait moins si c'était de lui qu'on parlait?

– Mon Dieu, Connie, quelle manigance!

– Je sais! C'est écœurant! Mais qu'est-ce que je peux faire d'autre?

– Manigance et complaisance! Complaisance et manigance! Je crois que j'ai trop vécu!

– Allons, père, vous pouvez parler! Vous avez fait cela aussi plus d'une fois dans votre temps, non?

– Mais ce n'était pas la même chose, je peux te l'assurer.

– Ce n'est jamais la même chose.

Hilda survint, furieuse elle aussi quand elle entendit ce qui se préparait. Elle non plus ne pouvait supporter l'idée du scandale d'une liaison avec un garde-chasse.

– Et pourquoi ne disparaîtrions-nous pas, chacun de notre côté, en Colombie britannique? Cela éviterait le scandale.

Mais cela ne servirait à rien. Le scandale éclaterait de toute façon. Et si Connie devait partir avec cet homme, il valait mieux qu'elle soit en mesure de l'épouser. C'était là l'opinion de Hilda. Sir Malcolm hésitait. Toute l'aventure pouvait encore s'arrêter d'elle-même.

– Mais vous le verrez, père?

Pauvre sir Malcolm! C'était une idée qui ne l'enchantait nullement. Et pauvre Mellors! Elle l'enchantait encore moins. Pourtant la rencontre eut lieu. Ce fut un déjeuner dans un cabinet particulier du club; les deux hommes étaient seuls, en tête à tête, à s'observer.

Sir Malcolm but pas mal de whisky; Mellors but aussi. Et ils parlèrent tout le temps des Indes, que le jeune homme connaissait bien.

Cette conversation occupa tout le repas. C'est seulement quand le café fut servi et le serveur parti que sir Malcolm, allumant un cigare, dit avec cordialité :

– Alors, jeune homme, et ma fille?

Le sourire sarcastique effleura le visage de Mellors.

– Eh bien, monsieur, et votre fille?

– Vous lui avez bel et bien fait un enfant!

– J'ai cet honneur! dit Mellors avec son sourire.

– Honneur! Pardieu!

Sir Malcolm émit un petit sifflement, et l'Ecossais lubrique se réveilla en lui.

– Honneur! Et comment ça s'est passé, eh? C'était bien, mon garçon?

– Très bien.

– Je vous crois un peu! Ha-ha! Bon sang ne saurait mentir. Moi non plus, je n'ai jamais reculé devant une bonne partie de jambes en l'air. Bien que sa mère... O, dieux du ciel! s'écria-t-il en levant les yeux au ciel. Mais vous l'avez réchauffée, oh, vous l'avez réchauffée, ça se voit. Ha-ha! Elle tient de moi. Vous avez su lui allumer le sang, pas de doute là-dessus! Ha-ha-ha! Et ça m'a fait rudement plaisir, croyez-moi. Elle en avait besoin. Oh, c'est une brave petite, une brave petite, et j'étais sûr qu'on ne s'ennuierait pas avec elle, si seulement il y avait un homme pour lui allumer le sang! Ha-ha-ha! Un garde-chasse, eh, mon garçon! Fameux braconnier, c'est moi qui vous le dis! Ha-ha! Mais maintenant, blague à part, qu'est-ce que nous allons faire? Sans blaguer, hein?

Blague à part, ils n'arrivèrent pas à grand-chose. Mellors, bien qu'un peu ivre, était de beaucoup le moins ivre des deux. Il fit en sorte que la conversation reste aussi sensée que possible; ce qui n'est pas peu dire.

– Ainsi, vous êtes garde-chasse! Oh, vous avez tout à fait raison! Et c'est une bonne chasse que vous avez faite, eh, hein? Pour savoir de quoi il retourne avec une femme, il faut lui pincer les fesses. Rien qu'en lui touchant la fesse, on peut savoir si elle sera une bonne affaire. Ha-ha! Je vous envie, mon garçon. Quel âge avez-vous?

– Trente-neuf ans.

Le « chevalier » leva les sourcils.

– Tant que ça! Eh bien, vous avez encore vingt bonnes années devant, ça se voit à votre air. Oh, garde-chasse ou pas, vous êtes un sacré fusil. Pas besoin d'y regarder à deux fois pour le voir. Ce n'est pas comme Clifford, que le diable l'emporte! Un pleutre, un bon à rien, qui n'a rien dans les couilles, et n'a jamais rien eu. Vous me plaisez, mon garçon, je suis sûr que vous en avez une belle dans le pantalon. Oh, vous êtes un bon fusil, ça se voit, un vrai fusil de chasse! Garde-chasse! Ha-ha, sapristi, je ne vous confierais pas mon gibier! Mais voyons, sérieusement, qu'est-ce que nous allons faire? Le monde est plein d'horribles vieilles femmes.

Sérieusement, ils ne firent rien du tout, si ce n'est d'établir entre eux la vieille franc-maçonnerie de la sensualité masculine.

– Et écoutez, mon garçon, si jamais je peux faire quelque chose pour vous, vous pouvez compter sur moi. Garde-chasse! Seigneur, mais c'est formidable! Ça me plaît! Oh, ça me plaît! Ça prouve que ma fille a du caractère. Hein? Après tout, vous savez, elle a un revenu à elle, modeste, modeste, mais assez pour ne pas mourir de faim. Et je lui laisserai ce que j'ai. Pardieu, je le jure. Elle le mérite, pour avoir montré un peu de caractère dans un monde de vieilles femmes. Moi-même, ça fait soixante-dix ans que je lutte pour me sortir des jupes des vieilles femmes, et je n'ai pas encore réussi. Mais vous êtes l'homme qu'il faut, je vois ça tout de suite.

– Je suis heureux que vous ayez si bonne opinion de moi. D'ordinaire, on me fait plutôt comprendre que je suis le singe.

– Oh, ça ne m'étonne pas! Mon cher ami, que pourriez-vous être d'autre qu'un singe, pour toutes les vieilles femmes de la terre!

Ils se quittèrent les meilleurs amis du monde, et Mellors rit en lui-même tout le reste de la journée.

Le lendemain, il déjeuna avec Constance et Hilda, dans un endroit discret.

– C'est vraiment très regrettable que la situation soit si déplaisante d'un bout à l'autre, dit Hilda.

– Elle m'a donné beaucoup d'agrément, dit-il.

– Je trouve que vous auriez pu éviter de mettre des enfants au monde avant d'être libres l'un et l'autre de vous marier et d'avoir des enfants.

– Le Seigneur a soufflé un peu trop tôt sur l'étincelle, dit-il.

– Je me doute bien que le Seigneur n'a été pour rien dans cette histoire. Bien sûr, Connie a assez d'argent pour vous faire vivre tous les deux, mais la situation est insupportable.

– Mais vous n'avez à en supporter qu'une toute petite part, n'est-ce pas? dit-il.

– Si seulement vous étiez de son monde.

– Ou si j'étais dans une cage au zoo!

Il y eut un silence.

– A mon avis, dit Hilda, la meilleure solution est qu'elle cite quelqu'un d'autre comme codéfendeur et que vous restiez en dehors complètement.

– Mais je croyais que j'avais mis le pied en plein dedans justement!

– Je parle de la procédure de divorce.

Il la regarda sans comprendre. Connie n'avait pas osé lui parler du projet Duncan.

– Je ne vous suis pas, dit-il.

– Nous avons un ami qui accepterait probablement de servir de codéfendeur, et ainsi votre nom n'aurait pas besoin d'apparaître.

– Un homme, vous voulez dire?

– Bien sûr!

– Mais elle n'a pas d'autre...?

Il regarda Connie, stupéfait.

– Non, non, dit-elle vivement. Ce n'est qu'une vieille amitié, toute simple, sans amour.

– Mais alors pourquoi ce type endosserait-il la responsabilité? S'il ne s'est jamais rien passé entre vous?

– Il y a des hommes chevaleresques et qui ne pensent pas qu'à tirer quelque chose des femmes, dit Hilda.

– C'est une pierre dans mon jardin, hein? Mais qui est le pigeon?

– Un ami de toujours. Nous l'avons connu quand nous étions petites en Ecosse. Un artiste.

– Duncan Forbes, dit-il aussitôt, car Connie lui en avait parlé. Et comment ferez-vous pour transférer la responsabilité sur sa tête?

– Ils pourraient passer quelque temps ensemble à l'hôtel, ou même elle pourrait vivre chez lui.

– Cela me paraît beaucoup d'histoires pour rien, dit-il.

– Qu'est-ce que vous avez d'autre à proposer? dit Hilda. Si votre nom est cité, vous ne pourrez pas divorcer d'avec votre femme, et c'est le genre de personne, apparemment, avec qui il vaut mieux ne rien avoir à faire.

– Ah! tout cela! dit-il sombrement.

Il y eut un long silence.

– Nous pourrions nous en aller, tout simplement, dit-il.

– Il n'y a rien de simple pour Connie, dit Hilda. Clifford est trop connu.

Nouveau silence, de pure frustration.

– Le monde est ce qu'il est. Si vous voulez vivre ensemble sans être persécutés, vous devez vous marier. Pour vous marier, vous devez tous deux être divorcés. Alors comment allez-vous vous y prendre?

Il resta silencieux un long moment.

– Et vous, comment vous y prendriez-vous à notre place? dit-il.

– Il faudra voir si Duncan accepte de prêter son nom. Puis il faut obtenir de Clifford qu'il veuille bien divorcer de Connie. Vous, vous continuez à vous occuper de votre divorce, et tous les deux, vous devez rester séparés jusqu'à ce que vous soyez libres.

– On se croirait dans un asile de fous.

– Peut-être. Et pour le monde, c'est vous qui seriez les fous; ou pire encore.

– Qu'est-ce qu'il y a de pire?

– Les criminels, je suppose.

– Eh bien, j'espère avoir encore l'occasion d'enfoncer la dague, dit-il, avec son sourire sarcastique.

Puis il retomba dans le silence. Il était en colère.

– Eh bien, dit-il enfin, je consens à tout. Le monde est fou à lier, et personne ne peut le tuer. J'aurai beau faire, c'est ainsi. Mais vous avez raison. Nous devons faire tout notre possible pour nous sortir de là.

Il tourna vers Connie des yeux pleins d'humiliation, de colère, de lassitude et de détresse.

– Petite fille, dit-il, le monde va te mettre du sel sur la queue.

– Sauf si nous l'arrêtons avant, dit-elle.

Toute cette conspiration contre le monde l'affectait beaucoup moins que lui.

Duncan fut sondé. Il exigea de voir le garde-chasse délinquant. Il y eut donc un dîner, pour eux quatre, chez lui cette fois. Duncan était une sorte d'Hamlet, mais pas très grand, large, sombre de peau, taciturne, avec des cheveux noirs et raides et une curieuse vanité de Celte. Son art n'était que tubes, valves, spirales, et couleurs étranges : ultra-moderne, mais non sans une certaine puissance, et même une certaine pureté de forme et de ton. Mais Mellors jugea cet art cruel et repoussant. Il ne s'aventura pas à le dire, car, sur le sujet de son art, Duncan était d'une sensibilité maladive. C'était pour lui un culte personnel, une religion.

Ils regardaient ses tableaux dans l'atelier, et Duncan gardait ses petits yeux bruns fixés sur l'autre. Il voulait savoir ce que le garde-chasse en dirait. Il connaissait déjà l'opinion de Constance et de Hilda.

– C'est comme du meurtre à l'état pur, dit Mellors enfin.

C'étaient des paroles auxquelles Duncan ne s'attendait guère de la part d'un garde-chasse.

– Et qui est assassiné? demanda Hilda, d'un ton où perçaient la froideur et le sarcasme.

– Moi! Toutes les entrailles de compassion qu'il y a dans l'homme sont assassinées.

Une vague de haine pure émana de l'artiste. Il entendait la note d'aversion dans la voix de l'autre, et la note de mépris. Lui-même trouvait répugnante cette référence aux « entrailles de compassion ». Sentimentalité malade!

Mellors se tenait là dans l'atelier, grand et mince, l'air fatigué, regardant les tableaux d'une façon intermittente et détachée qui ressemblait à la danse voltigeante d'un phalène.

– C'est peut-être la bêtise qui est assassinée, la bêtise sentimentale.

– Vous croyez? Il me semble que tous ces tubes et ces vibrations de tôle ondulée sont plus bêtes que tout, et passablement sentimentaux. Ils montrent beaucoup de complaisance, et plus encore de suffisance, une suffisance inquiète. A ce qu'il me semble.

Le visage de l'artiste devint jaune sous une autre vague de colère. Mais avec une sorte de dédain muet, il tourna les tableaux contre le mur.

– Je crois que nous pouvons passer dans la salle à manger, dit-il.

Et ils quittèrent l'atelier les uns derrière les autres.

L'atmosphère était lugubre.

Après le café, Duncan dit :

– Je n'ai aucune objection à me faire passer pour le père de l'enfant qu'attend Connie. Mais seulement à la condition qu'elle vienne poser pour moi. Il y a des années que je le lui demande, mais elle a toujours refusé.

Il avait parlé d'une voix sombre et péremptoire, comme un inquisiteur annonçant un autodafé.

– Ah, dit Mellors, vous n'acceptez que sous condition, alors?

– Absolument! Je n'accepte qu'à cette condition.

L'artiste essaya de mettre dans ses paroles autant de mépris possible pour l'autre. Il en mit un peu trop.

– Vous devriez me faire poser aussi, tant que vous y êtes, dit Mellors. Vous pourriez faire un groupe, Vulcain et Vénus sous le filet de l'art. J'ai été forgeron avant d'être garde-chasse.

– Je vous remercie, dit l'artiste. Je ne crois pas que l'académie de Vulcain m'intéresse.

– Même tubifiée et fignolée?

Il n'y eut pas de réponse. L'artiste était trop hautain pour poursuivre.

Ce fut une soirée sinistre. A partir de là jusqu'à la fin,

l'artiste ignora obstinément la présence de l'autre et ne parla qu'aux deux femmes, et seulement par phrases courtes, comme si les mots devaient être arrachés à un abîme en lui, plein de choses funestes et lugubres.

– Il ne vous a pas plu, mais il vaut mieux que cela, je vous assure. Il est bon, au fond, expliqua Connie après le départ.

– C'est un petit chiot noir qui a la maladie de la tôle ondulée, dit Mellors.

– Non, il n'était pas dans un bon jour aujourd'hui.

– Et vous allez poser pour lui?

– Oh! ça ne me fait plus rien. Il ne me touchera pas. Et je veux bien faire n'importe quoi, si cela doit nous aider à avoir une vie commune, vous et moi.

– Mais il ne fera que vous couvrir de merde sur toile.

– Ça m'est égal. Il ne peindra que ses propres sentiments pour moi, et ça, ça m'est bien égal. Je ne voudrais pas qu'il me touche, pour rien au monde. Mais s'il croit qu'il peut faire quelque chose en me regardant de son œil de hibou artistique, eh bien, qu'il me regarde. Il peut faire de moi autant de tubes vides et d'ondulations de tôle qu'il voudra. C'est tant pis pour lui. Il vous a détesté pour ce que vous lui avez dit : que son art tubulaire est sentimental et vaniteux. Mais bien sûr, c'est la vérité.

Chapitre 19

Cher Clifford,

Je crains que ce que vous aviez prévu soit arrivé. J'aime quelqu'un d'autre, et j'espère que vous consentirez au divorce. Je suis pour le moment avec Duncan chez lui. Je vous ai dit qu'il était à Venise avec nous. Je suis terriblement désolée pour vous. Mais essayez de prendre les choses calmement. Vous n'avez plus vraiment besoin de moi, et je ne pourrais pas supporter de revenir à Wragby. Je suis terriblement désolée. Mais essayez de me pardonner, divorcez et trouvez quelqu'un de mieux que moi. Je ne suis pas vraiment la femme qu'il vous faut, je suis trop impatiente et égoïste, je suppose. Mais je ne pourrai jamais revenir vivre avec vous. Et tout cela me fait énormément de peine, pour vous. Mais si vous ne vous montez pas trop la tête, vous verrez que cela ne sera pas si terrible. Vous ne teniez pas vraiment à moi personnellement. Alors oubliez-moi et débarrassez-vous de moi.

Clifford, au fond de lui-même, ne fut pas surpris de recevoir cette lettre. Au fond de lui-même, il savait depuis longtemps qu'elle s'éloignait de lui. Mais il s'était absolument interdit d'amener cette certitude au grand jour et de la reconnaître. Extérieurement, ce fut donc un coup terrible pour lui et qui le prit totalement au dépourvu. Il avait fait en sorte qu'en surface, sa confiance en elle ne soit pas ébranlée.

Et c'est ainsi que nous sommes faits. Par l'effet de notre volonté, nous empêchons notre connaissance intuitive et profonde d'être reconnue par la conscience. D'où cet état de crainte, d'appréhension qui rend le coup dix fois plus violent lorsqu'il nous frappe.

Clifford réagit comme un enfant hystérique. Il fit une peur terrible à Mrs. Bolton en se dressant dans son lit, l'air hagard et les yeux vides.

– Mais, sir Clifford, qu'est-ce qu'il y a?

Pas de réponse. Elle était terrifiée. S'il avait eu une attaque? Elle s'approcha en hâte, lui tâta le visage, lui prit le pouls.

– Avez-vous mal quelque part? Je vous en prie, essayez de me dire où vous avez mal. Où? je vous en prie!

Pas de réponse.

– Oh, mon Dieu, oh, mon Dieu! Eh bien, je vais appeler le docteur Carrington à Sheffield, et en attendant, il faut que le docteur Lecky vienne tout de suite.

Elle était presque à la porte lorsqu'elle l'entendit dire d'une voix caverneuse :

– Non!

Elle s'arrêta et le regarda. Il avait le visage jaune, sans expression, semblable à un visage d'idiot.

– Vous aimez mieux que je n'aille pas chercher le docteur, c'est cela?

– Oui! Je n'ai pas besoin de lui, prononça la voix sépulcrale.

– Oh! mais, sir Clifford, vous êtes malade et je ne peux pas prendre cette responsabilité. Je dois appeler le docteur, sinon c'est moi qu'on blâmera.

Silence. Puis la voix caverneuse reprit :

– Je ne suis pas malade. Ma femme ne revient pas.

On aurait dit que c'était une statue qui parlait.

– Elle ne revient pas? Madame? s'écria Mrs. Bolton en se rapprochant du lit. Oh! n'en croyez rien. Vous pouvez être sûr que Madame reviendra.

La statue assise sur le lit ne bougea pas; elle poussa seulement une lettre sur le couvre-lit.

– Lisez-la! dit la voix sépulcrale.

– Mais, si c'est une lettre de Madame, je suis sûre que Madame ne voudrait pas que je lise ce qu'elle vous écrit, sir Clifford. Vous n'avez qu'à me dire ce qu'il y a dans la lettre, si vous voulez.

Mais le visage qui la fixait de ses yeux exorbités ne changea pas d'expression.

– Lisez-la! répéta la voix.

– Eh bien, dit-elle, c'est bien pour vous obéir, sir Clifford.

Et elle lut la lettre.

– Ça alors! Je suis vraiment surprise de la conduite de Madame. Elle avait tellement promis de revenir.

Sur le visage au-dessus du lit, l'expression d'égarement sauvage mais figé sembla s'accentuer. Mrs. Bolton le remarqua et s'inquiéta. Elle savait à quoi elle avait affaire : l'hystérie masculine. Elle avait soigné assez de soldats pour connaître un peu ce mal si déplaisant.

Elle était un peu agacée contre sir Clifford. Tout homme dans son bon sens aurait su que sa femme aimait quelqu'un d'autre et allait partir. D'ailleurs, elle en était sûre, sir Clifford au fond de lui-même le savait parfaitement, seulement il ne voulait pas se l'avouer. S'il se l'était avoué et s'il s'était préparé; ou encore s'il se l'était avoué et avait lutté énergiquement avec sa femme pour détourner le coup, il aurait agi en homme. Mais non! Il savait, et et en même temps essayait de se persuader qu'il ne se passait rien. Il voyait le diable qui agitait sa queue devant lui, et il feignait de voir le sourire des anges. Cette situation fausse où il s'était mis avait atteint son comble et c'était maintenant la dislocation, l'hystérie, qui est une forme de folie. « Cela vient, se dit Mrs. Bolton à elle-même, avec une certaine haine pour lui, de ce qu'il pense toujours à lui. Il est tellement occupé de son petit moi immortel que, dès qu'il lui tombe quelque chose dessus, il est comme une momie empêtrée dans ses propres bandelettes. Mais regardez-le donc! »

Mais l'hystérie est dangereuse, et c'était son devoir

d'infirmière de le tirer de là. Toute tentative pour ranimer sa virilité et sa fierté ne ferait qu'empirer son état; car sa virilité était morte, pour l'instant, sinon pour toujours. Il ne ferait que se tortiller de plus en plus mollement, comme un ver, et se disloquer davantage.

La seule chose à faire était de l'apitoyer sur lui-même. Comme la Dame dans le poème de Tennyson, il fallait qu'il pleure ou qu'il meure.

Mrs. Bolton commença donc à pleurer la première. Elle se cacha la tête dans les mains et éclata en petits sanglots désordonnés. « Je n'aurais jamais cru cela de Madame, jamais! » dit-elle en pleurant, rappelant soudain à elle tout son ancien chagrin et le sentiment de son malheur, et pleurant les larmes amères de sa propre douleur. Une fois qu'elle avait commencé, ses pleurs n'étaient que trop sincères, car elle avait eu de quoi pleurer.

Clifford pensa à la manière dont il avait été trahi par cette femme, Connie, et par la contagion de la douleur, des larmes lui montèrent aux yeux et commencèrent à lui rouler sur les joues. Il pleurait sur son propre sort. Mrs. Bolton, dès qu'elle vit les larmes couler sur ce visage hagard, sortit en hâte son petit mouchoir pour essuyer ses propres larmes, puis elle se pencha sur lui :

– Voyons, ne vous tourmentez pas, sir Clifford! dit-elle dans un grand épanchement d'émotion. Voyons, voyons, ne vous tourmentez pas, vous allez vous faire du mal!

Il fut saisi d'un tremblement soudain en reprenant souffle au milieu de ses sanglots muets, et les larmes coulèrent plus rapidement sur son visage. Elle lui posa la main sur le bras, et se remit à pleurer elle aussi. Il eut un autre tremblement, comme dans une crise de convulsion, et elle lui entoura l'épaule de son bras.

– Là, là! Là, là! Ne vous tourmentez pas, non, non, ne vous tourmentez pas! suppliait-elle tout en pleurant.

Et elle l'attira à elle et étreignit ses larges épaules; et il posa son visage sur sa poitrine et sanglota, ses énormes épaules tout agitées de soubresauts, tandis que Mrs. Bolton caressait doucement ses cheveux blond foncé en répétant :

– Là, là! Là, là! Là, là! Voyons, voyons, ne vous faites pas de souci, ne vous faites pas de souci, voyons!

Et il l'entoura de ses bras et se serra contre elle comme un enfant, mouillant de ses larmes le bavolet de son tablier blanc amidonné et le corsage de sa robe de coton bleu pâle. Il se laissait aller, enfin!

Alors, au bout d'un moment, elle l'embrassa et le berça sur son sein tout en se disant à elle-même : « Oh, sir Clifford! Oh, hauts et puissants Chatterley! Où donc êtes-vous tombés! » Et il finit même par s'endormir, comme un enfant. Alors elle sentit l'épuisement et regagna sa chambre, où elle se mit à rire et à pleurer en même temps, prise d'une sorte d'hystérie elle aussi. C'était si ridicule! C'était si affreux! Tomber si bas! Quelle honte! Et quel choc cela faisait aussi!

Après cette scène, Clifford devint comme un enfant avec Mrs. Bolton. Il lui prenait la main, lui posait la tête sur la poitrine, et, une fois qu'elle l'embrassait légèrement, il s'écria : « Oui! Embrassez-moi! Embrassez-moi! » Et quand elle épongeait son grand corps blond, il disait la même chose : « Embrassez-moi! » et elle posait de rapides baisers sur son corps, au hasard, à moitié par plaisanterie.

Et il restait étendu, le visage curieusement vide et vaguement émerveillé comme un enfant. Il la contemplait avec de grands yeux enfantins, avec l'abandon total d'un adorateur de la Madone. C'était un véritable relâchement de sa part, un abandon de sa virilité et un retour pervers à un état d'enfance. Il mettait alors sa main dans son corsage et touchait ses seins et les embrassait avec exaltation, l'exaltation perverse d'être un enfant alors qu'il était un homme.

Mrs. Bolton était à la fois ravie et honteuse. Elle aimait et, en même temps, haïssait cette conduite. Pourtant, elle ne le repoussait ni ne le reprenait jamais. Une intimité physique étroite s'établit entre eux, une intimité perverse, dans laquelle il était un enfant frappé d'une apparente candeur et d'un apparent émerveillement, de l'exaltation religieuse presque, l'application perverse et littérale du : « Si vous ne devenez semblables à de petits enfants... »; et elle était la Magna Mater, pleine de force et de puissance, qui tenait ce grand homme-enfant blond à sa merci et en son pouvoir.

Mais, chose curieuse, quand cet homme-enfant, que Clifford était maintenant et qui s'était développé en lui depuis des années, émergeait dans le monde, il était beaucoup plus vif et perspicace que l'homme véritable qu'il avait été. Cet homme-enfant perverti était maintenant un véritable homme d'affaires. Dès que des intérêts étaient en jeu, il était un mâle total, aussi pénétrant qu'une aiguille, et aussi impénétrable qu'un morceau d'acier. Quand il était dans le monde des hommes, poursuivant ses propres intérêts et cherchant à « faire rendre » le travail de ses mines, il montrait une perspicacité et une dureté presque inquiétantes, et il savait frapper vite et fort. C'était comme si cette même passive prostitution à la Magna Mater lui donnait une compréhension plus aiguë des affaires matérielles et le dotait d'une sorte de force inhumaine surprenante. Les émotions intimes dans lesquelles il se vautrait et l'avilissement total de sa virilité semblaient apporter à leur suite une seconde nature, froide, presque visionnaire, et supérieurement douée pour les affaires. En affaires, il était tout à fait inhumain.

Et de cela, Mrs. Bolton se glorifiait. « Comme tout lui réussit! se disait-elle avec orgueil. Et c'est grâce à moi! Ma parole, il n'aurait jamais si bien réussi du temps de lady Chatterley. Ce n'était pas le genre de femme à mettre un homme en avant. Elle demandait trop pour elle-même. »

En même temps, dans quelque recoin de son étrange âme de femme, comme elle le méprisait et le haïssait! Il était pour elle la bête abattue, le monstre qui soubresaute sur le sol. Et tout en se jetant à corps perdu dans le rôle de complice et d'acolyte, loin, dans le recoin le plus caché de sa saine féminité d'autrefois, elle lui vouait un mépris sauvage qui ne connaissait pas de borne. Le plus vulgaire vagabond valait mieux que lui.

En ce qui concerne Connie, il eut une attitude curieuse. Il voulait absolument la revoir. Il voulait, qui plus est, qu'elle vienne à Wragby. Sur ce point, il était absolument intraitable. Connie avait promis de revenir à Wragby, elle l'avait juré.

– Mais pour quoi faire? disait Mrs. Bolton. Ne pouvez-vous la laisser où elle est et bon débarras?

– Non! Elle a dit qu'elle reviendrait, et il faut qu'elle vienne.

Mrs. Bolton ne fit plus d'objections. Elle savait de quoi il retournait.

Je n'ai pas besoin de vous dire l'effet que m'a fait votre lettre, écrivit-il à Connie. *Vous pourrez peut-être l'imaginer si vous vous en donnez la peine, mais je doute fort que vous vouliez exercer votre imagination sur mon compte.*

Je n'ai qu'une réponse à vous donner : je dois vous voir personnellement, ici à Wragby, avant de pouvoir faire quoi que ce soit. Vous avez promis de revenir à Wragby, vous l'avez juré, et je ne vous tiens pas quitte de votre promesse. Je ne peux rien croire, je ne peux rien comprendre avant de vous avoir vue en personne, ici, dans des circonstances normales. Je n'ai pas besoin de vous dire que personne ici ne soupçonne rien, aussi votre retour ne paraîtrait-il pas anormal. Alors si vous jugez, quand nous aurons discuté la situation, que vous êtes toujours dans le même sentiment, nous pourrons sans doute arriver à un arrangement.

Connie montra cette lettre à Mellors.

– Il veut prendre sa revanche, dit-il, en lui rendant la lettre.

Connie ne dit rien. Elle s'aperçut avec une certaine surprise que Clifford lui faisait peur. Elle avait peur de l'approcher. Elle avait peur de lui comme d'un être maléfique et dangereux.

– Qu'est-ce que je dois faire? dit-elle.

– Rien, si vous n'avez rien envie de faire.

Elle répondit à Clifford, en essayant de lui donner le change. Il répondit :

Si vous ne venez pas à Wragby maintenant, je considérerai que vous avez l'intention de revenir un jour et agirai en conséquence. Tout continuera comme auparavant, et je vous attendrai ici, dussé-je attendre cinquante ans.

Elle eut peur. C'était une manière insidieuse de lui en faire voir. Elle ne doutait pas de sa détermination. Il ne consentirait pas au divorce et l'enfant serait à lui, à moins qu'elle ne trouve quelque moyen de prouver son illégitimité.

Après un temps de souci et d'inquiétude, elle se décida à aller à Wragby. Hilda l'accompagnerait. Elle en avertit Clifford.

Il répondit :

Votre sœur ne sera pas la bienvenue, mais je ne lui fermerai pas ma porte. Je ne doute pas qu'elle ait conspiré à vous faire oublier tous vos devoirs et vos responsabilités, ne vous attendez donc pas à ce que je témoigne du plaisir à la voir.

Elles allèrent à Wragby. Clifford était sorti lorsqu'elles arrivèrent. Mrs. Bolton les reçut.

– Oh! Madame, ce n'est pas le joyeux retour que nous espérions, dit-elle.

– Ah? dit Connie.

Ainsi cette femme savait! Que savaient les autres domestiques, ou que soupçonnaient-ils?

Elle pénétra dans la maison, qu'elle haïssait maintenant de toutes les fibres de son corps. Cette grande baraque tortueuse lui semblait maléfique, comme une menace suspendue sur sa tête. Elle n'en était plus la maîtresse, elle en était la victime.

– Je ne pourrai pas rester longtemps ici, chuchota-t-elle, terrifiée, à Hilda.

Et ce lui fut une souffrance d'aller dans sa propre chambre, d'en reprendre possession comme si rien ne s'était passé. Elle détestait chaque minute passée dans les murs de Wragby.

Elles ne virent pas Clifford avant de descendre pour le repas. Il s'était habillé pour le dîner. Il se montra assez réservé et très grand seigneur. Il fut d'une courtoisie parfaite durant le repas, et fit poliment la conversation. Mais il semblait y avoir quelque chose d'insensé dans tout cela.

– Que savent les domestiques? demanda Connie, quand la femme de service eut quitté la pièce.

– De vos intentions? Rien du tout.

– Mrs. Bolton sait.

Il changea de couleur.

– Mrs. Bolton n'est pas précisément une domestique, dit-il.

– Oh! Ça m'est égal!

Il y eut de la tension jusqu'au bout. Après le café, Hilda annonça qu'elle montait à sa chambre.

Après son départ, Clifford et Connie restèrent silencieux. Ni l'un ni l'autre ne voulait parler le premier. Connie était soulagée et contente qu'il ne se lance pas dans la grande scène sentimentale, et elle s'efforça autant que possible de le faire rester sur ses hauteurs glacées. Elle resta immobile, sans dire un mot et le regard fixé sur ses mains.

– Je suppose que vous ne vous repentez pas d'être revenue sur votre parole? dit-il enfin.

– Je n'y peux rien, murmura-t-elle.

– Mais si vous n'y pouvez rien, qui y peut quelque chose?

– Personne, je suppose.

Il la regarda avec une curieuse rage froide. Il était habitué à elle. Elle était en quelque sorte incrustée dans sa volonté. Comment osait-elle maintenant le renier ainsi et détruire tout l'édifice de sa vie quotidienne? Comment osait-elle essayer de lui causer pareil dérèglement de sa personnalité?

– Et pour quelle raison voulez-vous ainsi tout renier? insista-t-il.

– L'amour! dit-elle; il valait mieux s'en tenir aux lieux communs.

– L'amour de Duncan Forbes! Mais cela ne vous paraissait pas une chose si désirable lorsque vous m'avez rencontré. Vous ne me ferez pas croire que vous l'aimez maintenant plus que tout au monde?

– On change, dit-elle.

– Peut-être! Peut-être avez-vous des caprices. Encore faut-il me convaincre de l'importance de ce changement. Je n'arrive tout simplement pas à croire à votre amour pour Duncan Forbes.

– Mais pourquoi voulez-vous y croire? Je vous demande seulement de consentir au divorce, pas de croire à mes sentiments.

– Et pourquoi devrais-je divorcer?

– Parce que je ne veux plus vivre ici. Et vous non plus, vous ne voulez pas vraiment de moi.

– Je vous demande pardon, moi, je ne change pas! En ce qui me concerne, puisque vous êtes ma femme, je préférerais que vous restiez sous mon toit, dignement et tranquillement. Mis à part les sentiments personnels, et je vous assure que de mon côté, c'est mettre à part beaucoup, il m'est mortellement amer de voir briser l'ordre de vie de Wragby, de voir déchirer le déroulement régulier et respectable de la vie quotidienne, simplement parce que vous avez un caprice.

Après un moment de silence, elle dit :

– Je n'y peux rien. Je dois m'en aller. Je pense avoir un enfant.

Il se tut lui aussi un moment.

– Et est-ce à cause de l'enfant que vous devez partir? demanda-t-il enfin.

Elle fit signe que oui.

– Et pourquoi? Duncan Forbes tient-il tellement à sa progéniture?

– Certainement plus que vous.

– Mais écoutez! J'ai besoin de ma femme et je ne vois aucune raison de la laisser partir. S'il lui plaît d'avoir un enfant sous mon toit, je lui en laisse toute liberté et l'enfant sera le bienvenu. Je demande seulement que les convenances et le bon ordre de la vie soient respectés. Vous ne voulez pas me faire croire que Duncan Forbes a plus pour vous retenir? Je ne le crois pas.

Il y eut un silence.

– Mais ne comprenez-vous donc pas? dit Connie. Je dois vous quitter, et je dois vivre avec l'homme que j'aime.

– Non, je ne comprends pas! Je ne donne pas deux sous de votre amour, ni de l'homme que vous aimez. Je ne crois pas à ce genre de boniment.

– Oui, mais j'y crois, moi.

– Vraiment? Chère madame, vous êtes trop intelligente, je vous assure, pour croire à votre amour pour Duncan Forbes. Aussi pourquoi donc céderais-je à de telles bêtises?

Elle ne pouvait lui donner tort. Et garder le silence plus longtemps devenait impossible.

– Parce que ce n'est pas Duncan que j'aime, dit-elle en levant les yeux sur lui. Nous avons dit que c'était Duncan simplement par ménagement pour vous.

– Par ménagement pour moi?

– Oui, parce que celui que j'aime réellement, et je vous préviens que vous allez me détester, c'est Mr. Mellors, qui était notre garde-chasse.

S'il l'avait pu, il aurait bondi de sa chaise. Son visage devint jaune, un air de désastre se peignit sur sa figure, et les yeux lui sortirent de la tête, tandis qu'il la regardait avec fureur. Puis il retomba au fond de sa chaise, le souffle coupé et les yeux tournés au plafond.

Il se redressa enfin.

– Vous êtes sûre que c'est la vérité que vous me dites là? demanda-t-il, macabre à faire peur.

– Oui! Vous le savez bien.

– Et quand cela a-t-il commencé?

– Au printemps.

Il resta muet, comme une bête prise au piège. Puis :

– C'était donc bien vous qui étiez venue dans la chambre du cottage?

Ainsi, il avait donc toujours tout su au fond de lui-même!

– Oui!

Il restait penché en avant, le regard fixé sur elle, comme une bête acculée.

– Mon Dieu, on devrait vous faire disparaître de la surface de la terre!

– Pourquoi? fit-elle d'une voix faible.

Mais il ne sembla pas l'entendre.

– Cette racaille! Ce butor prétentieux! Ce misérable voyou! Et tout cela pendant que vous étiez sous mon toit et qu'il était un de mes domestiques! Mon Dieu, mon Dieu, y aura-t-il jamais une fin à cette bassesse ignoble des femmes!

Il était hors de lui, comme elle l'avait prévu.

– Et vous dites que vous voulez un enfant d'un voyou pareil?

– Oui! J'en attends un.

– Vous en attendez un? Vous êtes sûre, vous voulez dire? Depuis combien de temps êtes-vous sûre?

– Depuis juin.

Il ne pouvait plus parler. Son visage reprit cet air étrange d'enfant, vague et inexpressif.

– On peut se demander, dit-il enfin, comment de pareils êtres ont jamais eu le droit de naître.

– Quels êtres? demanda-t-elle.

Il la regarda d'un air égaré, sans répondre. De toute évidence, même l'existence de Mellors était une réalité qu'il ne pouvait accepter, si elle devait se mêler de près ou de loin à sa propre vie.

C'était de la haine à l'état pur, indicible, impuissante.

– Et vous dites que vous oseriez l'épouser? Et porter cet ignoble nom? dit-il enfin.

– Oui, c'est ce que je désire.

Il eut de nouveau l'air frappé de stupeur.

– Oui! dit-il enfin. Cela prouve que ce que j'avais toujours pensé de vous était vrai : vous n'êtes pas normale, vous n'avez pas tout votre bon sens. Vous êtes une de ces femmes perverties et à moitié folles qui ne peuvent s'empêcher de chercher la dépravation, qui ont la *nostalgie de la boue* (1).

Il se faisait soudain moral, avec une sorte de ferveur funèbre : il se voyait comme l'incarnation du bien, et les gens comme Mellors et Connie étaient l'incarnation de la fange, du mal. Tout en lui semblait devenir vague, il se retirait dans un nimbe.

– Alors, ne pensez-vous pas que le mieux serait d'en finir et de divorcer? dit-elle.

(1) En français dans le texte. (N.d.T.)

– Non! Allez où vous voudrez, mais je ne divorcerai pas, répondit-il idiotement.

– Pourquoi?

Il resta muet, buté dans son obstination imbécile.

– Vous laisseriez même l'enfant être le vôtre légalement, et votre héritier?

– L'enfant ne m'intéresse pas.

– Mais si c'est un garçon, il sera légalement votre fils; il héritera de votre titre et aura Wragby.

– Tout cela ne m'intéresse pas, dit-il.

– Mais il faut que ça vous intéresse! Je ferai tout mon possible pour empêcher que l'enfant soit le vôtre légalement. J'aimerais bien mieux qu'il soit illégitime et à moi, s'il ne peut pas être à Mellors.

– Faites ce qu'il vous plaira.

Il était inébranlable.

– Mais pourquoi ne voulez-vous pas divorcer? Duncan peut vous servir de prétexte. Il n'y aurait pas besoin de prononcer le nom de Mellors. Cela ne dérange pas Duncan.

– Pour ma part, je ne divorcerai jamais, dit-il comme s'il enfonçait un clou.

– Mais pourquoi? Parce que je vous le demande?

– Parce que je suis mon propre penchant, et que mon penchant n'est pas de divorcer.

Il était inutile de poursuivre. Elle monta chez Hilda et lui raconta le résultat de l'entrevue.

– Mieux vaut partir demain, dit Hilda, et le laisser revenir tout seul à la raison.

Connie passa donc la moitié de la nuit à emballer ses effets les plus strictement personnels. Le lendemain, elle fit envoyer ses malles à la gare, sans le dire à Clifford. Elle décida de ne le revoir que pour lui dire adieu, avant le déjeuner.

Mais elle parla à Mrs. Bolton.

– Je dois vous dire adieu, Mrs. Bolton. Vous savez pourquoi. Mais je suis sûre que vous ne raconterez rien.

– Oh! vous pouvez me faire confiance, Madame. Mais c'est bien triste pour nous tous ici, bien triste. Mais j'espère que vous serez heureuse avec l'autre monsieur.

– L'autre monsieur! C'est Mr. Mellors, et je l'aime. Sir Clifford est au courant. Mais ne dites rien à personne. Et si un jour vous avez l'impression que sir Clifford serait prêt à divorcer, écrivez-le-moi, voulez-vous? J'aimerais épouser l'homme que j'aime et vivre honorablement avec lui.

– Je vous le promets, Madame. Oh! vous pouvez me faire confiance. Je serai fidèle à sir Clifford, et je vous serai fidèle aussi; car je vois bien que vous avez tous deux raison, chacun à votre manière.

– Merci! Et tenez, je voudrais vous donner ceci... Prenez-le, je vous prie.

Ainsi Connie quitta Wragby encore une fois et partit avec Hilda pour l'Ecosse. Mellors partit à la campagne, où il trouva du travail dans une ferme. Leur plan était qu'il obtienne son divorce si possible, même si Connie n'obtenait pas le sien. Et pendant six mois il ferait l'apprentissage de la vie de fermier, de façon que par la suite Connie et lui puissent s'installer dans une petite ferme à eux et qu'il ait de quoi occuper ses énergies. Car il lui faudrait avoir du travail à faire, même si c'était un travail dur, et il lui faudrait gagner sa vie, même si c'était le capital de Connie qui le mettait en selle.

Ainsi il leur faudrai attendre le printemps, attendre la naissance du bébé, attendre le retour des premiers jours d'été.

Ferme de la Grange
Old Heanor
29 septembre

J'ai trouvé du travail ici, après quelques manœuvres secrètes, par Richards, l'ingénieur de la Compagnie, que j'avais connu à l'armée. La ferme appartient à la Compagnie des Mines Butler et Smitham, qui fait cultiver du foin et de l'avoine pour les poneys du puits; ce n'est pas une entreprise privée. Mais ils ont aussi des vaches, des porcs, et tout le reste, et je gagne trente shillings par semaine, comme ouvrier agricole. Rowley, le fermier, me fait travailler un peu à tout, ainsi je pourrai apprendre le maximum de choses d'ici à Pâques. Bertha n'a pas donné signe de vie. Je n'ai aucune idée de ce qui l'a empêchée de se présenter au divorce, ni de l'endroit où elle est ni de ce qu'elle manigance. Mais si je me tiens tranquille jusqu'au mois de mars, je pense que j'aurai ma liberté. Et vous, ne vous tracassez pas pour sir Clifford. Il aura bien envie de se débarrasser de vous un de ces jours. S'il vous laisse tranquille, c'est déjà beaucoup.

Je suis logé dans une sorte de vieux cottage, à Engine

Row; c'est tout à fait convenable. Mon logeur est mécanicien à High Park. C'est un grand type, avec une barbe, très « chapelle » (1). *La femme est une sorte de petit oiseau, qui aime le « raffinement », le beau langage, et qui dit tout le temps : « Si vous permettez! » Mais ils ont perdu leur unique fils à la guerre, et ça leur a creusé comme un grand trou en tous les deux. Il y a aussi une grande gourde de fille qui fait des études pour être institutrice, et je l'aide quelquefois à préparer ses leçons. Comme vous voyez, c'est tout à fait la vie de famille. Mais ce sont de braves gens, et ils sont très gentils pour moi. Je suis sûrement plus dorloté que vous.*

Le travail de la ferme ne me déplaît pas. Ce n'est pas exaltant, mais de toute façon je ne tiens pas à m'exalter. J'ai l'habitude des chevaux; et les vaches, bien que très féminines, ont un effet calmant sur moi. Lorsque je suis assis à traire, la tête enfoncée dans un flanc de vache, je me sens très consolé. Ils ont six vaches d'Hereford, assez belles. Nous venons de faire la récolte de l'avoine et j'y ai pris plaisir, malgré les bobos aux mains et pas mal de pluie. Je ne m'occupe pas des gens, mais je m'entends bien avec eux. De façon générale, on ne pose pas de questions ici.

Les mines marchent mal. C'est un pays de mines, comme Tevershall, mais plus joli. Parfois je vais au Wellington *et je parle avec les ouvriers. Ils grognent beaucoup, mais ils ne veulent rien changer. Comme on dit, les mineurs de Notts-Derby ont le cœur au bon endroit. Mais le reste de leur anatomie est sûrement au mauvais endroit, dans un monde qui n'a pas besoin d'eux. Je les aime bien, mais ils ne sont pas très réjouissants pour moi : ils ont trop perdu l'esprit combatif. Ils parlent beaucoup de nationalisation, de la nationalisation des redevances tréfoncières, de la nationalisation de toute l'industrie minière. Mais on ne peut pas nationaliser le charbon et laisser les autres industries comme elles sont. Ils parlent d'adapter le charbon à de nouveaux usages, comme sir Clifford essaie de le faire. Cela marchera peut-être par-ci par-là, mais je doute que ça puisse être généralisé. Quoi qu'on produise, il faut pouvoir le vendre. Les ouvriers sont très apathiques. Ils ont l'impression que toute l'industrie est fichue, et je crois qu'ils n'ont pas tort. Et ils sont fichus du même coup eux aussi. Quelques-uns parmi les jeunes font de grandes déclarations en faveur d'un soviet, mais ils n'ont pas l'air d'y croire eux-mêmes. Personne ne croit à rien, sinon que c'est la*

(1) « Chapel » : lieu de culte chrétien autre que ceux de l'Eglise « établie ».

pagaille et qu'on y est jusqu'au cou. Même avec un soviet, il faut vendre le charbon, et c'est cela le problème.

Nous avons cette vaste population industrielle, et il faut bien la nourrir, il faut donc que ce sacré système continue, d'une manière ou d'une autre. Les femmes parlent beaucoup plus que les hommes, de nos jours, et elles sont autrement plus combatives. Les hommes sont mous, ils ont le sentiment qu'une malédiction pèse sur eux quelque part, et ils se traînent comme s'il n'y avait plus rien à faire. De toute manière, personne ne sait ce qu'il faudrait faire, malgré toutes les palabres. Les jeunes sont furieux parce qu'ils n'ont pas d'argent à dépenser. Il n'y a rien d'autre dans leur vie que dépenser de l'argent, et maintenant ils n'ont plus rien à dépenser. C'est typique de notre civilisation et de notre éducation : on apprend aux masses à ne vivre que pour dépenser de l'argent, et puis voilà qu'il n'y a plus d'argent. Les mines travaillent deux jours, deux jours et demi par semaine, et il n'y a aucun signe d'amélioration, même pour l'hiver. Ce qui veut dire vingt-cinq ou trente shillings pour faire vivre une famille. Les femmes sont les plus enragées. Mais ce sont aussi elles les plus enragées à la dépense, de nos jours.

Si on pouvait seulement leur dire que vivre et dépenser, ce n'est pas la même chose. Mais c'est inutile. Si seulement on leur enseignait à vivre et non pas à gagner et dépenser, ils pourraient très bien s'en sortir avec vingt-cinq shillings. Si les hommes portaient des pantalons écarlates comme je l'ai dit, ils ne penseraient pas tant à l'argent : s'ils pouvaient danser, sauter, gambader et chanter et se pavaner et être beaux, il leur suffirait de très peu d'argent. Et s'ils savaient divertir les femmes et être divertis par elles. Ils devraient apprendre à être nus et beaux, à chanter en groupe, à danser les anciennes danses où on danse tous ensemble, à sculpter les tabourets sur lesquels ils s'assoient, et à broder leurs propres emblèmes. Alors ils n'auraient pas besoin d'argent. Et c'est la seule manière de résoudre le problème industriel : apprendre au peuple à être capable de vivre, et vivre en beauté, sans avoir besoin de dépenser de l'argent. Mais c'est impossible. Parce qu'ils n'ont plus, aujourd'hui, qu'une seule pensée dans leur esprit borné. Alors que la grande masse des gens ne devrait même pas essayer de penser, parce qu'elle en est incapable. Elle devrait être vive et fringante, et se soumettre au grand dieu Pan. Il a toujours été, et sera toujours, le seul dieu pour les masses. Quelques-uns, pas beaucoup, peuvent se permettre des cultes plus élevés, s'ils le désirent. Mais que la masse reste à jamais païenne.

Mais les mineurs ne sont pas païens, loin de là. Ils font un triste troupeau d'hommes à demi abrutis : morts à leurs femmes et morts à la vie. Les jeunes pétaradent sur leurs motocyclettes avec des filles en selle, et dansent le jazz quand ils le peuvent. Mais ils sont tout à fait morts. L'argent empoisonne ceux qui en ont et affame ceux qui n'en ont pas.

Tout cela doit vous assommer. Mais je ne veux pas toujours parler de moi, et je n'ai aucun événement à raconter. Je n'aime pas trop penser à vous, dans ma tête : cela ne fait que nous embrouiller tous deux. Mais, bien sûr, le but de ma vie en ce moment est que nous puissions vivre ensemble, vous et moi. J'ai peur, au fond. Je sens le démon dans l'air, et il va tâcher de nous attraper. Ou peut-être pas le démon, mais Mammon. Lequel n'est rien d'autre, je crois bien, que la volonté de la masse, une volonté qui désire l'argent et déteste la vie. Quoi qu'il en soit, je sens de grandes mains blanches qui tâtonnent avidement dans l'air, prêtes à saisir à la gorge le premier qui essaye de vivre, de vivre au-delà de l'argent, et à lui tordre le cou jusqu'à ce que mort s'ensuive. Les mauvais jours arrivent. Les mauvais jours arrivent, mes amis, ils sont proches! Si les choses continuent du même train, l'avenir ne réserve que mort et destruction à toutes ces masses industrielles. Je sens mes entrailles tourner en eau parfois. Et vous voilà, attendant un enfant de moi. Mais tant pis. Tous les mauvais jours qui ont existé n'ont jamais empêché le crocus de pousser. Ni même l'amour des femmes. Aussi ils ne pourront pas m'empêcher de vous désirer, et ils ne pourront pas empêcher la petite flamme qu'il y a entre nous de briller. Nous serons ensemble l'année prochaine. Et bien que j'aie peur, j'ai foi en notre vie ensemble. Un homme doit lutter et agir en vue du meilleur, puis s'en remettre à quelque chose qui le dépasse. On ne peut pas se prémunir contre l'avenir, sauf peut-être en ayant foi en ce qu'il y a de meilleur en soi, et en la puissance qui est au-delà. Je crois donc en cette petite flamme qui est entre nous. Pour moi, maintenant, c'est la seule chose qui compte. Je n'ai pas d'ami, pas d'ami « intérieur ». Rien que vous. Et maintenant cette petite flamme est la seule chose de ma vie à quoi je tienne. Il y a l'enfant, mais ce n'est pas le fond du problème. C'est ma Pentecôte, cette petite flamme fourchue qui brille entre vous et moi. L'ancienne Pentecôte ne me convient pas tout à fait. Moi et Dieu, c'est un peu prétentieux, en quelque sorte. Mais la petite flamme fourchue entre vous et moi : voilà ce qu'il faut. Voilà à quoi je me tiens et me tiendrai, nonobstant les Clifford, et les Bertha, les compagnies minières et les gouvernements et les masses avides d'argent, tous tant qu'ils sont.

Voilà pourquoi je n'aime pas me mettre à penser à vous. Cela ne fait que me torturer, et ne peut vous faire aucun bien. Je ne veux pas que vous soyez loin de moi. Mais si je commence à me tourmenter, c'est une sorte de gaspillage. Patience, toujours patience. Voici mon quarantième hiver. Et je ne peux rien contre tous les hivers qui ont déjà été. Mais cet hiver-là, je m'en tiendrai à ma petite flamme de Pentecôte, et connaîtrai un peu de paix. Et je ne vais pas laisser les gens souffler dessus et l'éteindre. Je crois en un mystère supérieur, qui ne permet pas qu'on fasse mourir même un crocus. Et même si vous êtes en Ecosse et moi dans les Midlands, et même si je ne peux vous serrer dans mes bras, j'ai quand même quelque chose de vous. Mon âme volette doucement dans la petite flamme de Pentecôte avec vous, comme la paix de l'amour. En faisant l'amour, nous avons fait naître une petite flamme. Même les fleurs naissent d'un accouplement, entre la terre et le soleil. Mais c'est une créature délicate, qui demande de la patience et cette longue pause.

Et c'est pourquoi j'aime la chasteté en ce moment, parce c'est la paix qui vient d'avoir fait l'amour. Je suis heureux d'être chaste en ce moment. J'aime cette chasteté comme les perce-neige aiment la neige. Je l'aime, parce qu'elle est la pause de paix dans notre amour, elle est entre nous en ce moment comme un perce-neige de feu, de feu blanc et fourchu. Et quand le vrai printemps reviendra, quand le moment d'être réunis reviendra, alors nous pourrons faire l'amour, et ranimer la petite flamme et la rendre jaune et brillante, toute brillante. Mais pas maintenant, pas encore. Maintenant est le temps d'être chaste; il est si bon d'être chaste; c'est la rivière d'eau fraîche dans mon âme. J'aime la chasteté maintenant qu'elle coule entre nous. C'est comme l'eau fraîche et la pluie. Comment les hommes peuvent-ils si fastidieusement chercher les bonnes fortunes? Quelle tristesse d'être comme Don Juan, avoir beau faire l'amour et être impuissant à en tirer un peu de paix pour soi, et à allumer la petite flamme, impuissant et incapable d'être chaste dans les frais moments de pause, comme au bord d'une rivière.

Eh bien, voilà beaucoup de mots, parce que je ne peux vous toucher. Si je pouvais dormir avec mes bras autour de vous, l'encre pourrait rester dans la bouteille. Nous pourrions être chastes ensemble, tout comme nous pouvons faire l'amour ensemble. Mais il faut que nous soyons séparés pour un temps, et je suppose que c'est la solution la plus sage. Si seulement on pouvait en être sûr!

Tant pis, tant pis, nous n'allons pas nous tourmenter. Nous nous en remettons en toute confiance à la petite flamme, et au dieu sans nom qui veille sur elle et empêche qu'on l'éteigne. Il y a tant de vous ici avec moi, au fond, que c'est dommage que vous n'y soyez pas tout entière.

Ne vous faites pas de souci au sujet de sir Clifford. S'il ne donne pas signe de vie, ne vous inquiétez pas. Il ne peut rien contre vous. Attendez, il finira par vouloir se débarrasser de vous, vous jeter dehors. Et s'il ne le veut pas, nous nous arrangerons pour ne pas croiser sa route. Mais il le voudra. A la fin, il voudra vous cracher hors de lui comme l'abomination des abominations.

Et maintenant, je ne peux même plus m'arrêter de vous écrire.

Mais nous sommes ensemble par une grande part de nous-mêmes, et c'est à cela que nous devons nous fier, en gardant le cap vers notre réunion prochaine. John Thomas dit bonsoir à lady Jane, la tête un peu basse, mais le cœur plein d'espoir.

Presses Pocket
8 rue Garancière
75006 Paris
tél. 329 12 80

IMPRIMÉ EN FRANCE PAR BRODARD ET TAUPIN
7, bd Romain-Rolland - Montrouge.
Usine de La Flèche, le 26-04-1983.
6678-5 - N° d'Editeur 1730, 1er trimestre 1981.